L'HEURE DE VÉRITÉ

L'HEURE DE VÉRITÉ

SARINA BOWEN

Tuxbury Publishing LLC

L'HEURE DE VÉRITÉ

SARINA BOWEN

TRADUCTION PAR
LAURE VALENTIN

TUXBURY PUBLISHING LLC

CHAPITRE
UN

Septembre

Rafe

Cela faisait deux heures que j'avais soufflé mes vingt bougies sur le gâteau que Ma m'avait préparé, mais j'avais toujours les fesses vissées sur ma chaise au Restaurante Tipico.

J'avais toujours du mal à quitter le bistrot dominicain que tenait ma famille au sens large. Je devais prendre un train pour rentrer à l'Université de Harkness, et pourtant j'étais toujours à la table numéro sept, dans le coin, en train d'enrouler des couverts dans des serviettes comme je l'avais fait pendant toute ma vie.

— Une dernière et je m'en vais, dis-je à Pablito, mon cousin de seize ans. J'ai une réservation à dîner pour sept heures précises. Si je rate le train de quatre heures et demie, je suis foutu.

— Un rencard ce soir ?

— Oui, en fait, c'est aussi son anniversaire.

— Sans blague !

Pablito sourit tout en appliquant l'un de ces rubans adhésifs dont on se servait pour maintenir la serviette autour du couteau et de la fourchette.

— Alors moi, je vais servir de la bouffe toute la soirée et rentrer chez moi en puant la friture, pendant que pour *toi*, ce sera dîner, bouteille de vin, et puis…

Il fit un petit geste obscène de la main.

— … un joyeux anniversaire.

Jesucristo. Je ne comptais pas partager les détails de mes projets pour la soirée avec Pablito ni qui que ce soit d'autre.

— Au moins, tu m'auras fait bosser gratis pendant une heure.

Je déposai une dernière serviette au sommet de la pile.

— N'oublie pas ton cadeau, dit-il en jetant un œil sur la pince à billets vintage que ma mère m'avait offerte pour mon anniversaire.

Elle était en argent massif avec un motif art déco.

— Je sais pourquoi ta mère a choisi ça pour toi.

— Ah oui ? dis-je en la glissant dans ma poche.

La raison pour laquelle Ma m'avait fait ce cadeau n'était pas un mystère. J'adorais les vieux objets. Elle avait vu juste et je l'en avais chaudement remerciée.

— Pas de place pour un préservatif, plaisanta Pablito.

J'étais forcé de sourire, car le gamin n'avait pas tort. Mais comme j'avais toujours pris soin de surveiller la dizaine de cousins qui étaient nés après moi, je me sentis obligé d'ajouter :

— De toute façon, tu n'es pas censé en avoir dans ton portefeuille.

— Bah, fit-il en secouant la tête. Ça ne change rien.

L'addition, s'il vous plaît. Il était hors de question que je parle de sexe avec mon cousin de seize ans. Et encore moins aujourd'hui. Jetant une dernière paire de couverts sur la pile, je me levai.

— *Tengo que irme. (Je dois y aller.)*

Nos poings s'entrechoquèrent en guise d'au revoir.

— Allez, vas-y. Retrouve ta belle vie. Ne pense plus à nous, le petit peuple.

Je lui donnai une tape sur la tête avant de passer en coup de vent dans la cuisine pour prendre congé de Ma.

Elle me souhaita un bon anniversaire et je la remerciai pour le gâteau et son cadeau.

— Au revoir. Je dois y aller. J'emmène Alison dîner ce soir.

Elle me dévisagea un instant.

— *Sé bueno,* dit-elle enfin. *(Sois sage.)*

Cristo. Parfois, j'aurais juré qu'elle avait des dons de télépathie. Quand ma mère était tombée enceinte à dix-neuf ans, celui qui me tenait lieu de père l'avait épousée. Mais je n'étais âgé que de quelques mois quand il était rentré chez lui au Mexique pour un enterrement dans sa famille. Et il n'était jamais revenu.

Depuis, nous vivions tous les deux – avec trois dizaines de tantes, d'oncles et de cousins – mais ma mère m'avait toujours bien fait comprendre que le sexe entraînait les bébés et que, quand on était un gars bien, on avait la responsabilité de ne pas causer ce genre de problèmes aux filles.

Ma mère n'approuverait *pas* ce que je m'apprêtais à faire ce soir.

— Je suis toujours sage, lui dis-je.

C'était vrai. J'avais l'intention d'être très prudent avec Alison. À chaque fois. (Et j'espérais qu'il y en aurait beaucoup.)

Avant mon départ, ma mère me rajouta une couche de culpabilité dont les catholiques avaient le secret. Elle me demanda si je rentrais à la maison pour le baptême de mon cousin en novembre. (Je n'en étais pas certain.) Elle me rappela qu'ils manquaient de personnel au restaurant (un éternel sujet de culpabilité, depuis que j'avais décidé d'aller étudier hors de la ville) et elle me souhaita de passer un joyeux anniversaire.

Ça, j'en étais capable.

Je déposai un dernier baiser sur sa joue et sortis en hâte.

Le train Metro-North qui partait de la 125e rue n'était pas bondé et je trouvai une place assise. Après avoir regardé le béton de New York céder la place à la verdure du Connecticut, je sortis mon téléphone pour appeler ma petite amie.

— Salut, répondit-elle, le souffle court.

— Salut, mon ange. Joyeux anniversaire.

— Joyeux anniversaire à toi aussi !

J'entendais le sourire dans sa voix.

— J'ai pris le train de quatre heures trente, donc ça tient toujours pour sept heures.

— Je pensais justement à toi, dit-elle d'une voix douce.

— Ah oui ?

En bien, je l'espérais.

— Je t'aime, Rafe.

Alison m'avait déjà dit ces mots-là. Mais il y avait quelque chose de particulièrement sérieux dans la manière dont elle les prononçait maintenant.

— Moi aussi, je t'aime, Ali.

— Nous allons passer une excellente soirée.

La chaleur se propagea dans ma poitrine. Au cours des six derniers mois, j'avais trop souvent douté des sentiments d'Alison envers moi. C'était si gratifiant de l'entendre dire qu'elle était prête à passer à l'étape supérieure.

— Je suis impatient, murmurai-je. J'espère que le dîner ne sera pas trop long.

Elle rit tout bas.

— À tout à l'heure.

Le train entra en gare de Harkness, dans le Connecticut, à six heures et quart. Je parcourus le kilomètre et demi qui me séparait du campus, histoire d'économiser sept dollars, et franchis le seuil de la chambre 301 de la résidence Beaumont avec une petite demi-heure devant moi pour me préparer.

Malheureusement, mes deux colocataires étaient en train de se chamailler dans la salle commune, comme d'habitude.

Lorsque je passai devant eux avec ma serviette, ils débattaient politique, et quand je sortis de la salle de bains, douché et rasé de frais, ils se disputaient au sujet du match des Giants du lendemain.

— Tu veux pimenter le match ? me demanda Mat alors que je me dirigeais vers mon placard.

— Non, merci.

Il reporta alors son attention sur mon compagnon de chambre, Bickley.

— Allez, frimeur, le taquina-t-il. Parie contre les Giants. Cent dollars. C'est de la petite monnaie pour toi.

— Je veux bien réfléchir à ton offre, répliqua Bickley, si tu acceptes de raser ce truc ridicule au-dessus de ta lèvre.

Seul dans la chambre que je partageais avec Bickley, je pouffai. Je n'avais pas le temps d'assister au dernier épisode du « Mat et Bickley Show ». Mais les expériences que faisait Mat avec sa pilosité faciale étaient vraiment hideuses. Bien sûr, plus

Bickley insisterait, plus Mat garderait longtemps sa drôle de petite moustache.

— Je ne la raserai pas, répondit Mat. Ce soir, quand j'aurai les boules de Devon dans ma bouche, je la frotterai contre son manche.

S'en suivit un grognement de dégoût dans la salle commune.

— Enfoiré, lâcha Bickley. Épargne-moi ce visuel.

— Alors arrête de jacasser et parie sur du bon vieux football américain, lavette, dit Mat. La cote est de trois et demi en faveur des Giants. Je te donnerai même un point de plus, d'accord ? Mais uniquement cent dollars. Pas plus.

Je levai les yeux au ciel devant leur marchandage. Mat était un vrai requin et j'étais à peu près sûr que ses paris contre Bickley constituaient l'une de ses principales sources de revenus.

Il y eut un silence pendant que mon colocataire essayait de décider si la proposition en valait la peine. Bickley était mon coéquipier au foot, mais en tant que Britannique il ne s'y connaissait pas beaucoup en football américain. Sa fierté l'empêchait pourtant d'admettre qu'il n'était pas un expert, et ce dans tous les domaines.

L'ego de Bickley ? Il était si énorme qu'il disposait même de son propre champ gravitationnel. Et la dent qu'avait Mat contre le monde entier ? Elle aurait pu creuser le Grand Canyon. Entre les deux, je n'avais jamais la paix.

— J'accepte à deux au-dessus de la cote, répondit Bickley avec son accent pointu aristocratique.

— Deux au-dessus ? Oublie ça. Je préfère encore appeler mon bookmaker.

— Eh bien…

Bickley allait céder, je pouvais l'entendre dans sa voix.

— Très bien. Un point de plus sur cent dollars, dit-il. Dès que j'aurai regardé les pronostics, je marche.

— Sérieux ? Si je te dis que c'est trois et demi, c'est trois et demi.

La voix de Mat vibrait de colère, mais c'était habituel chez lui. Mat était un garçon très irritable.

— Il faudrait être un abruti pour mentir sur la cote.

— La confiance n'exclut pas le contrôle, rétorqua Bickley.

— Triple buse, grommela Mat.

— Quoi ? Tu ne veux pas de mon argent ? demanda Bickley. Ah, c'est bon. Je vois que la cote est bien de trois et demi.

Pour une fois, Mat garda le silence.

Une minute plus tard, Bickley apparut devant la porte de notre petite chambre.

— Je suis confiant sur ce coup-là, m'annonça-t-il.

Avec son jean griffé, son polo et sa coupe bon chic bon genre, mon colocataire avait l'air d'une publicité ambulante pour la marque J. Crew.

— Génial, répondis-je d'un ton monocorde.

Non seulement j'en avais assez d'entendre leurs disputes, mais j'avais d'autres sujets en tête ce soir.

— Où emmènes-tu Alison ? demanda-t-il.

— À l'Orme Ciré.

— Joli. Commande le ris de veau. Un vrai délice.

— Attends… commander quoi ?

Écouter les conseils de Bickley était presque aussi risqué que parier au football américain contre Mat. Ce type se vantait d'avoir mangé du blanc de baleine au Japon et de la panse de brebis farcie en Écosse.

— Le ris de veau, ce n'est pas les couilles de l'animal ou quelque chose de ce genre ?

— Mais non, voyons. Ce sont des glandes et c'est très onctueux.

Bickley ferma les yeux et fit claquer ses lèvres avec délectation.

— Je vais y réfléchir.

Le restaurant haut de gamme perdait soudain tout son attrait. J'étais déjà assez nerveux ce soir sans avoir en plus à me demander quelle fourchette il convenait d'utiliser.

— Si tout se passe bien, je ne te dis *pas* à ce soir, ajouta Bickley. Je sais que tu as acheté des boucles d'oreilles à Alison. Mais j'espère qu'elle t'offrira le genre de cadeau qui ne vient pas dans un papier enrubanné.

— J'ai toujours voulu un poney, lançai-je d'un ton malicieux pour essayer de détourner Bickley de ce sujet-là.

Il se laissa tomber sur son lit, l'œil brillant.

— Au petit déjeuner, ce matin, j'ai entendu la colocataire de ta Reine des Neiges dire qu'elle ne dormirait pas dans leur chambre ce soir. Ça s'annonce bien, mon ami.

— Vraiment ?

— Allez, tu peux tout raconter à l'oncle Bickley. Comptes-tu enfin te taper cette fille ?

C'était bien le plan, en effet, à moins qu'elle ait changé d'avis.

— Ça ne te regarde pas, mec.

— Très bien. Mais j'aimerais savoir si je peux ramener ma copine ici ce soir. Tu peux au moins me le dire.

Bickley, à son grand désarroi, n'avait pas souvent notre chambre pour lui tout seul. Comme j'avais dormi seul toutes les nuits de ma vie (jusqu'à présent), ses petites sauteries devaient se passer ailleurs. Quand il ramenait une fille, ils devaient terminer à une heure raisonnable. J'étais quitte pour ces moments de gêne absolue, quand je gardais les yeux rivés sur la télévision dernier modèle de Bickley tandis qu'il raccompagnait sa copine du moment vers la sortie.

Mon colocataire s'offrait très souvent ce que l'on appelait des coups d'un soir. Pour moi, en revanche, ces mots n'allaient pas ensemble. On ne pouvait pas coucher avec une fille et la quitter dans la même soirée. Mes expériences sexuelles – aussi limitées qu'elles soient – avaient toujours été intenses. La première fois que ma copine du lycée m'avait autorisé à la toucher, le moment était resté gravé dans mon âme. Ses gémissements, la chaleur de son corps. L'ardeur dans son regard quand elle…

Dios. « Coup d'un soir » était un terme bien trop faible.

Je voulais vivre tout cela avec Alison. Et plus encore. L'idée que je puisse l'obtenir ce soir ? J'en avais la tête à l'envers.

— Euh… Rafael, ici la Terre.

— Hmm, répondis-je d'un air niais. Tu peux avoir la chambre. Si je rentre, je dormirai sur le canapé.

— J'espère que tu n'y seras pas obligé.

Moi aussi.

— Tu veux l'une de mes vestes de costume ?

— Ça va, merci.

J'aimais mieux porter mon vieux veston plutôt que d'en emprunter un à Bickley. Il me prêterait sans doute un costume Armani à deux milles dollars et j'aurais peur de le froisser. J'étais déjà assez nerveux sans avoir besoin d'en rajouter.

J'enfilai la veste que je portais quand j'allais à l'église avec ma mère. C'était un blazer rétro des années 1940 que j'avais dégoté dans une friperie de Harlem.

Ça me faisait un drôle d'effet de porter ma veste du dimanche le soir où j'allais perdre ma virginité. La prochaine fois que je la mettrais, ce serait sans doute pour me rendre à confesse. Un peu d'ironie n'avait jamais fait de mal à personne.

J'ouvris le réfrigérateur de Bickley et sortis la bouteille de champagne que j'y avais entreposée. J'offrirais la bouteille dans un joli sac que j'avais acheté tout spécialement, avec le cadeau d'Alison (des boucles d'oreilles en argent) et un petit quelque chose pour moi (une boîte de préservatifs).

En saluant Mat et Bickley de la main, je m'en allai.

Il ne me fallait pas plus de soixante secondes pour me rendre chez Alison. L'Université de Harkness comptait douze « résidences ». Et ce n'était pas peu dire. Chaque résidence était immense, en briques ou en pierres, et abritait plusieurs centaines d'étudiants. Chacune avait son propre réfectoire et sa bibliothèque. Alison et moi appartenions tous les deux à la somptueuse résidence Beaumont, avec ses pointes de clocher gothiques et ses allées pavées d'ardoises. Je traversai la cour tout en m'émerveillant, comme toujours, de ce que les étudiants de Harkness empruntaient ce chemin depuis un siècle. Ma aurait voulu que je reste près d'elle et je la comprenais. Mais étudier à Harkness était une opportunité incroyable et je refusais de culpabiliser.

Devant l'entrée du bâtiment d'Alison, je frissonnai en jetant un œil par la petite vitre en forme de losange incrustée dans le chêne. C'était la troisième semaine de septembre et nous subissions une vague de froid. Mais mon frisson ? Il n'était pas dû à la météo. Soudain, je me sentais nerveux comme jamais.

Quelqu'un apparut dans l'entrée de l'autre côté de la porte. Le samedi soir, il y avait toujours beaucoup d'allers-retours, avec les étudiants qui rentraient des réfectoires, des bibliothèques et des cafés pour se préparer à sortir faire la fête. Tant mieux, je n'aurais pas à appeler Alison pour qu'elle descende m'ouvrir la porte.

— Salut, vieux.

Le type qui sortait du bâtiment était avec moi en cours de français.

— On fête quelque chose ce soir ? dit-il en regardant d'un air amusé le sac fantaisie que j'avais à la main.

— Son anniversaire, m'empressai-je de répondre.

— Ah. Amuse-toi bien, dit-il en me tenant la porte.

— Merci. À lundi, lançai-je tandis qu'il s'éloignait.

Je m'engageai dans les escaliers et le bruit de mes pas résonna sur les murs de pierre. J'aimais cette vieille cage d'escalier, avec ses marches en marbre et sa rampe en fer forgé. Les étudiants les gravissaient déjà pour monter dans leurs chambres à l'époque où le jazz commençait à peine à se faire connaître. Ce soir, pourtant, ce n'était pas du jazz que j'entendais. Derrière la première porte que je dépassai, on pouvait entendre les coups de feu d'un jeu vidéo. Dans les années trente, on aurait peut-être entendu des notes provenant d'un tourne-disque portatif. Ou peut-être un gramophone Victrola.

J'étais un inconditionnel d'antiquités, ce qui était plutôt curieux chez un type de mon âge. Mais penser au matériel audio d'autrefois me permettait de me calmer les nerfs. Je transpirais déjà après avoir gravi deux volées de marches dans les escaliers en colimaçon. En atteignant l'étage d'Alison, je continuai mon ascension. Il y avait un drôle de petit palier dix marches plus haut. J'y posai mon sac en prenant soin de maintenir la bouteille droite.

En prenant une grande inspiration, je retirai ma veste. Je n'avais absolument aucune raison d'être nerveux en présence d'Alison. Nous sortions ensemble depuis le printemps dernier, quand nous étions tous les deux en première année. Notre relation physique avait progressé lentement. J'étais déjà prêt à passer aux choses sérieuses, mais Alison m'avait annoncé dès le départ qu'elle était vierge et, quand je lui avais avoué que j'en étais au même point, elle avait paru terriblement soulagée.

J'étais patient avec elle, même si c'était parfois frustrant. Nous passions beaucoup de temps à nous embrasser l'un contre l'autre sur le canapé, mais elle avait de nombreux blocages sexuels si bien que je n'étais jamais certain, alors que nous nous pelotions, qu'elle ne me repousserait pas l'instant d'après. Je rentrais toujours chez moi chauffé à blanc, mais également tourmenté par les doutes. Et cet état était de loin le plus difficile à supporter. Je n'aimais pas m'interroger sur ce qui pouvait bien la retenir ainsi.

Plusieurs soirées avaient tourné court avant que j'essaie enfin de lui demander ce qui n'allait pas. Mais elle s'était contentée de répondre : « Je ne suis pas à l'aise », avant de changer de sujet.

Et quel genre de type mettrait la pression à sa petite amie pour qu'elle couche avec lui ? Pas moi, en tout cas.

De toute façon, nous passions d'excellents moments ensemble.

Alison riait toujours à mes blagues et j'aimais voir son visage s'illuminer quand je lui faisais un compliment. Je ne m'en privais pas,
d'ailleurs, parce qu'Alison était vraiment formidable. Elle était non
seulement intelligente et drôle, mais aussi magnifique. Avec sa chevelure blonde qui encadrait son beau visage, le mot *ange* me venait
immédiatement à l'esprit quand je la regardais.

Ma mère disait que l'Université de Harkness m'avait donné un
goût immodéré pour les jolies Blanches. « Il te faut une bonne Latina,
m'avait-elle dit. Quelqu'un qui ne méprisera jamais tes origines. »

La plupart du temps, j'ignorais les préjugés de ma mère. Mais
parfois, j'avais du mal à ne pas m'inquiéter et à ne pas interpréter les
réticences d'Alison. À Harkness, j'étais entouré de personnes bien
plus riches que moi, et Alison en faisait partie. Je craignais souvent
qu'elle pense que je n'étais pas assez bien pour elle.

C'était probablement de la paranoïa, rien de plus.

Les vacances d'été nous avaient séparés. J'avais passé le mois de
juin à travailler au restaurant de ma mère en essayant de ne pas
mourir d'une crise cardiaque sur le quai du métro chaque fois qu'elle
m'envoyait faire des courses. Le soir, avant de m'endormir, je restais
allongé sur mon petit lit étroit dans notre appartement exigu et discu-
tais avec Alison au téléphone, tandis que le climatiseur de fenêtre
soufflait son air vaguement froid sur mon corps à moitié nu.

Le sexe au téléphone n'était pas au programme, bien sûr, mais j'aimais entendre sa voix douce dans mon oreille, qui me racontait ses
activités de stagiaire dans la galerie d'art de San Francisco où elle
travaillait.

— Tu me manques, Rafe, disait-elle. J'ai pensé à toi en servant du
café à une table de vieilles dames. Elles avaient commandé du déca,
mais je leur ai donné du café régulier par inadvertance, parce que je
songeais à cette lettre que tu m'as tapée sur la vieille machine à écrire,
au lieu de faire attention à ce que je préparais.

J'avais éclaté de rire et elle m'avait soudain manqué encore plus
que d'habitude. J'avais donc continué à lui envoyer des lettres à l'ancienne. Et les semaines s'étaient écoulées.

En juillet, Alison m'avait appelé, tout excitée.

— Tu te souviens de ce programme international en Équateur
auquel j'ai postulé ?

Évidemment que je m'en souvenais. Après avoir été placée sur liste d'attente, elle avait imbibé de ses larmes l'épaule de mon sweat-shirt de Harkness.

— Une place est vacante ! Je pars la semaine prochaine !

— C'est formidable, avais-je répondu, content pour elle même si cela signifiait que nous ne nous parlerions pas pendant six semaines.

Le séjour en Équateur était un programme d'immersion et les étudiants n'étaient pas censés échanger avec l'extérieur pendant toute sa durée.

J'avais trouvé le temps long.

Il y a trois semaines, quand elle avait enfin débarqué dans le Connecticut par le bus de l'aéroport de LaGuardia pour entamer notre deuxième année, inutile de préciser que j'attendais impatiemment de la revoir.

Le soir même de son arrivée, je lui avais demandé de dormir dans mon lit pour la première fois.

— Je ne suis pas encore prêt à te laisser partir, lui avais-je dit. Reste avec moi. Ce n'est pas un guet-apens pour te déshabiller. Et Bickley ne rentre pas avant demain, de toute façon.

Son visage s'était radouci.

— D'accord, je veux bien.

À vrai dire, j'avais été étonné qu'elle accepte, car jusqu'à présent, chaque fois que je lui avais proposé de passer la nuit avec moi, elle avait refusé.

Mais pas cette fois. Je lui avais donné l'un de mes t-shirts et je l'avais trouvée particulièrement séduisante dans cette tenue. Bien sûr, quand nous nous étions allongés tous les deux sur mon lit, mon corps s'était fait toutes sortes d'idées. J'avais donc roulé sur le dos pour attirer sa tête contre mon épaule.

La sensation de son corps dans mes bras était exceptionnelle. J'aimais la tenir contre moi et la couvrir de gentils baisers.

— C'est agréable, dis-je.

— Oui, confirma-t-elle.

Nous gardâmes le silence pendant quelque temps avant qu'elle dise :

— Je sais que tu attends depuis longtemps de faire l'amour avec moi.

J'étais abasourdi qu'elle aborde la question, à tel point que je ne répondis pas tout de suite.

— C'est bon, dis-je enfin d'une voix étranglée.

— Nos anniversaires arrivent bientôt, poursuivit-elle. Ce pourrait être… le grand soir pour tous les deux.

Une fois de plus, j'étais trop ébahi pour répondre. Quelques secondes passèrent avant que je parvienne à acquiescer.

— Ce serait incroyable, murmurai-je.

— Oui, j'en suis sûre.

Elle me caressa le torse d'une main, effectuant un massage circulaire sur mes pectoraux. Pendant ce temps, ma queue était devenue aussi dure qu'une barre de fer rien qu'à l'idée qu'elle puisse réellement suggérer ce que je pensais qu'elle suggérait.

Je dormis très peu cette nuit-là. Et au cours des deux semaines qui suivirent, chaque fois que j'embrassais Alison avant de la quitter pour la nuit, j'étais si excité que c'en était presque comique.

Et maintenant ? Je me cachais dans une cage d'escalier, presque liquéfié tellement j'étais nerveux et impatient.

Trois étages et demi plus bas, la porte d'entrée se referma en claquant. J'entendis des bruits de pas. Quelqu'un montait les marches à petites foulées.

Je revins à la réalité. Il me fallut un moment pour replier ma veste sur mon bras et ramasser le sac du cadeau. Après une dernière vérification, je descendis lentement les marches comme s'il était parfaitement normal pour moi d'arriver par là. Si je croisais la personne qui montait, je hocherais nonchalamment la tête. *Tout va bien, il n'y a rien à voir. Juste un jeune de vingt ans comme un autre dont la carte tarif enfant expire ce soir. Circulez.*

Mais je n'en eus pas l'occasion. Les pas s'arrêtèrent et j'entendis que l'on frappait contre une porte en bois. Le déclic d'une poignée s'en suivit.

— Surprise ! s'écria une voix d'homme.

Étrangement, la voix semblait provenir de la porte d'Alison. Sans trop savoir pourquoi, je descendis à pas de loup les trois ou quatre marches suivantes. Au moment même où Alison s'exclamait avec stupéfaction : « Oh, mon Dieu ! Mais qu'est-ce que tu fais ici ? » le type m'apparut.

Il était grand et mince, mais mon attention fut tout de suite attirée par la Rolex étincelante qu'il portait au poignet. Comme je viens de New York, je les repère à cent mètres. M. Rolex était un homme riche.

— Je t'avais *dit* que je voulais te revoir. Et quel meilleur moment que ton anniversaire ?

Il entra dans la chambre d'Alison, disparaissant à ma vue.

Sans doute la gravité me donna-t-elle un coup de pouce, car je dévalai les dernières marches assez rapidement pour glisser mon pied entre la porte et son châssis. Ce que je vis alors me donna la nausée. M. Rolex avait passé les bras autour de la taille d'Alison et plaqué ses lèvres contre les siennes.

Les lèvres de *ma* copine.

— Qu'est-ce qui se passe ici, putain ? dis-je en poussant la porte.

Comme la question résonnait dans mon esprit tel un gong retentissant, je la répétai une seconde fois.

— Qu'est-ce. Qui. Se. Passe. Ici. Putain ?

Les bras d'Alison tombèrent brusquement le long de son corps comme si elle venait de recevoir une décharge électrique. M. Rolex la lâcha pour se tourner vers moi.

— Qui es-tu ? demanda-t-il, les sourcils remontant jusqu'à sa coupe de cheveux à cent dollars.

— Qui je suis ? Je suis *le petit ami*, m'exclamai-je avec indignation avant de poursuivre sans parvenir à m'arrêter. Son petit ami depuis avril dernier. Ça fait… cinq mois. Presque six.

Comme si le compte précis avait une quelconque importance.

La bouche d'Alison s'ouvrit et se referma comme celle de mon ancien poisson rouge, qui vivait dans un bocal sur le rebord de la fenêtre dans notre appartement.

M. Rolex, lui, n'était pas aussi muet. Et il avait l'air presque aussi étonné que moi.

— Son *petit ami* ? Nous avons passé six semaines ensemble en Équateur et tu n'as jamais mentionné de petit ami.

Manifestement, je n'étais pas le seul à tenir le compte exact.

— Je *t'avais dit* que je ne cherchais pas de relation, chuchota-t-elle dans sa direction.

— Mais tu ne m'as jamais précisé *pourquoi*. Maintenant, je passe pour un idiot.

M. Rolex avait tout de même le courage d'assumer sa déconvenue.

Maintenant que j'étais dans la chambre depuis près d'une minute, d'autres menus détails parvenaient à ma conscience. M. Rolex avait un bouquet de roses à la main.

Des fleurs ! J'avais oublié les fleurs. Pour les étaler sur le lit.

Un instant. Il n'y aurait pas d'étalage de pétales. Ni de lit. Mon cerveau engourdi ne parvenait pas à englober le problème dans son intégralité. C'était trop *inattendu*. Je ne m'étais jamais demandé si Alison voyait quelqu'un dans mon dos. Même si nous n'avions jamais couché ensemble, nous étions *ensemble*. Depuis longtemps.

Je restais planté là, bouche bée, mon petit sac ridicule à la main, lorsque je me rendis compte que j'avais laissé passer une information de taille.

— Si elle ne cherchait pas de *relation*, demandai-je à M. Rolex, alors que cherchait-elle ? Un adversaire pour ses parties de Scrabble ?

La vérité me consumait le cœur et mes joues prirent feu.

— Un compagnon d'études ? Un massage des pieds ?

Je me tournai vers elle.

— Ce soir, nous devions perdre ensemble notre virginité, Alison.

— Euh, *ça* ce n'est pas possible, lâcha M. Rolex.

Ce fut à ce moment que mon cœur commença à se désagréger. Alison avait dit qu'elle n'était pas prête pour le sexe, mais en réalité, elle ne voulait tout simplement pas le faire avec *moi*.

L'humiliation que je ressentais était comme un monstre à tentacules, qui me broyait partout en même temps. J'exhalai un dernier souffle brûlant, puis je tournai les talons.

— Je suis désolée, Rafe, dit-elle lorsque j'ouvris brusquement la porte. Je suis vraiment désolée.

Tu m'étonnes. Sa porte se referma en claquant dans mon dos. Très fort. Si fort qu'elle aurait pu réveiller les fantômes des étudiants qui avaient vécu dans la résidence Beaumont quand elle était encore neuve.

CHAPITRE
DEUX

Bella

Le nouveau coach de hockey venait de siffler la fin du troisième entraînement de la saison.

À présent, mes gars en nage retournaient dans les vestiaires pour laisser tomber leurs casques et leurs équipements sur les bancs. Le visage rouge et les cheveux poisseux, ils se dépouillèrent de leurs couches successives avant de filer sous la douche.

Je me campai au beau milieu de la salle, ma planche à pince à la main. Plaçant deux doigts dans ma bouche, je produisis un sifflement sonore qui se répercuta sur le carrelage. J'avais enfin leur attention.

— Les gars, écoutez-moi ! J'aimerais deux minutes de votre temps !

Un silence relatif retomba dans la salle et je pus reprendre une voix normale.

— Avant toute chose, à moins que vos mères passent plus tard pour nettoyer derrière vous, n'oubliez pas de laisser vos serviettes mouillées dans le panier en partant.

Ce message était adressé aux sportifs de première année. Ils avaient toujours besoin d'être un peu maternés en début de saison.

— Maintenant, repris-je. Je n'ai récupéré que dix-sept formulaires médicaux. Ça veut dire que sept d'entre vous doivent me remettre le leur, sinon ils ne pourront pas participer à la mêlée de pré-saison de la semaine prochaine contre ces minables de Quinnipiac.

— Minables ! lança quelqu'un, visiblement du même avis que moi.

— Enfin, je passe les commandes pour notre équipement *demain matin*. Alors, si vous avez des soucis de matériel, je dois en être informée tout de suite.

Davies, un défenseur de dernière année, tourna vers moi son corps massif nu comme un ver. Il posa une main sur son torse, feignant la surprise.

— Qui accuses-tu d'avoir des *soucis de matériel*, Bella ? Mon ego fragile de mâle ne supporte pas ce genre d'insinuations.

Je levai les yeux au ciel.

— Ton matériel est au top niveau, Davies. Mais si tu viens me voir la semaine prochaine pour me dire qu'il te faut une nouvelle crosse, c'est toi qui paieras de ta poche la livraison en vingt-quatre heures.

— Ma crosse est en parfait état de marche, dit-il avec un sourire narquois.

— Super. Tu pourras me faire une démonstration un de ces jours.

— Attends, dit-il en levant la main. Tu peux nous commander d'autres lacets extra-larges pour patins ?

— Sans problème, répondis-je en prenant note de la demande.

Je balayai la salle du regard pour voir si quelqu'un d'autre essayait d'attirer mon attention. Mes yeux se posèrent sur les étudiants de première année auxquels j'avais attribué des casiers adjacents dans un coin des vestiaires. L'un d'eux en particulier me jetait des coups d'œil réguliers.

— Les garçons, n'ayez pas peur de me demander ce dont vous avez besoin, d'accord ? Mieux vaut me prévenir avant qu'il soit trop tard.

— Des protège-dents ? demanda le nouveau dont j'avais croisé le regard par-dessus son épaule.

Il s'appelait O'Hane et avait un visage poupin avec des taches de rousseur sur le nez. Il ne tournait que sa tête dans ma direction, protégeant ses parties intimes du côté de son casier.

— Nous entreposons les protections basiques dans le placard à fournitures, mais si tu as besoin de matériel spécifique, tu devras me préciser le modèle.

— D'accord, merci, dit-il. Et...

J'attendis qu'il parle, mais il se pencha d'abord vers son casier pour s'emparer d'une serviette qu'il noua autour de sa taille. Il se retourna alors, les bras croisés comme pour se protéger.

— Y a-t-il un magasin d'articles de sport dans le coin ?

— Eh bien...

Harkness n'était pas une grande ville et les options étaient vite limitées en matière de commerces accessibles à pied.

— Il n'y a nulle part où acheter de l'équipement, si c'est ce que tu veux dire. Pas à moins d'avoir une voiture.

Et la majeure partie d'entre nous n'en avait pas, car les places de stationnement étaient rares.

— On trouve facilement des chaussures et des sweat-shirts, par contre. Que cherches-tu ?

Ses joues rosirent.

— Du matériel. Je peux voir le catalogue ?

— Bien sûr.

Je le lui remis et attendis qu'il le feuillète en tapant du pied. Il s'arrêta vers la fin du livret, une ride soucieuse plissant son front juvénile.

— Un problème ? demandai-je.

Il leva vers moi un regard nerveux.

— Il me faut... répondit-il en baissant tellement la voix que je faillis bien ne pas entendre la fin de sa phrase. Une coquille.

— Oh, mon chou, c'est facile.

Il l'ignorait peut-être, mais la queue, c'était l'une de mes spécialités. Je lui pris le catalogue des mains.

— À quelle marque es-tu habitué ?

Son visage rougit de plus belle.

— Je ne m'en souviens pas, dit-il, les yeux rivés au sol. Je me suis trompé et j'ai apporté celle de mon petit frère au lieu de la mienne.

Ah, sacrés nouveaux. Ils n'avaient pas l'habitude de se prendre en charge.

— Celle que tu as ne te convient pas ? Ta coquille te casse les œufs ?

Il eut un rire nerveux.

— Oui. Mais ce ne sont pas les mêmes dans le catalogue.

— Bah, ce n'est pas sorcier. Tu la portes sous un short de compression ou un suspensoir ?

— Suspensoir.

— Tu veux que ton joystick pointe vers le bas ou tu préfères le tourner vers le haut ?

— Le bas, dit-il en s'adressant au plancher.

Je lui donnai une tape sur l'épaule.

— Aucun problème, O'Hane. J'ai la situation bien en mains, si je puis dire. Je vais passer commande.

— Merci, dit-il d'une voix étranglée avant de se diriger vers les douches.

Notre nouvel entraîneur passa à ce moment-là.

— Coach Canning ! m'écriai-je en l'arrêtant.

— Oui ?

Le nouveau chef était bien plus jeune que l'ancien, qui venait de prendre sa retraite. Il avait un petit côté ours mal léché que je n'appréciais pas. Certains semblaient croire qu'il fallait nécessairement être bourru pour inspirer le respect.

Je lui adressai néanmoins un sourire chaleureux.

— Je passerai une commande de matériel demain matin. Si vous voulez ajouter quelque chose à la liste, vous pouvez m'envoyer un e-mail ce soir.

— Merci, dit-il en faisant claquer son chewing-gum. Dis-moi, c'est normal que tu sois dans les vestiaires, toi ?

— Euh… fis-je en consultant ma montre.

Le barbecue ne commençait pas avant une bonne demi-heure et je n'étais pas responsable de l'organisation. C'était un boulot de fillettes.

— Je devrais être ailleurs en ce moment ?

Il fronça les sourcils.

— Non, je voulais dire… ça ne dérange pas les gars ?

Je ne pus m'empêcher d'ouvrir de grands yeux étonnés. *Sérieusement ?*

— Coach Canning, les joueurs sont dans les vestiaires. Je ne peux pas leur apporter ce dont ils ont besoin si je n'y suis pas moi aussi.

— Oui, c'est exact, répondit-il avec une expression indéchiffrable sur son visage renfrogné.

— N'oubliez pas, ajoutai-je lentement, que les femmes journalistes étaient déjà autorisées dans les vestiaires avant ma naissance. Y compris *ces* vestiaires-là.

Il me dévisagea pendant un moment avant de s'en aller sans ajouter un mot.

Je restai les bras ballants à me demander ce qui venait de se passer. En tant que manager étudiant de notre équipe masculine de hockey sur glace, j'étais chargée de résoudre les problèmes des joueurs et d'organiser tous leurs déplacements. J'étais douée pour ça. Bien sûr, ce genre de poste était *généralement* occupé par un homme, mais il n'était stipulé nulle part que c'était obligatoire. Les seules qualités requises étaient une attitude positive et une passion dévorante pour le hockey. Mon portrait craché. Sans doute Coach Canning se rendrait-il compte tôt ou tard que j'étais taillée pour ce poste.

Quoi qu'il en soit, c'était l'heure du barbecue annuel.

Pourtant, pour la première fois, je n'éprouvais pas le même enthousiasme qu'à chaque début de saison de hockey. Ces gars-là étaient mes plus proches amis. Dans quelques semaines, nous passerions tous les week-ends à sillonner la côte est ensemble, disputant des matchs du Maine jusqu'à Newark. Je pourrais assister à chaque match depuis le banc de touche – la meilleure chose au monde.

Malgré tout, ce soir je me sentais… déprimée. Avec un peu de chance, une bière et un sandwich au porc effiloché me remonteraient le moral.

Quelques heures plus tard, j'étais dans le jardin de notre ancien entraîneur à la retraite, toujours aussi mélancolique. Les rituels du barbecue annuel du coach avaient rythmé la soirée. Nous avions ingurgité des quantités astronomiques de nourriture. Il ne restait plus de salade de pommes de terre ni de salade de chou. On éclusait les bières. Cette année, nous avions droit à deux discours – celui de notre entraîneur sortant (qui incluait plusieurs citations d'anciens présidents) et celui du nouveau. Comme toujours, nous avions des cupcakes pour le dessert, car la femme de l'entraîneur adorait ça.

Mais j'étais toujours en proie à un vague à l'âme inattendu.

D'abord, je ne pouvais nier que les coéquipiers qui avaient obtenu leur diplôme l'année passée me manquaient terriblement. J'avais du mal à croire que nous puissions commencer une nouvelle saison sans Hartley, Groucho et Smitty. Ça me paraissait inconcevable.

Non seulement ils me manquaient, mais ce que leur absence

impliquait me faisait soudain terriblement peur. Parce que c'était *ma* dernière année. Comment était-ce possible ?

J'observai le jardin obscur du coach avec un regard neuf. Dans un an, la majeure partie de ces joueurs se retrouveraient à nouveau ici pour célébrer le coup d'envoi d'une nouvelle saison. Mais moi, où serais-je ?

Pour tout dire, je n'en avais aucune idée. Pas la moindre. Jusqu'à présent, je ne m'étais pas vraiment posé de questions. Quatre ans, cela m'avait toujours paru très long. Alors chaque fois que ma famille m'interrogeait sur mes projets post-universitaires, c'était facile de répondre de manière évasive.

Au lieu de m'inquiéter de l'avenir, je m'étais consacrée à mes études passionnantes (la psychologie), au plus beau sport du monde (le hockey) et à mes meilleurs amis (les joueurs). Pourtant, mainte- nant, j'avais l'impression que cet excellent livre touchait à sa fin et les quelques pages qu'il me restait dans la main droite me paraissaient soudain insuffisantes.

La fête était bientôt terminée et je m'étais rapprochée des copines des joueurs. Il y avait Amy, la petite amie de notre nouveau capitaine Trevi, ainsi que celle de notre gardien de but, Orsen, dont j'avais oublié le prénom.

— Tu es ici avec qui ? me demanda la nouvelle copine d'Orsen.

Ce n'était pas la première fois qu'on me posait cette question. J'ou- vris la bouche pour lui expliquer que je n'étais pas la petite amie d'un joueur lorsque cette peau de vache d'Amy me coupa l'herbe sous le pied.

— Elle est ici avec *tout le monde*, dit-elle en ricanant.

Charmant. Amy était l'une de ces copines de joueurs qui ne m'avaient jamais aimée.

— Je suis le manager étudiant, expliquai-je.

Cette peste d'Amy ne méritait même pas que je me fâche.

— Oh, s'exclama la nouvelle fille. Ce doit être excitant.

— Il faut croire, persifla Amy.

Je m'efforçai de ne pas lever les yeux au ciel. Ce n'était pas rare que les petites amies des joueurs ne sachent pas sur quel pied danser avec moi. Elles n'aimaient pas savoir que je voyais souvent leurs copains en tenue d'Adam. Et elles n'aimaient pas se demander si, moi aussi, je m'étais déjà mise en tenue d'Ève devant eux. Le prix à payer pour être moi-même, c'était que ma réputation me précédait souvent. Il se trouve que j'avais déjà couché avec Trevi une fois, avant qu'il rencontre Amy. Mais ça remontait si loin que je ne me souvenais même plus des détails.

Parfois, les Amy que comportait ce monde m'exaspéraient. Mais ce soir, je gardai mon calme, pour ne pas laisser gagner les pestes dans son genre.

— C'est un boulot formidable. Le banc de touche est le meilleur emplacement pour assister aux matchs, expliquai-je.

Si les copines des joueurs avaient une raison de me jalouser, c'était bien pour mes privilèges les soirs de match. Parce que le hockey était d'enfer sous cet angle et qu'elles rataient quelque chose.

À quelques mètres de là, Trevi et Orsen étaient en grande conversation au sujet de l'année qui attendait les Bruins.

— Tu ne peux pas dire qu'il y a des lacunes dans leur formation, objectait Orsen.

— Tu as raison, répondit Trevi en riant. À ce niveau-là, ce sont des gouffres intersidéraux.

— Les gars, intervins-je. Le gouffre intersidéral, il est là, dis-je en désignant ma bouteille vide. Une autre bière ?

— Je vais les chercher, dit Orsen. De toute façon, le coach ne va pas tarder à nous mettre dehors. Il est presque dix heures.

Il se dirigea vers la table des bières.

— Quoi de neuf, Bella ? me demanda alors Trevi en vidant sa bouteille en prévision de la tournée suivante.

— La routine. J'essaie de mettre les gars de première année à leur aise. Et je cherche un sujet pour mon mémoire. Et toi ? C'est vrai que les Blackhawks ont des vues sur toi ?

Trevi sourit.

— Juste un œil. Ça ne veut pas dire pour autant qu'ils vont se mettre à genou pour me faire leur demande.

— J'ai un bon pressentiment à ce sujet, lui dis-je en lui serrant amicalement le bras.

Amy fit la grimace, comme si elle avait avalé de travers. Mais ne lui en déplaise, les projets d'avenir de Trevi m'intéressaient. Plusieurs recruteurs tournaient autour de l'équipe. Mes gars avaient fait les gros titres l'an dernier, terminant la saison à la deuxième place du pays. Nul doute que la ligue nationale de hockey allait nous en rafler quelques-uns.

Vous voyez ? Tout le monde avait des projets sauf moi. Ou, à défaut de projets, au moins avaient-ils des rêves.

— Salut tout le monde !

Je tournai la tête pour découvrir l'un de mes anciens rêves, justement, qui faisait son entrée dans le jardin du coach. Michael Graham était le deuxième garçon dont je sois vraiment tombée amoureuse. Et – parce que j'étais la championne des désastres amoureux –, le deuxième à m'avoir brisé le cœur.

— Tu nous as manqué à l'entraînement aujourd'hui, dit Trevi, exprimant tout haut ce que je pensais. Je me demande encore pourquoi tu as choisi le journalisme sportif alors que tu m'aurais été bien utile sur la ligne bleue.

Mon ex-défenseur préféré se contenta de sourire.

— Je me suis éclaté aujourd'hui.

— À quoi faire ?

Je me hissai sur la pointe des pieds pour lui déposer un baiser sur la joue en prenant soin de ne pas m'y attarder. Je ne voulais pas me laisser piéger par mes souvenirs. Oublier la sensation de sa peau contre la mienne m'avait demandé de gros efforts.

Il me donna une tape amicale dans le dos avant de répondre.

— J'ai passé quatre heures sur le fleuve avec l'équipe d'aviron. Je pensais y aller en tant qu'observateur, mais l'un des gars avait un problème de genou. Alors le capitaine m'a dit : « Mec, monte là-dedans. Nous allons te montrer ce que c'est, l'aviron. »

En ricanant, Graham se frotta le ventre.

— Bon sang. C'est dur de ramer. Mes abdos ne sont pas près de l'oublier.

L'an dernier, je lui aurais proposé de les embrasser pour les aider à guérir plus vite. Malheureusement, cet honneur était réservé à quelqu'un d'autre aujourd'hui. J'accrochai un sourire à mon visage, mais j'avais le cœur serré de voir mon ami aussi ouvertement *heureux*.

Disparu, le Graham désabusé que j'aimais. Il avait été remplacé par cette créature enjouée que j'aurais du mal à reconnaître sans ses muscles saillants familiers et ses yeux d'un bleu de glace. Le Graham que je connaissais autrefois ne souriait pas à tout venant. Il était maussade et un peu blasé, comme moi. Pourtant ces derniers temps, il *rayonnait*.

N'y avait-il donc *personne* d'autre au monde qui soit désorienté dans la vie ?

— À quoi ressemble ta formation de défense cette année ? demanda Graham à Trevi.

— Je suis sur écoute ?

— Non, idiot, répondit Graham en riant. C'est juste une conversation entre amis.

Trevi sourit.

— Ils sont jeunes, mais teigneux. J'aime bien ces nouveaux, vraiment.

Nous nous tournâmes d'un bloc pour regarder O'Hane et les autres joueurs de première année qui s'étaient regroupés près de la table des bières.

— Ils ont un bon coup de patin, observai-je. Le jeune Hopper m'a particulièrement plu à l'entraînement aujourd'hui.

— Attendez, fit alors une autre voix. Qui plaît à Bella ? J'ai besoin de cette info pour les paris de début de saison.

Big-D, un défenseur de dernière année, nous rejoignit d'un pas pesant avant de poser les mains sur ses hanches.

— On a fait une cagnotte et celui qui aura prédit quel nouveau Bella attirera dans ses filets en premier raflera la mise.

La petite amie de Trevi gloussa avant de plaquer une main sur sa bouche.

Charmant.

Une fois de plus, je ne me laissai pas décontenancer, même si ce commentaire me faisait mal. C'était vrai que je couchais souvent avec des joueurs de hockey. (Un à la fois, en général.) Mais les joueurs n'étaient pas des saints, eux non plus. Et personne ne lançait de paris à *leur* sujet.

Deux poids, deux mesures.

Je n'étais pas la seule à ne pas apprécier Big-D ni ses remarques. À côté de moi, je sentis la pression sanguine de Graham monter d'un cran.

— Abruti, lâcha-t-il. Ne commence pas, sinon je…

— Non.

Je posai une main sur le torse de Graham.

— Laisse tomber, vieux. Tout le monde sait que Big-D me casse uniquement parce qu'il sait que je ne coucherai pas une deuxième fois avec lui. La première m'a amplement suffi.

Il pinça les lèvres, mais je n'avais pas peur de lui. Je m'écartai de Graham et adressai un sourire insolent à Big-D.

— Tu devrais savoir qu'il ne faut pas énerver le manager de l'équipe. Tu risquerais d'atterrir dans les chambres d'hôtel les plus miteuses à chacun de nos déplacements jusqu'au mois d'avril. Il se pourrait que les lames de tes patins ne soient pas aiguisées et que je perde tes tickets-repas.

— Je plaisantais, Bella, fit-il avec un sourire gêné. Tu ne ferais pas ça.

— Tu crois ?

Essaie un peu pour voir.

— Le public est difficile pour un samedi.

Big-D secoua sa grosse tête, comme si nous étions tous un peu trop susceptibles, puis il se retourna pour rentrer dans la maison.

— Je déteste ce crétin, dit Graham après son départ.

— Il manque juste de confiance en lui, répondis-je.

C'était la vérité. Big-D n'était pas un beau garçon comme Graham, ni un esprit vif comme Trevi. Et il n'avait pas non plus la convivialité naturelle d'Orsen. Il était plus difficile à aimer, et il en était conscient. Par conséquent, il se déchaînait, quitte à passer pour plus odieux qu'il ne l'était.

Je vous ai déjà dit que je faisais des études de psycho ?

La vérité, c'était que les gens parleraient toujours dans mon dos pour la simple raison que je ne me cachais pas d'avoir eu de nombreux partenaires sexuels. Les filles qui s'aventuraient sur ce terrain étaient montrées du doigt. Je connaissais la musique.

Cela dit, pour être honnête, j'avais en effet lorgné du côté des nouveaux tout à l'heure, pour évaluer les options qui m'étaient offertes. L'an passé, j'étais rentré avec un joueur de première année après ce même barbecue. La proximité avec les sportifs les plus sexy de Harkness était l'un des avantages principaux de mon boulot.

— Que penses-tu de l'équipe de football américain cette année ? demanda Trevi à Graham pour changer de sujet, parce qu'un bon capitaine sait toujours à quel moment désamorcer les tensions.

Graham se mit à parler des quarterbacks. Comme je n'étais pas une grande fan de football, je l'écoutais d'une oreille, le menton levé vers le ciel pour contempler les étoiles. Harkness était situé dans une région plutôt industrielle du Connecticut et, en temps normal, la pollution lumineuse était trop forte pour qu'on les aperçoive.

Une fois de plus, je sentais mon humeur battre de l'aile. La température dégringolait en ce moment, annonçant l'approche de l'hiver. J'avais le froid dans la peau. Je me rapprochai de Graham qui passa un bras sur mes épaules. J'appréciais le geste, mais ça ne résolvait pas mon problème. Le sentiment de vide que j'affrontais ce soir était trop vertigineux pour un simple câlin amical ou les quelques bières que j'avais bues.

Les traiteurs étaient en train de plier boutique, marquant la fin du barbecue de début de saison.

Mon *dernier* barbecue de début de saison.

L'année qui m'attendait me faisait penser à ce sablier géant du Magicien d'Oz, qui s'égrenait pendant que Dorothée paniquait.

Derrière moi, un groupe de joueurs éclata de rire en réaction à une blague que je n'avais pas entendue. Leurs voix joviales retentirent dans la nuit et je me sentis plus seule que jamais.

CHAPITRE
TROIS

Rafe

Après mon départ précipité de la chambre d'Alison, je ne rentrai pas chez moi.

Pendant deux heures, je flânai sans but dans le campus. Muré dans ma colère, je passai devant la bibliothèque des livres rares dont les murs de pierre si particuliers se dressaient tels des monolithes au-dessus de ma tête. J'arrivai devant le monument en hommage aux étudiants morts dans chaque guerre depuis la Révolution. Je poursuivis ma route en passant par le cimetière et la patinoire de hockey.

Mon esprit était un circuit fermé de colère et de confusion. À quel moment m'étais-je planté ?

Mon téléphone sonna dans la poche de ma veste. Je n'avais pas envie de regarder. Il était hors de question que je parle à Alison maintenant. Quand je sortis mon téléphone pour répondre, ce n'était que le restaurant, qui me demandait si je souhaitais maintenir ma réservation pour la soirée.

— Je suis désolé, dis-je au maître d'hôtel. Nous avons changé d'avis.

C'était le moins qu'on puisse dire.

La température avait sévèrement chuté. Il faisait même étonnamment froid pour un soir de septembre. J'avais les mains froides, je n'avais pas dîné et il était sans doute temps de rentrer. Courir les rues ne m'apportait aucune réponse, de toute façon. J'étais un bon gars et j'avais été un bon petit ami. Ma seule erreur, c'était d'avoir été stupide.

Je rejoignis d'un pas lourd la grille de la résidence Beaumont, où je dus me frayer un chemin dans la foule d'étudiants qui sortaient pour se rendre à telle fête ou telle autre. J'allais passer la soirée seul, après avoir dit à tous mes coéquipiers de foot de ne pas compter sur moi puisque je devais fêter mon anniversaire avec Alison.

Et pour quel résultat ?

Je gravis mollement l'escalier de pierre qui conduisait à ma chambre du premier étage. J'ouvris la porte, me préparant à donner des explications au fiasco de ce soir.

« Nous avons rompu », point final. Je n'étais pas disposé à en dire plus.

Si les lampes étaient allumées, la salle commune était vide. Mes yeux parcoururent la pièce à la recherche de signes éventuels. Les deux verres en cristal de Bickley étaient sur la table basse, avec des traces de vin rouge. Je me tournai vers la porte de notre chambre. Elle était fermée.

Il n'y avait pas de signal sur la poignée, mais Bickley me croyait absent pour la nuit. J'allais devoir procéder avec circonspection.

Immobile, je tendis l'oreille. J'entendais des notes de musique étouffées, provenant sans doute de la chambre que je partageais avec Bickley. Et pourtant, la porte de l'autre chambre – celle de Mat – était également fermée.

Je retirai ma veste et la déposai sur notre sofa en cuir de luxe. Alors que la majeure partie des salles communes étaient décorées dans le style Squat Américain le plus pur, la nôtre était d'un extrême raffinement. C'était à Bickley que nous le devions. Son père était un vénérable noble britannique et sa famille roulait sur l'or. Les meubles qu'il avait achetés pour notre chambre valaient plusieurs fois tout ce que ma mère et moi entassions dans notre minuscule appartement de Manhattan.

Seul dans toute cette opulence, je m'assis au bord du canapé en me demandant comment occuper ma soirée. Que fait un type le soir où il apprend que sa soi-disant petite amie a fait les quatre cents coups avec un fils à papa dans une tente en Équateur ? Il regarde la télé ? Joue aux jeux vidéo ?

Se fait hara-kiri ?

Des gémissements me parvinrent depuis notre chambre. *Évidemment.* C'était pile le fond sonore dont j'avais besoin ce soir. Et d'abord, où était la télécommande ? Il me la fallait tout de suite. Je tâtonnai entre les coussins du canapé sans la trouver.

C'est alors que j'entendis des grognements dans la chambre de Mat.

Non mais je rêve ! Mes *deux* colocataires s'envoyaient en l'air ? L'univers essayait-il de me dire que j'allais *mourir* vierge ?

Aux abois, je me mis à quatre pattes pour chercher désespérément cette fichue télécommande sous le canapé. Bickley avait paramétré son système vidéo complexe de telle sorte qu'il fallait absolument la télécommande et la liste d'instructions dignes de la NASA qu'il avait accrochée aux boiseries du mur.

Malheureusement, la bande-son sexuelle se poursuivait en stéréo derrière moi. Ma frustration en fut décuplée et mes mains se mirent à trembler de rage contre le monde entier.

Mon pied rencontra le sac ridicule que j'avais transporté toute la soirée et manqua de le renverser. Je capitulai. Attrapant le sac, je me levai et sortis dans la cage d'escalier, laissant la porte se refermer derrière moi. Je n'avais nulle part où aller. Comme ma promenade dans le froid m'avait fatigué, je m'assis à même les marches tel le minable que j'étais.

La seule chose dont je disposais, c'était une bouteille de vin hors de prix. Je sortis la bête de son sac. Grâce à ma longue marche, le champagne était froid. Ou du moins, il était frais. J'aurais pu jeter le sac et son cadeau dans la première poubelle venue, mais quel gâchis, après tout.

Bah, en avant pour me saouler au champagne. Je coinçai la bouteille entre mes cuisses et déchirai le papier doré qui entourait le goulot.

Une légère bourrasque souffla depuis le rez-de-chaussée. Quelqu'un était entré dans le bâtiment. Des bruits de pas se firent entendre. Le nouveau venu allait bientôt apparaître et se demanderait pourquoi j'étais assis là, aux prises avec le fil de fer d'une bouteille de champagne dans ce maudit escalier.

Venez voir le Plus Grand Loser que la Terre ait jamais porté, mesdames et messieurs ! Approchez, approchez !

Je laissai tomber le fil de fer dans le sac avant de m'attaquer au bouchon. Je préférais éviter de me crever un œil. Cette soirée était déjà bien assez pitoyable comme ça, et pourtant si j'avais appris une chose, c'était bien que l'on pouvait toujours tomber plus bas.

— Tiens, tiens, *salut* toi.

Je levai les yeux pour voir la tête de ma voisine préférée émerger dans les escaliers.

— Salut, Bella.

C'était parfaitement logique que la résidente la plus sexy du bâtiment F soit là pour assister à ma déchéance dans la cage d'escalier. *Dios.* Je n'étais pas à une humiliation près.

Pour être honnête, Bella avait toujours été gentille avec moi. Elle m'adressa un sourire radieux et, au lieu de continuer jusqu'à sa chambre au troisième et dernier étage, elle s'assit à côté de moi sur les marches, les mains jointes.

— On fait la fête tout seul ?

— Oui. Mais si j'arrive à ouvrir ce truc, je veux bien partager.

J'inclinai la bouteille à l'opposé de nos visages et tirai lentement le bouchon.

Rien ne se produisit.

— Je peux t'aider ?

Encore un sujet de honte. De toute évidence, les gars capables de déboucher du champagne n'appartenaient pas à la catégorie des cocus.

Bella me sourit et ce sourire m'acheva. J'avais toujours eu un faible pour elle, même si je ne me l'étais jamais avoué. Je l'avais repérée l'an passé quand j'étais en première année. Il y avait quelque chose de si vivant chez cette fille. Bella avait toujours une étincelle dans le regard et les joues roses – le genre de couleur qui ne s'obtenait pas en se maquillant, mais en riant fréquemment de bon cœur.

Nous n'avions pas eu l'occasion de faire connaissance avant notre emménagement en début de mois, quand je l'avais aidée à porter quelques cartons jusque chez elle. Comme elle était en dernière année, elle occupait une chambre individuelle au troisième étage sous l'avant-toit du bâtiment – une pièce aux plafonds inclinés avec une fenêtre sortie tout droit du conte de Hansel et Gretel.

— Belle chambre, m'étais-je exclamé en posant les cartons.

J'étais fasciné par l'architecture de Harkness, où aucune chambre ne ressemblait à une autre.

Les antiquités. Je ne m'en lasserais jamais.

— Oui, mais c'est du sport, avait répondu Bella en haletant.

J'avais essayé de ne pas remarquer sa poitrine qui se soulevait et s'abaissait sous son t-shirt de l'équipe de hockey de Harkness. Debout dans sa chambre le premier jour de l'année, j'avais soudain pris conscience de notre proximité physique. Certaines filles s'habillaient pour se mettre en valeur, avec des jupes courtes et des hauts moulants, mais Bella parvenait à exsuder la sensualité même en tenue de sport et sans maquillage.

Elle m'avait toujours fait de l'effet, même si je la trouvais un peu intimidante. Non seulement nous étions voisins, mais nous suivions aussi le même cours d'Études d'Urbanisme ce semestre. Je la remarquais plus souvent que je voulais bien l'admettre.

Et maintenant ? Nous allions boire ensemble. Je comptais me morfondre tout seul dans mon coin, mais après tout, une amie pouvait me changer les idées. Si toutefois je parvenais à ouvrir cette bouteille.

Bella attendait avec patience, non sans un léger amusement.

— Tu l'as déjà fait ?

— Ça se voit tant que ça ?

— Je peux te donner un conseil ? Essaie de le faire tourner doucement.

— De le faire tourner ?

Les instructions que j'avais dégotées sur internet cet après-midi ne parlaient pas de faire tourner le bouchon.

— Fais-moi confiance. Je suis très douée de mes mains.

Elle me donna un coup de coude taquin.

Je sentis mon cou rougir, comme toujours quand Bella faisait des sous-entendus. Et elle en faisait souvent, alors ça ne voulait sûrement rien dire. Je ne devrais sans doute pas me mettre dans tous mes états. Mais Bella était si sexy qu'en sa présence, j'avais toujours les paumes moites. La manière dont elle me regardait me rendait excessivement conscient de mon corps, et de tous les usages que je pouvais en faire.

En théorie.

Bref, passons.

Concentré sur ma tâche, je fis légèrement tourner le bouchon comme elle me l'avait conseillé. Sous ma main, je le sentis céder. Une demi-seconde plus tard, une détonation satisfaisante résonna dans la cage d'escalier et le bouchon s'envola pour rebondir contre une moulure en chêne avant de dégringoler au bas des marches.

Bella posa les mains sur ses genoux et éclata de rire.

— Pour quelqu'un de vierge, tu t'es bien débrouillé.

Seigneur... ! Mon cœur manqua un ou deux battements. Était-ce *si* évident que ça ? Je portais des stigmates ou quelque chose de ce genre ? Ou j'avais un gros panneau lumineux au-dessus de la tête ?

Elle se leva pour aller chercher le bouchon, puis elle me le tendit.

— Voilà. Un souvenir de ta première fois.

Oh. J'expirai avec soulagement. Elle faisait juste allusion à la bouteille de champagne, *estupido.* Mes épaules se détendirent sensiblement.

— Tiens, dis-je en lui tendant la bouteille. À toi l'honneur de la première gorgée.

— Quel gentleman.

Bella prit la bouteille et l'inclina délicatement sur ses lèvres. Elle but une gorgée, mais dut aussitôt s'essuyer la bouche quand la mousse remonta dans le goulot de la bouteille. Elle rit.

— J'aime bien le petit côté spontané de cette fête, mais la prochaine fois que nous traînerons comme des pouilleux dans le couloir, j'apporterai du bourbon.

Elle me passa la bouteille.

— Ça marche, dis-je en buvant à mon tour.

Si mon cœur était amer, ce n'était pas le cas du vin. Il était délicieux.

— Pourquoi sommes-nous là dehors, si je peux te poser cette question ?

J'eus un ricanement sec.

— L'appartement est un peu animé en ce moment. Pas la salle commune, mais...

Je secouai la tête. Bella gloussa.

— Vraiment ? Tes deux colocs sont occupés ?

— Oui, fis-je en me raclant la gorge. Le couloir était encore le meilleur endroit où m'installer en attendant que les murs aient cessé de trembler.

— Moi, à ta place, j'aurais demandé si je pouvais me joindre à eux, dit-elle, les yeux pétillants de malice. Mais c'est moi.

Je parvins à sourire sans avaler ma langue. J'avais été élevé dans une maison où l'on ne parlait jamais de sexe. On ne pouvait pas dire que j'avais fait le choix conscient d'être quelqu'un de prude, mais j'ignorais simplement comment ne pas l'être.

Bella se leva.

— Allez, viens. Tu pourras me raconter ton histoire larmoyante à l'étage.

— Quoi ?

Elle me fit signe.

— J'ai des meubles. Et des verres aussi.

Elle s'empara de la bouteille de champagne et prit mon sac fantaisie.

— Debout.

Enfin, sans attendre de voir ce que je faisais, elle tourna les talons et monta les marches.

CHAPITRE
QUATRE

Bella

Pendant une seconde, je me demandai s'il allait me suivre. Mais
après un instant d'hésitation, j'entendis Rafe m'emboîter le pas.
C'était une bonne chose, car je n'avais absolument pas envie d'être
seule ce soir, à me lamenter sur mes incertitudes.

Les escaliers se terminaient sous le toit mansardé et s'étrécissaient
au niveau du palier. Au dernier étage, il n'y avait que deux portes – la
mienne et une autre chambre individuelle, qui était entrouverte. Des
enceintes stéréo diffusaient de la musique classique à l'intérieur.

— Bonsoir, Lianne, dis-je en direction de la porte de ma voisine.
J'ai de la visite, si tu veux te joindre à nous.

Un silence.

Je souris intérieurement. J'étais volontairement restée vague quant
à la *raison* pour laquelle Lianne aurait pu nous rejoindre. En temps
normal, j'étais une personne plutôt gentille. Mais le dégoût qu'exprimait Lianne envers ma vie privée avait fait ressortir mon mauvais
côté dès le premier jour.

Ma voisine n'approuvait pas la fréquence à laquelle les hommes
me rendaient visite. Je la voyais souvent froncer les sourcils derrière
sa porte ouverte quand je passais avec l'un des joueurs de hockey qui
partageaient parfois mon lit. Nos deux chambres ouvraient sur une
petite salle de bain commune, et un jour Lianne était tombée nez à

nez avec un type nu dans notre douche. Elle avait pincé les lèvres avec désapprobation.

Lianne me prenait pour une vraie salope.

Quant à elle, elle semblait vivre comme une nonne. Je ne l'avais jamais vue avec un homme et elle ne paraissait avoir aucun ami.

— Bonne nuit, lançai-je dans l'entrebâillement de sa porte.

Je n'obtins aucune réponse.

Tant pis.

Je donnai un coup de clé dans ma serrure et laissai la porte ouverte pour Rafe. Puis, je posai son sac en papier brillant sur mon lit et allai chercher deux verres de cafétéria dans le tiroir de mon bureau. J'y versai lentement le champagne en inclinant les verres pour ne pas les remplir de mousse. J'eus la main plus légère en me servant, car j'avais déjà bu deux bières. En revanche, je remplis le sien à ras bord.

Rafe entra dans la chambre un instant plus tard et referma la porte derrière lui. C'était un vrai canon, avec de grands yeux noirs et un visage magnifique. Rafe était un footballeur et il en avait le physique. Il n'était pas aussi baraqué que les joueurs de hockey que je fréquentais, mais son corps musclé était délicieusement sexy.

Quoi d'autre ? J'étais fascinée par les types capables de courir pendant deux heures d'affilée. L'endurance était une excellente qualité chez un homme…

Rafe jeta un regard circulaire.

— Ta chambre est super. J'adore les plafonds en pente.

— Hmm, fis-je d'un air évasif.

Ces plafonds pouvaient vous causer de sérieuses bosses à la tête – et ailleurs – si vous ne prêtiez pas attention.

Je tendis un verre à Rafe et m'assis sur le lit, dos au mur.

— Installe-toi, lui dis-je.

Les yeux de Rafe balayèrent la chambre et je le vis évaluer la situation. À part le lit, ma chaise de bureau était la seule option, et sept livres s'y empilaient déjà.

— Viens ici, proposai-je en tapotant la place à côté de moi.

Ce soir, c'était ce dont j'avais besoin – une rencontre fortuite avec un type manifestement esseulé. Une distraction.

Un coup d'un soir, si je jouais bien. Et je jouais toujours bien.

— Je ne mords pas, lui promis-je. Mais j'aimerais que tu m'expliques pourquoi tu es aussi bien habillé, et pourquoi tu transportes une bouteille de champagne ainsi que…

Je soulevai le sac dans ma main libre et le retournai sur le lit. Deux objets s'en échappèrent : une petite boîte entourée d'un ruban élégant et un paquet de préservatifs intact. *Oh, oh.*

— Tiens, on dirait que tu avais prévu une belle soirée. Que s'est-il passé ?

Rafe s'assit à côté de moi en grognant.

— C'est trop gênant pour en parler.

Comme c'est chou.

— Je suis désolée. Mais tu sais, l'humiliation, ça me connaît.

Il leva furtivement les yeux d'un air étonné.

— Je te bats haut la main.

— Sérieusement ? Mes humiliations pourraient faire un bras de fer avec les tiennes et les écraser sans problème en chantant *We Will Rock You* de Queen.

— Impossible.

Rafe haussa ses beaux sourcils.

— Bien sûr, maintenant tu as éveillé ma curiosité.

— Qu'est-ce que je gagne si je l'emporte ?

J'avais bien quelques idées en réserve, évidemment.

Il entrechoqua son verre avec le mien et but une gorgée.

— Je partage déjà mon champagne avec toi. Raconte-moi tes malheurs.

— Toi d'abord, exigeai-je pour connaître sa réaction.

— *Dios.*

Il fit rouler ses épaules et détacha le premier bouton de sa chemise, exposant un triangle de peau bronzée.

— Tu n'auras que la version courte. Je sortais avec une fille depuis le printemps dernier, mais elle a passé l'été dans un programme d'études en Amérique du Sud.

— Attends ! dis-je en récupérant la bouteille sur mon bureau pour remplir à nouveau son verre. Je m'en souviens. Cette blonde arrogante ? Alison avec un seul L.

Il parut étonné.

— Oui, c'est bien elle.

— Continue.

Il soupira.

— Elle est revenue de ses vacances d'été. Je pensais que tout allait bien...

Je pris la boîte de préservatifs sur le lit.

— Je vois ça.

Rafe baissa les yeux.

— Ce soir, nous devions faire une petite fête d'anniversaire.

— Celui de qui ?

Il leva vers moi ses yeux couleur expresso.

— Les nôtres, à tous les deux. Tu le crois ?

— Tu te fous de moi ! Vous avez la même date d'anniversaire ?

Cette histoire s'améliorait à chaque instant, et je n'avais pas encore entendu la chute.

— Joyeux anniversaire, Rafe.

— Merci. Mais avant que tu me dises que nous étions faits pour nous rencontrer, laisse-moi te raconter le moment où son copain de baise du programme à l'étranger a débarqué ce soir avec des fleurs, pile en même temps que moi.

Ça alors.

— Tu es sérieux ? Elle te trompait ?

Il hocha tristement la tête.

— Il arrive avec ses : « Salut, bébé ! Surprise ! » Et moi je lui dis : « Tu es qui, toi ? C'est moi son petit ami. » Et là il me répond à mots couverts que, en gros, il est son copain de baise.

— Oh, Rafe !

Je lui pris la main et la serrai.

— Pauvre chéri. Qu'est-ce que tu as fait ?

Il se contenta de secouer la tête.

— J'ai fiché le camp en vitesse. Bon débarras.

— Eh bien...

Aussi déçue que je sois de voir mes perspectives s'envoler en fumée, j'avais pour règle de ne jamais coucher avec quelqu'un qui était déjà en couple. Et peut-être que tout n'était pas perdu entre Rafe et sa princesse BCBG.

— Elle pensait peut-être que vous n'étiez pas exclusifs l'un envers l'autre. Est-ce possible que ce soit un malentendu ?

L'expression de Rafe s'assombrit.

— Impossible. Il était *très* clair que nous devions nous attendre. Et elle m'a fait croire qu'elle avait attendu.

— Quelle pétasse ! m'exclamai-je avec une joie trop évidente.

— C'est tout à fait vrai. Je veux dire… elle savait *très bien* ce que ça signifiait pour moi. Elle le savait. Et ce type avec qui elle m'a trompé…

Il secoua vivement la tête.

— Elle aurait pu me gifler que ça n'aurait pas été plus clair.

— Pourquoi ? Qui était-ce ?

— Je ne l'avais jamais rencontré. Mais c'était un fils à papa en costume chic. Notre cauchemar habituel.

Je hurlai de rire sans pouvoir m'en empêcher.

— Rafe ? Est-ce que c'était une citation de *Quand Harry rencontre Sally* ?

Il posa les yeux sur moi et je vis un sourire poindre sur son visage.

— C'est possible. Ma mère adore les comédies romantiques.

Comme c'est chou.

— Et un fils dévoué doit bien en regarder avec sa mère de temps en temps, non ? Histoire d'être gentil. Et surtout pas parce qu'elles sont irrésistibles.

Son sourire s'agrandit et j'en éprouvai des palpitations. Parce que ce sourire… ? Il était éblouissant.

— C'est ça. Je ne fais que mon devoir.

Nous restâmes un moment assis à nous regarder. Je ne pouvais m'empêcher de contempler ses lèvres. Elles étaient d'un rouge rosé plutôt foncé. Je me demandais quel effet elles feraient sur les miennes.

C'était toujours la même histoire avec moi. J'adorais les hommes et leur diversité. La texture de leurs cheveux me donnait envie d'y passer les mains. Ceux de Rafe étaient noirs et brillants. J'imaginais leur souplesse sous mes doigts. Et ce torse musclé m'appelait. La semaine passée, je l'avais vu faire son jogging torse nu et il avait des abdos si fermes qu'on aurait pu y faire rebondir des pièces de monnaie.

À cette évocation, je m'interrogeai sur l'odeur de sa peau et me demandai si ses abdominaux se contracteraient quand je le toucherais.

J'aimais les hommes et j'aimais le sexe. Terriblement. Je serrai une fois de plus la main de Rafe dans la mienne.

— Je suis désolée que ta copine te trompe.

— Je suis un tel *idiota*.

— La trahison donne toujours cette impression.

Et j'en sais quelque chose.

— Disons que ça fait écho à beaucoup de choses chez moi. Ma mère n'en sera pas étonnée.

— Elle n'aimait pas Alison ?

Rafe fit la grimace.

— Elles ne se sont jamais rencontrées, mais Alison vient d'une famille aisée. C'est une fille de Californie et tout ce que ça représente, tu vois ? J'avais toujours cru que ça ne la dérangeait pas. Nous avons tout de suite bien accroché tous les deux, l'an dernier. On s'amusait bien. Mais c'est avec M. Rolex qu'elle couche.

— Et avec toi, soulignai-je.

Rafe exagérait peut-être un peu avec cette histoire de différence sociale.

Il regardait fixement ses mains.

— Pas aujourd'hui, murmura-t-il. Même si j'imagine qu'il vaut mieux l'avoir découvert avant.

— Absolument pas ! me récriai-je. Quitte à se faire briser le cœur, autant s'être amusé avant. Au lieu de ça, tu te prends la trahison en pleine face, avec de la frustration sexuelle en prime.

Il sirotait son vin d'un air stoïque.

— La frustration sexuelle, ça n'a jamais tué personne.

J'étais sûre d'avoir frôlé la mort à quelques occasions, mais je me gardai de lui en faire part.

— Tu devrais pouvoir trouver un moyen de te venger, dis-je pour le taquiner. Lui piquer son téléphone et rompre avec son copain de baise par texto.

Il ricana.

— Tu es diabolique.

— Uniquement quand c'est mérité. Et la vengeance a un effet très cathartique.

Je fis mine d'écrire sur un téléphone imaginaire.

— Désolée, M. Rolex, mais tu n'es pas très doué au plumard. Je t'appellerai si je suis désespérée un jour.

Rafe secoua la tête.

— Au moins, je pourrai rendre les boucles d'oreilles.

Il jeta la petite boîte à bijoux dans le sac.

— Ce n'était pas vraiment dans mon budget, mais je voulais lui offrir un joli cadeau. Je croyais que notre relation allait durer longtemps.

— C'est exactement la raison pour laquelle je ne suis jamais en couple.

Parce qu'il y a toujours une gentille personne comme toi pour venir me rappeler que c'est une mauvaise idée.

Rafe pencha la tête sur le côté.

— Et toi, comment ça va ? Je crois que c'est ton tour de me raconter une histoire gênante. Parce que je suis à peu près sûr de l'emporter haut la main.

— Même pas en rêve.

La vérité, c'était que mon humiliation aurait pu danser le tchatcha autour de la sienne, mais j'avais déjà décidé de garder la pire anecdote pour moi. J'allais plutôt lui raconter ma *seconde* expérience la plus humiliante.

— Tu n'es pas obligée de m'en parler si tu n'en as pas envie, mais sache que je ne le répèterai pas.

Je savais qu'il ne le répèterait pas. Son visage plus que n'importe quel autre exprimait la confiance. Je remarquais chez lui une gravité que je ne voyais pas souvent chez les garçons de notre âge.

Après une gorgée de champagne pour me donner du courage, je lui racontai la terrible matinée que j'avais vécue en janvier dernier.

— J'ai un ami, avec qui je couchais de temps en temps. Nous avions arrêté de le faire depuis un an, sur sa décision. Et il ne m'avait jamais vraiment expliqué pourquoi…

Je m'interrompis pendant une seconde, m'imaginant dans la chambre de Graham en train de le déshabiller. En général, nous étions saouls et étourdis. Ce n'était pas facile de retirer le jean de Graham quand il était bourré, mais je ne m'en plaignais pas. Graham n'aimait s'envoyer en l'air que lorsqu'il avait bu. Cela aurait dû me mettre la puce à l'oreille. Avec quelques autres indices. Mais je ne les voyais pas. J'avais toujours porté des œillères en ce qui concernait Graham.

Rafe attendait patiemment que je continue mon histoire. Je n'en avais *jamais* parlé. Avec personne. Mais quelque chose dans son regard soutenu me donna la force de poursuivre.

— Je m'étais attachée à lui, avouai-je.

Cet aveu non plus, je ne l'avais jamais fait à haute voix. Et ce n'était pas facile. À l'université, il me semble que l'on est encore un peu jeune pour vivre le grand amour. Ça ne fonctionne jamais.

Et pourtant, j'avais espéré.

— Même si nous ne faisions plus rien ensemble, je pensais toujours qu'un jour nous formerions un couple pour de bon. Parce qu'il me comprenait mieux que la plupart des gens. Nous étions des amis très proches. Nous nous disions tout. Du moins, c'était ce que je *pensais*.

Je dus m'arrêter pour déglutir.

— Tu n'es vraiment pas obligée de me le raconter, dit Rafe avec tendresse.

Seigneur. De toute évidence, je n'étais pas aussi douée que je le croyais pour sauver les apparences dans les moments difficiles. Je me raclai la gorge.

— Je l'ai surpris avec quelqu'un d'autre.

— Ça craint, dit Rafe d'une voix douce.

Je levai la main.

— Ce n'est pas le problème. Je ne m'étais pas imaginé qu'il resterait seul quand nous avions arrêté de coucher ensemble. Le truc, c'est que je l'ai surpris avec un *homme*.

Rafe haussa les sourcils.

— Oh. Je ne pensais pas que ton histoire prendrait cette tournure-là.

— Moi non plus, dis-je avec un rire nerveux.

— Ce n'était peut-être qu'une seule fois. Ou alors, il est bi.

Je secouai la tête.

— Ce n'était pas qu'une seule fois, et il n'est pas bi. Il est engagé dans une relation sérieuse avec son petit ami maintenant. C'est ridicule comme ils sont heureux ensemble. Et quand je les ai découverts ce matin-là…

Je m'interrompis, car c'était impossible à exprimer. À ce moment-là, je l'avais *su*. Tout d'un coup, je comprenais ce que j'avais refusé de voir jusqu'alors. Toutes les nuits que nous avions passées ensemble, ivres et confus, ne signifiaient rien pour lui.

Cette matinée désastreuse de l'hiver dernier, c'était un corps à corps conscient que j'avais surpris, le fruit du désir, le genre d'étreinte qui survient spontanément quand on se réveille auprès de l'être aimé, incapable de résister à l'envie qui monte. Et quand j'avais vu Graham embrasser Rikker, il y avait plus de passion et de tendresse sur son visage que je n'en avais encore *jamais* vu.

On pouvait dire ce qu'on voulait sur toutes les folles nuits que j'avais connues. Mais je *savais* à quoi ressemblait le véritable amour. J'étais sans doute restée plantée trente secondes de trop ce matin-là, à essayer d'encaisser ma déception.

Je poussai un profond soupir.

— Je ne l'ai *jamais* rendu aussi heureux qu'il l'est en ce moment. Loin de là.

— Ça craint, Bella.

— Oui, vraiment. Mais ce sont les mensonges qui m'ont fait le plus mal. Je croyais que nous nous disions tout, ajoutai-je.

J'avais horreur de me sentir aussi pathétique. C'est difficile d'admettre que l'on vit à la périphérie de quelqu'un alors que l'on s'imaginait être au centre de son monde.

— Il aurait dû jouer cartes sur table avec toi. Mais il avait peut-être peur.

Pas peur de moi, objectai-je en mon for intérieur. J'aimais me dire que j'étais à l'épreuve des balles. Ce qui faisait du mal aux autres filles (comme se faire traiter de salope quand on a le dos tourné) ne me dérangeait pas tant que cela. Pourtant, j'avais eu beaucoup de mal à surmonter le chagrin immense causé par Graham. Certes, il n'avait jamais officiellement été à moi, mais apprendre qu'il ne le serait jamais avait été un véritable choc.

Par ailleurs, je me considérais comme un excellent juge de la nature humaine. Mais à *deux* reprises maintenant, les hommes dont j'étais tombée amoureuse n'avaient pas été capables de m'aimer en retour.

Depuis, je me contentais du sexe et gardais mon cœur instable en dehors de ça.

Je descendis la fermeture de ma veste de hockey et la retirai.

— Pour couronner le tout, ajoutai-je, j'étais tellement pressée de sortir de là que ma veste s'est accrochée dans la poignée de la porte.

Je la montrai à Rafe.

— Elle s'est déchirée. Je ne l'ai toujours pas fait recoudre.

Rafe me prit la veste des mains pour inspecter l'accroc.

— Ce n'est pas méchant. Il faut juste quelques points. Tu devrais t'en occuper avant que les bords s'effilochent.

— Tu as raison. Je l'apporterai au pressing de Chapel Street demain.

— Et payer vingt dollars pour une réparation de dix centimètres ? s'exclama Rafe, visiblement atterré. Tu n'as pas de nécessaire à couture ?

Il se trouve que j'en avais un, justement.

— La seule chose que je sais faire, c'est coudre un bouton.

Rafe leva les yeux au ciel. Cette expression convenait très mal à la plupart des hommes, mais sur son visage aux traits ciselés, elle était très sexy.

— Donne-moi ça, je vais le raccommoder.

— Tu es sérieux ?

Je descendis du lit et me dirigeai vers mon bureau. Tout au fond du tiroir, derrière les surligneurs que je n'utilisais jamais, je retrouvai ma petite trousse à couture.

— Je l'ai achetée au coin d'une rue, à Chinatown, parce que la pochette en soie me plaisait, mais je ne sais pas coudre.

Il me la prit des mains.

— D'où viens-tu ?

— De New York.

Rafe leva les yeux.

— Moi aussi. Quel quartier ?

— Devine.

Il ricana, car je l'avais mis au pied du mur. Les New Yorkais avaient des vues très arrêtées sur leurs différents quartiers.

— Eh bien, tu ne t'habilles pas assez collet monté pour être de l'Upper East Side.

Il me toisa du regard.

— Alors… Je dirais l'Upper West Side. J'ai vu juste ?

Je lui répondis avec un grand sourire.

— À moitié. Je suis allée à l'école dans le West Side, mais j'ai grandi dans une maison de ville entre la 78e Est et Madison.

— Waouh, fit-il avec un sourire désabusé. Mais où sont tes perles ?

— Très drôle.

— À ton tour, dit-il en manipulant le nécessaire à couture. Je viens d'où ?

— De Staten Island, dis-je pour plaisanter.

— *Quoi ?*

À présent, nous riions de bon cœur. Je venais en effet de mentionner le plus ringard des cinq districts. Et je m'en félicitais, car cela me permettait de contempler à nouveau le magnifique sourire de Rafe.

— Je te taquinais. Pourquoi pas Red Hook ? C'est ma réponse.

— Tu es loin du compte, dit-il en prenant une aiguille. Je viens de Washington Heights. Ma famille y tient un restaurant dominicain.

Il regarda l'aiguille dans sa main.

— Le fil est déjà enfilé, c'est pratique.

— Comment se fait-il que tu saches coudre ?

Rafe haussa les épaules.

— Ma mère m'a appris les bases quand j'étais petit.

— Montre-moi, lui proposai-je.

Ses longs doigts tenaient une aiguille d'où pendait un fil à couture noir.

— Ça ne jurera pas avec le gris ? demandai-je.

— Bien sûr, fit-il.

Il enroula l'extrémité du fil au bout de son doigt avant de le faire rouler contre son pouce, révélant un petit nœud. Il posa la veste sur ses genoux et passa la pointe de l'aiguille à travers la poche pour attacher le fil.

— Bon, tu vois ?

Je regardai attentivement la poche. Le nœud était allé se loger dans le pli, où il était presque invisible.

— Oui ?

— Si les points restent en surface, on ne les verra même pas de l'autre côté.

Cela ne signifiait pas grand-chose pour moi, mais peu importe. Rafe se pencha sur ma veste et ne travailla pas plus de dix-sept secondes avant de faire un autre nœud en me demandant des ciseaux.

— Ce ne sont pas des ciseaux, ça ? dis-je en sortant une paire minuscule de la trousse à couture.

Il sourit.

— Mon petit doigt ne passera même pas. Tu vas devoir le faire.

Il me rendit la veste et je la regardai de plus près pour constater que la couture déchirée avait retrouvé sa place, plaquée contre le tissu comme avant l'incident. Rafe avait refermé l'accroc comme par magie.

J'ouvris la poche pour y trouver une rangée de points bien nets presque trop discrets pour être vus à l'œil nu.

— Ça alors, comment as-tu fait ?

— Je suis doué de mes mains, dit Rafe, une lueur dans le regard.

L'expression sur son visage me réchauffa le ventre. *Oh, toi…* J'adorais les hommes capables de me renvoyer mes propres blagues. Je me demandais ce qu'il ferait si je l'embrassais. Mon pouls s'accéléra rien qu'à cette idée.

— Merci, Rafe. Vraiment.

Il haussa les épaules et croisa les bras sur sa poitrine. Malgré sa chemise élégante, je pouvais voir les contours de ses biceps sous le tissu.

— C'est la seule partie de ta mésaventure que je sois capable d'arranger, dit-il à voix basse.

Oh, cet homme ! Qu'une fille puisse le tromper, voilà qui dépassait l'entendement. C'était à se demander si elle ne maltraitait pas des petits chiots à ses heures perdues. Sans plus réfléchir, je posai une main sur le muscle qui reliait son cou à son épaule, y exerçant une légère pression.

À côté de moi, Rafe retint son souffle.

Mes doigts remontèrent sur le col de sa chemise, puis son cou. Il était chaud et ferme, et je n'avais pas envie d'arrêter de le caresser.

Rafe tourna le menton vers moi, presque imperceptiblement, pour améliorer le contact de ma main.

Je me dressai sur les genoux, oubliant la veste qui glissa au sol. Rafe me regardait et le temps sembla suspendu. J'adorais ce moment – la tension palpable, quand « fera, ne fera pas » devenait la seule question en jeu.

— Rafe, murmurai-je. Il y a peut-être une partie de *ta* mésaventure que je peux arranger.

Il déglutit péniblement et son regard se posa sur mes lèvres, mais il ne bougea pas. Au lieu de ça, le temps ralentit et je sentis chaque fibre de sa personne prendre conscience de ma présence. Son corps s'immobilisa et ses yeux s'assombrirent.

Pendant quelques battements de cœur, je laissai Rafe se faire à cette idée. Quand je posai lentement mon autre main sur sa poitrine, il lâcha un grognement de surprise. Il ne bougeait toujours pas d'un cil et me regardait d'un œil avide.

— Je t'ai toujours trouvé sexy, murmurai-je en appuyant ma paume contre ses pectoraux. Le moment me paraît bien choisi pour te le dire.

C'était la pure vérité. Et la vérité, comme j'avais pu l'apprendre, était plus sexy que tout.

Manifestement, il était d'accord avec moi, car son beau visage se rapprocha. Les lèvres de Rafe, étonnamment douces, effleurèrent les miennes et il soupira. Il s'attarda sur les commissures sensibles de mes lèvres, me mordillant tout doucement avant de plaquer avec plus de ferveur sa bouche chaude et ferme.

Mon cœur faillit s'arrêter, séduit par sa manière silencieuse de prendre le contrôle. *Mama mia.* Il ne m'enlaçait pas sauvagement. Il n'en avait pas besoin. C'était une conquête subtile. Je reçus un baiser lent et insistant. Puis un autre. Sa poitrine s'avançait lentement vers la mienne, jusqu'à ce que je sente la chaleur qui émanait de son corps. Je n'eus d'autre choix que de presser mes seins contre lui tandis qu'il approfondissait notre baiser.

J'entendis un gémissement rauque et me rendis compte qu'il provenait de moi.

Rafe passa deux doigts sous mon menton. Son autre main effleura ma taille avec une telle légèreté que je faillis ne pas m'en apercevoir.

Cet homme me touchait à peine et j'éprouvais déjà une envie éperdue. J'entrouvris les lèvres sous les siennes. La première fois que sa langue glissa sur la mienne, mon désir redoubla. Il avait le goût du bon vin et du sexe. Mes doigts agrippèrent sa chemise en coton. *Ralentis,* m'intimai-je. Mais l'intense vibration que je ressentais chez Rafe ne me facilitait pas la tâche. Nous avions tous les deux passé une mauvaise journée. Il était logique que nous cherchions à évacuer la pression par une bonne séance de jambes en l'air.

Qui n'en ferait pas autant ?

Souriant contre ses lèvres, je montai sur ses genoux. Alors que mon corps se détendait contre le sien, il poussa un gémissement de désir.

Je le ressentis *partout.*

— Bella, chuchota-t-il entre deux baisers. *Me matas.*

Il suffisait d'avoir grandi à New York pour savoir le traduire. *Tu me tues.*

Oh, bon sang. J'avais envie qu'il chuchote à nouveau comme ça.

Toute la nuit, peut-être. Des pensées érotiques déferlaient dans mon esprit. J'imaginais Rafe jurer en espagnol à mon oreille tout en me plaquant contre le mur de la douche. Ses mains halées sur mes seins pâles...

Pendant ce temps, il m'embrassait à me faire perdre la raison. On en apprend beaucoup sur quelqu'un à travers ses baisers. Rafe n'était ni rapide ni maladroit. Il embrassait avec une parfaite application. Chaque caresse de sa langue sur la mienne était déterminée et virile. C'était merveilleux, mais j'avais envie d'aller plus loin.

Pour accélérer le mouvement, j'entrepris de déboutonner sa chemise, révélant la peau lisse de son torse. Avant même d'atteindre le dernier bouton, je m'étais déjà penchée pour lui embrasser la gorge.

Il était aussi délicieux qu'il en avait l'air.

Rafe inclina la tête en arrière et prit une grande inspiration. À présent, il avait du mal à se maîtriser et c'était une belle musique à mes oreilles. D'un geste empressé, je le délestai de sa chemise pour faire courir mes mains sur ses tablettes de chocolat. Des bras musclés m'enveloppèrent. Maintenant, ses caresses n'étaient plus aussi timorées. Il me serra contre lui tout en m'embrassant avec ardeur, s'abreuvant à mes lèvres. Ses grandes mains descendirent jusqu'à mes fesses et rapprochèrent un peu plus mon corps du sien jusqu'à ce que je sente à travers son pantalon à quel point je l'excitais.

C'était tout simplement magique.

Tandis que nous nous échauffions, ses mains soulevèrent l'ourlet de mon t-shirt et ses doigts se déployèrent sur ma peau. C'était agréable, mais je n'étais pas une fille patiente. Aussitôt, je passai mon t-shirt par-dessus ma tête. Rafe sembla revenir brusquement de son état de transe. Une fois que je me fus dégagée, il ne chercha pas à poursuivre son baiser. Au lieu de ça, il prit un moment pour me regarder. Ses yeux noirs parcoururent mon corps avec une intensité dont je n'étais pas coutumière. J'aurais pu me demander s'il me trouvait des défauts, mais ses mains me caressaient toujours avec vénération, glissant sur mes côtes pour venir se refermer sur mes seins, engoncés dans leur soutien-gorge.

— Enlève-le, suppliai-je. Enlève *tout*. Et je veux aussi que tu te déshabilles.

Ses yeux s'agrandirent. Pendant un moment, je crus avoir tout gâché. J'en avais trop fait, trop rapidement. Mais il prit une profonde inspiration.

— Tu en es sûre ? demanda-t-il d'une voix rauque.

— Est-ce que j'ai l'air de douter ?

Je passai les mains dans mon dos pour dégrafer mon soutien-gorge et le jeter au sol.

Il poussa un autre grognement et ses mains somptueuses remontèrent le long de ma cage thoracique pour s'emparer de mes seins. Rafe plongea alors dans ma bouche et ses baisers se firent intenses et exigeants.

Le paradis.

Enfin, il nous coucha sur le lit et passa l'une de ses jambes musclées entre les miennes. À part cela, il ne chercha pas à augmenter la pression. On aurait dit qu'il prenait tout son temps pour m'embrasser. Il me serrait dans ses bras comme on protègerait un trésor contre son torse. Sa main libre décrivait des cercles langoureux au creux de mes reins, s'aventurant sur mes fesses de temps à autre pour les empoigner.

C'était divin, mais je ne m'en contentais pas. Il était encore bien trop habillé. Je voulais poser les mains sur l'érection impressionnante qui me narguait à travers ses vêtements depuis que j'étais montée sur ses genoux. Ma main alla se poser sur sa braguette et défit le bouton de son pantalon.

Il interrompit notre baiser pour me regarder, tandis que l'air allait et venait dans ses poumons. Dans ses yeux, j'avais l'impression d'être le sujet d'étude le plus important au monde, comme s'il s'apprêtait à noter ses observations sur une feuille de papier.

Sous son regard pénétrant, je descendis sa fermeture éclair jusqu'à sentir son pantalon se détendre. Je glissai une main sur ses abdominaux parfaits jusqu'à sa taille. Il tressaillit quand je passai la main sous la ceinture de son boxer pour effleurer son sexe. Il baissa alors son pantalon pour me faciliter l'accès.

C'est toujours risqué de sourire lors de la Grande Révélation, mais c'était plus fort que moi.

— *Ça alors*, Rafe. Tu es *splendide*. Mais où étais-tu pendant tout ce temps ?

J'adorais les queues, et pas uniquement les grosses. La sienne était vraiment exquise – longue et épaisse, elle n'était pas circoncise. Une goutte annonciatrice perlait à son extrémité. Je me pliai en deux pour pouvoir la lécher.

Le ventre de Rafe se crispa quand je le touchai du bout de la langue et, à mi-voix, il proféra une série de jurons en espagnol.

— Hmm, soupirai-je en le mettant tout entier dans ma bouche.

J'aimais son goût, son poids sur ma langue, et les bruits pressants qui sortaient de sa gorge. Rafe était une bête de sexe.

Deux mains puissantes me soulevèrent sous les bras pour me ramener à nos baisers. Alors qu'il me tenait fermement les fesses, je le sentis appuyer entre mes jambes. Je tendis les hanches pour exercer une légère friction. Il poussa un gémissement qui se répercuta dans tout mon corps comme une boule de flipper illuminant tout sur son passage.

— *Tan hermosa*, murmura-t-il en reculant pour baisser la tête vers ma poitrine.

Son baiser se radoucit et sa langue effleura imperceptiblement mon téton.

— Encore, chuchotai-je en me tortillant contre lui.

J'avais envie de faire céder sa retenue. Heureusement, ses doigts glissèrent au même moment vers la ceinture de mon pantalon de survêtement. Sa longue main allait franchir l'élastique de ma petite culotte, quand elle s'arrêta pour me caresser le ventre. *Nooon ! Il faut continuer, belle main !* Je m'emparai de sa bouche en espérant l'encourager.

Sa main poursuivit son chemin et ses doigts glissèrent enfin dans la moiteur du désir que j'avais accumulé pour lui. *Ouiii !*

Ce fut à ce moment que la modération de Rafe s'envola. Nous gémissions ensemble, nos langues entremêlées. Tout n'était que chaleur et mouvement. Je quittai mon pantalon avec son aide et nous repoussâmes tous nos vêtements au pied du lit.

Nous étions à nouveau l'un contre l'autre et il me serrait comme pour empêcher nos corps de s'écarter un tant soit peu. Ses mains tremblantes effleuraient ma taille et descendaient pour jouer avec mon clitoris avant de remonter aussitôt. Même s'il était dur et déjà humide, il ne se pressait pas. Cet homme somptueux était en adoration devant mon corps.

Et sa petite amie le trompait ? Ce devait être une parfaite idiote.

CHAPITRE
CINQ

Rafe

Quand j'étais petit, il m'arrivait d'aller nager à la piscine munici-
pale de la 173ᵉ rue. Au-dessus de la surface, c'était bondé, bruyant et
frénétique. Mais dès que je plongeais la tête sous l'eau, le monde se
taisait et je m'abandonnais à des sensations pures.

M'abandonner à Bella me faisait le même effet. Le monde se rédui-
sait à la taille de son matelas. Tandis que je la caressais, la réalité était
étouffée par sa peau douce et laiteuse et le bruit de nos respirations.

Je savais que si je cessais d'y penser – si je sortais ma tête de l'eau
–, le monde réel m'attendait toujours, tapageur et hostile. Mais elle et
moi, nous nagions ensemble, nos mains et nos langues mêlées. Je
n'avais pas envie de remonter à la surface pour respirer. Plus jamais.

Bella se redressa et je suivis son mouvement. Elle me tendit alors
la boîte de préservatifs. Malgré mon désir enivrant, je parvins à l'ouvrir. Ils sortirent en chapelet, comme ces sucettes rouges suspendues
au-dessus de la caisse à la *bodega* du coin de la rue – le marchand
détachait un sachet de la guirlande si on voulait lui en acheter une. Je
déchirai un emballage et laissai les autres glisser au sol.

Je manipulai précautionneusement le papier, prenant soin de ne
pas déchirer le latex à l'intérieur. Mais il refusait de s'ouvrir.

— Laisse-moi faire, chuchota Bella.

La sensation de sa main autour de mon sexe annihilait presque ma
capacité à réagir et je faillis ne pas l'entendre.

Je lui remis le préservatif, trop excité pour me soucier de ne pas paraître assez viril pour m'acquitter de la tâche. L'incident de la bouteille de champagne me revint en mémoire. Une heure plus tôt, je ne me doutais pas de la tournure que prendrait cette soirée.

Je n'en revenais toujours pas.

Que la sulfureuse Bella soit nue à mes côtés me semblait impossible à croire. Qu'elle s'agenouille près de moi, une main sur ma hanche, pour ajuster un préservatif sur mon *pene*...

— C'est ta marque habituelle ? demanda-t-elle d'une voix douce, utilisant ses deux mains pour le dérouler. On dirait qu'il est étroit. Franchement, tu devrais prendre la taille supérieure. Je dis ça comme ça.

Je ne répondis pas, car je n'avais pas envie d'avouer que je n'avais aucune « marque habituelle ». Il n'y avait absolument rien d'*habituel* dans ce moment. Je ne voulais même pas me poser de questions.

Je pris Bella par les mains et l'attirai sur mes genoux pour l'embrasser à nouveau. Tant que ma bouche était sur la sienne, je n'avais pas à réfléchir. Des sensations, encore, *por favor*. Plus d'action, moins de bavardages.

Et surtout pas de réflexion. Plus jamais.

Bella m'enjamba volontiers. Très volontiers. Elle referma l'une de ses jolies mains autour de ma taille et me laissa reprendre possession de sa bouche. *Cristo.* La manière dont elle me touchait était incroyable. Je n'avais encore jamais senti mon propre désir reflété ainsi chez quelqu'un. Avec Alison, c'était toujours moi qui la *câlinais*. Mais Bella m'accompagnait avec fougue. Quand je la touchais, elle se plaquait encore plus fort contre moi. Quand je gémissais, elle se joignait aux réjouissances.

Voilà. Voilà comment cela devait être. L'enthousiasme de Bella avait anéanti toute ma prudence. Elle me désirait. Et je ne trouvais plus aucune raison de ne pas m'y abandonner.

Nos baisers étaient inépuisables. Je m'adossai contre le mur derrière moi, les battements de mon cœur cognant dans mes oreilles. Bella glissa la main entre nos deux corps pour la refermer à nouveau autour de moi. Cette fois, le préservatif amortissait les sensations. C'était sans doute une bonne chose. Quand elle avait passé la main dans mon pantalon tout à l'heure, j'avais failli jouir comme un jet d'eau.

— J'aime te sentir là, murmura-t-elle.

Je ne pus que gémir. J'aimais la sentir quoi qu'elle fasse. Tant qu'elle n'arrêtait pas de m'embrasser.

Elle se pencha pour attraper un oreiller et je me décollai du mur pour qu'elle puisse le caler dans mon dos.

Elle posa les mains sur mes épaules.

Puis elle se redressa à genoux.

Et ensuite ? Elle descendit sur ma queue brûlante.

Caliente, pensai-je aussitôt. C'était si chaud à l'intérieur de son corps. J'expirai sans avoir conscience que je retenais mon souffle.

— J'aime mieux ça, chuchota Bella en avançant les hanches.

Je remarquai qu'elle avait des couleurs aux joues. Et ses beaux tétons roses étaient juste devant moi, réclamant sans pudeur mon attention. Je pris ses seins dans mes mains et passai le pouce sur ses mamelons.

— Ouiii… fit-elle en écrasant son corps contre le mien.

Je n'avais jamais rien vu d'aussi érotique. Tous mes sens se manifestaient tandis que cette fille magnifique me chevauchait. Je sentais ses cheveux me chatouiller les épaules et le frottement de son ventre doux contre mes abdos. La seule chose qui me maintenait dans la réalité, c'était la pression du préservatif étroit.

Bella était délicieuse. Je ne savais pas ce que je préférais, la contempler ou l'embrasser. Je fis donc les deux à la fois, tant bien que mal. Son regard devenait vague et distant. Elle gémit dans ma bouche. Ses hanches ondulaient encore plus énergiquement.

Dios.

Je ne pouvais plus rester sans rien faire. Mes hanches se décollèrent du lit pour accompagner son rythme. Le temps ralentit tandis que le souffle de Bella s'accélérait.

— Oh, putain, fit-elle en haletant.

Enfin, elle plaqua sa bouche sur la mienne et poussa un gémissement.

Son orgasme était le son le plus magique qu'il m'ait été donné d'entendre. Cela faisait si longtemps que je n'avais pas fait jouir une fille. J'avais oublié quel effet ça faisait – de la faire gémir comme si elle était dans un état extrême et que j'étais le seul à pouvoir l'en délivrer. Sauf que cette fois, c'était bien meilleur que les frotti-frotta expéditifs du lycée. Bella était souple et enroulée autour de mon corps, le dos courbé, ses *tatas* contre ma peau sensible.

Elle enfouit son visage dans mon cou.

— *Waouh*. Désolée.

— Non, murmurai-je en posant une main sur sa nuque. C'était magique.

— Tu vas devoir prendre le volant.

Elle se redressa pour me gratifier d'un baiser.

— Mais je t'en prie, ne t'arrête pas.

— Tu en es sûre ?

Elle écarquilla les yeux.

— Rafe, ce n'était que l'échauffement.

Elle s'écarta de moi et, aussitôt, je sentis qu'elle me manquait. Bella s'allongea sur le lit et m'attira par le bras.

— Ramène ton énorme queue par ici.

Alors que je roulais sur le côté pour m'étendre sur son corps impatient, ce qu'il me restait de retenue disparut sous la porte de Bella et s'enfuit dans la vieille cage d'escalier. Il y avait quelque chose de bestial dans cette position – m'enfoncer dans ses courbes – qui m'atteignait au plus profond.

— *Jesus Dios*, murmurai-je alors que mes hanches frémissaient d'impatience.

— Vas-y, supplia-t-elle.

J'obéis.

Il y a encore quelques heures, je m'inquiétais de mon manque d'expérience. Quel *idiota*. Il n'y avait rien de plus naturel que ces choses-là. En m'insérant dans le corps de Bella, j'eus l'impression d'être né pour ça. Mes hanches imprimèrent un rythme qui semblait calqué sur les battements de mon cœur.

— *Tan buena*, ahanai-je. *Belleza. (Trop bonne. Quelle beauté.)*

Bella souleva les genoux et prit mon corps entre ses jambes.

— Donne-moi cette bouche.

Je baissai la tête et nos baisers se firent sauvages et embrouillés. Je gémissais dans sa bouche tandis qu'elle m'éraflait le dos de ses ongles.

Je perdis la notion du temps qui s'écoulait. Une minute ? Une demi-heure ? Il n'y avait que la sensation de sa peau contre la mienne et les bruits redoutablement sensuels qu'elle produisait tandis que je la baisais. Ses genoux m'emprisonnaient et elle se mit à gémir mon *prénom*.

Soudain, tout me parut trop délicieux. Tellement bon. Je me *noyais* dans le désir. Quelqu'un poussait des gémissements effrénés, et je crois bien que c'était moi. Bella semblait apprécier. Beaucoup. Elle se cambra et étouffa un cri. Je sentis son corps palpiter autour de moi et c'en fut trop. J'enfonçai ma tête dans l'oreiller pour assourdir le cri que je lâchai au moment de jouir.

— Seigneur, fit Bella, hors d'haleine, quand le silence retomba.

On n'entendait plus que nos souffles courts. Je peinais à remplir mes poumons d'oxygène. Ses mains caressaient mes flancs ruisselants et elle se mit à décrire de petits mouvements circulaires sur mes hanches.

— Hmm, soupira-t-elle.

J'étais d'accord, mais je n'arrivais même pas à le dire.

Nous restâmes allongés tandis que mon pouls essayait sans conviction de ralentir. Mes pensées n'étaient qu'un tourbillon de plaisir et de satisfaction qui ne laissait aucune place à quoi que ce soit d'autre.

— Rafe, il va bien falloir que tu bouges ton joli derrière.

Bella me donna une claque espiègle sur les fesses.

Je sortis de ma torpeur. Il était bien normal que mon manque d'expérience intervienne à un moment ou à un autre.

— Désolé, fis-je d'une voix étranglée, soudain gêné.

Je commençai à me détacher d'elle.

Un instant. Je ne devais pas foirer ma sortie. Je baissai la main pour retenir la base du préservatif, comme on nous l'avait enseigné en cours d'hygiène et santé. Embarrassé et conscient qu'elle me regardait, je posai un pied à terre et détalai vers la porte de ce qui ne pouvait être qu'une salle de bain. Je l'ouvris et découvris une petite pièce au carrelage noir et blanc, sous un plafond incliné.

Je me dirigeai vers la poubelle, presque étourdi. En baissant les yeux pour dérouler le préservatif, je crus que mon cœur avait cessé de battre.

Son extrémité était fendue.

Pendant un moment, je le regardai fixement en espérant m'être trompé. Mais ce rabat de latex et ma peau nue en dessous étaient sans équivoque.

Je posai une main sur le mur pour ne pas perdre l'équilibre.

— Bella, m'exclamai-je.

Jesus Dios, je ne voulais pas avoir à le prononcer.

— Oui, murmura-t-elle dans la chambre d'à côté.

Je vais tout gâcher.

— Le préservatif a craqué.

Me l'entendre dire me fit un deuxième choc. Je me débarrassai de la protection inutile et la jetai à la poubelle.

— Euh, fit alors une autre voix féminine.

Je tournai vivement la tête.

— Tout le quartier t'entend.

L'autre voix provenait d'une petite porte en bois sur le mur opposé de la salle de bain.

Madre de Dios. Je sortis en titubant de la pièce et refermai la porte derrière moi.

Bella s'était glissée sous sa couverture où elle attendait, la tête sur son bras recourbé. Son visage alangui n'avait pas l'air affecté. Pourquoi n'était-elle pas en train de paniquer, elle aussi ?

— Rafe, calme-toi. Tout va bien.

— Comment ça ?

Il n'y avait au contraire *rien* de bien dans cette situation.

— Viens ici.

Bella souleva la couverture et me fit signe de la rejoindre. Avec réticence, je me glissai près d'elle dans le lit. Elle posa une main sur ma poitrine encore fébrile.

— Je porte un stérilet. C'est un dispositif qui empêche de tomber enceinte et c'est encore plus efficace qu'un préservatif ou la pilule. Alors tant que tu n'as pas de maladie…

— *Évidemment* que non, m'exclamai-je.

— Oui, évidemment, répondit doucement Bella en me caressant le torse. Je te le dis, c'est tout. Tu n'as pas à t'inquiéter. Je suis particulièrement prudente.

Je posai une main sur mes yeux, mortifié. Quelques heures plus tôt, j'étais un type droit dans ses bottes qui s'apprêtait à emmener dîner sa petite amie pour son anniversaire. Et maintenant ? J'étais un enfoiré qui se tapait une fille pour la soirée.

Et *le préservatif avait craqué*. J'avais presque envie de vomir.

— Je t'en prie, ne panique pas.

Avec délicatesse, Bella souleva la main qui me cachait les yeux.

— Parce que… ce que nous venons de faire ? C'était puissant comme tu n'imagines pas.

Elle me sourit alors et je ne pus que me détendre un peu. On pouvait se perdre dans ce sourire si l'on n'y prenait pas garde.

— Oui, lui répondis-je à mi-voix. D'accord.

J'avais encore la tête qui tournait. Le fait que je n'avais pas dîné et la moitié de bouteille que j'avais descendue n'y étaient probablement pas pour rien.

Bella se hissa sur un coude pour atteindre sa lampe. Elle appuya sur l'interrupteur et la chambre fut plongée dans le noir.

— Ne va nulle part, dit-elle en s'installant confortablement sur son oreiller. Parce que nous devrons peut-être recommencer demain matin. J'ai besoin de savoir si cette puissance de feu peut être reproduite. Pour la science.

— Pour la science, répétai-je dans l'obscurité, la tête cotonneuse.

Je sentis qu'elle s'avançait. Elle déposa un baiser sur mon épaule, puis elle releva un genou et le plaça sur ma jambe tendue. Quelques minutes plus tard, j'entendis sa respiration s'étirer comme elle dérivait dans le sommeil.

Ce fut à ce moment que je me sentis vraiment seul.

Dans la chambre de Bella plongée dans le noir complet, ses yeux souriants n'étaient plus là pour me dire que tout allait bien. La fille endormie à côté de moi redevenait une inconnue.

L'immobilité me pesait et tous les événements de la soirée me revinrent à l'esprit. Et ce que j'y voyais me rendait *loco*. Mon intention première était de faire l'amour à ma petite amie de longue date, une fille que je croyais connaître.

Je m'étais trompé. Cruellement.

Et avant la fin de la journée, je m'étais mis au lit avec Bella, que je connaissais à peine. Bien sûr, le sexe avait été magique. J'en avais aimé chaque instant.

Mais si la soirée s'était déroulée autrement ? Si c'était avec Alison que j'avais couché, et si le préservatif avait craqué ? Que se serait-il passé ? Un aller-retour rapide au centre médical pour obtenir cette pilule que l'on peut prendre si l'on est assez réactif. Celle qui ne fonctionne pas toujours.

Jesucristo.

Si je ne couchais pas à droite et à gauche comme de nombreux hommes, c'était pour une bonne raison. Plusieurs, même, mais la culpabilité était la principale. Si ma mère se doutait de ce que j'avais fait ce soir, elle deviendrait folle. Enceinte à dix-neuf ans, Ma avait vu sa vie changer radicalement.

Après la disparition de mon père, Ma avait attendu deux ans pour apprendre ce qui lui était arrivé. Elle avait économisé pour embaucher un détective privé. Ce dernier avait retrouvé mon père en moins d'un mois. Aujourd'hui, il vit à Mexico où il a fondé une autre famille.

Il ne nous avait même pas laissé de mot.

— Tout le monde n'est pas aussi égoïste que ton père, m'avait toujours dit Ma. Mais je ne veux pas que tu te retrouves en position de devoir faire le bon choix. Et tu ne peux pas mettre une adolescente en position de devoir *déterminer* quel est le meilleur choix à faire. Ne fais rien à moins d'être prêt à devenir le père de quelqu'un.

Ma mère ne mâchait pas ses mots.

Je n'avais jamais eu l'intention de prendre ses recommandations au pied de la lettre. Mais son histoire me pesait. Pour cette raison, j'avais toujours été respectueux avec mes copines du lycée, qui aimaient les baisers mais acceptaient rarement de se laisser toucher. Et pour la même raison, j'avais culpabilisé de vouloir faire l'amour avec Alison, alors qu'elle n'en avait pas envie. (Pas avec moi, en tout cas.)

Et maintenant ? J'avais l'impression d'être un idiot d'avoir couché avec Bella.

À côté de moi, sa respiration était profonde. Elle dormait du sommeil du juste. Je l'enviais. La ronde de mes pensées m'empêcha longtemps de trouver le sommeil, jusqu'à ce qu'enfin, elle finisse par m'épuiser.

Alors, je m'endormis.

CHAPITRE
SIX

Rafe

À huit heures du matin, je roulai sur le côté. Ou du moins, j'essayai. Stupéfait de découvrir quelqu'un d'autre dans le lit, j'ouvris brusquement les yeux. Je revins à la conscience contre Bella, ses fesses nues confortablement logées sur mes cuisses. Et comme c'était le matin – et que j'étais un homme –, ma trique matinale s'enfonçait presque dans son dos.

Putain...

Je retins mon souffle et m'écartai de son corps. Bella soupira sans se réveiller. Progressivement, je sortis du lit et remontai lentement la couverture sur son corps. Sa poitrine d'un blanc laiteux s'offrait à ma vue, ses tétons roses dans la lumière du petit matin. Je détournai le regard. J'avais l'impression d'être un pervers à l'admirer ainsi.

Je me rendis compte que je retenais encore mon souffle. Ce n'est pas tous les jours que l'on se réveille nu à côté de sa voisine après avoir perdu sa virginité sur un coup de tête éphémère. J'expirai aussi discrètement que possible.

Il était grand temps de m'en aller.

J'enfilai mes vêtements aussi rapidement qu'il était possible de le faire en silence. Je récupérai mes chaussures et le stupide sac dans lequel se trouvaient les boucles d'oreilles d'Alison et rejoignis la porte sur la pointe des pieds. Je sortis comme un voleur à la faveur de l'aube.

J'attendis que la porte se referme derrière moi pour m'autoriser à respirer. Posant mes chaussures par terre, j'y glissai les pieds.

Voilà ce que l'on appelait filer à l'anglaise.

Brusquement, la porte voisine s'ouvrit pour révéler une jeune femme en tenue de sport. Étonnés tous les deux, nous sursautâmes sur le palier étroit.

Je n'étais pas au bout de mes surprises. En effet, la fille qui se trouvait devant moi n'était autre que Lianne Chalice, la plus célèbre des étudiants de première année et une véritable star de cinéma. Elle avait joué le rôle de la princesse Vindi dans les adaptations sur grand écran de la série de livres *Sorceress*. (Mes copines du lycée me traînaient au cinéma à chaque nouveau film. Ainsi, j'avais pu voir Lianne Chalice croiser le fer avec de nombreux acteurs d'Hollywood.) J'avais lu dans le *New York Times* qu'elle venait étudier ici, mais je ne l'avais encore jamais croisée. Et encore moins dans mon propre bâtiment.

— Tu me dévisages, dit-elle froidement.

— Désolé, murmurai-je par réflexe.

Elle m'adressa le regard le plus méprisant que j'aie jamais reçu et me contourna pour se diriger vers les escaliers.

Le cœur battant et atrocement mortifié, je finis de me chausser avant de la suivre. Je n'avais descendu que trois marches lorsque je pris conscience que c'était la star de plusieurs films à succès en personne qui m'avait entendu annoncer la veille au soir que le préservatif avait craqué.

Qu'on m'achève.

Au moins, le trajet honteux du retour ne fut pas long. Je passai un instant dans la salle de bain du couloir. En me lavant les mains, je surpris mon reflet dans le miroir. Je ne sais pas ce que je m'attendais à voir, mais c'était le même visage que la veille. Le Rafe qui n'était plus vierge était identique à l'ancien. Légèrement moins heureux, voilà tout.

Je me regardai droit dans les yeux et articulai le mot qui me venait en tête : « *Idiota*. »

C'était une chose d'avoir été pris au dépourvu par la trahison d'Alison. Je m'étais déjà trouvé bien assez bête. Mais il avait fallu que j'aille compenser en couchant avec Bella. Je m'étais pratiquement *imposé* à cette fille. Et le fait qu'elle en avait envie, elle aussi, ne changeait pas un iota. C'était un risque que je n'aurais jamais dû prendre.

Hier matin ? J'étais un type comme il faut, qui essayait de bien faire les choses pour sa petite amie. Vingt-quatre heures plus tard, je n'étais qu'une ordure qui couchait avec la première fille qui lui souriait. À fleur de peau, je poussai un long soupir et tentai de me ressaisir.

Sortant de la salle de bain, je me préparai mentalement à l'interrogatoire de Bickley. Il traînait sans doute dans la salle commune, à se demander s'il devait aller courir sans moi.

Quand j'ouvris la porte de l'appartement, je découvris Mat au lieu de Bickley. Il était installé sur la banquette devant la fenêtre et fumait une cigarette. À huit heures du matin. Ses yeux se posèrent sur moi avant de se détourner. Je fermai la porte et agitai la main devant mon visage. La pièce empestait déjà la fumée. *Dios*.

— Tu pourrais au moins ouvrir la fenêtre !

— Ne me prends pas la tête.

— Sympa, grommelai-je en m'avançant pour me laisser tomber la tête la première sur le canapé.

Tout allait affreusement mal. J'avais la tête en vrac et la bouche sèche. Je me sentais vide à l'intérieur. Allongé là, je ravalai ma honte, ainsi qu'une longue bouffée de fumée de cigarette.

Au moins, je n'avais pas à m'expliquer. Mat était trop grincheux pour prendre la peine de m'interroger sur ma vie privée. Bickley et moi, nous ne le connaissions pas avant d'emménager. Avec sa carrure imposante et ses tatouages excessifs, Mat ressemblait au cliché du militaire dans les séries télé. Le premier jour, en entrant dans l'appartement qui nous avait été assigné, Bickley et moi avions découvert Mat assis sur un sac de marin à imprimé camouflage qui avait l'air bien trop authentique pour provenir d'un magasin. Quand nous l'avions salué, il avait à peine levé les yeux du planning de cours qu'il tenait à la main. Et étaient-ce des plaques d'identité militaire qu'il portait autour du cou ?

Oui, c'était bien le cas. Mat était un vétéran de la marine et, bien qu'il soit en deuxième année comme Bickley et moi, il avait trois ans de plus que nous.

Nous étions partis du mauvais pied avec lui, car Bickley avait tout de suite essayé de tirer avantage de la situation.

— Alors, nous avons une chambre simple et une double, avait-il commencé.

— La simple, c'est la mienne, avait dit Mat sans un regard. C'est écrit sur le papier de répartition.

Il n'avait pas tort. La feuille que nous avions reçue au courrier indiquait : *Chambre A : Mat Douglas. Chambre B : Rafael Santiago, William Gilchrist Bickley.*

— Nous devrions échanger, avait tenté Bickley. Chacun pourrait passer un *tiers* de l'année dans la chambre individuelle. C'est ce que faisaient mon frère et ses colocs quand ils étudiaient ici.

— Ça ne va pas le faire, avait rétorqué Mat.

— Pourquoi ? avait insisté Bickley. Tu aurais la simple pendant trois mois. Puis ce serait à mon tour, et à celui de Rafe.

Mat avait secoué la tête.

— D'abord, je viens de passer trois ans dans un sous-marin à partager une chambre de la même taille avec cinq autres gars. Alors j'ai besoin d'espace. Mais crois-moi, tu ne veux pas m'avoir comme compagnon de chambre pendant les trois mois du tour de Rafe.

— Et pourquoi ça ?

Le visage anguleux de Mat s'était fendu d'un sourire insolent.

— Mon mec est en poste à Groton, à une heure d'ici. Il me rend visite. On se fout à poil. Je suppose que tu n'as pas envie de regarder.

Bickley avait gardé la face, impassible, mais il avait blêmi sous ses taches de rousseur.

— Alors, tu es…

— Je suis quoi ?

Mat avait souri, manifestement amusé par la gêne qu'il avait causée.

— Ne t'embête pas. Je vais le dire pour toi. J'aime la queue. Je suis un pirate du cul. Dans la marine, on m'appelait l'Amiral Postérieur.

À ces mots, je n'avais pas pu me retenir d'éclater de rire.

— Tu crois que je plaisante ?

— Pas du tout. C'est juste que je n'avais encore jamais entendu ce surnom.

— Ça te pose problème ?

— *Dios.*

J'avais secoué la tête.

— Je viens de New York. Il n'y a pas grand-chose qui nous pose problème. À part les rats et les touristes.

Les yeux de Mat avaient pétillé pendant une fraction de seconde, le premier signe d'humour qu'il montrait.

Mais Bickley était resté de marbre.

— Si tu voulais garder la chambre individuelle sans histoires, ce serait le meilleur moyen de nous embobiner.

La mâchoire de Mat s'était durcie.

— Je n'ai pas à vous *embobiner*, connard. La chambre est déjà à moi. Je suppose qu'ils me l'ont attribuée parce que j'ai trois ans de plus que vous. Mais bien essayé quand même.

Il avait pris son sac de marin et avait disparu dans la chambre individuelle.

— Ce type n'est *pas croyable*, avait grommelé Bickley.

C'était ainsi que tout avait commencé. Mat et lui étaient à couteaux tirés depuis le premier jour. J'essayais de rester en dehors de ça, mais leurs disputes étaient continuelles.

— Tu peux dire à Bickley qu'il peut rentrer à l'appartement sans crainte maintenant, finit par dire Mat. Il ne risque pas de tomber sur deux gays en pleine action.

— Tu plaisantes, répondis-je depuis le canapé. Quand je suis rentré hier soir, vous étiez là tous les deux. Et en plein effort, chacun de son côté.

Toujours assis sur la banquette de fenêtre, Mat eut un rire amer.

— Sérieusement ? Je ne l'ai pas entendu.

— Et moi, je vous ai entendus tous les deux.

Mat ricana.

— Bickley était en chasse hier soir, lui aussi ? Je vois ça d'ici. « Salut, bébé, viens faire un tour dans ma Mercedes. »

— Tu veux bien la fermer pour une fois ? répliquai-je. Et ouvre cette foutue fenêtre.

J'envoyais rarement Mat balader, mais mon commentaire sembla faire mouche. Aussitôt, j'entendis le grincement de la fenêtre qui s'ouvrait.

— Tu t'es fait piquer par une mouche qui a pondu des œufs, ou quoi ?

Je soupirai dans le cuir du canapé.

— Je me suis fait larguer hier soir.

Contre toute attente, Mat *rit*.

J'étais tellement agacé que je redressai vivement la tête. Tout se mit à tournoyer autour de moi. Aïe.

— C'est drôle, tu trouves ?

Il sourit.

— Oui, plutôt. Parce que moi aussi, je me suis fait larguer hier soir.

Je me secouai.

— Tu ne mens pas ?

Il tourna lentement la tête.

— J'aimerais bien mentir.

Voilà qui expliquait les cernes sous ses yeux et la cigarette de bon matin.

— Je suis désolé.

— Oui, pas autant que moi.

Qui aurait cru que j'aurais quelque chose en commun avec mon colocataire agressif ?

— Je ne sais pas toi, mais en ce qui me concerne, je n'avais rien vu venir.

Mat fit tomber la cendre de son mégot par la fenêtre.

— Je ne peux pas dire que je m'y attendais.

— Je croyais que nous fonctionnions plutôt bien. Mais elle m'a trompé avec un mec riche qu'elle a rencontré en Équateur.

— Ah bon ? Eh bien moi, il m'a trompé avec une *femme*.

Il avait prononcé ce mot comme certains diraient « cafard ».

J'enfouis mon visage dans le coussin luxueux de Bickley. C'était un soulagement de penser aux problèmes de quelqu'un d'autre pendant une minute.

— Je parie que ça ne durera pas, dis-je, mes mots étouffés par le cachemire et le duvet.

— Pourquoi dis-tu ça ?

— Je n'en sais rien. Être gay dans l'armée, ce ne doit pas être facile, si ? Pourquoi prendre le risque si on n'en est pas sûr ?

Je parlais sans savoir.

— Mais après tout, qu'est-ce que j'en sais ?

Mat poussa un profond soupir.

— Bien vu. Il y a encore vingt-quatre heures, j'aurais été du même avis que toi. Mais il dit qu'il veut des enfants et toute la panoplie. La clôture blanche. Le chien.

Dios.

— Moi aussi, c'est ce que je veux. Et Alison aussi. Le problème, c'est que c'est avec un connard qui porte une Rolex qu'elle le veut.

Mat me répondit par un autre grognement. Je suis presque certain qu'il se voulait compatissant.

— Au moins, je n'ai pas dépensé deux cents dollars pour le dîner, ajoutai-je. La soirée m'a éclaté en pleine face deux minutes après mon départ de l'appartement.

Mat ne dit rien. Avec lui, c'était comme une réponse.

— Tu es fâché contre Devon ? demandai-je.

— J'aimerais bien lui en vouloir, avoua Mat. Mais je suis juste déprimé.

— Ah bon ? Moi je suis à la fois déprimé et fâché.

J'avais même été tellement retourné par cette histoire que j'étais allé commettre une erreur *colossale*. Pouah. Je me sentais malade rien que d'y penser.

Et puis, ce maudit préservatif avait craqué – un souvenir qui continuait à retentir comme un solo de batterie dans mon cerveau douloureux. Mais c'est ce qui arrive quand on pense avec son *pito*.

— Je *devrais* être furieux, reprit Mat. Furieux, ce serait toujours mieux que ça. Je pensais que nous étions *heureux*.

Il se prit la tête entre ses mains et, pour la première fois de l'année, j'éprouvai de la compassion pour ce type.

— Moi aussi, je croyais que nous étions heureux, dis-je en partageant sa douleur.

Pourtant, je ne pouvais m'empêcher de penser à toutes ces fois où Alison m'avait repoussé. J'aurais dû y prêter plus attention.

— C'était peut-être le destin.

Mat eut un rire sombre.

— Bon sang, écoute-moi. On dirait une foutue carte de condoléances. Au moins, j'ai pu m'envoyer en l'air avant de me faire larguer.

C'était un sujet que je préférais éviter et je ne répondis pas.

Des coups sur la porte brouillèrent notre tranquillité.

Comme si nous nous étions consultés au préalable, Mat et moi gardâmes le silence et nos regards se croisèrent.

Les coups furent répétés, mais aucun de nous ne parla. Je n'avais envie de voir personne en ce moment. Absolument personne.

— Rafe ? Tu dois être là. Ouvre.

C'était la voix d'Alison.

Mat haussa les sourcils et je secouai la tête. Il tendit le pouce en direction de sa chambre. En silence, je passai près de lui sur la pointe des pieds et entrai dans la chambre simple. Je me glissai dans un renfoncement où il était impossible de me voir.

J'entendis alors Mat s'approcher de la porte et répondre.

— Il n'est pas là, dit-il.

— Oh, répondit Alison d'une voix faible. Tu peux lui donner ça ? J'aimerais qu'il le prenne. D'ailleurs, même s'il essaie de me le rendre, je refuserai.

— Euh, d'accord. Je le lui dirai.

— Merci, fit-elle d'une voix presque inaudible.

Je revins dans la salle commune une fois que la porte se fut refermée, pour retourner aussitôt dans ma cachette lorsqu'elle se rouvrit. Cette fois, c'était Bickley. Je l'entendis saluer Alison d'une voix guillerette, puis la porte se ferma dans son dos.

— C'est bon maintenant, dit Mat. Viens ouvrir ton cadeau.

— Pourquoi Rafe se cache dans ta chambre ? demanda Bickley en me voyant émerger.

Mat tenait un petit sac à la main.

— Notre ami qui fête un an de plus n'avait pas envie de voir la fille qui l'a largué hier soir.

— Tu peux répéter ? fit Bickley d'un air interloqué. Alison t'a envoyé sur les roses ?

— En quelque sorte, répondis-je sans entrer dans les détails.

— Pour l'amour du ciel, ne me dis pas que tu es encore vierge.

— *Quoi ?* se récria Mat. Il a vingt ans, putain. Il n'est *pas* vierge.

Je sentis la nausée me submerger. Ils me regardaient tous les deux sans ciller.

— Alors ? Tu l'es ou tu ne l'es pas ? demanda Mat.

— Non, répondis-je lentement. Mais de toute façon, ça ne vous regarde pas.

Bickley leva les deux mains.

— Attends un moment. Quelque chose ne colle pas. Alison t'a laissé la baiser avant de te larguer ?

Je secouai la tête tandis que Bickley faisait le calcul. Je pouvais presque entendre ses méninges tourner.

— Alors... Alison t'a largué. Et ensuite tu as couché avec quelqu'un *d'autre* ?

Entendre la vérité à haute voix me rendait encore plus malheureux. *Oui, je me suis comporté comme un parfait connard.* Au lieu de répondre, je baissai la tête.

— Tu m'en bouches un coin ! s'exclama Bickley. Qui ?

Une fois de plus, je secouai la tête. J'en avais déjà trop dit. Et la pauvre Bella. Quel enfoiré faut-il être pour avoir une histoire sans lendemain et s'empresser de tout raconter à son colocataire la minute qui suit ?

— Allez.

Bickley laissa tomber son manteau sur le canapé et se percha sur l'accoudoir.

— C'est un vrai retournement de situation. L'oncle Bickley a envie de connaître tous les détails.

Ce gars-là ne comprenait pas l'expression : « Pas tes oignons ». Si nous étions colocataires, c'était aussi parce que personne dans l'équipe de foot ne pouvait le supporter.

— Crache le morceau, insistait-il avec obstination.

— C'est personnel, grommelai-je, sentant la douleur dans mes tempes augmenter d'un cran.

— C'est trop bon pour rester personnel, objecta Bickley.

Mat prit alors la parole pour asticoter Bickley comme il le faisait toujours.

— Tu veux que ton pote te raconte sa nuit de baise ? Pourquoi te faut-il les détails, mec ? Tu as un faible pour Rafe, ou quoi ? Si tu veux un peu d'action entre hommes, tu peux toujours venir m'en parler.

— Va te faire foutre, Mat.

— Je me disais que je pourrais plutôt t'aider à *te* faire foutre, répliqua-t-il avec un sourire narquois.

Bickley se tourna vivement vers notre chambre, entra d'un pas lourd et claqua la porte derrière lui.

Encore un jour paisible dans la résidence.

— Pourquoi tu lui fais ça ?

— Je t'en ai débarrassé, non ? dit Mat d'un air machiavélique. Et puis, c'est tellement facile avec lui.

— Ce ne serait pas ce qu'on appelle du harcèlement, ça ?

Il haussa les épaules.

— Uniquement si je lui maintenais la tête dans la cuvette des toilettes en lui disant ce genre de choses.

Il fronça les sourcils d'un air préoccupé.

— Tu sais, mec. Si tu as encore besoin de t'envoyer en l'air, je suis libre maintenant. Tu n'es pas obligé de traîner dans les bars, je suis là pour toi.

Je lui donnai un coup de poing sur l'épaule.

— Aïe !

Il gémit avec une telle exagération puérile que je ne pus m'empêcher de rire. Il s'empara alors de mon ballon de foot sur le sol.

— Si le sexe n'est pas envisageable, allons frapper ce truc dans la cour pendant une vingtaine de minutes avant que la cafétéria serve le petit déjeuner.

Cette proposition me déstabilisa. Mat m'invitait rarement à faire quoi que ce soit, si ce n'est à parier sur des matchs de football américain. Mais je n'avais rien d'autre à faire.

— Ça me va. Laisse-moi juste me changer.

Cet après-midi-là, je me retirai dans ma chambre pour broyer du noir. Dans le sac que m'avait donné Alison, je trouvai un tout nouvel iPod.

Cher Rafe, disait le mot. *Je ne te demande pas de comprendre. Mais je ne voulais pas te faire de peine. Ce cadeau devait nous aider à mieux communiquer. N'est-ce pas ironique ? J'ai fait une chose affreuse et j'en suis désolée. Plus désolée que tu ne le sauras jamais. Je t'aimerai toujours, Alison.*

Je grognai. Il y avait tellement de fausseté dans ce message que je n'aurais pas pu la mesurer. Alison m'aimait assez pour m'acheter un gadget à la mode, et pourtant elle couchait avec un autre.

Son choix de cadeau était un autre signal d'alarme. Alison avait toujours trouvé étrange que je n'ai pas pris de forfait textos avec mon téléphone bas de gamme.

— Ce serait tellement plus facile si je pouvais t'envoyer des messages, m'avait-elle souvent dit.

D'abord, je n'échangeais pas par textos, car je préférais parler en personne, ou du moins entendre sa voix au téléphone. Je le lui avais dit. Souvent. J'avais horreur de voir tout le monde sur le campus penché sur des applis mobiles en train de pianoter avec les pouces au lieu de regarder devant soi.

J'aimais mes vieux machins. J'avais même une montre à gousset des années quarante, bon sang ! Mes boutons de manchette étaient fabriqués à partir d'anciens jetons de métro.

Visiblement, Alison n'y avait accordé aucune attention. Ce qui ne faisait que me rappeler que je n'avais guère été plus vigilant. Je n'avais vu chez elle que ce qui correspondait à l'image que j'aimais voir.

Comme c'était déprimant !

Malgré tout, jouer avec mon tout premier iPod s'avéra plutôt amusant, pendant une demi-heure. Je me disais que ce serait agréable d'écouter de la musique pendant mes longues séances d'endurance. Et fouiller dans le répertoire des chansons détourna mon attention des pensées négatives, jusqu'à ce que je prenne conscience de la difficulté que j'aurais à transférer tous mes CD sur mon ordinateur portable.

Vive la technologie. Ça permet de gagner du temps, sauf que… non.

Bickley arriva au bout d'un moment.

— Alors, cet iPod ?

— C'est app-tastique. Eh, où as-tu acheté ce brassard où tu ranges ton téléphone quand tu cours ?

Bickley haussa les épaules.

— À la librairie, je crois ? Pour une vingtaine de dollars.

Aïe. J'en trouverais sûrement pour moins cher en ville.

— Bon, raconte, c'était qui ?

— Je ne veux pas en parler, dis-je en gardant les yeux rivés sur l'écran.

— Tu vas la revoir, cette femme mystérieuse ?

C'était toute la question, en effet. Et j'avais le pressentiment que ce n'était pas à moi d'en décider.

— Pour être honnête, je ne sais pas à quoi m'attendre.

Bella était une énigme. Je savais qu'elle travaillait comme manager pour l'équipe de hockey, d'où la veste de l'équipe. Et je savais qu'elle était amie avec de nombreux joueurs.

Un jour, j'avais entendu un gars dire que coucher avec elle faisait presque partie des rites d'intégration à l'équipe. Mais ce n'étaient sans doute que des racontars, lancés par un sportif débile frustré de ne pas réussir à attirer son attention.

— Tu l'aimes bien ? insista Bickley.

Il cherchait désespérément à me soutirer son identité. Mais ça ne fonctionnerait pas.

— Bien sûr, avouai-je.

Bella était une fille géniale. Intelligente, sexy et drôle. Mais passer plus de temps avec elle serait une très mauvaise idée. Parce que je ne me faisais pas confiance en sa présence. *Dios*. C'était comme dans ces vidéos sur l'Incroyable Hulk que je regardais quand j'étais petit. Il suffisait d'une légère provocation pour que je fasse voler mes vêtements et me *déchaîne* sur cette fille.

Mon cou devenait déjà rouge à cette seule idée.

— Tu vas la rappeler ? demanda Bickley.

— Oui.

Bien sûr, je le ferais. Nous étions voisins, après tout. Je ne pouvais pas l'éviter pendant les huit prochains mois, même si je le voulais. De toute façon, je n'avais aucune envie de l'esquiver. La meilleure chose à faire, après m'être un peu calmé, ce serait d'aller frapper à sa porte pour lui dire…

… je n'en avais aucune idée.

Lundi, je ne vis pas Bella. Mais le mardi, nous avions un cours en commun. L'Introduction aux Études d'Urbanisme comptait une soixantaine d'étudiants et avait lieu dans un amphi. Ce n'était pas le meilleur endroit pour une discussion de nature privée.

Pour ne rien arranger, Alison aussi suivait ce cours. Le cours d'introduction allait vite devenir un cours d'humiliation.

Bella entra à la dernière minute et choisit un siège près de la porte. Elle avait les joues rouges, comme si elle avait couru.

Mon corps, ce traître, s'enflamma immédiatement. Il me suffisait de la regarder pour être ramené à la soirée de samedi. Bella se pencha sur son sac à dos pour sortir un stylo et la ligne gracieuse de son cou me fit penser aux baisers que j'avais déposés sur sa peau laiteuse.

Au même moment, elle leva les yeux et croisa mon regard. Ce qu'elle vit sur mon visage lui fit froncer les sourcils.

Dios. Je m'empressai de détourner les yeux et me concentrai sur mon cahier. J'étais un parfait abruti. Je me sentais coupable de ce que j'avais fait avec Bella, et pourtant j'en avais presque la bave aux lèvres.

Pas cool du tout.

Quand le professeur commença, je fis de mon mieux pour l'écouter. En réalité, j'adorais ce cours. Le prof était urbaniste pour la ville de New York et il donnait souvent comme exemples des endroits que je connaissais. Greenwich Village. Le Lincoln Center. Central Park. J'avais arpenté ces lieux toute ma vie sans connaître l'histoire de leur conception. Mais le professeur Giulios, lui, connaissait tout. J'absorbais ses histoires et ses théories sans le moindre effort. Dans ce cours, au moins, je me sentais tout aussi équipé que les autres pour bien comprendre ce dont on nous parlait.

Ce n'était pas souvent le cas, depuis que j'étais à Harkness. Mon lycée public à New York était correct, mais il m'avait suffi de quarante-huit heures au début du premier semestre de ma première année pour comprendre à quel point j'étais dépassé. Mon colocataire de l'an passé avait fréquenté le lycée d'Andover, où il était le premier violon de l'orchestre. Le type de l'autre côté du couloir était allé à Exeter, où il construisait des fusées dans un laboratoire de physique et avait appris deux mille idéogrammes chinois.

Cette année, j'étais logé avec Bickley, qui avait fréquenté Eton, une école que je ne connaissais que par les livres. Même Mat semblait avoir reçu une éducation de premier choix dans un lycée public de Virginie.

À Harkness, je travaillais d'arrache-pied pour décrocher des B et des C. Bickley, en revanche, dormait souvent pendant les cours et s'en sortait avec des A sans forcer.

Je sentis que l'on me regardait et je me retournai.

Alison était assise quelques rangées derrière moi. Sa peau ivoire paraissait encore plus livide que d'habitude et elle avait des cernes noirs sous les yeux. Quand elle me vit, son visage exprima le regret.

Oh, épargne-moi ta comédie, pensai-je. L'amertume me contractait la gorge et j'avalai ma salive. Elle avait été insensible. Et *maintenant*, elle se sentait mal ?

Accordant au professeur mon entière attention, je pris consciencieusement note de ce qu'il expliquait. Après tout, c'était pour cela que j'étais venu à Harkness. Avec le foot. Tout le reste n'était qu'une distraction.

. . .

À la fin du cours, je refermai mon sac à dos et me dirigeai vers la sortie. La chance n'étant pas de mon côté, j'arrivai devant la porte au même moment que Bella.

— Tiens, tu existes encore, dit-elle alors que nous quittions le bâtiment.

Nous nous arrêtâmes dans un coin moins fréquenté.

— Écoute, à propos de dimanche matin… commençai-je.

Elle leva les yeux au ciel.

— Ce n'est rien, Rafe. Filer sur la pointe des pieds, c'est presque la coutume quand il s'agit de plans cul.

Je la dévisageai un instant. Ce que je lisais dans ses yeux ne correspondait pas à la déclaration désinvolte qu'elle venait de faire. *Dios*. Je l'avais blessée. Mais que pouvais-je bien dire ? Bella était formidable, mais je ne savais pas comment le lui faire savoir. Je me frottai la nuque.

— Je ne… euh.

Génial, maintenant je suais à grosses gouttes.

— Je ne voulais vraiment pas que…

— Rafe ?

En entendant la voix d'Alison, je me figeai sur place.

— Rafe ? Je peux te parler ?

Bella m'adressa un regard éloquent.

— C'est chou, elle veut s'excuser. Tu vas l'écouter ?

— Non, répondis-je d'une voix suffisamment forte pour qu'Alison m'entende. Je dois être au boulot dans cinq minutes.

— Après ton service, alors ? demanda Alison.

Bella me fit un clin d'œil, hissa son sac à dos sur une épaule et s'éloigna. J'étais contrarié, car je n'avais pas pu lui présenter des excuses dignes de ce nom.

Alison s'approcha de moi.

— Il faut qu'on parle.

— Non, pas du tout, répliquai-je.

— Si. Il y a quelque chose que je voudrais t'expliquer.

Sérieusement ?

— Est-ce que tu m'as trompé ? demandai-je. Parce que c'est vraiment la seule chose à savoir.

Ses yeux se remplirent de larmes et elle ne chercha pas à le nier.

— C'est bien ce que je pensais.

Je la contournai pour rejoindre le réfectoire.

Ce soir-là, mon entraînement de foot dura plus longtemps que d'habitude. La cafétéria était fermée quand je sortis des vestiaires et je m'achetai un sandwich à huit dollars que je ne pouvais pas vraiment me permettre.

Tout en mangeant à mon bureau, je pris le temps de réfléchir au meilleur moyen de présenter à Bella les excuses qu'elle méritait. *Je ne voulais vraiment pas que les choses aillent aussi loin*, allais-je lui dire. *Mais je te trouve géniale et j'espère que nous pourrons continuer à traîner ensemble de temps en temps.*

C'était franchement maladroit. Parce que la situation l'*était* tout autant. Et je n'arrivais pas à m'y faire. Toutes les choses gentilles que je pouvais lui dire à présent lui paraîtraient suspectes. Comme une tentative flagrante de la déshabiller une fois de plus et de recommencer.

C'est ce qui arrive quand vous tirez d'abord et posez les questions ensuite. Façon de parler. Mais je devais échanger deux mots avec elle et je voulais le faire en privé.

Tandis que je réfléchissais au problème, l'heure tournait. Je ne voulais pas monter chez Bella après vingt-deux heures. J'attendis donc le lendemain soir, mais elle ne répondit pas à la porte. Et celle de sa voisine était entrouverte. Je me remis à transpirer en songeant à la nuit de samedi, quand Lianne Chalice m'avait entendu parler à Bella depuis la salle de bain.

Je redescendis, la queue entre les jambes.

Ce jeudi-là, je n'eus pas l'occasion de parler à Bella après les Études d'Urbanisme, car elle était au téléphone en sortant. De toute façon, je devais me dépêcher de prendre mon service au réfectoire.

Je travaillais en cuisine pour payer mes études. D'habitude, je préparais les plats à l'arrière – couper les légumes, émincer le poulet – comme je le faisais dans notre restaurant familial depuis que j'étais en âge de tenir un couteau. Si ce n'est qu'à Harkness, j'étais grassement payé pour le faire.

Le jeudi, en revanche, j'étais de service au buffet. Ce n'était pas mon poste préféré, mais on n'a pas toujours ce que l'on veut. Malheureusement, certains types de l'autre côté du comptoir n'avaient pas encore appris cette leçon de vie.

— Tu ne pourrais pas m'en donner *deux* directement ? me demandait un grand gaillard avec une veste de football américain. Ça m'évitera de revenir.

Sur l'assiette que je lui tendais, il n'y avait qu'un seul sandwich au rosbif grillé.

— Tu pourras venir en chercher un deuxième plus tard, lui dis-je.

C'était le règlement du réfectoire, afin d'éviter le gaspillage d'une nourriture de qualité supérieure. La règle était appliquée *tous les jours*, mais certains me posaient tout de même la question. Et je refusais immuablement, parce que je ne voulais pas être viré.

— Sympa.

L'armoire à glace s'en alla d'un pas raide, comme si je l'avais vexé.

— De rien, grommelai-je.

Bon débarras.

Toujours agacé, je pris une autre assiette sur la pile. Elle était encore chaude, à peine sortie du lave-vaisselle.

— Que prendrez-vous ? demandai-je au suivant dans la file d'attente.

En levant les yeux, je restai pétrifié. Bella me renvoyait mon regard par-dessus le comptoir, un sourcil arqué.

— Rebonjour, dit-elle.

— Salut.

En apercevant ses beaux yeux verts, je sentis mon cou prendre feu. C'était impossible de ne pas me souvenir de la dernière fois que j'avais vu ce même regard franc, et de ne pas entendre les échos de toutes ces choses folles que nous nous étions dites. Je sentis un filet de sueur couler le long de mon dos. Mais cette fois, je n'allais pas me comporter comme un crétin.

— J'ai frappé à ta porte hier soir.

— Pourquoi ? Tu te sentais seul ? répondit-elle avec un clin d'œil.

Dios. Mon regard balaya les autres étudiants de la file et je me demandai si quelqu'un l'avait entendue.

Quand je posai à nouveau les yeux sur elle, elle n'avait pas l'air contente.

— C'était juste une petite plaisanterie, Rafe. Mais si tu veux faire semblant de ne pas me connaître devant les autres, je comprends. Je pourrais avoir du riz frit au poulet, s'il te plaît ?

Je m'emparai de la louche, les lèvres cousues. Je préparai l'assiette de Bella tout en essayant de trouver une réponse pertinente. Ce n'était ni l'endroit ni le moment pour faire mon mea culpa.

— Ce sera tout ? dis-je d'un ton neutre.

— J'en ai bien l'impression, répondit Bella.

Elle prit son assiette et s'en alla.

Je passai la fin de mon service en colère contre moi-même. *Écoute, je n'avais encore jamais eu d'aventure d'un soir.* C'était tout ce que je devais lui avouer. *Je me sens comme un abruti et je suis désolé. On peut rester amis ? Parce que je t'apprécie beaucoup.*

Des mots simples, n'est-ce pas ? Je pouvais y arriver. Je devrais peut-être même aller encore plus loin. Je voulais faire quelque chose de gentil pour Bella. Mais quoi ? Des fleurs ? C'était trop cliché. Non, j'allais l'inviter à déjeuner. Un nouveau restaurant thaï avait ouvert en dehors du campus et comme je mangeais toujours à la cafétéria, je mourais d'envie de savourer un bon repas asiatique. J'espérais qu'elle aussi.

Plus j'y pensais, plus l'idée me semblait judicieuse. Le déjeuner, c'était un repas innocent. Les amis déjeunaient ensemble. Je ferais passer le bon message. *J'ai envie de passer du temps avec toi, mais je n'attends rien de plus.*

Perfecto. J'irai frapper chez elle pour le lui proposer ce soir. Et si elle n'était pas là, j'essaierais la fois d'après. Je me fis même une promesse. La prochaine fois que je verrais Bella, où que ce soit, je l'inviterais à déjeuner.

CHAPITRE
SEPT

Bella

Le week-end suivant, je me rendis à la fête d'une association d'étudiants, les fameuses « fraternités ».

À Harkness, on n'en faisait pas toute une histoire. Comme les étudiants étaient déjà divisés en douze résidences, la majeure partie d'entre eux ne voyaient pas l'intérêt de créer de nouvelles subdivisions. C'était ce que j'aimais à Harkness. Les fraternités n'y régnaient pas en maîtres.

Mais chaque année, certaines de leurs fêtes valaient le détour. La Soirée Casino des Bêta Rhô en faisait partie. Les membres de l'association louaient du matériel pour les jeux d'argent. Ils installaient des tables de poker dans le sous-sol et de quoi jouer aux dés dans le salon. Il y avait une roulette sous le porche et des tables de blackjack dans la salle à manger. Tous les nouveaux membres portaient un smoking et des chapeaux de gangsters des années 1920.

Chaque année, j'y allais pour le spectacle, je disputais quelques manches et assistais aux parties de poker aux enjeux élevés. Les fêtes de fraternités n'étaient pas si désagréables quand les cartes et les dés y ajoutaient un certain intérêt.

Le blackjack était mon jeu préféré des Soirées Casino, car c'était plus simple que le poker, mais moins stupide que la roulette. J'étais installée à une table où je jouais avec Big-D. Ce n'était pas vraiment mon coéquipier de hockey favori, mais comme j'étais en train de le *battre*, la partie était tout de même amusante.

Mon attention fut troublée quand Rafe franchit le seuil en compagnie d'autres footballeurs. Et devinez quoi ? Il était à tomber ce soir, en jean moulant et chemise habillée qu'il avait retroussée sur ses avant-bras fermes.

Zut. Je ne devais *pas* le dévisager.

— Tire, dis-je à Whittaker, le joueur de football américain qui occupait la place du croupier.

— Tu veux tirer à dix-sept ? demanda-t-il avec incrédulité.

L'une de mes règles de vie était de ne jamais parier ce que je ne pouvais me permettre de perdre. Mais dans ce cas, ce n'était pas un problème.

— Nous jouons avec des billets de Monopoly, idiot, lui rappelai-je. Et puis, je me sens en veine.

Par ailleurs, le match des Rangers était diffusé dans la pièce d'à côté et j'avais promis à mon ami Pépé que je le regarderais avec lui. Si je perdais maintenant, ce ne serait pas la fin du monde.

Whittaker retourna un trois et tout le monde retint son souffle.

— Tu as de la chance, dit Whittaker en souriant. La banque tire à treize et…

Il retourna une dame.

— Dites donc, Bella est redoutable au jeu.

Il amassa tous mes gains pour former un tas, qui comptait à présent une grande part des derniers billets de Big-D, et me le remit.

— Pas qu'au jeu, marmonna Big-D de l'autre côté de la table.

Une fille menue aux cheveux brillants buvait ses moindres paroles. Devant la pique maladroite et peu subtile que Big-D m'avait lancée, elle glousse d'un air bête.

Il n'y avait qu'un crétin comme Big-D pour chercher à me rabaisser parce que je lui avais raflé de l'argent factice. *Soupir.*

— Ça ne te plaît pas, hein ? demandai-je. Perdre contre une *fille*. C'est pour cette raison que ta copine ne joue pas ?

Je regardai la jolie petite créature pendue à son bras. À l'occasion de cette Soirée Casino, elle avait opté pour un petit haut scintillant à paillettes, une coiffure qui avait dû lui prendre une heure et demie et du rouge à lèvres pétard. J'en déduisis qu'elle était en première année, car elle faisait *bien trop* d'efforts pour un samedi soir dans la résidence d'une quelconque fraternité.

Je la regardai droit dans les yeux.

— Il y a de la place à la table si tu veux jouer.

Elle pinça ses lèvres luisantes et secoua la tête en ricanant.

— Fais-toi plaisir.

Whittaker battit les cartes. J'avançai ma mise et attendis qu'il distribue. Cette fois, il me donna un as. Et quand je lui demandai de tirer, j'obtins un dix et remportai la partie.

— Encore gagné, Big-D, dis-je sur un ton un peu trop guilleret.

On entendit des applaudissements dans la salle télé. À vrai dire, j'étais plus intéressée par le match de hockey que par le blackjack.

Levant les yeux par-dessus l'épaule de Big-D, je surpris Rafe en train de me regarder. On aurait dit qu'il s'apprêtait à me rejoindre. Hors de question. S'il avait quelque chose à me dire, je ne voulais pas qu'il le fasse devant Big-D, sa greluche et Whittaker.

— Je crois que j'ai fini pour la soirée, dis-je brusquement en poussant mon généreux pactole de la Soirée Casino vers Big-D.

— Quoi ? Pourquoi ? demanda-t-il. Je commençais juste à m'échauffer.

— Je suis sûre que tu peux trouver une autre fille pour t'échauffer, lançai-je. Et maintenant, tu as mille dollars de plus avec lesquels jouer.

— Tu me *donnes* tout ça ?

— Eh oui, je suis légère à ce point, dis-je en le gratifiant d'une tape sur l'épaule.

Quand je me tournai vers le salon télé, Whittaker me suivit.

— Tu veux une bière ?

À vrai dire, j'en avais bien besoin. Mais je ne voulais pas que Whittaker se fasse des idées.

— Si tu vas t'en chercher une, j'en veux bien aussi, dis-je en croisant son regard.

Décidément, il exprimait une envie indéniable. Dommage que les joueurs de football américain ne me fassent pas mouiller. Ni les fraternités d'étudiants, d'ailleurs. La soirée ne prendrait pas la tournure que Whittaker escomptait.

— Aucun problème, dit-il en me touchant le coude.

— Merci. Je vais voir comment les Rangers se débrouillent, dis-je en désignant le salon télé.

— Je te retrouverai, répondit-il en balayant la salle du regard.

Je n'en doute pas.

— Eh, bizut ! lança-t-il à un pauvre gars destiné à faire les quatre volontés de Whittaker. Occupe-toi de cette table pour moi. Je fais une pause.

Je lui tournai le dos et allai me renseigner sur le score des Rangers.

La pièce était exiguë – c'était un coin télé plus qu'un salon. Mais comme la télévision était l'élément moteur de la bande d'athlètes qui vivaient ici, c'était sans doute la salle la plus populaire de toute la maison.

Il y avait déjà cinq gars à l'intérieur et j'évaluai mes options. Il restait une place disponible sur le sofa entre deux étudiants de la fraternité, mais je n'avais pas envie de me serrer entre ces deux costauds. Il y avait bien ce vieux repose-pied élimé, mais… pouah. Les sièges d'une résidence de garçons étaient déjà bien assez douteux sans qu'ils aient l'air d'avoir été rongés par des rats.

Heureusement, Pépé occupait un fauteuil. C'était un défenseur de hockey québécois à la carrure imposante, accessoirement l'un de mes copains de baise occasionnels.

— Bella ! roucoula-t-il avec un fort accent français. Il n'y a pas encore eu de but ! Mais tes Rangers ne sont pas brillants ce soir.

Je m'approchai et m'assis sur ses genoux. Il posa ses grands pieds sur la table basse pour trouver une position plus confortable. Et voilà, mon problème de place était résolu.

— Je te parie vingt dollars que les Rangers gagnent ce soir, dis-je sur un ton de défi.

— Non, répondit-il avec un accent que l'on entendait même dans un mot d'une seule syllabe. Je refuse de prendre l'argent d'une amie.

Sa confiance excessive me fit pouffer. Lui et moi, nous entretenions une rivalité de longue date dès que les Rangers affrontaient les Canadiens, car c'étaient nos deux équipes respectives. Pépé et moi avions le même âge, mais il était en première année. Il avait passé deux ans après le lycée à jouer en semi-pro pour l'équipe de réserve des – devinez qui ? – Canadiens de Montréal. Pour lui, évidemment, ce match était presque personnel.

Malheureusement, il avait raison. Ça ne s'annonçait pas bien pour mes Rangers. Le score était toujours de zéro à zéro, mais les Canadiens avaient déjà fait deux fois plus de tentatives de but que l'équipe de New York.

Derrière moi, Pépé s'enthousiasmait pour l'action à l'écran.

— *Oui ! Oui, oui, oui !* hurlait-il en direction de la télévision tandis que l'attaquant de son équipe ramenait à nouveau le palet vers les cages.

— Arrêtez-le, m'écriai-je.

Mais c'était inutile. La lumière rouge s'alluma avant même que j'aie terminé ma phrase.

Pépé rejeta sa tête hirsute en arrière, sur ses larges épaules, et poussa un cri.

Il n'y a rien de plus adorable que de voir un homme-enfant devenir fou de joie devant un but marqué par son équipe. Les mains de Pépé s'aventurèrent sur mes côtes et il me pinça les hanches. Son érection commençait à se faire sentir au bas de mon dos.

Je me tournai vers lui pour lui demander au creux de l'oreille :

— Pépé, sérieusement, tu as la trique parce que les Canadiens ont marqué ?

— Non, me répondit-il. J'ai la trique parce que maintenant, l'équipe est en tête.

Je gloussai tandis que sa main montait se poser sur mon sein, qu'il serra doucement. Le sport, la bouffe et le sexe. Voilà ce qui faisait vibrer les hommes de ma vie. C'était d'une simplicité élémentaire.

— Je crois que nous devrions faire un autre genre de pari, dit-il. Pas l'argent. *Les vêtements.* Je marque un but, je choisis un de tes habits.

Je tournai la tête pour le regarder.

— Tu veux jouer au strip-hockey ?

— *Oui.* Pour rendre les choses intéressantes.

Petit coquin.

— D'accord. Mais nous allons devoir regarder le match dans ma chambre si tu veux finir tout nu.

— Pas nus. Juste enlever ton pull.

Précautionneusement, il me le passa par-dessus la tête avant de le jeter de côté.

— Il me gratte.

— Désolée, dis-je en éclatant de rire.

À sa décharge, il fallait avouer que ce pull grattait beaucoup. En débardeur, je repris ma place contre le large torse de Pépé. C'était un siège très confortable, tant que je ne me formalisais pas de sentir sa queue au bas de ma colonne vertébrale.

Et ça ne me dérangeait pas.

Pour moi, Pépé était l'équivalent humain d'un chiot, un petit labrador noir. Il avait une attitude débonnaire et pataude, avec de grands pieds et des poils noirs sur tout le corps. (*Tout* le corps.)

Ce n'était pas l'homme le plus spirituel que je connaisse, mais c'était un bon ami. Et ce soir, j'étais disposée à profiter de son affection sincère et insouciante. Rien ne se passerait entre nous, car Pépé s'était remis en couple avec sa copine du lycée pendant l'été. Nous allions devoir nous contenter de quelques plaisanteries osées.

Or cela, Whittaker l'ignorait. Quand il revint dans la salle télé avec deux bières, il plissa les yeux en me découvrant assise sur les genoux de Pépé. En fronçant les sourcils, il me tendit mon verre.

— Merci, lui dis-je.

Il me répondit par un grognement et emporta sa propre bière pour aller s'asseoir sur la méridienne élimée.

Malheureusement, les Canadiens choisirent ce moment pour faire une nouvelle percée. Derrière moi, Pépé se redressa tandis que son équipe chassait le palet sur la glace.

Oh-oh.

— *C'est magnifique !* rugit Pépé dans mon oreille. *Formidable !*

Pépé était de nature très enthousiaste et toute cette énergie se traduisait à merveille pendant le sexe. Nous avions partagé quelques séances très dynamiques, où j'étais généralement penchée sur un meuble quelconque pendant qu'il ânonnait des mots d'encouragement en français dans mon oreille. (*C'est bon ! C'est bon ! Magnifique !*)

— *Exceptionnel !* criait à présent Pépé tandis qu'ils marquaient pour la deuxième fois.

— Voyons, les gars ! vociférai-je en direction de l'écran. C'est contre Montréal que vous jouez. Vous n'êtes pas censés perdre.

Derrière moi, Pépé riait comme un gamin.

— Si on jouait pour de vrai, j'aurais le droit de t'enlever ce petit haut.

Il tira sur l'ourlet de mon débardeur.

— Bien sûr, dis-je en haussant les épaules. Mais si tu peux faire semblant de m'enlever mon haut, alors je peux faire semblant de brandir mon porte-bonheur. Vous allez perdre.

— *Non, mon amour.* Tu verras bien.

Pépé me prit la bière des mains et me vola une gorgée.

Je récupérai mon verre tout en lui pinçant la cuisse.

— Attention, bébé, lui dis-je. Les Rangers commencent à se remettre en selle. Ton défenseur s'est fait sortir pour mauvais coup.

La demi-heure de jeu qui suivit fut intense. Mes Rangers se ressaisirent suffisamment pour marquer un but. Je fis semblant d'ôter le pantalon de Pépé. Mais Montréal marqua un but impressionnant, en plein milieu du filet. *Encore.* Et Pépé fit alors mine de retirer mon jean.

Dans la plus pure tradition des blagues d'initiés, nous trouvions notre jeu palpitant.

— Si on jouait pour de vrai, tu serais assis là avec ton minuscule boxer violet, n'est-ce pas ? dis-je pour le taquiner.

Parce qu'il avait un goût très spécial en matière de sous-vêtements.

— *C'est possible.*

Il ricana.

— Et toi… une culotte ouverte… ?

— … ouverte à l'entrejambe ? proposai-je.

Pépé était en plein fantasme. La lingerie sexy, ce n'était pas mon style, et il le savait.

— *Oui.*

— C'est très coquin. De quelle couleur ?

— Rayée. Comme le pelage d'un zèbre. Même chose pour le soutien-gorge.

J'éclatai de rire, car il fallait bien reconnaître qu'il avait de l'imagination. Pépé déposa un baiser humide sur ma joue. (À bien y penser, ses baisers étaient toujours très mouillés. Décidément, il avait tout du chiot un peu fou.)

Nous nous tournâmes à nouveau vers l'écran.

— Troisième période, *mon amie.* Nous allons savoir qui finit tout nu.

Dommage que nous fassions semblant. Je n'avais pas envie de rentrer seule ce soir.

Nos deux équipes jouèrent avec entrain pendant la troisième période. Pépé et moi étions rivés à l'écran. Whittaker se mit à encourager les Rangers, sans doute parce que j'en étais fan. L'espoir fait vivre.

L'heure tournait. À plusieurs reprises, les Rangers faillirent égaliser.

Faillirent.

Le match s'interrompit le temps d'une publicité. Et comme j'avais bu quelques bières ce soir, j'avais très envie d'aller au petit coin.

— Whittaker ? Il n'y aurait pas des toilettes sans file d'attente quelque part ?

— Bizut ! tonna-t-il.

Quelques secondes plus tard, un étudiant de première année vêtu comme un croupier des années vingt passa la tête au coin de la porte.

— Ouvre les toilettes de la cuisine pour Bella.

Ne jamais s'engager dans une fraternité, me rappelai-je en suivant le pauvre nouveau vers les toilettes secrètes.

— Merci, lui dis-je. Tu n'es pas obligé d'attendre.

Après m'avoir salué en soulevant le chapeau melon qu'il avait loué pour l'occasion, il disparut.

S'il n'y avait pas le match, je m'en irais tout de suite. Les Bêta Rhô m'avaient toujours un peu dégoûtée. Ils étaient célèbres parmi les femmes pour leur sale habitude de décerner le pathétique trophée de la Salope de la Semaine à celui d'entre eux qui avait réussi à coucher avec le plus de filles.

J'avais vu le trophée un jour. Il était en forme de porc.

Après avoir utilisé les toilettes les moins répugnantes de la résidence, je me frayai un chemin à travers la foule pour assister aux dernières minutes du match des Rangers.

Ou du moins, j'essayai.

— Euh, Bella ?

Rafe m'arrêta devant la porte du coin télé en me posant une main sur le coude.

— Oui ?

— Est-ce que... euh, je pourrais te parler une seconde ? demanda-t-il.

Il passa une main dans ses cheveux noirs et regarda brièvement mon petit haut – avant de lever aussitôt les yeux vers mon visage, d'un air coupable.

Je désignai la télé du menton.

— Disons que ce sont les dernières minutes du match des Rangers et j'espérais…

À l'intérieur, Pépé se mit à hurler :

— *Le chasser ! Le tuer ! Merci ! Merci !*

Puis on entendit un « *Ouiiiii !* » victorieux.

Manifestement, le match était perdu d'avance. Bah, tant pis. Je levai les yeux vers Rafe pour mieux le regarder. Et quand ses grands yeux noirs se posèrent sur moi, je réprimai un frisson. Bon sang. Pourquoi fallait-il qu'il soit aussi sexy ? Ce n'était pas évident de feindre le détachement que je devais pourtant lui montrer.

— Qu'y a-t-il ? dis-je en consultant ma montre comme si je devais aller quelque part.

Subtil, n'est-ce pas ? J'avais envie de me gifler.

Pour être honnête, ma soirée avec Rafe m'avait troublée et je ne comprenais pas pourquoi. Si quelqu'un comprenait la nature inconstante des histoires d'un soir, c'était bien moi. En revanche, sa gêne du lendemain m'avait déçue. Apparemment, Rafe était du genre honteux. Les honteux se sentaient coupables après avoir couché avec vous et parfois même, ils s'en excusaient, de la même manière qu'ils s'excuseraient de vous avoir bousculé avec leur plateau-repas. *Désolé. Je ne voulais pas faire ça. J'essaierai de ne pas être aussi maladroit la prochaine fois.*

Peu importe qu'ils soient sincères, car la honte fonctionnait dans les deux sens. Si un honteux couchait avec moi sur une impulsion et considérait avoir fauté, alors par définition il estimait que moi aussi, j'avais fait quelque chose de mal.

Et j'en avais assez qu'on me juge. Vraiment, vraiment assez.

— Bella, commença Rafe. Je voulais t'inviter à déjeuner la semaine prochaine.

Je ne m'attendais pas à ça. Il voulait m'inviter à déjeuner ? Pourquoi ?

Je n'eus pas le temps de répondre, car Pépé s'exclama dans l'autre salle :

— Bella ! J'ai gagné la lingerie, chérie ! Enlève tout !

Oh, bon sang.

— Pépé, laisse-moi…

Mais il surgit brusquement derrière moi, plaquant son corps massif contre mon dos.

— À moi les nichons ! Le score est de 4 à 0.

Oh mon Dieu, achevez-moi. Je repoussai Pépé d'un coup de coude en arrière.

— Une seconde, d'accord ?

Mais il était trop tard pour que Rafe ne se fasse pas de mauvaises idées.

Lorsque je levai un œil hésitant sur son visage, je le vis prendre une teinte rouge sombre.

— Nous discuterons une prochaine fois, bredouilla-t-il.

— Rafe, attends. C'est juste un…

Je m'interrompis avant de m'abaisser à lui donner plus d'explications. Quand bien même Pépé ne plaisanterait pas, je n'avais pas à m'en excuser.

Mais Rafe s'éloignait déjà, la mine attristée. Il leva les deux mains.

— Je suis désolé.

— Mais enfin, pourquoi ?

— Parce que… j'ai l'impression d'être le pire enfoiré du monde.

— À cause de… ce qui s'est passé il y a deux semaines ?

Il prit un air coupable et je ne pus m'empêcher de lever les yeux au ciel.

— Les années cinquante, c'est terminé, d'accord ? Ce n'était que du *sexe*, Rafe. Et ce n'est pas parce que tu l'as fait que tu es un enfoiré, mais parce que tu restes bloqué là-dessus.

Il déglutit.

— Bon, eh bien, quelle qu'en soit la raison, je suis désolé.

Il ne comprenait toujours pas.

— Personne n'a profité de moi, Rafe. Je ne suis pas fragile comme ça.

— D'accord.

— Tu ne peux pas violer quelqu'un qui est consentant, murmurai-je.

Au mot « viol », ses yeux sortirent de leurs orbites.

— Ce n'est qu'une expression, précisai-je.

— Bella ! cria Pépé depuis le salon télé. Je veux gagner la petite culotte ! Montréal est en supériorité numérique !

J'avais envie que le sol s'ouvre sous mes pieds et m'engloutisse tout entière.

La mine de Rafe se ferma.

— On se voit en cours, bafouilla-t-il.

Tandis qu'il s'éloignait, je pouvais presque l'imaginer en train de dresser mentalement la liste de mes péchés.

— Bonne nuit, lançai-je malgré tout.

Il leva une main pour l'agiter sans conviction avant de disparaître dans la foule.

Charmant. Il n'avait même pas réussi à me regarder en face.

Je tournai les talons et entrai dans la salle télé.

— Il reste deux minutes, annonça Pépé. Ça ne s'est pas passé comme prévu.

Je me fichais bien du match à présent. La déception sur le visage de Rafe restait gravée dans mon cerveau. Il avait paru atterré quand il avait cru que Pépé et moi étions sérieux en parlant de nous déshabiller. Pourtant, il avait fait la même chose dans ma chambre il n'y avait pas si longtemps que ça.

Où était la logique ? Même si je n'avais rien fait de mal, j'étais triste à l'idée que Rafe soit déçu par mon attitude.

C'était le problème avec les gars de nature honteuse. Ils déteignaient toujours sur vous.

Bien sûr, les Canadiens l'emportèrent. Après la fin de la rencontre, Pépé me donna un dernier baiser mouillé sur le front et se leva.

— Tu veux que je te raccompagne ?

— Je crois que je vais rester encore un peu, m'entendis-je avouer.

Sans trop savoir pourquoi, je n'avais pas envie de sortir au bras de Pépé sous les yeux de Rafe. Son opinion ne devrait pas me toucher, mais j'y étais sensible. Et cela m'agaçait au plus haut point.

— Bonne nuit, *chérie*, dit-il.

— Bonne nuit, mon cœur.

Sur le repose-pied, Whittaker se redressa.

— Un autre verre ? demanda-t-il.

Je m'installai sur le fauteuil en me demandant ce que j'étais en train de faire.

— Peut-être.

— Ça te dirait un gin-tonic ? demanda-t-il.

— Ce serait super, mentis-je.

— Je reviens tout de suite.

Comme une idiote, je restai assise là, à attendre de boire un gin-tonic avec Whittaker. Tout en sachant que c'était une très mauvaise idée.

Et en effet. Mais il allait me falloir des semaines pour comprendre à quel point l'idée était mauvaise.

CHAPITRE
HUIT

Octobre

Rafe

Le mois d'octobre était pluvieux et froid, et mon équipe enchaînait les défaites. C'était la quatrième, et cela n'avait rien d'amusant.

Quand je ne courais pas après le ballon, je faisais du jogging sur le campus en écoutant de la bachata dans mon iPod. Alison n'aimait pas la musique dominicaine, alors me servir de son cadeau pour en écouter en permanence avait un côté ironique.

Mes écouteurs bien en place, je me dirigeai vers mon cours d'Études d'Urbanisme. Ce moment demeurait le plus gênant de la semaine. Alison me lançait toujours des œillades pleines de remords chaque fois que mes yeux se posaient sur elle par inadvertance. En revanche, Bella m'ignorait royalement. La plus longue conversation que nous avions eue au cours de ces deux dernières semaines avait consisté en un simple « merci » de sa part la dernière fois que je lui avais tenu la porte de notre bâtiment.

L'amphi était presque plein quand je me faufilai à l'intérieur et je pris place contre le mur du fond.

— Commençons, annonça le professeur Giulios. Nous avons beaucoup de choses à voir aujourd'hui. Je vais vous parler de vos devoirs du semestre. Il est temps de faire travailler vos cellules grises, les jeunes.

À ces mots, tout le monde se tut.

— À la fin du semestre, je fais toujours un concours. Les détails changent d'une année sur l'autre, mais les règles restent identiques.

Il entreprit de les énumérer en les comptant sur ses doigts.

— Par équipes, vous allez concourir pour remodeler et redévelopper un bâtiment de la ville de New York. L'équipe gagnante sera celle qui aura mis au point le meilleur concept, que ce soit d'un point de vue économique ou spatial. Tout en vous souciant de la question esthétique, vous devrez optimiser la superficie de votre construction pour le bien-être des occupants comme pour le voisinage. Mais votre développement doit également être budgétisé. Et vous devez consacrer vingt-cinq pour cent de la superficie à des logements abordables.

Je prenais frénétiquement des notes. Ce serait amusant. J'avais vu des dizaines de projets de redéveloppement mis sur pied à New York. Je devrais bien être capable de produire quelque chose d'intéressant.

— L'an dernier, j'ai fait travailler mes étudiants sur un quartier du Lower East Side. Cette année ? La 165e rue Ouest.

Je lâchai mon crayon. C'était tout près de chez moi.

Le professeur projeta une photo à l'écran et une façade familière apparut. C'était un immeuble commercial délabré de peu d'étages, avec un parking. J'étais presque certain que des gens y dormaient sur les trottoirs, parce que ce côté de la rue n'était pas très fréquenté. La nuit, il y faisait sombre et c'était plutôt mal famé.

— Et voilà, dit le professeur Giulios. Cette structure est condamnée et vous pouvez aussi vous amuser avec la superficie du parking.

Il nous donna les dimensions approximatives de la zone à développer et je les inscrivis consciencieusement.

Quelqu'un leva la main au premier rang.

— Faut-il inclure un parking dans notre concept ?

Le professeur secoua la tête.

— Celui-ci est trop peu pratique pour être pris en compte. D'autres questions ? Vous ne voulez pas connaître la récompense ?

Il sourit.

— Chaque année, une personne du conseil municipal juge les équipes avec moi. Cette fois, ce sera M. Jimmy Chan, le responsable du développement des restaurants de la ville. C'est aussi celui qui délivre leurs permis aux camions-restaurants de New York.

Le professeur se frotta les mains.

— L'équipe gagnante prendra le train le vendredi avant les examens pour dîner dehors avec Jimmy et ses meilleurs restaurateurs de rue. Vous pourrez même inviter quelqu'un.

À ces mots, je me redressai sur ma chaise. J'essayais de convaincre ma mère de faire l'acquisition d'un camion pour notre restaurant familial, Tipico. Les *food-trucks* rapportaient plus que notre emplacement à Washington Heights ne pouvait le faire. Il suffirait de le garer sur Wall Street à midi pour doubler nos bénéfices.

Mais Ma préférait écouter mes oncles, qui prétendaient qu'il était difficile d'obtenir un permis. Sans parler du camion lui-même…

J'allais remporter ce concours et *rencontrer* le type qui savait tout ce qu'il fallait connaître sur le fonctionnement des camions-restaurants.

Le professeur Giulios expliquait toujours le règlement.

— Douze équipes, une par résidence, disait-il, à moins que ce soit trop déséquilibré.

Je tendis l'oreille.

— Alors, je vous laisserai les cinq dernières minutes du cours pour vous regrouper.

Les équipes étaient formées par *résidences* ? Pendant que le professeur continuait sa liste de recommandations, je passai la salle en revue. De la résidence Beaumont, il y avait Bella, Alison et moi. Ainsi qu'une autre fille de première année que je reconnaissais et qui logeait dans le même bâtiment qu'Alison.

Il devait y en avoir d'autres, non ? Oh, *Dios*. Pitié, faites qu'il y ait trop de Beaumontois dans la classe, pour que je puisse rejoindre une autre équipe. Je balayais les têtes du regard en espérant découvrir d'autres visages familiers.

Mais je ne trouvais rien, *nada*.

À la fin du cours, mes craintes furent confirmées. Quand le professeur demanda aux étudiants de la résidence Beaumont de se regrouper à l'avant de la salle, il n'y avait que moi, mon ex-petite amie, la fille avec qui j'avais couché un soir et qui me détestait, et une parfaite inconnue.

Jesucristo. Qui sème le vent récolte la tempête.

Alison se racla la gorge.

— Je suggère que l'on se sépare encore.

C'est déjà fait, ma belle.

— Il devrait y avoir deux groupes. Un binôme qui se charge du design et l'autre qui étudie l'aspect économique. Personnellement, je préfère le design aux chiffres.

— Je m'occupe des calculs, lançai-je précipitamment.

— Très bien, dit Alison en soupirant.

La nouvelle, que je ne connaissais que de vue, se tourna vers Bella.

— J'aimerais mieux m'intéresser au design, mais si tu y tiens vraiment, je peux prendre l'aspect économique.

Bella haussa les épaules.

— Ça me va. Je n'ai pas peur des chiffres.

Oh, oh.

— Au fait, je m'appelle Dani, dit-elle. C'est le diminutif de Danielle.

Bella sourit.

— Je sais qui tu es. Moi, c'est Bella, le diminutif d'un prénom que je n'aime pas. Et voici Rafe, ajouta-t-elle en me désignant du pouce. Et Alison.

— Je crois que ce sera tout pour le moment, dit Alison d'un ton sec.

Elle hissa son sac à dos sur une épaule sans prendre la peine de me regarder.

— Dani, échangeons nos numéros.

Dani la suivit en direction de la porte, me laissant seul avec Bella.

— Alors, dit-elle.

— Alors.

Je déglutis.

— On peut discuter en marchant ? Je suis de service au réfectoire.

— Bien sûr, répondit Bella.

Nous sortîmes ensemble et un silence gêné s'installa.

— Alors, répéta Bella. C'est parti pour le projet.

— Oui, dis-je à voix basse. Et il faut que je gagne.

Elle se tourna vers moi et m'adressa le premier sourire depuis des semaines.

— Bien, j'aime cet état d'esprit. Tu es sûr que tu veux travailler avec moi ?

— Évidemment, dis-je avec une conviction qui ne reflétait pas ma véritable opinion.

— Très bien, dit-elle en remontant la bretelle de son sac à dos. C'est une bonne nouvelle. Parce que j'espère que tu n'es pas du genre à ne pas être fichu de me regarder dans les yeux après m'avoir vue toute nue.

Ma gorge se noua.

— Bella…

Dios. C'était *moi* que je n'étais pas capable de regarder en face. Pas elle.

— Je trouve que c'est le pire sexisme qui soit. Ce n'est pas juste de coucher avec une fille et de la traiter ensuite comme une moins que rien parce qu'elle a eu la même envie que vous. Ce serait atrocement hypocrite.

— Hmm, fis-je d'un air impuissant.

Une fois de plus, j'étais à court de mots.

— C'est juste que… Je crois que nous sommes partis du mauvais pied. J'aimerais tout reprendre à zéro.

Bella marcha sans rien dire pendant une seconde.

— Il n'empêche que c'est de la culpabilité mal placée. Si nous sortions tous les deux, un vrai rencard, tu pourrais te sentir mieux à propos de ce qui s'est passé.

Voilà qui me clouait le bec. Parce qu'il y avait un fond de vérité là-dedans. Mais ce n'était pas l'entière vérité.

— Je voulais juste te proposer d'aller manger thaï. Tu peux appeler ça un rencard si tu veux.

Bella déglutit.

— Je ne suis pas le genre de fille qui cherche une relation.

Je levai les deux mains en signe de capitulation.

— D'accord. Merci de me le dire.

Un instant. Est-ce qu'elle venait de me mettre un vent ? Oui, il semblerait. Mon cou s'empourpra.

— Et es-tu le genre de fille qui ne peut pas aller déjeuner avec son partenaire d'Études d'Urbanisme, aussi ?

— Non, répondit-elle avec empressement. On pourrait manger ensemble un de ces quatre, pourquoi pas.

Pourquoi pas. *Dios*. J'avais toujours rêvé de déjeuner avec une fille qui accepterait à contrecœur.

— On pourrait parler du projet maintenant ? demanda Bella.

— Ça me va, dis-je d'une voix étranglée.

Bella soupira.

— Nous allons devoir travailler ensemble pendant huit semaines. Tu peux le faire ?

— Bien sûr, répliquai-je trop vite, prouvant tout le contraire.

— Bon. Je t'ai déjà dit que mon père avait fait fortune dans l'immobilier commercial ?

Nous gravîmes les marches du réfectoire de Beaumont avant que je comprenne où elle voulait en venir.

— Alors… tu t'y connais en développement à New York ?

— Oui, répondit-elle alors que nous entrions dans la salle aux hauts plafonds. Ces vingt-et-une années de discussions ennuyeuses à la table du dîner vont s'avérer utiles.

Enfin, des bonnes nouvelles.

— Eh bien, dans ce cas, dis-je en lui tendant la main. Nous allons assurer. Bienvenue à bord.

Elle leva les yeux au ciel, mais elle me serra la main. La sienne était douce et je n'avais pas envie de la lâcher.

— À jeudi, dit-elle.

— À jeudi, acquiesçai-je.

Avant de changer d'avis, je me penchai en avant et déposai un bref baiser sur la joue de Bella. Elle sentait le shampoing aux fruits et la peau douce.

Puis je décampai en vitesse.

CHAPITRE
NEUF

Bella

Pendant un moment, je restai plantée devant les portes du réfectoire à regarder les fesses parfaites de Rafe disparaître dans la cuisine. Mes doigts remontèrent sur ma pommette, à l'endroit où il m'avait déposé ce baiser furtif qui avait court-circuité mon cerveau.

Rafe était le garçon le plus troublant que je connaisse. Un mois s'était écoulé depuis que nous avions couché ensemble, c'était de l'histoire ancienne. Mais je me sentais toujours trop consciente de sa présence sans m'expliquer pourquoi. En marchant jusqu'au réfectoire, je lui avais fait un foutu sermon sur la morale, parce que j'étais incapable de la boucler.

Et ensuite il m'*embrassait* ? Qui faisait ce genre de choses ?

— Euh, Bella ?

Je me retournai pour découvrir Graham et deux amies – Corey et Scarlet – qui me regardaient depuis la table la plus proche de la porte.

— Salut, dis-je en laissant retomber ma main, soudain gênée.

— Salut à toi, me dit Corey en souriant.

En réalité, ils avaient tous un drôle de sourire aux lèvres.

Ce fut suffisant pour me faire redescendre de mon nuage. Je rejoignis le siège libre à côté de Graham et laissai tomber mon sac à dos sur le sol. En m'asseyant, je pris un petit verre de Coca-Cola sur le plateau de Graham et le vidai d'un trait.

— Qui est ton ami ? demanda-t-il en tournant la tête d'un air entendu vers la porte de la cuisine.

— Voisin, rectifiai-je. Nous avons un cours en commun.

— Hmm, fit-il. Et tu as remarqué que ton voisin était beau comme un dieu ?

Si j'allais finir par m'habituer à l'entendre parler ainsi ? *Peu probable.*

— J'ai remarqué, marmonnai-je en me demandant si je pouvais changer discrètement de sujet. Vous avez des projets pour le week-end ? tentai-je.

— Pas vraiment, dit Corey. Mais bon, nous ne sommes encore que *mardi.*

En effet.

— Bien vu.

Je regardai le plateau de Graham et m'emparai d'un autre verre de Coca.

Il me bloqua la main.

— Tu sais, ils peuvent te donner ton propre plateau.

— Pourquoi tant de haine ? geignis-je.

Je me levai pour me diriger vers le comptoir des boissons. À vrai dire, je ne me sentais pas bien et j'avais étonnamment soif. Je posai donc trois verres sur mon plateau et les remplis de glaçons et de soda. La nourriture ne me tentait pas, mais je me préparai une petite assiette au bar à salades avant de retourner m'asseoir avec mes amis du hockey.

Pendant que je mangeais, Scarlet, gardienne de but dans l'équipe des filles, interrogea Corey sur leur prochaine rencontre à Boston.

— Je n'ai encore jamais joué dans leur patinoire.

— C'est un trou à rats, dis-je en même temps que Corey.

Nous avions répondu la même chose.

— Tu vas me porter la poisse, s'exclama-t-elle. Mais c'est la vérité. Ils ont besoin – cruellement besoin – d'une bonne rénovation.

Corey était le manager de l'équipe féminine et elle se déplaçait avec son équipe aux mêmes endroits que nous.

J'avais mal au ventre et je repoussai mon assiette. J'espérais ne pas couver quelque chose. Soudain, la musique gospel *When the Saints Go Marching In* se fit entendre dans mon sac à dos.

— C'est la sonnerie de qui ? me demanda Scarlet.

— Ma mère, répondis-je en prenant mon téléphone pour refuser l'appel.

— C'est très drôle.

— Oui, je m'éclate.

Malheureusement, cette satanée musique se déclencha à deux autres reprises avant la fin du repas. Quand je sortis enfin dans les escaliers déserts, je la rappelai.

— Que se passe-t-il, maman ?

— Bella ! J'ai une bonne nouvelle. Ta sœur vient juste d'apprendre qu'elle a obtenu cette bourse dont elle rêvait. Maintenant, elle peut ouvrir sa propre clinique de vaccination.

Eh bien, au moins quelqu'un dans cette famille savait ce qu'il voulait.

— C'est formidable, maman. Julie doit être folle de joie.

Ma grande sœur était en croisade pour la santé publique. C'était la fille *bien*, celle qui avait toujours fait ce qu'on lui demandait. Et maintenant, elle consacrait tout son temps à œuvrer pour le bien des autres, du matin au soir. Parfois même le week-end.

— Elle est aux anges. Pense à l'appeler pour la féliciter.

J'essayai de ne pas trahir mon agacement.

— Bien sûr, je le ferai.

Seigneur. L'opinion que ma mère se faisait de moi était on ne peut plus claire.

— Elle sera ravie de t'entendre, dit ma mère d'un ton un peu trop autoritaire. Et puis, j'aimerais que tu viennes en ville le samedi sept novembre au soir.

— Pourquoi ? demandai-je avec méfiance. Je vais devoir consulter le planning de hockey, mentis-je.

La saison ne commençait vraiment que le week-end suivant. Quelle chance.

— Il y a son gala de charité. C'est important pour elle. Toute la famille devrait être réunie.

Zut. Toute la famille incluait une personne que j'essayais constamment d'éviter.

— Ça devient de plus en plus chargé ici, avançai-je.

— Ce n'est pas négociable, dit ma mère. Tu devras porter une robe.

— À un gala ? Tu crois ?

Et voilà, je recommençais à répondre à ma mère comme une adolescente insolente. Génial.

— Oui, je crois, fit-elle en soupirant. Le cocktail est à dix-huit heures trente. Le bal et le dîner à dix-neuf heures trente.

Un bal ! *Pouah.* Au moins, je pourrais faire sauter l'heure du cocktail sans chiffonner personne.

— Attends. Je peux inviter quelqu'un à cette soirée, n'est-ce pas ?

Un intermédiaire humain rendrait l'épreuve beaucoup plus supportable. Mes parents étaient trop courtois pour me passer un savon devant des inconnus.

Ma mère hésita.

— Ce sera une réunion de famille.

C'était ridicule, car il y aurait quatre cents personnes à ce gala de charité.

— Maman, ce sont toujours des tables de dix. Et je *sais* que tu nous as réservé une table.

Ma mère était ainsi, elle adorait les causes caritatives.

— Et je suis sûre que Julie viendra accompagnée.

— Ta sœur est *mariée*, Bella. Ce n'est pas la même chose.

Dans un remarquable effort de retenue, je me gardai de lui donner l'une des dix réponses qui me venaient spontanément à l'esprit. Je n'avais aucun mot pour décrire le mari de Julie sans mettre ma mère en colère.

— J'aimerais amener quelqu'un, moi aussi, précisai-je. Ça me semble juste.

Juste était un mot aussi ridicule que vide de sens que je n'employais qu'en dernier recours.

— Très bien, céda-t-elle. Je vais ajouter une personne sur ton invitation.

— Ce serait adorable, dis-je avec toute la grâce dont j'étais capable.

— Samedi sept.

— Compris.

— Et appelle Julie aujourd'hui.

— *D'accord.*

Bon sang.

Après avoir raccroché, je me ruai vers les toilettes pour dames au bas des marches. Pendant toute la journée, je m'étais sentie...

patraque. D'abord, mon ventre me faisait mal. Mais pour pimenter les choses, je semblais avoir un début d'infection vaginale.

Et pour faire bonne mesure, car un malheur ne venait jamais seul, je devais maintenant un appel à ma sœur – ma sœur qui ne pouvait pas me sentir. Par ailleurs, il me fallait trouver un cavalier pour m'aider à tenir pendant les quelques heures que durerait cette soirée ringarde à Manhattan dans deux semaines.

Formidable.

Dans dix minutes, je devais avoir rejoint le séminaire de psycho que je suivais le mardi après-midi. Mais d'abord, un bref arrêt au stand.

Après dix secondes dans la cabine des toilettes, je regrettais d'y être entrée.

— Oh, putain ! m'exclamai-je.

Parce que *oh bon sang* ce que ça faisait mal quand j'urinais. J'étais seule dans les toilettes du rez-de-chaussée, Dieu merci, car... Seigneur, je sentais les larmes me monter aux yeux.

Après trente secondes abominables, je remontai la fermeture de mon pantalon et m'en allai sans demander mon reste.

Deux heures plus tard, ça n'allait pas mieux. Je franchis mollement la porte du centre médical étudiant et montai directement au département gynécologique du premier étage. Quand je demandai au bureau d'accueil si mon infirmière préférée pouvait me faire une petite place sur son agenda, la réceptionniste secoua son petit nez moucheté de taches de rousseur.

— Mme Ogden est absente cette semaine. Mais si vous avez une urgence, vous pouvez passer avec Dr Peterson.

C'était bien dommage, car Mme Ogden était formidable. La première fois que j'étais allée la voir pour un examen pelvien, elle m'avait tendu un petit miroir.

— Aimeriez-vous voir votre col de l'utérus ? m'avait-elle demandé du même ton enjoué qu'elle aurait pris pour me montrer une vidéo de chatons désopilants.

C'était difficile de se sentir mal à l'aise en présence de Mme Ogden – même intégralement nue en dessous de la taille, les pieds dans des étriers.

Je patientai en feuilletant un vieux numéro de *Sports Illustrated* jusqu'à ce qu'on m'appelle. Je suivis une infirmière dans le petit couloir en direction de la salle d'examen.

— Veuillez vous déshabiller jusqu'à la taille. Je vous laisse une feuille jetable.

Quand elle disparut, je quittai mon jean et mes sous-vêtements. Par une pudeur bien inutile, je repliai ma culotte en trois avant de la glisser sous mon pantalon. Cela n'avait aucun sens de cacher mes sous-vêtements alors que le médecin allait m'inspecter le vagin sous une lumière crue. Mais ça ne m'empêchait pas de le faire.

Je montai sur la table et déposai la protection de papier sur mes genoux. On frappa deux fois à la porte.

— Entrez, dis-je inutilement.

Le médecin qui fit son entrée dans la salle était plus âgé que je m'y attendais, avec des cheveux gris clairsemés et un air désagréable sur son visage ridé. Mais alors qu'il franchissait le seuil, quelqu'un le suivit à l'intérieur. C'était un jeune homme. Il était grand – un mètre quatre-vingt-sept environ – et incroyablement beau. Si les circonstances avaient été moins gênantes, je l'aurais longuement dévisagé.

Au lieu de ça, je fixai mes genoux.

— Bonjour Mademoiselle...

Le vieux médecin baissa les yeux sur le document qu'il tenait à la main.

— Isabelle Hall. Voici M. Gaines. C'est un étudiant en médecine qui me suit dans ma tournée aujourd'hui. Cela ne vous dérange pas qu'il assiste à notre examen ?

Sérieusement ? Qu'étais-je censée répondre ? *Oui, pourquoi pas, organisons une fête autour de mon vagin tant qu'on y est.*

— D'accord, murmurai-je.

— Bon, quel est votre problème ? demanda le docteur en croisant les bras.

À ce moment-là, j'aurais donné n'importe quoi pour voir le paisible regard bleu de Mme Ogden derrière ses lunettes.

— C'est... euh...

Crache le morceau, Bella.

— J'ai une douleur dans... euh, la région de la vulve. Je pensais que c'était une infection vaginale, mais maintenant j'ai mal quand j'urine.

Le vieux médecin hocha la tête.

— Bien, jetons un coup d'œil.

Il sortit des gants en latex d'une boîte contre le mur et les enfila.

— Descendez sur la table, s'il vous plaît. Vos pieds dans les étriers.

Je connaissais la chanson, mais ce n'en était pas moins désagréable. Il y avait trop de monde dans cette petite salle d'examen. Un air froid atteignit mes parties intimes quand le médecin souleva le papier.

Les deux hommes se penchèrent pour mieux voir et je crus bien mourir de honte. La main gantée du docteur m'examina de manière plutôt délicate, mais je dus réprimer une grimace de douleur quand il toucha une zone sensible.

— M. Gaines, dit alors le docteur. Que voyez-vous ?

Mes yeux se posèrent sur le visage du jeune homme. Il avait viré au rouge. Il croisa un instant mon regard avant de se tourner vers son professeur.

— Une infection. Sans doute bactérienne.

— Quel agent pathogène, d'après vous ? insista le médecin.

Cette fois, le jeune homme évita de me regarder dans les yeux quand il lui donna sa réponse.

— Blennorragie ou chlamydia.

— Quoi ? me récriai-je en espérant avoir mal entendu.

Le docteur hocha la tête.

— Mettez des gants et préparez un test. Et cherchez d'autres signes d'infection.

Tandis que le jeune homme enfilait une paire de gants, un filet de sueur coula le long de mon dos.

— Qu'est-ce que ça veut dire ?

L'expression du docteur Peterson était glaciale.

— Nous voyons des signes d'infection, très certainement une infection sexuellement transmissible. Vous en a-t-on déjà diagnostiqué une ?

— Non, dis-je dans un souffle, le visage brûlant. Mais je ne comprends pas. J'utilise des préservatifs.

— C'est ce qu'on entend souvent, dit le médecin en reculant pour laisser la place à son étudiant. Mais si vous avez des rapports peau contre peau avant l'application du préservatif, cela peut arriver.

Oh, mon Dieu.

Oh, mon Dieu.

Oh. Mon. Dieu.

Mon cœur se mit à battre comme des percussions et je sentis la bile me remonter dans la gorge. Le jeune étudiant en médecine se penchait à présent sur moi. Mon pouls était rapide et je n'avais pas assez d'air. Mes yeux étaient en feu.

Dr Peterson me tendit brusquement une boîte de mouchoirs.

— Pourquoi me donnez-vous ça ? demandai-je d'une voix tout juste polie.

J'avais l'impression que mes bravades étaient la seule chose qui me retenait encore de faire une dépression nerveuse.

— Quand vous pleurerez, répondit-il simplement.

Je repoussai la boîte vers lui.

— Dans ce cas, gardez-la, dis-je, bien déterminée à ne pas pleurer.

Au-dessus de moi, le jeune homme hésitait. Je me forçai à le regarder et découvris une paire d'yeux noisette compatissants.

— Voulez-vous une minute ? demanda-t-il gentiment.

Je secouai furieusement la tête, mais il ne se décidait toujours pas.

— Puis-je vous toucher le ventre ? J'aimerais savoir si vos ganglions lymphatiques sont enflés.

Je hochai la tête.

Il contourna mon genou plié pour s'approcher de moi. Ses mains patientes appuyèrent délicatement sur ma région pelvienne.

— S'il vous plaît, dites-moi si ça vous fait mal.

Il inspecta plus bas et, quelques secondes plus tard, je poussai un sifflement de douleur.

— Désolé, dit-il aussitôt en tendant la main pour tâter l'autre côté.

— Et ici ?

— Aussi, dis-je en serrant les dents.

C'était vraiment très douloureux à cet endroit-là.

Il me palpa la hanche à deux reprises, un geste qui aurait dû me paraître bizarre, mais que je comprenais.

— Vos ganglions lymphatiques sont gonflés, car ils luttent pour combattre l'infection. Maintenant, je dois juste vous faire quelques prélèvements, d'accord ? me dit le jeune homme. Ensuite, nous aurons terminé.

Une fois de plus, je répondis avec les mâchoires crispées.

— Allez-y.

Le prélèvement piquait, mais pas autant que l'angoisse causée par les mots *maladie sexuellement transmissible*.

— Vous pouvez vous rhabiller, dit le vieux médecin à la fin de l'examen. Retrouvez-moi dans mon cabinet dans dix minutes. Je vous donnerai une ordonnance et des informations.

Sur ces mots, il se retourna et sortit, suivi par l'étudiant en médecine d'une démarche à peine plus gracieuse.

Je serrai les cuisses, le cœur battant à tout rompre.

Mes mains tremblaient lorsque j'enfilai mes vêtements. *MST.* Ces lettres affreuses tournoyaient dans mon esprit. Ce n'était pas censé se produire. Les relations sexuelles que je pratiquais étaient toujours protégées. Du moins, c'était ce que je pensais. Pourquoi moi ?

Mon ventre se contracta, et cela n'avait rien à voir avec l'infection. Cette fois, la douleur provenait de la *honte*.

Et moi qui croyais être une féministe à la sexualité saine et active, avec une parfaite maîtrise de son corps. En cet instant, je me sentais exactement comme la salope pour laquelle les gens me prenaient. Les gens comme Lianne de l'autre côté du couloir. Et les copines des joueurs de hockey.

Et ma mère.

Oh. Ma mère ne devait pas le savoir. Je ne le lui dirais *jamais*.

Je traversai le couloir sur des jambes flageolantes en me demandant quelle porte était celle du docteur. Je m'arrêtai en voyant l'étudiant en médecine sur un fauteuil, avant de constater que la plaque sur la porte indiquait bien « Peterson ».

J'entrai dans la petite pièce et m'assis sur la chaise manifestement réservée aux patients.

— Alors, Isabelle, dit le jeune homme.

— Bella, rectifiai-je sans me départir de mon attitude revêche.

— Bella, dit-il d'une voix douce. Je voulais juste que vous sachiez que ces choses-là arrivent tout le temps. Les résultats de vos tests montreront très probablement que cela se soigne facilement.

Je savais ce qu'il essayait de faire. Il voulait me donner une vue plus générale de la situation. *Seigneur.* J'aurais peut-être dû le remercier pour ses efforts, mais je ne pus que déglutir.

Dr Peterson entra au même moment dans la pièce et prit place à son bureau.

— Mademoiselle Hall, j'ai votre ordonnance.

Il glissa un papier dans ma direction.

— Prenez l'*intégralité* des antibiotiques. C'est très important.

Je pris la feuille en silence.

— Vos symptômes devraient vite commencer à disparaître, mais terminez tout de même le traitement. Vous ne devez avoir aucun contact sexuel avec votre petit ami pendant tout ce temps.

C'était facile, évidemment, puisque je n'en avais pas. Mais la crainte me nouait l'estomac.

— J'ai une question à vous poser.

— Bien sûr.

Mes yeux se posèrent sur le bureau et restèrent rivés au grain du bois.

— Quelle est la période d'incubation ?

Le médecin se racla la gorge.

— Voulez-vous demander depuis combien de temps vous êtes infectée ?

Je hochai la tête. La honte et le silence m'enveloppaient comme un nuage atomique. En fonction de sa réponse, il y avait deux ou trois personnes qui pouvaient m'avoir contaminée.

Et de même, il y en avait deux ou trois que j'aurais pu contaminer.

— Au cours des deux dernières semaines, dit le docteur. Dix jours, très probablement.

— D'accord, murmurai-je.

J'allais rentrer chez moi et examiner mon calendrier pour savoir ce que j'avais fait à quel moment et avec qui.

— Naturellement, vous devez effectuer un suivi avec votre partenaire, dit le docteur. Il ou elle doit savoir qu'une infection a été transmise.

Chaque fois qu'il prononçait le mot « infection », j'avais juste envie de *mourir*.

— Votre test reviendra dans quelques jours et un médecin vous appellera pour vous en donner le résultat. Vous aurez ainsi des informations plus précises à communiquer à votre partenaire.

Il parlait toujours, mais je ne l'écoutais plus. Parce que je me rendais compte à quel point ce serait difficile. Je connaissais une centaine de façons de demander à un gars de rentrer avec moi. Mais je ne m'imaginais pas annoncer à quelqu'un que je lui avais peut-être transmis une maladie.

— Bella ?

Je levai vivement les yeux. L'étudiant en médecine essayait de me remettre une brochure en papier glacé. Je la lui arrachai des mains.

— Il y a toutes sortes d'informations là-dedans. Mais si vous avez des questions, appelez-nous. Ou posez-les à la personne qui vous contactera pour vous transmettre vos résultats.

Je tournai la tête vers le Dr Peterson.

— Je peux vous demander quelque chose ?

Il fronça les sourcils.

— Oui ?

— Voulez-vous demander à Mme Ogden de m'appeler pour me donner les résultats ?

Le médecin se renfrogna encore davantage.

— Je vais laisser une note, mais je ne garantis rien, dit-il en griffonnant sur mon dossier.

— Merci, j'apprécierais beaucoup, dis-je.

Mon regard dériva vers l'étudiant en médecine, qui m'adressa un bref sourire. Apparemment, je n'étais pas le seul fan de Mme Ogden.

— Si vous n'avez plus de questions pour l'instant, je vais rejoindre mon prochain patient.

— Ça va, dis-je entre mes dents, même si ce n'était pas vrai.

Ça n'allait absolument pas.

Le médecin se leva et sortit à grandes enjambées, sa blouse blanche flottant dans son dos.

— Gaines, grommela-t-il pour appeler son étudiant.

Gaines se leva pour le suivre, mais s'attarda une seconde dans l'encadrement de la porte.

— Je sais que c'est difficile à encaisser, murmura-t-il. Mais une fois que le choc sera passé et que vous aurez fait un peu de lecture, tout vous semblera moins dramatique.

— Merci, répondis-je sèchement.

Il m'adressa un dernier sourire et ajouta :

— Appelez Helena Ogden si vous avez des questions.

— Je n'y manquerai pas.

Puis il disparut, me laissant seule avec une ordonnance dans une main et une brochure médicale dans l'autre. *Prenez en mains votre santé sexuelle*, pouvait-on lire.

Je la pliai en un minuscule carré que je rangeai dans ma poche, avant de décamper en vitesse.

Une heure plus tard, j'avais récupéré un flacon de médicaments à la pharmacie et une salade à emporter au centre étudiant. Le chemin du retour fut laborieux, car les élancements que m'avait causés l'irritation plus tôt dans la journée s'étaient changés en douleur lancinante et continuelle. Je marchais donc précautionneusement en regrettant de ne pas pouvoir me téléporter dans ma chambre.

J'avais besoin d'être entièrement seule. De me recentrer. De chercher quelques termes sur Google que je n'aurais jamais cru saisir un jour dans ma barre de recherche. De lancer des fléchettes sur la photo du Dr Peterson. Mais *pas* de pleurer.

Que ce type aille se faire foutre.

J'étais presque arrivée devant la porte du bâtiment quand quelqu'un arriva à petites foulées dans la cour en face de moi. En s'arrêtant devant notre porte, il étendit ses jambes sculptées et se pencha en avant, les mains sur les genoux, pour s'étirer avant de s'attaquer aux escaliers.

Rafe. Même haletant et couvert de sueur, il était beau.

C'était aussi la *dernière* personne à qui j'avais envie de parler en ce moment.

Merde.

Il me remarqua et se redressa aussitôt.

— Salut, dit-il en expirant avant de détacher la carte magnétique qu'il avait accrochée à sa poche.

Il la passa devant le lecteur, puis m'ouvrit la porte comme un parfait gentleman.

Crispée par ma gêne physique, je le saluai maladroitement d'un geste de la main.

L'incertitude se peignit aussitôt sur ses traits.

— Quelque chose ne va pas ?

Rien du tout. Et, au fait, penses-tu que tu pourrais m'avoir transmis une maladie ? Seigneur. Comment allais-je bien pouvoir en discuter ? Comment faisaient les autres ? À présent, Rafe fronçait les sourcils. Il attendait une réponse. *Ressaisis-toi, Bella.*

— Je vais bien, dis-je d'un ton maussade. Et toi ?

Il écarquilla les yeux devant ma réaction bougonne.

— Mieux que jamais, dit-il en pinçant les lèvres.

Décidément, j'étais *prédestinée* à vexer ce gars. Mais en ce moment, c'était bien le cadet de mes soucis.

— Super. Passe une bonne soirée.

Je passai devant lui en direction des escaliers.

Malheureusement, l'ascension s'avéra encore moins aisée que le trajet. Je gravis tout de même quelques marches d'un pas assuré, consciente qu'il me regardait.

La douleur me donnait envie de hurler.

N'y tenant plus, je posai mon sac sur le sol et m'agenouillai pour nouer mes lacets pourtant parfaitement serrés. Des bruits de pas se firent entendre derrière moi. Je sentis Rafe passer lentement sur le palier, puis monter la volée de marches suivante.

Une fois qu'il eut disparu au coin de l'escalier, je repris mon sac et me remis en route, plus lentement cette fois. Agrippée à la rampe, je me hissais, chaque marche plus douloureuse que la précédente.

Au palier suivant, Rafe m'attendait, la tête penchée sur le côté.

— Tu es sûre que ça va ?

— Oui, merci, répliquai-je. Mal à la cheville, c'est tout.

— Oh, dit-il avec prévenance. Tu as besoin que… ?

— Non, ça va.

Son visage se referma.

— Bon, d'accord. À plus tard.

Cette fois, il me tourna le dos et termina en courant, comme s'il avait hâte de s'en aller. Je ne repris ma progression qu'en entendant la porte de son appartement s'ouvrir et se refermer.

Enfin seule, je terminai mon insoutenable trajet. La première chose que je fis en arrivant fut de prendre l'un des cachets que l'on m'avait donnés à la pharmacie. Je me demandais où ranger le flacon. *Pas* dans la salle de bain. J'imaginais très bien la satisfaction de Lianne en découvrant ce qui m'était arrivé. La sienne, ou celle de n'importe qui, d'ailleurs.

Je dissimulai le flacon dans le tiroir de mon bureau.

Puis j'appelai Trevi, le capitaine de l'équipe, et lui annonçai que je présentais tous les symptômes de la grippe et que je ne pourrais pas venir à l'entraînement.

— Peux-tu dire à l'entraîneur que je suis désolée ? demandai-je.

— Bien sûr. Rétablis-toi vite, dit-il.

Si seulement.

— Merci, vieux. À demain ou à jeudi.

— Ciao.

Enfin, j'étais seule. J'allumai ma lampe de chevet, qui projeta une lueur chaleureuse sur le plafond incliné. Me laissant tomber sur le lit, je me roulai en une petite boule furieuse, souffrante et effrayée.

Mais je ne pleurai pas.

CHAPITRE
DIX

Bella

Dans mon malheur, j'avais la chance que la saison de hockey ne batte pas encore son plein. J'aurais eu du mal à rester terrée dans ma chambre si les week-ends à l'extérieur s'enchaînaient.

Le samedi, alors que je broyais du noir après le déjeuner, je reçus un appel du service médical étudiant. Je décrochai pour entendre Mme Ogden au bout de la ligne.

Dieu soit loué.

— Bella ? Aurais-tu une minute pour discuter ?

— Bien sûr. Je ne savais pas que vous travailliez le samedi.

— Je travaille quand les vagins ont besoin de moi, dit-elle, me faisant éclater de rire. Aurais-tu le temps d'aller prendre une tasse de café ?

J'hésitai.

— Bien sûr. C'est si grave que ça ?

— Non ! s'exclama-t-elle. Pas du tout. Je voulais juste te voir en personne. Nous ne sommes pas censés avoir de patients favoris, mais...

— Je suis sûre que vous dites ça à toutes les filles.

Elle répondit en riant :

— On se retrouve au Java Tree dans dix minutes ?

Je commandai une tasse de thé à la menthe et allai m'installer en face de Mme Ogden. Elle nous avait dégoté une table à l'écart, au fond de la salle.

— Bonjour, lui dis-je.

C'était la première fois depuis des jours que je me sentais aussi sereine. Il y avait quelque chose dans son regard franc qui m'empêchait de céder à la panique.

Elle tendit la main sur la table pour me serrer légèrement la main.

— Bella, ma chérie. Je suis désolée de ne pas avoir été là quand tu es passée cette semaine.

— Je vous en prie, dites-moi que vous étiez dans un endroit magnifique. Parce que Dr Peterson est un troll malfaisant.

Elle sourit.

— Ma femme et moi, nous étions aux Bermudes.

— Sympa.

— Et je sais que c'est un râleur, mais il est aussi excellent clinicien. Malheureusement, il n'est pas nécessaire d'être agréable pour obtenir un diplôme en médecine.

— J'ai remarqué.

— C'est utile de se rappeler qu'il sauve des vies.

— Bah, fis-je en agitant la main.

Elle sourit à nouveau.

— J'ai tes résultats du laboratoire, dit-elle en me remettant une enveloppe scellée. Mais je voulais m'assurer que tu allais bien. Je suis désolée que tu aies reçu de mauvaises nouvelles.

— Ça va, mentis-je.

En réalité, je reste cachée dans ma chambre la majeure partie du temps. C'est normal ?

— Tes symptômes diminuent ?

— Oui, merci.

Mais pas ma honte.

— Bon, j'ai de bonnes nouvelles, ajouta le docteur Ogden en baissant la voix. Ton test n'est positif que pour la chlamydia, dont tu viendras facilement à bout avec quelques antibiotiques.

Hourra ! Ce n'est pas tous les jours qu'on tombe sur la *bonne* MST.

— C'est... déjà ça, dis-je en m'efforçant de ne pas paraître trop grincheuse.

Elle pencha la tête pour me dévisager.

— Bella, aurais-tu la même impression si un partenaire t'avait transmis sa grippe ?

— Oh non, pas du tout ! répondis-je spontanément.

— En règle générale, mon rôle est de faire campagne pour la prévention sexuelle. Mais il y a autre chose que je voulais te dire.

Son regard chaleureux était attentif.

— Il ne s'agit pas d'un message de Dieu. Il n'y a aucune raison de paniquer ni de te sentir honteuse. Tu es toujours la même fille magnifique que la dernière fois que je t'ai vue.

En l'entendant, j'en eus la gorge nouée. Je bus un peu de thé pour cacher ma réaction.

— Oh, ma belle, chuchota-t-elle. Tout va très bien se passer.

Je savais que c'était vrai, techniquement, mais je ne me sentais pas *bien* du tout.

— C'est dur, dis-je d'une voix chevrotante. Il y a une conversation difficile que je dois avoir et je ne l'ai pas encore fait.

J'avais étudié attentivement mon calendrier. Par chance, seule ma soirée pitoyable avec Whittaker à la résidence des Bêta Rhô relevait du champ des possibles.

Rien que *devoir* consulter mon calendrier pour le déterminer m'avait rendue malade. Il était souvent arrivé au cours de ces deux dernières années que mon nombre de partenaires soit plus élevé que ça. Cette idée me faisait frémir – comme si ceux qui jugeaient ma vie sexuelle avaient remporté une victoire secrète.

Mme Ogden remua sa boisson à l'aide de sa paille.

— C'est vrai qu'il n'est pas facile d'annoncer à quelqu'un qu'il vous a transmis une maladie. Il peut ne pas te croire, parce que plus de la moitié des personnes qui en sont porteuses ne présentent aucun symptôme.

— Aucun ?

Elle secoua la tête.

— Mais je peux te faciliter la tâche.

— Comment ?

Mme Ogden sortit une carte de sa poche.

— Donne-lui mon numéro. S'il m'appelle, je lui poserai quelques questions de contrôle – pour m'assurer qu'il n'est pas allergique aux antibiotiques – et je lui en prescrirai par téléphone. Il n'aura même pas à passer le test.

— Vraiment ?

Elle hocha la tête.

— On appelle ça une thérapie accélérée des partenaires. Si tu es pratiquement sûre de la personne qui te l'a transmise, nous pouvons procéder de cette manière. Sinon, il risque de continuer à la propager.

— Je sais, murmurai-je.

Elle tendit la main par-dessus la table et me tapota la main.

— Tiens bon, Bella. Et sens-toi libre de m'appeler sur mon portable si tu as la moindre question. Je donne le numéro sur le répondeur de mon cabinet.

— Merci, lui dis-je.

— Nous restons en contact, d'accord ? Parce que j'ai le pressentiment que tu as du mal à encaisser cette nouvelle.

— Ça va aller, lui dis-je, consciente de ne convaincre personne.

Maintenant que j'avais un vrai diagnostic, je ne pouvais plus repousser le moment d'annoncer la mauvaise nouvelle à Whittaker.

Ce soir-là, pour la première fois de la semaine, je pris le temps de passer ma garde-robe en revue. Si je devais me rendre chez les Bêta Rhô et demander à parler au running-back vedette de l'équipe de football américain, je voulais être sous mon meilleur jour. L'une des associations caritatives que ma mère soutenait faisait don de vêtements de marque et de maquillage à des patientes atteintes du cancer, avec la théorie selon laquelle on guérissait plus vite si l'on se sentait mis en valeur.

En songeant à ces pauvres femmes, je me rappelai qu'il y avait toujours pire.

« Ça pourrait être pire », me dis-je en choisissant une petite jupe en jean, un joli débardeur et un cardigan.

« Ça pourrait être pire », murmurai-je au miroir tout en appliquant une fine couche de gloss. (Pour moi, cela revenait à sortir *le grand jeu*.)

« Ça pourrait être pire », répétai-je en dévalant les marches avant de m'éloigner dans l'air frais de la soirée.

Le trajet jusqu'à la résidence des Bêta Rhô ne fut pas assez long pour me permettre de préparer un discours convenable. En montant les marches en bois du porche, je me rendis compte que la maison était très calme pour un samedi soir. Pendant un moment, je me réjouis à la perspective que Whittaker et tous ses amis soient sortis. Mais à peine avais-je appuyé sur la sonnette que j'entendis des pas se rapprocher.

Le type qui ouvrit la porte était un étudiant de deuxième année que l'on surnommait Dash.

— Quoi d'neuf ? fit-il – la formule de salutation traditionnelle de la fraternité.

— Bonsoir, répondis-je. Est-ce que Whittaker serait dans le coin par hasard ?

— Je crois bien que oui. Entre, je vais le chercher.

Dash s'éloigna comme un bon petit toutou. Jusqu'à la soirée d'introduction dans deux semaines, il était toujours un sous-fifre dans la hiérarchie de la fraternité. Quand la nouvelle fournée de bizuts arriverait, ce serait au tour de Dash de donner des ordres et d'envoyer les autres ouvrir la porte.

J'étais certaine qu'il était impatient.

Je me dirigeai vers le salon. Sur un immense canapé d'angle, trois membres de la fraternité – tous des joueurs de football américain – avaient des manettes de jeu à la main.

— Quoi d'neuf, Bella ? lança quelqu'un sans détacher ses yeux de l'écran.

— Rien de spécial. C'est calme ici, ce soir, n'est-ce pas ?

— Match demain, me répondit-on.

Ah.

— L'entraîneur vous a prescrit une bonne nuit de sommeil ?

Apparemment, il se passait un événement crucial à l'écran, car je n'obtins aucune réponse. De toute façon, Whittaker apparaissait déjà, en sweat-shirt de Harkness et en tongs.

— Salut, ma belle, dit-il en souriant. Quoi d'neuf ?

Je ne pouvais pas lui en vouloir d'être surpris. Nous n'avions couché ensemble que cette nuit-là, après la Soirée Casino.

Et maintenant, je le regrettais. Après une relation sexuelle passablement honorable, j'avais dû rassembler mes esprits et descendre le grand escalier central à la vue de tous jusqu'à la porte d'entrée, sous les sourires entendus des membres de la fraternité.

Et voilà que je revenais dans cette vieille maison au parquet poisseux. *Quelle idiote.*

— On peut parler un instant ? lui demandai-je en m'efforçant de paraître désinvolte.

Je décelai une vague crainte sur son visage.

— C'est le genre de discussion qui va me demander de la téquila ?

— Oui, mais uniquement parce que la téquila, c'est bon pour toutes les occasions, répondis-je.

Il m'adressa un sourire désabusé.

— Yo ! Dash !

Quand le jeune homme apparut, Whittaker lui commanda deux verres. Puis il me conduisit vers la table du petit déjeuner dans la cuisine, à l'écart des autres.

Dash nous apporta nos boissons, des tranches de citron et du sel. Une fois qu'il fut reparti, Whittaker se tourna vers moi d'un œil interrogateur.

— Que se passe-t-il ?

Je me raclai la gorge, décidée à ne pas tourner indéfiniment autour du pot.

— Ce n'est rien de grave, mentis-je.

Pour moi, ça l'était.

— Mais j'ai découvert que j'avais récemment attrapé la chlamydia.

Il ouvrit de grands yeux.

— Pas possible.

— Moi aussi, j'ai réagi comme ça.

Il vida son verre, qu'il reposa dans un bruit sec.

— Tu crois que c'est moi qui te l'ai refilée.

— Il semblerait. Mais si ce n'est pas toi, alors je risquerais de te l'avoir transmise. Dans tous les cas, tu dois prendre le traitement.

Je posai la carte de Mme Ogden sur la table et lui parlai de l'ordonnance par téléphone qu'elle pouvait lui établir.

Je n'aurais pas su dire s'il m'écoutait encore.

— Bois ton verre, Bella.

C'est vrai. Avec des doigts nerveux, je portai le verre à mes lèvres. Le citron avait un goût acide et âpre qui correspondait parfaitement à la journée que je passais.

— Dash ! lança à nouveau Whittaker.

Aussitôt, le garçon rappliqua comme un chien bien dressé.

— Tu peux nous préparer le spécial de ce soir ?

Le gars hésita un instant. Il s'agissait sans doute d'une sorte de test, une règle ridicule propre à leur association : oublie le cocktail spécial, et fais-moi deux cents pompes tout nu dans la Cour des Nouveaux. Ou quelque chose de ce genre.

— Bien sûr, dit Dash au bout d'un moment. Je reviens tout de suite.

— Je ne t'ai rien refilé, dit alors Whittaker une fois que nous fûmes à nouveau seuls. Ce n'était pas moi.

— D'aaaaccord…

J'étais officiellement arrivée au bout de mon script. Quelle était la réaction appropriée au déni catégorique ? Parce que s'il ne me l'avait pas transmise, cela rejetait la honte sur moi. C'était *moi* qui avais apporté cette horreur chez *lui*.

— Le… euh, le médecin dit que la plupart des gens ne présentent aucun symptôme.

— Comme tu veux, grommela-t-il.

Eh bien, mission (gênante) accomplie. Maintenant, je devais vraiment m'en aller et ne plus jamais revenir. J'allais le remercier pour le verre et lui présenter mes excuses quand Whittaker m'étonna en changeant de sujet pour aborder une question plus légère.

— L'équipe de hockey est bonne cette année ?

— Plutôt, répondis-je sans enthousiasme. Hartley nous manque beaucoup, mais nous avons de nombreux talents.

— Qui est le capitaine ? Ne me dis pas que c'est ce pédé.

Ma pression sanguine augmenta brusquement. Je n'étais pas du genre à laisser passer ce genre d'offenses sans dire un mot. Mais ce n'était vraiment pas le moment de me disputer avec Whittaker au sujet de son homophobie.

— C'est Trevi le capitaine, dis-je tranquillement. C'est un type intelligent.

Dash revint dans la pièce. Il déposa deux verres sur la table et je baissai les yeux pour identifier le cocktail spécial. Hmm. C'était une boisson écarlate, avec des glaçons.

L'un des verres avait une petite ombrelle.

— Oh, la mienne a un accessoire, dis-je en souriant à Dash.

Il haussa les épaules d'un air embarrassé avant de quitter la pièce. Dash ne gagnerait jamais des prix d'éloquence, c'était le moins que l'on puisse dire. Je pris mon verre et bus une gorgée.

— C'est… un madras ? demandai-je.

Whittaker et moi trinquâmes.

— Bien vu, dit-il en buvant une gorgée. À la tienne.

Je n'étais pas vraiment d'humeur à me saouler, mais cela n'aurait pas été poli de partir comme une voleuse. Je ne savais toujours pas ce que pensait Whittaker. Soit ce que je venais de lui annoncer ne l'inquiétait pas outre mesure, soit il était doué pour masquer les apparences. Je bus à nouveau.

— Quels cours suis-tu cette année ? demanda-t-il une minute plus tard en sirotant son propre cocktail.

— Euh… j'ai pris cette introduction aux Études d'Urbanisme, dis-je. Et j'ai deux cours de psycho…

J'éprouvai un léger vertige. Je ne m'étais pas très bien nourrie depuis mon triste rendez-vous chez le médecin. D'habitude, je tenais mieux l'alcool.

De l'autre côté de la table, Whittaker me posait d'autres questions, mais je n'arrivais plus à le suivre. Le verre dans ma main était trop lourd. Je le posai brutalement sur la table.

La dernière chose que je vis, c'étaient les yeux de fouine de Whittaker rivés sur moi.

CHAPITRE
ONZE

Rafe

Il n'était que sept heures trente dimanche matin et le jour se levait à peine. J'avais déjà couru plus de sept kilomètres, mais une nouvelle ampoule à mon talon me posait problème. Mes baskets avaient bien besoin d'être remplacées.

Voilà qui me coûterait encore une centaine de dollars. Dont je ne disposais pas.

Je ralentis en atteignant les abords du campus et marchai pour terminer en douceur. J'aimais être seul si tôt le matin, quand le soleil zébrait les façades de calcaire. Grâce à mon tout nouvel iPod et un brassard hors de prix, des airs de bachata jouaient dans mes oreilles. Je progressais à pas lents dans la rue des fraternités encore endormies. Il faisait si froid dehors que mon souffle produisait de la vapeur dans l'air matinal.

À cette heure-là, je m'attendais à être absolument seul. Je fus donc surpris d'entendre une porte claquer sous l'un des porches en bois. Mes yeux balayèrent la rangée de maisons, mais ce n'était pas un membre d'association qui apparaissait d'un pas titubant. Une fille, la tête basse, descendait maladroitement les marches du dernier porche de la rue. Elle se cramponnait à la rampe pour ne pas perdre l'équilibre. Malgré le froid, elle était en tenue légère. Et je ne pus m'empêcher de remarquer que ses bras et ses jambes étaient couverts d'étranges tatouages.

La fille mal en point sembla se ressaisir en prenant une grande inspiration et s'avança dans la lumière du matin. Mais ses pieds refusaient de l'accompagner. Elle tituba après quelques pas et s'étala sur le trottoir.

Merde.

Retirant mes écouteurs, je les passai autour de mon cou, puis je m'élançai malgré les protestations de mon talon douloureux. Quand j'arrivai près d'elle, la fille essayait de se relever.

C'était *Bella.*

Pendant un moment, je restai pétrifié, le cerveau trop sonné pour réagir. Mais ses genoux se dérobèrent à nouveau et mes réflexes intervinrent. Je me penchai en avant et posai les mains sur ses hanches pour la stabiliser.

Bella poussa un hurlement de terreur, d'une voix rauque.

Merde !

— Bella, *désolé.* Ce n'est que moi, Rafe. Désolé.

Je bafouillais, mais elle tremblait dans mes bras et j'en fus effrayé. Je la contournai pour lui permettre de me voir.

— Ça va ?

Alors que j'attendais sa réponse, je pris conscience de certains détails et commençai à comprendre qu'elle n'allait pas bien. Pas bien du tout. Ce que j'avais pris pour des tatouages sur ses membres était en réalité des mots écrits au *marqueur.* Quelqu'un – ou plusieurs personnes – avait écrit sur Bella.

SALE PUTE pouvait-on lire à l'encre noire sur son bras.

Et sur sa jambe ? Si j'employais un jour l'un de ces mots en présence de Ma, elle me giflerait. Mon cœur se serra. Par instinct, je m'approchai de Bella et l'appuyai contre mon torse. Puis, je levai les yeux vers la résidence dont elle venait de sortir.

Les Bêta Rhô.

La maison était complètement silencieuse. Et à l'exception du craquement régulier d'un bouleau qui oscillait dans la brise, il n'y avait aucun bruit alentour. Je n'apercevais pas de visages, ni dans l'encadrement de la porte ni aux fenêtres.

Mais que s'était-il passé là-dedans ?

J'avais la chair de poule jusque dans le cou et je réprimai un frisson. Bella gardait le silence. Cette situation était sinistre.

Je devais la ramener chez elle avant qu'elle tombe à nouveau.

— Viens. Allons-y.

Elle changea de position au creux de mon bras et je posai ma main sur sa hanche.

Nous avançâmes sur le trottoir. Je la traînais presque, ce n'était pas facile. Elle titubait à chaque pas. De ma main libre, je pris l'autre coude de Bella. Sa peau était froide au toucher.

Heureusement, il n'y avait que quelques minutes de marche entre la rue des fraternités et la résidence Beaumont.

— Peux-tu me dire ce qui s'est passé ? lui demandai-je, une seule et unique fois.

— Non, murmura Bella.

Ses yeux vitreux n'exprimaient rien.

Quand nous arrivâmes devant notre bâtiment, je tendis la hanche pour passer la carte magnétique devant le lecteur en espérant que le contact serait suffisant pour débloquer la porte. J'entendis un déclic rassurant et ouvris. Bella franchit en vacillant le seuil en marbre et, pendant un moment gênant, je crus que l'un de nous allait s'étaler sur les carreaux du sol – ou tous les deux.

— Waouh, dis-je en nous stabilisant.

Je levai alors les yeux vers la cage d'escalier.

— Viens, chuchotai-je. Nous y sommes presque.

Avec Bella toujours sous mon bras, j'atteignis le bas de l'escalier.

Elle posa une main sur la rampe et se hissa sur les cinq ou six premières marches. Puis elle s'arrêta.

— Laisse-moi ici, dit-elle à voix basse.

— Non, impossible, répondis-je.

Elle me repoussa en me donnant un faible coup de hanche.

— Vas-y.

Il était hors de question que je m'éloigne. Après notre folle nuit ensemble, je n'avais peut-être pas su quoi dire ni comment me comporter. J'avais sans doute très mal géré la situation. Mais en cet instant, je savais *exactement* ce que je devais faire.

Au lieu de me disputer avec Bella, je m'avançai à nouveau. Je pliai les genoux et enroulai mes bras autour de ses hanches pour la soulever.

Pendant une seconde, étonnée, elle ne réagit pas. Je la lançai sur mon épaule et posai ma main libre sur la rampe. Puis je commençai mon ascension.

— Pose-moi, s'exclama-t-elle. Pose-moi par terre.

— Non, répondis-je dans un souffle.

De son bras, elle me donna un violent coup dans le dos, mais je ne fis que resserrer mon étreinte. Je me dépêchai de monter. Je ne voulais pas que l'on nous surprenne ainsi en jetant un œil par la porte d'une chambre. On pourrait croire que j'usais de ma force avec une fille saoule.

Et techniquement, c'était bien le cas.

Une minute plus tard, je faisais glisser Bella le long de mon corps et la posai sur ses pieds devant sa porte du troisième étage.

Ses joues avaient pris des couleurs et ses yeux étaient moins hagards. Je m'en réjouissais. Une Bella désagréable, c'était toujours mieux qu'une Bella inexpressive. Elle tapota la poche de sa jupe et en sortit un porte-clés, qu'elle fit tomber.

Avant qu'elle puisse réagir, je le ramassai et insérai la clé de sa chambre dans la serrure.

— Eh, protesta Bella.

Mais je voulais qu'elle entre et s'assoie enfin. J'avais l'impression qu'un souffle de vent aurait suffi à la renverser.

Derrière nous, j'entendis des gonds grincer. Je tournai la tête et aperçus le visage de sa célèbre voisine. Les yeux de Lianne s'agrandirent et elle referma aussitôt sa porte.

Bella poussa la sienne en me bousculant pour me prendre la poignée des mains. Elle fit irruption dans sa chambre et tituba jusqu'au lit, où elle se laissa tomber.

Je refermai la porte derrière moi et allai m'agenouiller à côté du lit.

— Bella, murmurai-je. Tu es blessée ?

Elle avait l'air si faible, c'était étrange. En même temps, je n'avais pas beaucoup d'expérience en matière de coma éthylique.

En guise de réponse, Bella ferma les yeux.

Je saisis l'occasion pour examiner les mots inscrits sur ses membres. On avait utilisé deux ou trois feutres différents. Les lignes ne mesuraient pas toutes la même largeur et les écritures n'étaient pas identiques.

Leur seul point commun, c'était le caractère *ignoble* des messages. *DANGER* avait écrit quelqu'un. Et il s'agissait là du seul mot que l'on aurait pu prononcer dans une église. Un grand nombre n'était même pas lisible, ce qui était sans doute mieux ainsi. Mais même mal orthographié, *CHATE DÉGUEU* restait malheureusement très compréhensible.

Tandis que je la regardais, je sentis la chair de poule me revenir. Quelqu'un avait infligé ça à Bella. Non, plusieurs personnes. C'était presque impossible à imaginer. Ils avaient dû se regrouper autour de son corps évanoui et s'encourager mutuellement.

Cette image fit remonter la bile dans ma gorge. Je ne pouvais m'empêcher de me demander ce qu'ils avaient bien pu lui faire d'autre.

Merde. J'avais ramené Bella en lieu sûr, mais je me rendais compte que je n'en avais pas terminé.

— Bella, murmurai-je. Veux-tu aller au poste de police ? Ou à l'hôpital ?

Elle rouvrit les yeux.

— Non, grogna-t-elle. Ils ne m'ont pas... Ce n'était pas pour ça.

— Alors...

Je cherchais la meilleure formulation possible.

— Pour quoi était-ce ?

— Pour me *mortifier* ! fit-elle en se redressant. Et ça fonctionne, puisque tu me *regardes* !

Je m'assis sur mes talons et pris une grande inspiration. Ce ne serait pas correct de partir maintenant.

— Je ne sais pas ce qui t'est arrivé, mais c'est immonde et tu dois en parler à quelqu'un.

Je sortis mon iPod de son étui de sport. J'ouvris l'application photo et dirigeai l'appareil vers la jambe de Bella.

— Qu'est-ce que tu fais ? souffla-t-elle en repoussant mon iPod.

Je le lui tendis.

— Quand tu seras prête à parler, tu auras besoin de preuves.

Pour la première fois depuis que je l'avais trouvée dans la rue des fraternités, elle redressa les épaules. Puis, avant que je comprenne ce qui se passait, elle s'empara de mon iPod et le lança à l'autre bout de la chambre. J'entendis un fracas retentissant lorsqu'il s'écrasa contre le mur de plâtre. Des éclats de mon gadget dernier cri s'envolèrent dans toutes les directions sur le sol de Bella.

— *Dehors !* tonna-t-elle.

Elle se hissa sur ses pieds et se dirigea vers la petite salle de bain. Je me levai pour la suivre. Son pas était toujours chancelant. Elle agrippa le chambranle de la porte et tourna vers moi son visage furieux.

— Ne t'*avise* pas de me suivre dans la *salle de bain*.

J'entendis le bruit d'une autre porte qui s'ouvrait au même moment. Derrière Bella, j'aperçus le visage de la voisine qui me regardait. Cette fois, elle avait les yeux écarquillés et exprimait la stupéfaction.

Fantastico. Je reculai d'un pas en espérant ne pas paraître menaçant.

— Écoute. Si tu ne veux pas de moi ici, très bien. Mais dis-moi qui appeler. Tu ne devrais pas rester seule.

Bella eut un brusque mouvement de tête.

— Va-t'en !

Elle se retourna alors pour voir Lianne qui la dévisageait d'un drôle d'air.

— Qu'est-ce que tu regardes, toi ?

La porte de l'autre fille se referma aussitôt. C'était bien dommage, parce que c'était le moment idéal pour qu'une amie vienne lui apporter son soutien.

— Je prends une *douche*, déclara Bella, la main sur la porte de la salle de bain.

Elle avait un regard sauvage. Je reculai dans la chambre, toujours hésitant.

— Sors d'ici ! ajouta-t-elle d'une voix traînante.

À ces mots, elle me referma la porte au nez.

Je restai planté là, les yeux rivés sur les boiseries, sans savoir que faire. Au bout d'un moment, j'entendis l'eau couler. Je ne comptais pas l'abandonner. Pas dans cet état.

Je sortis de la chambre de Bella comme elle me l'avait demandé, mais je ne descendis pas. Au lieu de ça, j'allai frapper à la porte de sa voisine.

Elle l'ouvrit avec méfiance.

— Bonjour, dit-elle dans l'embrasure.

— Bonjour. Je m'appelle Rafe. Je suis ton voisin d'en bas.

— Je sais, murmura-t-elle.

Très bien.

— Voilà... Bella ne va pas très bien et elle refuse de me dire pourquoi. Vous êtes proches, toutes les deux ?

Lentement, la fille secoua la tête d'un air contrit.

— Bon, fis-je en me raclant la gorge. Ça fait deux. Elle est dans la douche en ce moment, je crois.

Lianne pencha la tête vers sa propre porte de salle de bain et acquiesça.

— Peux-tu... aller prendre de ses nouvelles dans quelques minutes ?

— D'accord. C'était quoi tout ça... ? demanda-t-elle en désignant ses jambes et ses bras.

— Je n'en ai aucune idée. J'étais en train de faire mon jogging quand je l'ai trouvée et elle refuse de me parler.

Lianne fit la grimace.

— Vérifie que tout va bien, d'accord ? Tu comptes rester chez toi un moment aujourd'hui ? Je remonterai plus tard pour voir comment elle va.

J'attendis que Lianne accepte avant de tourner les talons.

Encore en tenue de sport, humide de sueur, je descendis dans ma propre salle de bain. Après une douche, je m'habillai. Bickley était toujours endormi dans son lit, comme quand j'étais parti deux heures plus tôt.

J'avais bien failli faire la grasse matinée moi aussi, et ne pas aller courir. Dans ce cas, Bella serait peut-être étalée sur le trottoir quelque part en ce moment même. Cette idée me donnait la nausée.

J'étais à la recherche d'une paire de chaussettes propres quand des coups timides retentirent sur la porte de notre appartement. Quand j'ouvris, Lianne était là. Elle avait l'air mal à l'aise.

— Elle est toujours sous la douche, dit-elle.

— D'accord.

Une longue douche, ce n'était pas la fin du monde. Lianne se mordit la lèvre.

— Elle a l'air dans tous ses états. Mais quand je lui ai demandé si elle avait besoin d'aide, elle m'a hurlé dessus. Elle refuse que j'entre.

Dios.

— Tu veux que j'essaie de lui parler ?

Lianne hocha la tête.

— Très bien, dis-je en m'engageant dans les escaliers à la suite de Lianne.

Sur le palier, je la retins par le coude.

— Euh, peux-tu me dire qui Bella fréquente ? A-t-elle une amie que je pourrais appeler ? Une personne de confiance ?

Lianne parut réfléchir.

— Bella n'a pas d'amies. Elle traîne avec l'équipe de hockey.

— Bon...

Je ne pouvais tout de même pas prendre le répertoire de l'équipe et essayer tous les numéros.

— Quelqu'un en particulier ?

— Je ne connais pas leurs noms. Il y en a un qui parle souvent français.

Je me souvenais de ce type que j'avais vu à la Soirée Casino, mais j'ignorais de qui il s'agissait. Après tout, ce pouvait bien être lui qui lui avait fait du mal.

— Peux-tu m'ouvrir la salle de bain ?

Lianne me fit entrer dans sa chambre. Lorsque je me glissai dans la salle de bain, le rideau de la douche n'était que partiellement tiré et j'apercevais un mouvement. Bella était assise sur le sol de la douche et se frottait frénétiquement la peau avec une savonnette.

— Fait chier, fait chier, fait chier, scandait-elle.

Je m'approchai. La peau de sa jambe était rouge et semblait à vif.

— Bella, dis-je.

J'avais dû la surprendre, car elle lâcha le savon et se recroquevilla.

— Allez, sors maintenant, ajoutai-je de ma voix la plus douce.

Elle ne répondit pas et se contenta de serrer encore plus fort ses genoux repliés, le visage tourné de l'autre côté.

Jesucristo. Il fallait bien que quelqu'un aide Bella à se ressaisir. Et comme il n'y avait personne d'autre, ce quelqu'un serait moi.

Avançant un bras dans la douche, je coupai l'eau. Des serviettes étaient suspendues sur le mur d'en face. Je pris la plus grande, que je passai sur le dos et les épaules ruisselantes de Bella.

— Allez, lève-toi.

Elle ne bougeait pas.

— Debout, *princesita*.

Je lui parlais sur le même ton que j'aurais employé pour convaincre l'un de mes petits cousins grincheux de faire la sieste.

— Allez, voyons. Lève-toi sinon je devrai te soulever.

Je préférais ne pas avoir à mettre ma menace à exécution. Heureusement, Bella aussi. Elle referma la serviette autour d'elle et se leva en me tournant le dos.

Je lui laissai la place et elle sortit de la douche en évitant de croiser mon regard. Je la suivis dans sa chambre et détournai les yeux pendant qu'elle ajustait la serviette autour de sa poitrine et sous ses bras.

Quand elle s'assit sur le lit, je remarquai qu'en dépit de sa peau écorchée, on apercevait toujours les contours délavés des mots inscrits sur ses jambes. Les marques étaient toujours foncées sur ses épaules et ses bras.

Bella vit que je la regardais et elle croisa les bras sur sa poitrine, les mains sur ses épaules.

— J'aimerais que tu me laisses toute seule.

Elle m'accorda à peine un regard.

Au lieu de lui obéir, je m'assis à côté d'elle sur le lit, prenant soin de garder mes distances.

— Je partirai si tu demandes à quelqu'un d'autre de te rejoindre.

Elle grommela.

— Je n'ai pas envie de compagnie, Rafe.

— C'est bien dommage, répondis-je aussi gentiment que possible. Mais c'est moi, ou un ami. Parce que, honnêtement, j'ai l'impression de devoir me rendre chez le doyen.

Les yeux bleus de Bella s'agrandirent d'horreur.

— Tu n'as pas *intérêt* à faire ça ! Je n'ai pas besoin du doyen. Je n'ai pas besoin de toi. J'ai juste besoin de…

Elle s'interrompit pour frotter du pouce le haut de son bras. À cet endroit, l'encre était particulièrement foncée. Elle gratta avec son ongle le « S » de *SALE PUTE*. Toujours rose après sa douche chaude, la peau de Bella avait l'air ramollie.

Sous mes yeux, elle laissa une vilaine éraflure rouge sur sa peau de velours.

Sans réfléchir, je tendis le bras. Je ne supportais pas de la voir s'infliger ça, pas plus que je ne supportais les mots sur sa peau. Je posai ma main sur la griffure, repoussant ses doigts coupables au passage.

Elle se figea à mon contact.

— Ne te blesse pas. *S'il te plaît*, suppliai-je.

Son visage se ferma et ses yeux s'embuèrent. Quand elle reprit la parole, sa voix frôlait l'hystérie.

— Mais je n'arrive pas à les enlever.

— Je vais t'aider, lui promis-je. Mais ne fais pas ça.

Elle prit une inspiration. Je voyais qu'elle redoublait d'efforts pour prendre le dessus et ma gorge se serra. Jusqu'à présent, j'avais agi par pure adrénaline, mais maintenant j'avais l'impression que tout l'air venait de quitter la chambre pour être remplacé par une profonde tristesse.

Bella laissa retomber sa tête, puis elle eut un sanglot si brutal qu'il me contracta le ventre. J'avais envie de *mutiler* ceux qui étaient à l'origine de ce son déchirant. Elle se pencha en avant et sa serviette glissa. Son dos était secoué de sanglots.

J'attrapai la couverture au pied du lit et l'enroulai autour de son corps. Ce ne fut qu'à ce moment que je m'approchai d'elle. Un bras autour de ses épaules, je l'appuyai contre moi.

Elle ne chercha pas à me repousser, mais ses épaules étaient toujours agitées. Je la pris dans mes bras pour l'enlacer. Je voulais juste qu'elle arrête de pleurer.

— Là, là, *cariño*. Tout va bien se passer.

Dios, quelles paroles dénuées de sens. Mais je n'en connaissais pas d'autres.

Elle ne réagissait pas. Le visage tourné de l'autre côté, elle hoquetait toujours en silence.

C'était insoutenable.

J'écartai alors ses cheveux mouillés de son visage et essuyai ses larmes avec mon pouce.

— Là…

Bella m'avait toujours paru forte, une dure à cuire. Il y avait chez elle un enthousiasme naturel. Sa respiration ralentit. Elle essayait de se calmer. Elle leva les yeux au plafond et cligna des paupières pour chasser les larmes qui refusaient de couler.

— Désolée, murmura-t-elle.

Je resserrai les bras autour de ses épaules.

— As-tu de l'alcool à 90 degrés ?

Elle secoua la tête.

— Bon. Du dissolvant pour les ongles, alors ?

Bella me jeta un regard en coin et répondit à nouveau par la négative.

— Ce n'est pas mon style, ajouta-t-elle.

Je refermai la couverture autour d'elle et m'écartai.

— Je vais nous chercher un petit déjeuner et du café. Et je trouverai quelque chose pour retirer cette encre.

Bella leva les yeux vers moi et, cette fois, soutint mon regard.

— Tu n'es pas obligé.

— Je reviens tout de suite.

Il me fallut trente minutes pour passer à la pharmacie et à la cafétéria. Bientôt, je remontai les escaliers à petites foulées et passai devant ma porte avant de rejoindre celle de Bella.

— C'est moi, dis-je sur le palier.

J'avais les mains pleines.

Elle m'ouvrit la porte, vêtue d'un pantalon de survêtement et d'un t-shirt à manches longues.

— Tu n'étais pas obligé de faire ça.

Ignorant sa remarque, j'entrai pour déposer mes achats sur son bureau.

— Préfères-tu le bagel au saumon fumé ou le burrito aux œufs ? Nous pouvons aussi faire moitié-moitié.

Bella s'éclaircit la voix.

— Le bagel ?

Je lui tendis une boîte en carton et un gobelet. Puis, je déplaçai une pile de livres pour m'asseoir sur sa chaise de bureau avant d'ôter le couvercle de mon propre café.

Pendant quelques minutes, nous mangeâmes en silence. J'avais couru près de neuf kilomètres ce matin, puis porté Bella en haut des escaliers. Je mourais de faim.

En face de moi, Bella grignotait son petit déjeuner en me regardant à la dérobée.

— Tu as réussi à sortir le petit déjeuner du réfectoire, dit-elle enfin. Bravo.

La cafétéria de la résidence Beaumont ne proposait rien à emporter, à l'exception du café. Il fallait manger sur place.

— C'est mon lieu de travail, fis-je en haussant les épaules. Je sais où se cachent les boîtes en carton.

— C'est pratique. En plus, tu ne perds pas de temps en trajet.

— C'est sûr. Mais le plus intéressant, c'est le salaire. Les cafétérias sont syndiquées, alors je gagne quinze dollars de l'heure.

— Pas mal, dit Bella. C'est plus que ce que je gagne en tant que manager étudiant de l'équipe de hockey.

Je doutais que Bella ait réellement besoin d'argent.

— C'est presque deux fois plus qu'un travail de bureau ou un job à la bibliothèque. Et ce qui est curieux, c'est que très peu d'étudiants travaillent dans les réfectoires. Je suppose qu'ils ne veulent pas être le type avec une charlotte en papier sur la tête qui est obligé de servir ses camarades.

— Mais pour un salaire deux fois supérieur, tout de même…

Bella but une gorgée de café. Elle redevenait peu à peu elle-même.

— La paye est intéressante. En plus, je ne suis pas souvent au service. Je suis commis de cuisine, ce qui signifie que la plupart du temps, je découpe les légumes. C'est ce que je fais dans le restaurant familial depuis que j'ai dix ans. Mais cette fois, je suis payé pour ça.

— Je ne sais pas cuisiner, avoua Bella. Mais c'est sur ma liste des choses à faire un jour.

— Ah oui ?

Je terminai mon burrito aux œufs et me levai pour jeter le carton vide dans sa poubelle. Je pris ensuite le sac de la pharmacie et en sortis la bouteille de dissolvant pour les ongles, ainsi que les boules de coton. Je déchirai le sachet et pris deux cotons entre mes doigts, mais d'autres suivirent et dégringolèrent par terre et sur mes genoux.

Bella haussa un sourcil.

— J'apprécie ton geste, mais je peux prendre la relève.

Je secouai la tête.

— Montre-moi ton épaule. Tu ne peux pas la voir.

Elle ne bougea pas.

— Tu sais, il existe un truc qui s'appelle un miroir.

— Bella…

Nous nous regardions droit dans les yeux.

— Laisse-moi au moins voir si c'est efficace. Je te laisserai prendre la suite.

— D'accord, grogna-t-elle.

Elle retira prestement son t-shirt de l'équipe de hockey de Harkness.

Je bondis presque dans son dos pour éviter de poser les yeux sur sa poitrine. Quelques secondes plus tard, les émanations d'acétone envahirent la chambre. C'était une odeur que j'associais aux salons de manucure devant lesquels je passais régulièrement sur les trottoirs de New York. La boule de coton que je tamponnais sur sa peau prenait une teinte bleuâtre au fur et à mesure que les traces de marqueur s'estompaient.

— Ça fonctionne.

Je lui montrai le coton. Ensuite, j'entrepris d'effacer le mot TRAÎNÉE de la peau douce et laiteuse de son épaule. Ce terme me rendait fou de colère et je pris une grande inspiration par le nez pour m'efforcer de garder mon calme.

— L'odeur te dérange ? demanda-t-elle.

— Oui, murmurai-je d'une voix caverneuse.

Dios. Qui ferait une chose pareille ?

— Bella. Tu veux bien me dire ce qui s'est passé ?

— Non, dit-elle aussitôt.

Je réfléchis pendant une minute et repris :

— Dans ce cas, tu acceptes d'en parler au moins à quelqu'un ?

Seul le silence me répondit.

Entretemps, j'avais presque effacé le mot TRAÎNÉE. Il était devenu indéchiffrable. Je jetai la boule de coton dans la poubelle de Bella et en piochai une autre pour m'attaquer au mot suivant, SALOPE. Ce n'était pas difficile de nettoyer toutes ces insultes. Mais je craignais qu'il lui soit arrivé pire que ces marques sur la peau. Si tel était le cas, j'étais presque coupable de couvrir ces traces. Une ordure allait s'en tirer et je l'y aurais aidé.

— Bella, murmurai-je.

Nous étions si proches l'un de l'autre que je lui parlai à l'oreille, d'une voix presque inaudible.

— S'il t'est arrivé *autre chose* hier soir, tu veux bien le dire à quelqu'un ? C'est important.

— Il n'y a rien à raconter, fit-elle sur un ton monocorde.

— De quoi te souviens-tu ? insistai-je.

Elle fit un pas en avant et se tourna vers moi.

— Bien assez pour savoir que ce n'est pas ce que tu crois.

— D'accord, dis-je en tenant toujours ma boule de coton en l'air comme un idiot.

J'espérais qu'elle me disait la vérité.

— Je suis désolée d'avoir cassé ton iPod.

Elle posa les yeux sur les débris, dans un coin de la chambre.

— Ces choses-là, ça va, ça vient, répondis-je. Je n'en avais pas vraiment besoin, de toute façon.

— Je t'en achèterai un autre.

— Ne prends pas cette peine, vraiment.

Je vissai le bouchon sur la bouteille de dissolvant. Apparemment, Bella me raccompagnait vers la sortie. Et même si j'hésitais encore à l'abandonner, je ne pouvais pas la forcer à accepter mon aide.

— Je peux prendre la suite, dit-elle.

— D'accord.

Je ramassai nos gobelets de café vides et les fourrai dans le sac.

— Je suis en bas si tu as besoin de quoi que ce soit.

— Merci, répondit-elle avec raideur.

Avec la désagréable impression de ne pas l'avoir beaucoup aidée, je laissai Bella toute seule.

Ce soir-là, je passai des heures à la bibliothèque. À Harkness, on ne pouvait se contenter de dire « la bibliothèque » sans préciser son emplacement exact. Il y en avait *quarante* et chacun avait son endroit favori. Certaines bibliothèques étaient parfaites pour observer les passants, et d'autres étaient proches des meilleurs cafés.

Je n'allais pas à la bibliothèque pour rencontrer des gens. Il n'y avait pas assez d'heures dans une journée, et je m'installais souvent au sous-sol de la bibliothèque centrale du campus. En bas, on pouvait trouver des cabines privées. Ce n'était rien de plus qu'un bureau et une chaise entre trois murs et une porte en verre coulissante. On les appelait « le petit coin », et ce soir-là j'y déposai mes livres pour étudier sérieusement.

Je finis par m'endormir sur un manuel d'Études d'Urbanisme. Je me réveillai juste avant minuit en entendant l'annonce de la fermeture. Rangeant les livres dans mon sac, je sortis d'un pas mal assuré pour rentrer chez moi.

Harkness était à couper le souffle à cette heure-là, avec ses vieux lampadaires à l'ancienne qui projetaient de longues ombres sur les chemins de brique. Il n'y avait personne d'autre dans la rue et je pouvais presque m'imaginer découvrir une calèche tirée par des chevaux en tournant au coin de Chapel Street.

La grille en fer grinça lorsque j'entrai dans la cour de Beaumont. En approchant de la porte de mon bâtiment, je levai les yeux sur la façade. Une lumière brillait au troisième étage, dans la chambre de Bella.

Je me demandai pourquoi elle ne dormait pas.

CHAPITRE
DOUZE

Bella

Bien que je sois épuisée, je n'avais pas envie d'éteindre la lumière.

Je n'étais pas du genre à m'effrayer pour un rien – absolument pas. Mais la dernière fois que je m'étais endormie, c'était contre ma volonté. Plusieurs heures plus tard, je m'étais réveillée sur un parquet crasseux. Je ne craignais pas que cela se reproduise, mais j'avais la peur chevillée au corps. J'étais incapable de me détendre.

Je restais assise dans mon lit, un livre abandonné sur les genoux, et j'attendais que la fatigue me gagne. Malheureusement, je me sentais survoltée et nerveuse.

Quand j'entendis des bruits de pas sur le palier, les cheveux se dressèrent sur ma tête.

Les coups contre la porte furent si légers que je retrouvai l'usage de ma voix.

— Oui ?

— C'est Rafe.

J'ouvris la porte et le découvris, en t-shirt et pantalon de flanelle, un livre à la main.

— Salut.

Ses grands yeux marron m'observaient comme pour évaluer mon état.

— Salut, répondis-je en écho.

Je me retournai pour échapper à son examen et remontai sur mon lit.

— Tu as dîné ?

— Oui, maman.

Si tant est qu'une barre de céréales compte pour un repas. Je ne devrais pas me moquer de Rafe. Il essayait juste d'être gentil.

— D'accord, dit-il lentement, comme s'il n'était pas certain de pouvoir me croire.

Un moment gênant passa entre nous et je crus qu'il allait ouvrir la bouche pour me demander à nouveau ce qui s'était passé hier soir.

Je ne le lui avouerais jamais.

— J'ai fait des recherches en Études d'Urbanisme, dit-il à la place.

Il alla s'asseoir au bord de mon lit.

— Viens, dit-il.

Sérieusement ?

— Tu veux parler des Études d'Urbanisme à une heure du matin ?

Pourtant, je le rejoignis.

— Le renouvellement urbain est plus ancien que je le croyais, dit-il comme si le sujet m'intéressait. La rénovation de Paris date de 1853.

Il ouvrit le livre qu'il avait à la main et me lut un paragraphe.

Je bâillai et me tournai vers le mur pour échapper aux détails du renouvellement urbain du dix-neuvième siècle.

Rafe s'allongea sur la couverture à côté de moi, me coinçant sous les draps. Il se tourna à son tour pour poser le manuel sur ma hanche.

— Ils disent que les rues ont été élargies à cette époque-là pour permettre les manœuvres militaires. Tu as déjà vu Paris ?

Devant mon absence de réponse, il me bouscula gentiment pour me faire réagir.

— Hmm, hmm, dis-je, soudain très fatiguée.

C'était facile de baisser ma garde à présent que mon voisin essayait de m'assommer d'ennui.

— Je n'y suis jamais allé, dit-il à mi-voix. Mais maintenant, ça me donne envie. Écoute ça…

La voix de Rafe ronronnait derrière moi. La chaleur de son corps me parvenait à travers la couverture, me réchauffant le dos. C'était comme un mur solide dressé entre moi et le reste du monde. Je commençai à me détendre, un muscle après l'autre. Le son de sa voix me faisait dériver doucement.

Un moment plus tard, j'entendis l'interrupteur de ma lampe, mais la chaleur réconfortante de Rafe ne disparut pas. Je perçus son souffle régulier et entendis le bruit sourd du livre lorsqu'il tomba par terre.

Je sombrai alors dans un profond sommeil.

CHAPITRE
TREIZE

Rafe

Pour la deuxième fois, je me réveillai dans le lit de Bella.

En ouvrant les yeux, j'aperçus son plafond incliné. Elle était allongée à côté de moi, les fesses contre mon corps, la plante des pieds sur mes mollets. Avec précaution, je tournai la tête pour mieux la voir. Son dos se soulevait et s'abaissait doucement. Elle dormait. Ainsi détendue, elle était adorable et paraissait tellement vulnérable. J'éprouvai une forte envie de me tourner sur le côté pour me pelotonner contre son corps.

Hors de question. J'en avais déjà eu l'occasion et je m'en étais très mal tiré.

Doucement, je sortis du lit. Elle ne se réveillait toujours pas, même lorsque je trébuchai sur mes chaussures.

Je récupérai mon manuel sur le sol et sortis sur la pointe des pieds pour la laisser se reposer.

Je ne lui parlai pas de toute la journée du lundi, mais je l'aperçus quand elle passa prendre son repas à la cafétéria. Elle portait un t-shirt à manches longues et un jean, et elle avait la mine grave. Mais comme elle était debout et vivante, j'estimais que c'était une petite victoire.

Le lundi soir, sa lumière était éteinte quand je rentrai de la bibliothèque. Je choisis donc de la laisser seule. Mardi matin, nous avions cours d'Études d'Urbanisme ensemble.

Elle était absente.

Pendant tout le cours, je m'inquiétai pour elle. La seule chose qui me retenait de sortir de la salle pour aller prendre de ses nouvelles, c'était que le professeur Giulios abordait la question des logements à loyer modéré, que Bella et moi aurions besoin de connaître pour réaliser notre partie du projet. Je fis de mon mieux pour prendre consciencieusement des notes.

Dès l'instant où le cours se termina, je me levai et me dirigeai vers la résidence Beaumont. Heureusement, je n'étais pas de service au réfectoire ce jour-là. Je frappai à la porte de sa chambre, mais n'obtins aucune réponse.

— C'est Rafe, lançai-je comme si cela pouvait changer quelque chose. Tu es là ?

Un silence.

Au bout d'un moment, la porte de Lianne s'ouvrit dans mon dos et je me retournai. Elle me fit signe et je la suivis dans sa chambre, laissant la porte se refermer derrière moi.

— J'aimerais te montrer quelque chose, chuchota-t-elle.

Elle désignait l'imposant matériel informatique dont elle disposait – plusieurs écrans étaient éclairés en même temps.

Debout derrière elle, je vis l'écran du milieu sur lequel une page web était ouverte en grand. Elle était intitulée *BêtesDeFac*. Je connaissais ce site. Il recensait tous les exploits et toutes les farces des fraternités du campus. Bickley m'avait envoyé un lien l'an dernier, où l'on voyait la bannière de cinq mètres qu'un de ces gars avait réussi à accrocher sur le clocher de la chapelle de Harkness et sur laquelle on pouvait voir un schéma illustrant la différence de taille entre la queue d'un étudiant de Harkness et celle d'un étudiant de Princeton.

La grande classe, n'est-ce pas ?

Cette fois, ce que je voyais sur l'écran était bien pire. C'était une photo de Bella étendue par terre quelque part. Un bras devant ses yeux lui cachait partiellement le visage, mais quiconque la connaissait l'identifierait facilement. Elle portait les mêmes vêtements que le jour où je l'avais aidée à monter les escaliers, mais même sans cela, j'aurais reconnu les boucles caractéristiques de sa chevelure.

« *Annonce d'intérêt public. Ne pas approcher la mascotte de l'équipe de hockey*, affichait le texte en caractères gras. *Alerte : chatte malpropre.* »

Jesucristo.

CHAPITRE
QUATORZE

Bella

Dès l'instant *précis* où Rafe vit cette affreuse image, je le sus car il poussa toutes sortes de jurons étranglés. Le bruit qu'il fit me parvint sous la porte de la salle de bain, franchissant l'espace de ma chambre jusqu'au lit où j'étais roulée en boule. Mon âme ne formait qu'un nœud minuscule au centre de ma poitrine.

Je *me consumais* de honte.

Pendant près de vingt-quatre heures, j'étais restée allongée là à me demander ce qui se passerait quand mes amis verraient cette photo. Toutes les personnes dont j'étais proche allaient la voir, si ce n'était déjà fait. Pépé. Graham. Rikker. Trevi.

Les copines des joueurs de hockey qui me détestaient déjà.

Le coach Canning, qui ne m'avait pas en odeur de sainteté.

Plus personne ne me regarderait *jamais* de la même manière. Cette fois j'avais vraiment tout gâché, trop pour m'en remettre un jour.

Dans la chambre de Lianne, Rafe s'écria :

— Qui a fait ça, putain ?

— Je n'en sais rien, mais l'hébergeur du site est une société de gestion de contenu en mode Saas. L'éditeur a utilisé des connexions internet situées hors du campus.

Bon sang. Pas étonnant qu'elle se soit souvent offusquée de m'entendre m'envoyer en l'air dans ma chambre. On discernait presque chaque mot. Manifestement, notre salle de bain faisait caisse de résonnance.

— Je vais... *Putain !* Mais tu parles en quelle langue? demanda Rafe.

Je pus même entendre Lianne soupirer.

— Le langage des *geeks.* J'ai réussi à obtenir quelques informations sur le site web, mais pas sur ses propriétaires. Je crois tout de même que c'est Bêta Rhô, car *BêtesDeFac* fait directement allusion à leur fraternité.

Lianne était plutôt futée pour une fille qui ne quittait jamais sa chambre.

— Est-ce que Bella l'a vu ? lui demanda-t-il.

— Je le lui ai montré hier après-midi.

— Qu'est-ce qu'elle a dit ?

— Rien. Mais depuis, elle n'est pas sortie de sa chambre.

Merde. Je me préparai à l'impact et me tournai vers le mur, blottie pour former une boule protectrice. À part fermer les yeux, je ne pouvais rien faire pour me cacher de Rafe. Je n'avais pas fermé à clé la porte de la salle de bain, et voilà qu'elle s'ouvrait. Aussitôt, j'entendis le bruit de ses pas sur le sol dans ma direction.

Le matelas s'enfonça sous son poids. Puis une main chaude me prit le coude.

— Bella, murmura-t-il.

J'enfouis mon visage dans l'oreiller en m'imaginant ce qu'il voyait. Ma chambre sentait le renfermé et empestait l'acétone. Des boules de coton jonchaient le sol. La peau de mes bras était rouge d'avoir été tant frictionnée, et il restait encore de vagues résidus de feutre.

— Bella, tu me fais peur.

— Et alors, répondis-je, ma voix étouffée par le coussin.

— Lève-toi, d'accord ?

— Non.

Je savais qu'il était bienveillant à mon égard, mais je n'avais pas la force de m'en soucier. Pour chaque Rafe, il existait dix Whittaker. Et je n'avais pas envie de les affronter.

— Lianne m'a montré la photo, dit-il.

Je ne répondis pas.

— Tu comptes porter plainte ?

— Non.

Il poussa un grognement agacé.

— Pourquoi, bon sang ?

Qu'il aille au diable. On ne pouvait même plus digérer sa honte en paix ? Je décollai ma tête de l'oreiller pour le fusiller du regard.

— Mais enfin, tu ne *comprends* pas que je n'ai pas envie d'en parler ? Avec personne ? Ni de *voir* personne ?

Je lui avais cloué le bec.

— Je sais que tu veux m'aider, murmurai-je. Mais je ne peux pas…

Je laissai retomber ma tête sur le coussin, tournée vers le mur. Si je l'ignorais, il finirait peut-être par s'en aller.

Pendant un long moment, Rafe garda le silence.

— Très bien, dit-il enfin. Nous ne sommes pas obligés de parler. Mais il faut quand même que tu te lèves.

— Non.

— Si. Nous allons courir.

— Quoi ?

J'étais assez étonnée pour me tourner à nouveau vers lui et le regarder dans les yeux.

— Courir, répéta-t-il. C'est quand on enfile ses baskets et qu'on bouge les pieds très vite pour se transporter d'un point à un autre.

— Je ne cours pas, dis-je en me retournant vers le mur.

— Aujourd'hui, tu cours, déclara-t-il. Sinon…

— Sinon quoi ?

— J'irai voir le doyen Darling pour lui dire que tu fais une dépression nerveuse et que tu refuses de quitter ton lit.

Devant cet affront, je tournai vivement le menton vers lui.

— Non, pas question.

Il écarta une mèche de cheveux que mon geste avait fait tomber devant mes yeux.

— Si, je le ferai. Essaie de m'en empêcher.

Je repoussai sa main. J'en avais assez de ces bêtises.

— Dégage, Rafe. Tout cela n'a rien à voir avec toi.

— Ce n'est pas la question, dit-il sans détacher de moi ses grands yeux chocolat.

— Et quelle est la question, dans ce cas ?

— Tu ne vas pas bien. Et c'est moi qui m'en suis rendu compte.

Génial. Rafe était une sorte de Bon Samaritain. Décidément, je savais les choisir.

— Ça ne te regarde pas, murmurai-je.

Il se leva.

— Je descends me changer. Ça prendra cinq minutes. Tu portes déjà ton survêtement. Enfile tes baskets pendant mon absence.

— Tu peux y compter, mentis-je.

Il s'éloigna. Lorsqu'il sortit de ma chambre, j'entendis le déclic produit par le verrou qu'il prenait soin d'ouvrir.

Je me levai pour la première fois depuis des heures afin d'aller soigneusement fermer le verrou. Mon ventre grogna furieusement quand je remontai sur mon lit. Je n'avais pas mangé, car pour cela il m'aurait fallu quitter ma chambre.

Tant pis. Je m'allongeai à nouveau. En entendant que l'on frappait à la porte cinq minutes plus tard, je fis la sourde oreille. Rafe essaya de tourner la poignée, mais elle ne céda pas.

— Très bien, dit-il depuis le seuil. Je vais frapper à la porte du doyen à la place.

Je me levai d'un bond et tirai vivement la porte.

— Tu ne peux pas me donner des ordres !

Il haussa un sourcil noir.

— Quand je suis au fond du trou, faire du sport m'aide à me relever.

— Merci du conseil.

J'étais incapable de retenir les paroles méchantes qui franchissaient mes lèvres, mais ça m'était égal.

— Viens courir, me demanda-t-il.

— Certainement pas ! Je n'en suis même pas capable.

— Bien sûr que si.

Il me regardait fixement.

— Nous pouvons aller courir ou déjeuner ensemble à la cafétéria.

Le rouge me monta aux joues à cette seule évocation. Je clignai des paupières en direction du réfectoire et je sus que je venais de trahir mes pensées. Qu'à cela ne tienne. Je ne voulais *pas* avoir une centaine de regards braqués sur moi.

— Je ne m'approcherai pas de cet endroit.

— Alors enfile tes baskets, rétorqua le voisin le plus obstiné qui ait jamais existé.

Pendant quelques secondes, j'hésitai. Mais Rafe était parfaitement capable d'aller voir le doyen en croyant me rendre un service. Et je n'avais pas le temps pour *ça*.

Et. Merde.

— Je n'ai même pas de baskets, dis-je dans une dernière tentative de dérobade.

— Tu peux emprunter les miennes ! fit alors la voix de Lianne.

Je m'écriai en direction de la salle de bain.

— Tu chausses sûrement du 36.

— Non ! répliqua-t-elle joyeusement. Je fais du 39. Comme toi.

Fait chier.

Quelques minutes plus tard, je sortais du bâtiment dans le froid mordant du mois d'octobre. La tête basse, je suivis Rafe de mauvaise grâce hors de la cour Beaumont.

Il désigna la rue.

— Viens. Nous irons à ton rythme.

— Je ne cours pas.

— Tout le monde court.

— Non, Rafe, tout le monde ne court pas.

— Vraiment ? Et si le glacier Scoops offrait des cornets gratuits aux cent premiers arrivés, tu irais en flânant peut-être ?

Je levai les yeux au ciel avant de fixer à nouveau les dalles du sol.

— Alors, suis-moi.

Il se mit à trottiner à petites foulées dans la rue.

C'était ridicule, mais je lui emboîtai le pas. À cette heure-ci, la plupart des étudiants étaient en cours. Je n'eus à esquiver que quelques passants sur le trottoir.

Personne ne prêtait attention à nous. Les gens pianotaient sur leurs téléphones ou discutaient entre amis. J'aurais tout donné pour remonter le temps de quelques jours à peine. Moi aussi, je voulais être insouciante, me promener dans le campus comme si les lieux m'appartenaient. Mais à présent, j'ignorais où poser les yeux chaque fois que nous croisions quelqu'un. Harkness était un petit établissement et même les inconnus me semblaient familiers.

Chaque fois que nous rencontrions un étudiant, je fixais mes chaussures. Et je ne pouvais m'empêcher de me demander : *As-tu vu la photo* ? *As-tu lu sa légende* ? L'Université de Harkness m'était devenue hostile et je ne ressentirais plus jamais la même chose à son égard.

Dieu merci, Rafe n'essaya pas de me faire la conversation pendant que nous courions. Quand il nous orienta vers le vieux cimetière de Harkness, je lui en fus reconnaissante, car nous n'aurions à éviter aucun passant de ce côté-là.

— Je n'étais jamais venue ici, dis-je en haletant alors que nous franchissions le portail au pas de course.

— C'est chouette, répondit-il. En rentrant, je te montrerai ma tombe préférée.

— Je parie que tu dis ça à toutes les filles, pouffai-je.

Mon bourreau ricana, mais ne ralentit pas son allure. De l'autre côté du cimetière, il nous entraîna à l'assaut de la Colline des Sciences, où la circulation était réduite à son minimum. Mais mon rythme avait baissé et je peinais à le suivre. Il comprit le message et s'arrêta devant la fontaine d'eau potable dans le petit parc du sommet.

— Je meurs, grognai-je en me penchant pour poser les mains sur mes genoux. Pourquoi les gens font-ils ce genre de choses ?

Il but une gorgée avant de répondre.

— Juste pour prouver qu'ils en sont capables.

— Mais je me fiche bien d'en être capable.

— Tu ne t'en ficherais pas si tu en étais incapable, souligna-t-il.

— C'est profond, me moquai-je.

Alors que je buvais à mon tour à la fontaine, je surpris Rafe en train de me regarder.

— Nous allons faire demi-tour, me promit-il.

Je devais avoir l'air aussi fatiguée que je l'étais.

— Pars devant. Je te suis en marchant.

— Hors de question, répliqua-t-il aussitôt. Tu vas y arriver.

— Seigneur, pourquoi ? Je ne suis pas une athlète.

Il secoua la tête.

— Un athlète, ce n'est pas une personne surhumaine. N'importe qui peut être un athlète. Il suffit de le faire, et voilà, tu en es un.

— *Just do it*, c'est ça ? Tu es payé par Nike ou quoi ?

Décidément, mon mode peste était en pilote automatique.

— Bouge-toi les fesses, Bella.

Il tendait le doigt en direction du campus.

— C'est au bas de la colline, pour l'amour du ciel. Même ma grand-mère pourrait courir sur cette distance.

Existait-il quelqu'un de plus autoritaire dans toute l'université ? J'en doutais.

— Aujourd'hui, tu n'es pas ma personne préférée, loin de là.

Il étirait ses quadriceps.

— Bah, ça fait longtemps que je ne l'ai pas été. Un jour de plus ou de moins…

Je lui lançai un regard désagréable avant de m'élancer à toute allure dans la pente.

Je crois qu'il fut étonné. J'aurais même juré qu'il faisait un effort pour me rattraper.

Si la route n'était pas en pente, je n'aurais jamais pu y arriver.

Quand j'avais dit à Rafe que je ne courais pas, ce n'était pas une plaisanterie. Lorsque le portail du cimetière se profila devant moi, mes poumons étaient en feu et j'avais un point de côté douloureux. Mon corps était manifestement pris au dépourvu par cette demande aussi soudaine qu'intense. *Tu me fais quoi, là ?* semblait-il me dire tandis que je franchissais péniblement les cent derniers mètres avant de m'arrêter net devant le cimetière.

— Nous ne sommes pas encore arrivés, dit Rafe en s'arrêtant à côté de moi.

Et cet enfoiré n'était même pas essoufflé.

— Tu crois ? grondai-je. Alors, quelle est ta tombe préférée ?

Il repartit sur la droite. Au bout de vingt pas, je le vis tourner.

Zut.

La poitrine brûlant à chaque inspiration, je me lançai à sa suite.

Il n'alla pas très loin. À mi-chemin dans la rangée, Rafe s'arrêta et m'attendit. Je pensais qu'il m'emmènerait devant l'un de ces mausolées monumentaux que j'avais souvent aperçus depuis la rue. Mais il s'était arrêté devant une simple stèle en ardoise au bout arrondi.

— C'est ta préférée ? demandai-je avec la voix d'une octogénaire souffrant d'emphysème.

— Oui, parce qu'elle raconte une histoire.

Je m'agenouillai devant la pierre tombale, pour mieux la voir tout en me reposant lâchement.

— Ci gît Daniel Webber, âgé de 14 ans, tué par le tronc qu'il coupait.

Quelle horreur.

— C'est ta préférée ? Pourquoi ?

Rafe haussa les épaules.

— Je me demande pourquoi ils ont inscrit ça. La plupart des autres tombes n'indiquent que les dates et éventuellement le nom du conjoint.

Je frissonnai.

— Il a abattu un arbre et il s'est fait écraser. C'est un meurtre par vengeance.

Les lèvres de Rafe frémirent.

— C'est le genre de choses qui devait souvent arriver dans le temps. Avec d'autres malheurs du même ordre.

— Es-tu en train d'essayer de me faire comprendre que j'ai plutôt la belle vie ?

— Non, c'est juste que j'aime les vieilles choses. Et ça en fait partie.

Il se retourna pour descendre l'allée et je le suivis, contente qu'il ne veuille plus courir.

— Quelle distance avons-nous parcourue ?

Il jeta un œil par-dessus son épaule avant de consulter sa montre.

— Sans doute… deux kilomètres et demi ?

— *Vraiment ?* J'ai couru deux kilomètres et demi ?

Ce n'était pas possible.

Il sourit, comme on le ferait devant les facéties d'un chaton.

— Ce n'est rien, Bella. Tu marches probablement deux fois cette distance chaque jour.

— Quand même, repris-je.

Il ne pouvait pas comprendre. Je passais beaucoup de temps à m'occuper de sportifs capables de soulever des poids de cent cinquante kilos et d'enchaîner six cents squats. Mais ce n'était jamais moi qui affichais cet air épuisé et comblé de celui qui arrive à bout de son entraînement.

— Tu sais, dit Rafe, le chemin de course qui fait le tour du réservoir à Central Park ne mesure que deux kilomètres et demi.

— Vraiment ? m'exclamai-je. Je pourrais le faire.

— Sans blague, dit-il en souriant à nouveau. Ma grand-mère pour-rait le faire.

Il méritait amplement la bourrade dans les côtes que je m'em-pressai de lui décocher. J'étais si émerveillée de mes nouvelles prouesses sportives que je laissai Rafe me conduire jusqu'au traiteur de Broad Street sans même m'en rendre compte. Les lieux étaient remplis à craquer d'étudiants venus manger.

— Rentrons, suppliai-je. Je n'ai pas pris mon portefeuille.

— J'ai le mien, dit-il.

Génial. Qui prétendait que la galanterie se perdait ?

— Qu'y a-t-il de bon ici ?

Il examina le menu.

— Tout.

À l'exception de la dernière barre de céréales que contenait mon paquet, je n'avais rien mangé depuis la veille. Et il était sans doute près de quatorze heures.

— J'aime bien le wrap au poulet grec.

Rafe sortit son portefeuille et en commanda deux.

Mon estomac commença à gronder pour de bon tandis que nous attendions notre repas. Mais il ne s'exprimait pas assez fort pour couvrir les rires masculins qui me provenaient depuis le fond de la salle.

La sueur devint glaciale dans mon cou. *Ne les regarde pas,* m'ordon-nai-je. J'entendis un autre éclat de rire. Les poils se dressèrent sur mes bras. Et s'il était là-bas ? Un frisson me parcourut tout le corps et ce fut plus fort que moi. Je me retournai pour observer le groupe d'étu-diants aux cous de taureau attablés au fond du restaurant.

L'un d'eux croisa mon regard et sourit de plus belle.

Soudain, mes genoux se mirent à flageoler et je dus me retenir au comptoir du traiteur.

— Ça va ? demanda Rafe.

— Oui, répondis-je d'une voix blanche.

Aux tréfonds de mon cerveau soudain engourdi, je savais qu'ils avaient mille raisons de rire. Mais rien n'y faisait. Parce que si ce n'étaient pas ces abrutis-là qui se moquaient de moi, alors ce serait un autre groupe, quelque part ailleurs.

De nouveaux rires m'arrivaient de la table du fond et j'avais envie de *mourir.* Rafe était si fier de m'avoir changé les idées pendant une heure. Mais à quoi bon ? Ces connards de Bêta Rhô avaient balancé mes problèmes à la face du monde, et tous les étudiants de Harkness le verraient.

Et *sauraient*.

Ma détresse devait se lire sur mon visage, car Rafe s'était tourné à son tour vers la table du fond.

— Tu les connais ? demanda-t-il à voix basse.

Je secouai la tête.

Ses yeux foncés me dévisageaient avec méfiance.

— Tu veux aller m'attendre dehors ? Je peux récupérer la commande.

Il ne comprenait vraiment pas. Dehors, ce ne serait pas mieux. Je n'avais *nulle part* où me cacher.

— Ça va, mentis-je.

Mais les types du fond s'esclaffèrent et je me raidis inconsciemment. Rafe se déplaça légèrement pour changer l'orientation de son corps et me dissimuler à leur vue.

En proie aux sueurs froides, je comptais les secondes avant de pouvoir sortir de là. De toute ma vie, je ne me rappelais pas avoir jamais éprouvé une telle sensation – l'envie de m'effacer plutôt que d'entendre un autre éclat de rire.

Nous avions étudié le sentiment de honte dans l'un de mes cours de psycho. La honte n'est qu'une construction que l'on se forge. Personne ne peut vous *rendre* honteux. Intellectuellement, je savais que c'était vrai. Mais là, couverte de sueur devant le comptoir du traiteur, je m'en fichais éperdument.

À présent, j'avais l'estomac noué. Je n'avais même plus *envie* d'un sandwich.

— Alors, dit Rafe pour essayer de détourner mon attention. Ta voisine est une star de cinéma. C'est fou ! Je ne la vois jamais ni sortir ni entrer.

Je regardai alors les yeux calmes de Rafe et ils me rassurèrent. Un peu.

— Lianne quitte rarement sa chambre. Et elle s'énerve si je mets de la musique.

Ou si je ramène des hommes chez moi. Heureusement pour Lianne, il n'y en aurait plus. Sans doute plus jamais.

— Honnêtement, elle est spéciale. J'ai essayé de me montrer sympa, mais ça n'a pas marché.

— Hmm, dit Rafe. Pourquoi elle n'habite pas dans la Cour des Nouveaux avec les autres étudiants de première année ?

— Je crois que c'est une question de sécurité. N'importe qui peut entrer dans la Cour des Nouveaux, mais Beaumont a des grilles fermées à clé, tu vois ?

Je vis l'employé derrière le comptoir déposer deux wraps dans un sac et j'espérai que c'étaient les nôtres.

— Ça se comprend.

L'homme fit glisser le sac sur le comptoir en acier inoxydable et Rafe le prit. Je tournai les talons et me dirigeai vers la porte.

Si Rafe était étonné que je veuille courir sur le chemin du retour jusqu'à Beaumont, il ne fit aucun commentaire. Je gravis même les marches quatre à quatre, ne m'autorisant à me détendre qu'une fois en sécurité dans ma chambre.

À l'intérieur, Rafe ouvrit le sac et me tendit l'un des sandwichs.

— Pense à boire de l'eau en mangeant, d'accord ?

— Bien sûr, répondis-je.

J'en déduisais qu'il ne resterait pas pour déjeuner avec moi. J'étais déçue, ce qui ne manquait pas de m'étonner. Parce qu'au départ, je ne voulais même pas le voir.

— J'ai un cours maintenant, dit-il en guise d'explication. Mais on se voit ce soir ?

— Pourquoi ?

— Nous devons travailler sur le projet.

— Celui qui n'est pas à rendre avant six semaines ?

Ma voix était vibrante d'insolence. Cette dernière semaine, personne n'avait été aussi gentil que Rafe envers moi, mais je ne pouvais m'empêcher de le rabaisser. Je n'avais pas besoin de baby-sitter. Et j'étais agacée au plus haut point de donner l'*impression* d'avoir besoin d'aide.

— Je ne fais jamais rien à la dernière minute, dit-il avec sérieux. Ce n'est pas mon style.

Je répondis sans réfléchir :

— Rafe, j'ai la preuve que parfois tu agis de manière *très* impulsive.

Son visage se ferma et je regrettai aussitôt mes paroles.

— À ce soir. Peut-être vers sept heures.

Il sortit et referma la porte dans son dos.

Rafe me laissait seule avec mon sandwich, le cœur battant. Il était parti si vite que je n'avais même pas pu le remercier de m'avoir emmenée courir. Ni de s'être assuré que je ne meure pas de faim dans cette chambre.

Bon sang, quelle *garce* !

Après avoir déjeuné, je pris une douche. J'avais passé plus de temps sous la douche ces dernières quarante-huit heures que n'importe où ailleurs. Les marques à l'encre avaient *presque* disparu de ma peau. Mais presque, ce n'était pas suffisant.

Je m'essuyai avec une serviette avant d'enfiler un col roulé et un jean. De toute façon, personne ne me verrait. Je n'avais pas l'intention de ressortir de ma chambre. J'avais déjà raté deux cours et le troisième allait commencer sans moi.

Mais les cours n'étaient pas mon principal problème. Dans deux heures, je devais me rendre à l'entraînement de hockey, où la photo des BêtesDeFac avait sans doute circulé. Mes amis allaient voir cette image. Et puis, ils s'interrogeraient sur la légende qui l'accompagnait.

Et ils en *discuteraient*.

Il était hors de question que j'entre dans leurs vestiaires aujourd'hui. Ni demain. Ni le surlendemain.

Assise au bord de mon lit, j'appliquai le bout de mes doigts au coin de mes yeux brûlants.

CHAPITRE
QUINZE

Rafe

L'entraînement de foot fut brutal cet après-midi-là.

Le coach nous fit courir comme des lévriers. Juste avant l'entraînement, un bref orage avait éclaté, si bien que la pelouse était humide et glissante. J'avais les genoux à l'agonie à la fin de la séance, épuisés par la torsion qu'exigeaient les arrêts et les départs constants pour changer de direction tout en dribblant.

Quand le sifflet final retentit, il faisait trop noir pour distinguer le ballon.

Bickley posa une main sur mon épaule ruisselante tandis que nous rentrions dans les vestiaires.

— Quelle charmante petite promenade de santé, dit-il. Je me sens ragaillardi.

— L'entraîneur était d'humeur massacrante, n'est-ce pas ?

— Tu peux le dire.

Après avoir pris une douche, j'allai dîner avec mon colocataire, parvenant au réfectoire de Beaumont juste avant sa fermeture. De retour dans notre chambre, Bickley se laissa tomber sur le sofa. Quant à moi, je récupérai mes affaires d'Études d'Urbanisme et me dirigeai à nouveau vers la porte.

— Où vas-tu ? me demanda-t-il.

— Euh… en haut. Bella et moi, nous sommes ensemble sur un projet.

— Vraiment, dit-il en souriant. Tu es plutôt bien tombé. J'ai entendu dire qu'elle n'avait pas froid aux yeux.

Ma pression sanguine monta dans les tours en l'entendant injurier Bella.

— Qu'est-ce que ça veut dire, au juste ?

Bickley écarta les mains.

— Dommage qu'elle préfère les joueurs de hockey. Mais elle fera peut-être une exception pour un footballeur. C'est un jeu à peu près similaire, nous cherchons à faire entrer un objet rond dans des buts. Elle te laissera peut-être mettre ton objet rond dans ses buts à elle.

— Ferme-la, grommelai-je en sortant avant de laisser la porte claquer dans mon dos.

Si je restais une minute de plus, je ne répondais plus de moi.

Foutu Bickley.

Je montai à l'étage et frappai à la porte de Bella. Je fus étonné de l'entendre répondre :

— Entre.

Poussant la porte, j'aperçus Bella sur le lit. Elle avait l'air en bien meilleure forme qu'en début d'après-midi. Avec des vêtements propres et du gloss sur les lèvres, elle ressemblait davantage à la Bella que je connaissais.

— Salut, dit-elle en levant les yeux vers moi.

— Salut.

— Je dois juste te dire quelque chose très rapidement, et ensuite je ne veux plus jamais en parler.

— Eh bien… d'accord ? fis-je en ricanant.

Elle passa les jambes au bord du lit et posa les coudes sur ses genoux.

— La raison pour laquelle je suis allée dans cette résidence de fraternité samedi soir, c'est qu'il me fallait annoncer quelque chose à l'un des gars.

Bella semblait soudain fascinée par ses ongles.

— Mon médecin m'a dit que j'avais attrapé une… euh, une infection. Rien de grave. Mais c'est contagieux.

Elle leva les yeux pour affronter mon regard pendant une fraction de seconde.

— Je ne l'ai pas depuis longtemps, ce qui signifie que je n'étais pas encore contaminée quand nous… euh…

Elle croisa les bras.

— Je suis désolée, dis-je à voix basse.

Bella ouvrit la bouche et la referma, comme si elle ne s'attendait pas à cette réponse de ma part.

— Je préférais t'en informer, parce que tu pourrais entendre toutes sortes de fausses rumeurs à mon sujet. Mais tu n'as aucun souci à te faire.

— Je comprends.

Elle joignit alors les mains.

— Passons à autre chose. Parlons de la 165ᵉ rue Ouest.

J'ouvris mon cahier et le feuilletai. Mon cerveau essayait toujours de digérer ce qu'elle venait de dire – et ce qu'elle n'avait *pas* dit. Si Bella s'était rendue dans la rue des fraternités pour annoncer une nouvelle désagréable, elle y était tout de même restée longtemps. Il était plus de sept heures du matin quand je l'avais vue sortir en titubant.

Avec des insultes inscrites sur tout le corps.

Bon sang, mais que s'était-il passé pendant tout ce temps ? Il ne fallait pas neuf heures pour annoncer à un type ce genre de nouvelle.

Bella interpréta mon silence de travers.

— Je suis sûre que tu n'as rien.

— Je ne m'inquiétais pas, Bella.

À sa tête, je compris qu'elle ne me croyait pas.

— Urbanisme, me rappela-t-elle.

— Oui, madame.

Je m'assis à la chaise de son bureau, qu'elle avait dégagée.

— J'ai pris des notes hier, parce que le prof a abordé les logements à loyer modéré. Nous devons décider si nous voulons employer un système de bons ou autre chose.

— D'accord.

Elle entortillait une mèche de cheveux entre ses doigts.

Je connaissais parfaitement la texture de sa chevelure et sa douceur dans mes mains. Son sourire heureux était un autre souvenir gravé dans ma mémoire. Après tout ce qui lui était arrivé, je me demandais quand je reverrais ce sourire, et si je pouvais faire quoi que ce soit pour le dessiner sur son visage.

Quoi qu'il en coûte, je le ferais.

— Les bons, c'est encore le plus simple, disait Bella. Si nous voulions faire dans l'originalité, nous pourrions mettre en place une contribution en nature. Ou encore mieux, un système de location avec option d'achat. Tu veux que ce soit compliqué ou pas ?

— Le travail, ça ne me fait pas peur, lui dis-je. J'aimerais vraiment gagner ce concours.

— Pourquoi ?

— À cause du prix.

Elle haussa un sourcil.

— Tu ne peux pas manger dehors n'importe quand ? Il y a des *food-trucks* à tous les coins de rue.

— Ce n'est pas la question. Je dois rencontrer ce responsable, le gourou des camions-restaurants. Notre établissement familial aurait tout à gagner à se lancer dans l'aventure. Et je dois convaincre ma mère que c'est une bonne idée. Alors, si nous gagnons, je l'inviterai à ce dîner.

La mine de Bella se radoucit.

— Tu es un véritable aimant à filles, toi.

— Arrête. Dis-moi plutôt ce qu'est la contribution en nature. Et aussi cet autre truc dont tu as parlé.

Bella croisa les jambes sur le lit et se lança dans des explications. Pendant un moment, ce fut la paix dans le royaume. Elle était redevenue l'ancienne Bella, qui parlait avec les mains et dont les yeux verts pétillaient. Je prenais avidement des notes pour me souvenir de tout ce qu'elle me disait.

— Où as-tu appris tout ça ? lui demandai-je en écrivant frénétiquement avant d'oublier tous les détails.

— Je te l'ai dit. Les conversations à la table du dîner. Les conférences téléphoniques dont je n'entendais qu'un seul côté. Mon père ne parle que de construction.

Au même moment, quelqu'un frappa à la porte.

— Bella ! fit une voix masculine.

En face de moi, Bella tressaillit. Elle porta un doigt à ses lèvres pour me demander de garder le silence.

Les coups insistèrent.

— Bella, ouvre. *Allez.* Je commence à me faire du souci, moi.

En soupirant, Bella se leva et rejoignit la porte. Quand elle l'ouvrit, deux hommes apparurent dans l'encadrement de la porte. Elle recula et ils entrèrent.

L'énergie dans la chambre changea d'une manière qui ne me plaisait pas. Le premier gars, un grand blond, dévisageait Bella. La tension irradiait de sa personne.

— Rikker m'a dit que tu n'étais pas à l'entraînement.

Le rouge monta aux joues de Bella. Elle regarda l'autre type, derrière son ami. Je le reconnaissais – il avait fait l'objet d'une centaine d'articles de journaux l'an passé. *Le Premier Joueur Ouvertement Gay de la Première Division de Hockey*, etc.

— Tu m'as balancée ? fit Bella.

Rikker leva les yeux au ciel.

— Nous étions inquiets pour toi, Bella.

— Et encore, le mot est très faible, reprit le blond.

Sur sa veste, on pouvait lire « Graham ».

— Bon sang, mais qu'est-ce qui s'est passé ? Qui a pris cette photo ?

Super.

— Mauvaise question, grommelai-je en espérant qu'ils s'en iraient.

Une minute plus tôt, Bella avait enfin réussi à se détendre pour la première fois depuis des jours. Et maintenant, elle se laissait lourdement retomber sur son lit et je devinais qu'elle aurait mille fois préféré se recroqueviller dessous.

— Et d'abord, qui es-*tu* ? demanda Graham en reportant son attention sur moi.

— Un ami, répondis-je avec humeur. Le voisin du dessous. Celui qui ne parle *pas* de cette foutue photo.

Graham me jeta un regard dédaigneux. Il s'assit à côté de Bella et passa un bras autour d'elle.

— Sérieusement. Qui a fait ça ? Et qu'est-ce que… ?

Il lui prit le bras et releva la manche de son t-shirt pour exposer son poignet sur quelques centimètres carrés.

Bella se dégagea vivement.

— Je vais bien.

— Il n'y a rien de bien avec…

— Je vais *bien* ! hurla-t-elle.

Son visage avait viré au rouge pivoine et ses yeux projetaient des éclairs.

— Allez, insista-t-il. Je dois savoir.

— Non, répliqua-t-elle en se détournant de lui.

Rikker s'assit de l'autre côté et Bella enfouit son nez contre son épaule. Il posa la paume sur sa joue et l'attira à lui.

— Bella, murmura-t-il.

Je pouvais voir son dos frémir tandis qu'elle essayait de se ressaisir.

— J'en ai *fini* avec les hommes, déclara-t-elle d'une voix rauque. Les hommes sont lamentables.

Les deux gars sur le lit se tournèrent vers Bella pour la prendre dans leurs bras.

— Non, fit Graham d'une voix douce. Certains sont formidables. Nous t'aimons, nous.

Bella secoua la tête.

— Je... Toute *l'équipe* l'a vue, n'est-ce pas ? gémit-elle. Je ne retournerai *jamais* à l'entraînement.

Rikker bougonna d'un air dépité :

— Mais dans ce cas, ça veut dire que ces connards ont gagné.

— Je m'en *fiche*.

— Non, tu ne t'en fiches pas, dit Graham en lui frottant le dos. Nous ne les laisserons pas s'en tirer.

— Je ne peux pas...

Son dos s'affaissa.

— ... *supporter* ça.

Ma gorge se noua et les deux hommes redoublèrent d'attention. Ils lui murmuraient des paroles apaisantes et Bella se mit à renifler.

J'ignore au bout de combien de temps je pris conscience que ma présence n'était plus nécessaire. C'était difficile de sortir de cette chambre, mais j'avais fait ce que j'avais pu, même si ça ne me semblait pas suffisant.

Quand je sortis discrètement, elle ne leva même pas les yeux.

CHAPITRE
SEIZE

Bella

Quelle humiliation de finir en pleurs dans les bras de Graham.

Je rassemblai mes esprits au bout de quelques minutes et m'essuyai le visage dans la manche.

— Ça va aller, leur promis-je.

— Oui, répondit Rikker d'une voix douce. Mais on doit faire retirer cette photo. Qui est ce connard ? On aimerait pouvoir t'aider.

— Absolument pas, leur dis-je.

Il était hors de question que je reprenne contact avec lui. Jamais de la vie. Et je n'allais pas non plus mettre Graham et Rikker sur la piste. Jusqu'où cela irait-il ? Mes deux amis gays, aller frapper à la porte d'une association de joueurs de football américain ? C'était la pire idée que j'aie jamais entendue.

— Ce qu'ils ont fait doit enfreindre de nombreuses règles, dit Graham.

— N'en sois pas si sûr, objectai-je. Ce n'est pas un site web de Harkness. Ce n'est même pas un site officiel des…

Je faillis dire « Bêta Rhô », mais je me ravisai, au cas où ils n'auraient pas encore fait le lien.

— Ce n'est qu'un truc comme tant d'autres sur le net, où aucun nom n'est cité. Même pas le mien.

— Alors tu vas juste l'*ignorer* ? se récria Graham.

Je posai les mains sur mes joues brûlantes en essayant de garder mon calme.

— Dans quelques jours, ils humilieront quelqu'un d'autre, n'est-ce pas ? Ma photo dégringolera au bas de la page.

— Ça craint.

— Ce qui *craindrait*, répondis-je d'un ton glacial, ce serait de déposer une plainte qui ne tiendrait pas.

J'y avais déjà réfléchi pendant des heures et j'étais pratiquement convaincue que je n'avais rien à gagner en dénonçant Whittaker.

— L'humiliation n'enfreint aucune loi. Et si dessiner sur une personne saoule était illégal, alors toutes les fraternités d'étudiants d'Amérique du Nord fermeraient. Si j'en faisais tout un foin, ceux qui n'auraient pas encore vu la photo la verraient.

— Le harcèlement sexuel n'est pas normal, dit Rikker d'une voix sereine. L'université a l'obligation d'y mettre un terme. J'aurais pu gagner un procès contre Saint-B si je les avais poursuivis. Et je ne vois pas en quoi ton histoire est différente.

— Tu as raison, dis-je avec ferveur. *C'est* la même chose. Et tu ne les as *pas* poursuivis en justice, n'est-ce pas ?

— Non, mais…

— Il n'y a pas de *mais* qui tienne. J'ai vu ce qui se passe quand quelqu'un comme moi s'en prend à quelqu'un comme lui.

— Comme qui ? demanda Graham.

Me prenait-il vraiment pour une idiote ?

— Bien essayé, Graham. Mais je ne suis pas vraiment Blanche-Neige. Personne ne s'offusquera de quelques insultes contre moi. Pour l'instant, mon nom ne figure pas en première page de ce journal pour lequel tu écris. Si je le dénonce, demain ce sera le cas. En quoi ce serait mieux, au juste ?

Graham ferma les yeux. Sans doute savait-il que j'avais raison. Ses bras se resserrèrent une fois de plus autour de moi.

— Je ne peux pas te forcer à le dénoncer. Mais j'aimerais vraiment savoir une chose. Est-ce que ces marques sont la pire chose qu'ils t'aient infligée ce soir-là ?

— Non ! m'exclamai-je.

Tout son corps se raidit.

— C'est cette foutue *photo*, le pire qu'ils m'aient infligé. Voilà.

Il expira et je me sentis *plongée* au cœur d'un mélodrame sordide.

Par principe, je n'aimais pas les mélodrames. Je n'en inventais pas et je les évitais. Or voilà que j'y étais enfoncée jusqu'au cou.

Ce que je ne disais *pas* à Graham – ni à Rafe –, c'était que ces ordures avaient mis autre chose que de l'alcool dans mon verre. De toute façon, ce n'était pas ce que Graham cherchait. Il voulait savoir si j'avais été agressée, comme Rafe me l'avait lui aussi demandé à mots couverts. Pour eux, c'était le pire qui puisse m'arriver. Et sans doute avaient-ils raison. Après tout, je n'avais aucune expérience dans ce domaine.

Mais je m'y connaissais suffisamment en outrage pour savoir que l'humiliation publique n'était pas non plus une balade à Hollywood. Je ne comptais pas me rendre la vie encore plus difficile en portant plainte contre la fraternité, parce qu'il était impossible que je l'emporte. La branche nationale des Bêta Rhô avait sans doute *écrit* le manuel tactique de l'humiliation des salopes.

— Beaucoup de personnes voudraient t'aider.

Rikker me frottait amicalement le bas du dos. Je me dégageai de leur étreinte.

— Je le sais, dis-je avant de me racler la gorge. Merci.

— L'équipe de hockey sait que tu nous soutiens toujours. Alors nous aussi, nous te soutiendrons.

Voilà qui était très naïf. Parce que le nombre de chandails propres que je distribuais avant l'entraînement ou la rapidité avec laquelle j'étais capable de réserver quinze chambres d'hôtel n'avaient pas la moindre importance. Si j'entrais dans les vestiaires à cet instant précis, ces types se demanderaient toujours : *Qu'a-t-elle attrapé ? Je me demande qui le lui a refilé ?*

J'étais *souillée*. Et personne n'allait jamais me permettre de l'oublier.

— Ça va aller, dis-je sans conviction en essuyant les larmes de mon visage. Sérieusement. Et j'ai beaucoup de travail à faire ce soir.

Graham et Rikker échangèrent un regard lourd de sous-entendus.

— Tu viendras à l'entraînement demain soir ? demanda Rikker.

— Bien sûr, mentis-je.

Graham me déposa un baiser sur le front.

— Tu nous accompagnes à la Pizzéria Capri demain soir ?

Ça m'étonnerait.

— Peut-être.

— Très bien, dit Rikker en se levant. Appelle-nous en cas de besoin.

— D'accord, lui promis-je pour les faire taire.

J'avais juste besoin qu'on arrête d'en parler.

Ils s'en allèrent et le silence retomba dans ma chambre.

Avant que ma vie parte à vau-l'eau, je dormais comme un loir. À présent ? Plus du tout.

À quatre heures du matin, je me retrouvai empêtrée dans mes draps en essayant de trouver un moyen de m'en sortir. Parfois, mon esprit dérivait et je parvenais à penser à des sujets normaux – le prochain match des Rangers, un essai de psychologie que j'avais lu. Mais il me suffisait d'apercevoir l'encre effacée sur mon bras ou de me souvenir de ce verre que l'on m'avait servi chez les Bêta Rhô pour frissonner.

Je restais allongée à réfléchir, comme s'il s'agissait d'une énigme logique que je parviendrais à résoudre si je trouvais la solution. Mais pour résumer, il n'y avait aucune solution.

Si seulement j'avais refusé ce verre.

Si seulement j'avais parlé à Whittaker au téléphone…

Il y avait de quoi devenir fou. Et chaque fois que mon cerveau s'aventurait dans cette voie-là, je devais me forcer à retourner vers la lumière. J'étais incapable d'évoquer le souvenir de mon réveil sur le sol des Bêta Rhô ce matin-là sans céder à la panique. Alors je repoussais sans cesse cette pensée pour y revenir plus tard.

Bien plus tard.

Après m'être tournée et retournée pendant des heures, je finis par trouver le sommeil aux premières lueurs du jour.

Tant pis. De toute façon, je n'irais pas en cours.

Malheureusement, il était impossible de se cacher du monde quand vous aviez des voisins intrusifs.

Lianne entra dans la salle de bain alors que je me brossais les dents vers dix heures du matin.

— Tu n'as pas cours ? demanda-t-elle.

Si, en réalité. Le séminaire était un cours de psycho de dernière année auquel n'assistaient qu'une dizaine d'étudiants. Mais pour m'y rendre, il me faudrait traverser tout le campus et je ne me sentais pas de taille.

— Tu as pris ton petit déjeuner ? tenta Lianne, même si je n'avais toujours pas répondu à sa première question.

— Qui a faim le matin ? répliquai-je.

— Tu as bu un café ?

Sérieusement ?

— Qu'est-ce qui te prend ?

— Tu veux m'accompagner au café ?

Je ne pus m'empêcher de lui jeter un coup d'œil dans le miroir. Depuis quand Lianne essayait-elle de se lier d'amitié avec moi ? C'était sans doute Rafe qui l'avait mise sur le coup.

— Non, ça ira. Mais je te remercie.

Elle fronça les sourcils d'un air contrarié, avant de retourner dans sa chambre en fermant la porte.

Si Lianne avait choisi un autre moment de l'année pour être cordiale avec moi, j'aurais réagi différemment. Mais il allait me falloir un peu plus qu'un café pour m'extirper de l'intimité de ma chambre.

J'écrivis un e-mail d'excuses au doctorant qui dirigeait mon séminaire de psychologie et restai chez moi.

À peine avais-je repris ma place sur le lit que mon téléphone se mit à sonner, sur l'air de *The Saints Go Marching In*. En entendant la mélodie, je me rendis compte que j'avais commis une erreur monumentale.

— Oh, merde, dis-je aux murs de ma chambre.

Je n'étais pas du genre à fuir les conséquences de mes propres erreurs et je décrochai.

— Salut, maman.

— Bella ! Ta sœur…

— Je *sais*. Je suis désolée. J'ai été très occupée et ça m'est complètement sorti de la tête.

C'était la pure vérité.

— Je l'appelle tout de suite.

Ma mère poussa un profond soupir.

— Tu l'as vexée, ma chérie. La bourse et la récompense sont très importantes pour elle. À quel point peux-tu être occupée ?

Eh bien, disons que l'implosion totale de ma vie m'a pompé beaucoup d'énergie, figure-toi.

— Je l'appelle sur-le-champ. Mais tu vas devoir me laisser raccrocher.

— Et ne t'avise pas d'oublier le gala.

Merde ! Ce satané gala.

— Je n'oublierai pas.

— Nous nous verrons là-bas, ma chérie.

— Oui, c'est ça.

— Appelle ta sœur, me dit-elle une dernière fois, incapable d'y résister.

— Tout de suite !

Je raccrochai et levai les yeux vers le plafond. Mais je ne pouvais pas éviter ce moment et je composai aussitôt le numéro de ma sœur.

Ô joie ! Dieu me sourit, car je tombai directement sur son répondeur. Je pouvais lui sortir ma récitation sans craindre la confrontation. Je commençai par : « Je suis vraiment désolée », avant de poursuivre avec des félicitations enthousiastes, puis une nouvelle couche d'excuses.

— Ça devrait suffire, dis-je tout haut après avoir jeté le téléphone pour me tourner sur le lit en direction du mur.

Mon hibernation pouvait recommencer, même si le monde extérieur n'allait pas tarder à se manifester.

Bientôt, ce fut Rafe qui arriva, et il ne fut pas aussi facile à renvoyer que Lianne.

— Bella, dit-il en frappant à la porte. Ouvre.

Je décrétai qu'ouvrir la porte serait encore la méthode la plus rapide pour l'éviter. Comme je m'étais coiffée et avais fait mon lit, il n'alerterait peut-être pas les autorités.

Quand j'ouvris la porte, il entra en tenue de jogging. On apercevait un caleçon de compression en fibre synthétique élastique qui dépassait sous son short de sport, soulignant ses cuisses musclées. *Grrr.* Ce garçon était presque comestible.

Ou plutôt, il le serait *si* j'étais encore intéressée par les hommes. Ce qui n'était pas le cas.

— C'est l'heure d'aller courir, me dit-il comme si nous étions coéquipiers.

— Je ne cours pas, lui rappelai-je.

— Bien sûr que si. Je t'ai déjà vue faire. D'abord, nous allons courir, ensuite nous irons en cours.

Charmant. Il croyait pouvoir me mener par le bout du nez.

— Et si je refuse ?

— La même menace s'applique.

Seigneur ! Quelle autorité ! J'avais envie de hurler.

— Écoute. Je vais bien. Et tu ne peux pas continuer à me faire ce chantage.

— C'est marrant, fit-il en ricanant. Traîner avec toi, ce n'est pas la contrepartie tranquille et sans effort que l'on peut attendre d'un chantage. Mais si j'estime que tu ne vas pas bien, j'en parlerai à quelqu'un. Si tu sors de ce bâtiment avec moi, en revanche, je saurai que tu te sens mieux.

— Tu pourrais me croire sur parole.

— Impossible, *chica*.

En poussant un juron, je me levai pour aller chercher ma tenue de sport.

Nous courûmes plus longtemps que la fois précédente. En arrivant devant notre porte d'entrée, à bout de souffle, j'étais extrêmement fière de moi. Mais je ne comptais pas l'avouer à Rafe.

Il regarda sa montre.

— Il te reste vingt minutes pour aller prendre ta douche avant les cours. Je passerai te chercher.

— On peut se retrouver là-bas, tentai-je en gravissant lentement les marches.

Mes jambes tremblaient d'épuisement. Rafe se contenta de secouer la tête.

— Nous y allons ensemble, Bella. Ça ne prend pas avec moi.

Décidément.

Après la douche la plus rapide du monde, j'enfilai mon plus beau jean et un pull plus recherché que ce que j'avais l'habitude de porter sur le campus. Comme si cela pouvait faire une différence. Comme si quelqu'un, en me voyant dans l'amphi, pouvait décider que je n'étais pas une traînée en fin de compte, car je portais un pull en cachemire de chez Bergdorf assorti à mes yeux.

Bien sûr, Rafe fut d'une rapidité déconcertante. Quand il

frappa à ma porte, je le suivis à l'extérieur sans rechigner. Plus nous approchions de la salle, plus mes pieds s'attardaient sur les pavés. Les Études d'Urbanisme étaient un cours magistral auquel assistaient au moins soixante personnes. Je ne voulais pas passer mon temps à me demander combien d'entre elles avaient vu la photo.

Mes pieds s'arrêtèrent enfin et Rafe dut me traîner derrière lui.

— Je vous en prie, prenez votre temps. Pas de panique, me lança-t-il.

Je me tournai vers lui.

— Tu cites *Le Diable s'habille en Prada* alors que je suis sur le point de perdre les pédales ?

Waouh. J'en avais trop dit.

Il écarquilla ses grands yeux marron.

— Qu'y a-t-il ?

Je levai les yeux et j'eus aussitôt envie de le frapper dans les gencives.

— *Qu'y a-t-il ? Tout.* Et ton seul souci, c'est un projet qui n'est pas à rendre avant des lustres.

Son visage se détendit.

— Ce n'est *pas* mon seul souci. Allons nous asseoir à l'intérieur.

— Non ! Je n'entre *pas* là-dedans.

J'essayai de le contourner, mais il m'attrapa par la taille.

— Bella, murmura-t-il à mon oreille. Quel autre choix as-tu ?

— Obtenir un transfert.

Le mot était sorti comme s'il attendait depuis longtemps. Il fallait que je parte. Ailleurs, n'importe où, dans une université où je ne serais pas la loque humaine de cette photo. Graham avait dit que je ne devais pas laisser les connards gagner. Mais pour l'instant, j'avais très envie de leur remettre le trophée sans me battre.

— Bella, dit-il à nouveau d'une voix grave et régulière.

Ses paroles interrompirent le vacarme que faisait la roue de hamster dans mon cerveau, celle qui s'emballait. Il passa les bras autour de moi et j'enfouis mon visage contre sa veste de foot.

— Nous nous mettrons au dernier rang. Personne ne saura que nous sommes là.

Je doutais que ce soit vrai. Mais comme il l'avait souligné, quel autre choix avais-je ? Je n'avais aucun plan B. Il me restait sept mois à tirer dans ma carrière universitaire. Avant, je pensais être capable de survivre à tout.

De toute évidence, je me trompais.

Mon cœur battait frénétiquement contre ma cage thoracique. J'envisageais presque de quitter l'établissement. Mais où irais-je ? Si je débarquais chez mes parents, ils voudraient savoir pourquoi. Ce serait une conversation amusante. Non, ce problème ne me quitterait pas, même si je m'enfuyais.

Toutes ces pensées se bousculaient dans mon esprit tandis que j'étais debout dans la cour, le nez contre l'épaule de mon voisin. Ce n'était pas bizarre, pas du tout.

Je reculai timidement, même si je n'en avais aucune envie.

— D'accord. Allons-y.

Sa main au creux de mon dos, Rafe m'accompagna dans l'amphi. Il ne me lâcha que lorsque nous fûmes assis au dernier rang. À la fin du cours, j'étais sortie en moins de temps qu'il ne faut pour dire *à plus, dans l'bus*.

— Tu viens manger ? demanda Rafe qui courait presque pour me rattraper.

— Pas tout de suite, lui dis-je en espérant qu'il ne me ralentirait pas.

— Je dois aller travailler. On se voit plus tard ?

Je le saluai de la main et rejoignis Beaumont au pas de course, aussi vite que me le permettaient mes jambes.

Qui aurait cru que le jogging s'avèrerait aussi utile ? De toute évidence, je n'avais encore jamais été suffisamment humiliée pour en comprendre tout l'intérêt.

CHAPITRE
DIX-SEPT

Rafe

Pendant mon service au réfectoire, j'éminçai beaucoup de légumes, nettoyai beaucoup de casseroles et m'inquiétai de Bella tout autant. J'étais soucieux comme jamais. Peut-être quelqu'un de plus intelligent serait-il déjà aller exposer la situation au doyen, mais ce que Bella avait dit me semblait juste. Que pourraient-ils faire, de toute façon ? Si elle donnait le nom de celui qui avait mis à mal sa réputation, on pourrait faire retirer la photo, mais cela prendrait des semaines et les dégâts étaient déjà faits.

Et puis, si j'allais chez le doyen, elle ne m'adresserait plus jamais la parole.

Malgré tout, ce n'était pas une bonne raison pour garder le secret. Je craignais que mon jugement soit altéré par mes sentiments complexes à son égard. Chaque fois que je la voyais redresser les épaules devant l'affront qu'elle subissait, j'avais envie de la prendre dans mes bras et de la serrer contre moi. Adorable, n'est-ce pas ? C'était exactement ce dont elle avait besoin – qu'un autre type la reluque.

Mon rôle était juste d'être le meilleur ami possible. Pour l'instant, cela revenait à ouvrir l'œil et à attendre. Si Bella allait en cours, mangeait et continuait son travail à la patinoire, alors peut-être n'aurais-je pas à prendre de mesures drastiques.

Avant la fin du déjeuner, je me rendis au bar à salades pour y arranger le reste de laitue.

— Salut, lança alors quelqu'un. Je n'ai pas retenu ton prénom l'autre jour.

Je levai les yeux pour découvrir Graham, l'ami de Bella.

— C'est Rafe.

— Je peux te poser une question ?

— Je suis en plein travail, répondis-je, plus agacé que j'aurais dû l'être.

Mais j'étais presque certain que c'était le type dont Bella avait été amoureuse et il m'était antipathique par principe.

— Ça ne prendra qu'une seconde.

— D'accord.

Je le conduisis vers la porte de la cuisine, où personne d'autre ne pouvait nous entendre.

— Qu'y a-t-il ? demandai-je en remarquant que le petit ami de Graham s'était joint à nous.

Il alla droit au but.

— Qui emmerde Bella ?

— Je n'en ai aucune idée, dis-je en toute honnêteté.

— C'est quelqu'un des Bêta Rhô, reprit Graham. Ce site web leur appartient.

— Sans doute, acquiesçai-je. Mais ils sont… une quarantaine ?

Graham rougit.

— Sincèrement, si tu as la *moindre* piste…

Rikker posa une main sur l'épaule de son petit ami.

— Il a compris, bébé. Message reçu.

Les épaules de Graham s'effondrèrent.

— C'est juste que… j'ai horreur qu'un connard pareil puisse s'en tirer aussi facilement.

— Sans blague, grommelai-je. Moi aussi, je ne pense qu'à ça.

Rikker haussa les sourcils.

— Vraiment ?

À présent, ils me dévisageaient tous les deux.

— À quel point connais-tu Bella, d'abord ? demanda Graham.

Du calme, Rafe.

— Nous sommes voisins, répondis-je.

Il y eut un silence au cours duquel les deux garçons semblèrent hésiter à me poser plus de questions.

— Écoutez. Si vous voulez aider Bella, faites en sorte qu'elle mange ce soir. Moi, j'ai un dîner d'équipe.

À nouveau, Rikker parut étonné.

— Elle ne mange pas ?

— Elle évite les lieux publics, dis-je. À moins qu'elle ait surmonté ça. Mais ce serait génial si vous pouviez vérifier.

— Compte là-dessus, dit Graham. Je lui apporterai à dîner.

— Je dois retourner au travail.

— Merci ! lança Rikker alors que je m'éloignais.

Je retournai en cuisine tout en me demandant pourquoi il me remerciait. Avais-je aidé Bella de quelque manière que ce soit ?

Je n'en avais pas la moindre idée.

Le planning de foot m'accapara pendant plusieurs jours consécutifs. Je parvins à convaincre Bella de venir courir avec moi une fois de plus, et elle m'accompagna aussi en cours d'Études d'Urbanisme. Mais pendant quelques jours d'affilée, je n'eus pas souvent l'occasion de la voir.

Mon équipe se déplaça pour jouer dans d'autres établissements. Nous remportâmes le match contre Harvard, mais perdîmes contre Dartmouth. Bickley bavarda pendant tout le trajet de retour du New Hampshire, alors que je tombais de sommeil.

Bickley pouvait se permettre de perdre son temps à colporter les derniers potins. Mais dès l'instant où je poserais le pied hors du bus, je devrais m'empresser de rejoindre la cafétéria pour assurer le service du dimanche soir.

Luttant contre l'épuisement, je découpai des tranches de poulet pendant trois heures et préparai les légumes pour les omelettes du lendemain.

Le service était presque terminé quand je vis Bella entrer discrètement dans le réfectoire. Bonne nouvelle. Elle se servit une assiette, qu'elle emporta à la table de Graham et Rikker. Je lui fis un signe de la main en rapportant les plateaux du bar à salades.

— Au fait, Graham ? l'entendis-je demander.

La nervosité que je décelais dans sa voix me fit tendre l'oreille.

— Tu fais quelque chose samedi soir ? J'ai une obligation à New York que je ne peux pas éviter et j'ai besoin d'être accompagnée. Alcool à volonté.

— Et mes besoins, à moi ? plaisanta Rikker en tendant les bras. J'aime les boissons gratuites. Et en plus, tu me piques mon mec.

Graham s'éclaircit la voix.

— Le problème, c'est qu'il y a cette soirée *Patine avec Ton Équipe de Hockey*. Je dois y assister, car il y aura aussi deux membres des Bruins.

— Oh, fit-elle lentement. La soirée caritative ?

— Oui.

— Merde, lâcha Bella. Comme il n'y avait rien sur le programme des matchs, je croyais que c'était une soirée libre.

Rikker se renfrogna.

— Attends. Je pourrais avoir la grippe ou quelque chose de ce genre, proposa-t-il. Je ne vois pas pourquoi ils auraient besoin de deux douzaines de joueurs.

Il feignit de tousser dans sa main.

— Je crois que je sens la fièvre arriver.

Bella secoua la tête.

— Oui, comme si personne n'allait remarquer l'absence du coéquipier le plus célèbre de Harkness.

Rikker lui prit la main et la posa sur son front.

— Je suis chaud, non ? Tu ne crois pas ?

Elle lui répondit avec un sourire triste.

— Ne t'inquiète pas pour ça, Rik. Ce n'est pas grave.

— Je pourrais vraiment me libérer, Bella.

Elle se leva.

— Non, ça va. Merci quand même, les garçons.

Sur ce, elle se dirigea prestement vers le tapis roulant pour se débarrasser de son plateau.

Je la surpris alors qu'elle s'en allait.

— Bella ?

Elle leva la tête, étonnée.

— Oui ?

— Je peux t'accompagner pour ta soirée à New York.

Bella hésita et j'en fus légèrement froissé. Je ne faisais peut-être pas assez Upper East Side pour arriver à son bras.

— Tu en es sûr ? demanda-t-elle après une longue pause.

— Eh bien, je n'ai pas de match avant dimanche soir. Alors ma mère a décidé que je devais faire une apparition au baptême de mon petit cousin dimanche matin. Tu vois, j'étais censé prendre le train de toute façon.

— Hmm.

Elle leva les yeux vers moi.

— Si j'ai demandé à Graham de m'accompagner, c'est parce qu'il connaît déjà l'histoire de ma famille de timbrés.

Oh.

— Eh bien... ils ne peuvent pas être si terribles, n'est-ce pas ? Tu as dit qu'il y aurait de l'alcool.

Elle sembla réfléchir à la question.

— L'alcool, ça peut toujours aider. J'espère juste que n'en aurons pas trop besoin. Avec ma famille, on ne sait jamais.

Elle se mordit la lèvre et, aussi inappropriée que soit cette pensée furtive, j'eus envie de la mordre, moi aussi.

— Si tu es *certain* que ça ne te pose pas de problème, j'aurais vraiment besoin d'être accompagnée, en effet.

— Aucun problème. Mais d'abord, nous devons avancer sur le projet d'urbanisme.

Je lui tendis la main et elle me tapa dans la paume.

— D'accord, esclavagiste.

CHAPITRE
DIX-HUIT

Novembre

Bella

Comme je devais bien ce service à Rafe, je dressai un tableau de calcul pour évaluer les différents emprunts que nous devions envisager pour notre projet d'urbanisme. Sincèrement, je ne m'étais jamais autant abîmée dans les études universitaires que ce semestre. Comme je me faisais toujours porter pâle au hockey, j'avais beaucoup de temps libre.

— Ça alors, dit Rafe le lendemain soir, quand je lui montrai le tableau. Nous allons forcément remporter ce concours.

— Tu l'as dit.

C'est étonnant tout ce que l'on peut accomplir quand on ne quitte pratiquement plus sa chambre. J'étais très contente de mon travail.

Rafe jeta sa veste de foot en travers de la chaise et s'assit sur mon lit avant de prendre mon ordinateur sur les genoux.

— Ces taux d'intérêt sont-ils corrects ? Ils me paraissent élevés.

— Bien sûr qu'ils sont corrects. Pour qui me prends-tu ?

Je lui donnai un coup de coude.

— Les taux commerciaux sont plus élevés que les hypothèques. Et les durées ne sont pas aussi étendues.

Rafe leva vers moi son regard ténébreux, soudain alarmé.

— Et si une autre équipe l'ignorait ? Nous pourrions perdre le concours parce que tu es trop intelligente.

— Oh, c'est une idée déprimante. En général, c'est l'inverse – c'est ma bêtise qui me poignarde dans le dos.

— Moi aussi, murmura Rafe.

— Quoique, dans les circonstances actuelles, il y a des coups de poignard dans le dos qui se perdent.

Il ouvrit de grands yeux et j'éclatai de rire.

— Ne t'inquiète pas pour les taux d'intérêt. Je proposerai différents taux dans le compte-rendu.

— Bonne idée.

Il me rendit mon ordinateur en bâillant.

— L'entraînement a été rude aujourd'hui ?

— Comme toujours. Nous affrontons Princeton dimanche soir et le coach est remonté à bloc.

Il ouvrit le sac à dos qu'il avait posé par terre et en sortit son cahier d'Études d'Urbanisme.

— Si tu es fatigué, nous pouvons travailler demain.

Il secoua la tête.

— Ça va. Dressons la liste de tous les commerces du quartier, pour voir ce qui manque.

Nous continuâmes sur le projet pendant un moment. J'effectuais des recherches en ligne sur mon ordinateur pendant qu'il prenait des notes détaillées avec la plus belle écriture que j'aie jamais vue chez un garçon.

— Tu es très méthodique, dis-je en guise de compliment.

J'essayais d'être moins acerbe en présence de Rafe. Consciente qu'il m'avait vue dans la pire des situations, j'étais gênée.

— Bah, répondit-il en soupirant. La méthode, c'est ce qui me permet de tenir. Depuis que je suis à Harkness, la charge de travail m'écrase.

— C'est vrai que beaucoup d'étudiants s'en plaignent.

— Vraiment ? grommela-t-il en tournant une page de son cahier. Je ne l'ai pas souvent entendu dire.

On frappa soudain à la porte. Je jetai un œil au réveil. Comme il était déjà vingt-deux heures, je me demandais qui cela pouvait bien être.

— Entrez ?

C'était Trevi.

— Salut, Bella. Tu te sens mieux ?

— Oui, ça va. Trevi, voici mon voisin Rafe.

— Salut, mec.

Ils se serrèrent la main et Rafe s'assit sur ma chaise de bureau.

— Bella, j'ai de mauvaises nouvelles.

— Oh, génial, m'exclamai-je d'un ton détaché.

Pourtant, intérieurement, je tremblais. *Encore* des mauvaises nouvelles ? Vraiment ?

— Le coach Canning a pris la brillante décision d'embaucher son propre fils comme manager étudiant.

— Quoi ? m'écriai-je. Il lui a donné mon *poste* ?

En prononçant ces mots, je regrettai aussitôt de ne pas pouvoir les retenir. Parce que j'avais l'air franchement pathétique.

En face de moi, Trevi se frottait la nuque.

— Oui. Les gars sont en colère. En fait, je me disais que nous pourrions écrire une lettre commune à l'entraîneur. S'il y a une douzaine de signatures, il nous écoutera peut-être.

— Non, m'empressai-je de répondre. Il ne virera pas son propre *fils*. Et le coach m'avait prévenue. Il me disait dans son dernier e-mail que si je ne retournais pas à l'entraînement, il allait devoir chercher quelqu'un d'autre. Je ne pensais pas qu'il serait si rapide, c'est tout. Je croyais avoir encore un peu de temps.

— Tu n'es pas retournée à l'entraînement ? demanda Rafe à mi-voix.

Je lui décochai un regard en coin. Vous voyez ? J'allais toucher le fond dans l'estime de Rafe, parce que chaque fois que ma vie prenait un sale tournant, il fallait toujours qu'il soit dans les parages pour assister à ma déchéance.

Trevi avait l'air mal à l'aise.

— Mais ce n'est pas *juste*. Son fils n'est même pas étudiant à Harkness.

J'éclatai de rire.

— Je suis prête à parier qu'il le sera l'an prochain. Ce sera du plus bel effet sur son formulaire d'inscription.

Trevi faisait grise mine.

— Comme s'il avait besoin d'en remplir un. Je déteste le népotisme.

— Autant dire que tu détestes la gravité, Trevi. C'est irrémédiable.

— Quelle merde, soupira Trevi en se levant. Tiens-moi au courant si tu changes d'avis et si tu veux qu'on se batte pour toi. C'est plus sympa quand tu es là, Bella.

Mon cœur se brisa en l'entendant, parce que j'avais envie de le croire. Mais je ne voulais pas non plus retourner dans les vestiaires. De toute façon, maintenant, la question ne se posait plus.

— Tu viens chez Capri samedi soir ? demanda Trevi, la main sur la poignée.

— Je ne peux pas. J'ai une réunion de famille à New York.

— Dimanche, alors ? insista-t-il.

— Peut-être.

— Je pourrais bien te jeter sur mon épaule et t'y traîner de force, plaisanta Trevi.

— Bonne idée, répondis-je du tac au tac. Les filles adorent ce genre d'attentions.

J'entendis Trevi ricaner quand la porte se referma. Lorsque je me tournai vers Rafe, il me dévisageait avec ces grands yeux bruns qui n'en rataient pas une miette.

— Quoi ? demandai-je avec humeur.

— Tu n'es pas allée à l'entraînement ?

Oh, là, là. Il allait reprendre ses grands airs.

— Non.

— Alors, tu vas laisser le poste te passer sous le nez ?

Je fermai mon ordinateur en espérant que Rafe comprendrait l'allusion et en déduirait que les devoirs étaient terminés.

— Je n'ai pas besoin de cet argent, heureusement.

Curieusement, la mauvaise nouvelle de Trevi me soulageait. Parce que maintenant, je pouvais arrêter de m'inquiéter au sujet des entraînements que je ratais et des amis que je décevais.

— Je crois que ça n'a jamais été une question d'argent.

C'était vrai.

— Le nouvel entraîneur ne m'a jamais beaucoup appréciée. C'est peut-être le meilleur moyen qu'il a trouvé pour me le faire comprendre sans avoir à le dire. Ce type peut bien embaucher qui il veut.

Rafe poussa un grognement guttural. Il ferma brusquement son cahier et le fourra dans son sac à dos.

— Quoi qu'il en soit, c'est nul, dit-il en se levant. On ne se voit pas demain. Ça tient toujours pour samedi soir ?

J'allais devoir me motiver avant d'affronter ma famille.

— Samedi soir, c'est inévitable pour moi. Mais si tu n'as pas envie de te mettre sur ton trente-et-un pour manger des plats prétentieux dans une salle pleine de philanthropes, je ne te le reprocherai pas.

Il haussa les épaules.

— Ce n'est pas un problème. Quelle tenue faut-il porter ?

— Costume cravate.

— C'est noté, dit-il en s'arrêtant à côté du lit.

Pendant un instant, il posa sa main chaude sur ma tête et je m'efforçai de ne pas m'y abandonner. Enfin, il la retira.

— Prends soin de toi.

— Toi aussi, dis-je comme si les amis avaient pour habitude de se parler ainsi.

Comme si, de nous deux, ce n'était pas moi qui m'autodétruisais de manière aussi flagrante.

CHAPITRE
DIX-NEUF

Rafe

Bella et moi empruntâmes le train Metro North dans un silence serein. Alors que les immeubles prenaient de la hauteur de l'autre côté de la vitre, je demandai :

— Quel est l'objectif de ce soir ?

Elle leva les yeux du livre qu'elle était en train de lire sur son téléphone.

— L'objectif ?

Si la soirée qui s'annonçait n'était pas compliquée pour Bella, elle n'aurait pas eu besoin d'être accompagnée.

— Qui faut-il impressionner, et qui faut-il éviter ? Fais-moi un petit topo.

Elle rangea son téléphone.

— Eh bien, je t'ai invité comme tampon de sécurité. Ma famille sera plus agréable avec moi si tu es là.

— Pourquoi ne seraient-ils pas agréables ? demandai-je.

Elle regarda par la fenêtre.

— Nous nous sommes disputés il y a quelques années. Il ne reste plus beaucoup de confiance entre nous. Mais mes parents sont profondément courtois, alors ils se montreront sous un bon jour. Ils sont doués pour ça. Ma sœur est imprévisible. Et s'il y a quelqu'un que j'évite, c'est son mari sournois.

— D'accord, dis-je.

Je devrais me contenter de ces informations.

Quand le train entra en gare sur la 125ᵉ rue, ne pas descendre me fit un curieux effet. Ma vie entière, je l'avais vécue au nord de la ville, où Bella et ses amis n'auraient jamais mis les pieds.

Les portes se refermèrent au bout d'une minute et le train fila vers le centre-ville, pénétrant dans le tunnel au niveau de la 97ᵉ rue. Quand il s'arrêta à la gare centrale, nous prîmes la direction de la sortie sur la 42ᵉ rue.

— Au moins, ce n'est pas loin, dis-je.

Le restaurant Cipriani était juste en face.

— C'est la seule chose de bien dans toute cette soirée, dit Bella, la mine impassible.

Je me tapotai le torse.

— La seule chose ? Et ton fabuleux petit ami qui vient rencontrer tes parents ?

Les yeux de Bella pétillèrent. C'était la première fois en une semaine que je la faisais sourire.

— Tu n'es pas obligé d'être mon faux copain. Tu peux juste être mon rencard de ce soir. De toute façon, ils ne croiraient pas que nous sommes réellement ensemble. Ils me connaissent.

Ils ne la croiraient pas ? *C'est consternant*, avais-je envie de dire.

— J'aime les défis, me contentai-je de répondre.

— Fais comme tu le sens, dit Bella alors que nous approchions de la porte. J'apprécie que tu m'accompagnes ce soir.

Je passai devant elle pour avoir l'honneur de tenir la porte à ma fausse copine d'un soir.

— C'est une telle corvée, lui dis-je en ouvrant. Une soirée sans plats de la cantine.

— Les plats ne seront pas si délicieux que ça, m'avertit Bella.

— Oui, mais ce n'est pas moi qui cuisine. Grosse différence.

— Et le vin est gratuit, ajouta-t-elle.

— C'est le genre de vin que je préfère.

Pourtant, je ne pouvais m'empêcher de me remémorer ce qui s'était passé la dernière fois que Bella et moi avions bu ensemble. *Dios*. Je devais arrêter d'y penser. Mais Bella portait une élégante robe rouge qui attirait mon regard sur son corps et ses longues jambes. Je la voyais rarement vêtue autrement qu'avec un jean et un t-shirt de hockey, mais elle avait le type de courbes qu'une tenue ample ne parvenait pas à cacher. Et ce soir, elles étaient mises en valeur.

La soirée s'annonçait longue.

Bella me conduisit vers la salle de bal. À New York, Cipriani était un incontournable des grands événements. C'était le genre d'endroit bâti pour impressionner, avec d'imposantes colonnades soutenant de hauts plafonds.

— Quel trou à rats, plaisantai-je tandis que Bella refusait poliment de laisser ses affaires au vestiaire.

— J'ai besoin de garder mon manteau en cas de retraite précipitée, me dit-elle.

Ce soir, j'avais accepté d'emprunter l'une des vestes chics de Bickley. En voyant la foule dans cette salle, je m'en félicitais. Les hommes portaient tous d'élégants costumes sombres et des cravates européennes. Les femmes étaient en robes, souvent bien plus élaborées que le fourreau simple de Bella.

Mais aucune d'entre elles ne lui arrivait à la cheville.

— Un verre avant la famille, me dit-elle en me prenant par la main pour me conduire vers le bar.

Je refermai les doigts sur sa petite paume. En arrivant devant le barman, Bella essaya de me lâcher, mais je refusais de céder.

— En public, je tiens toujours ma fausse copine par la main, lui expliquai-je.

Elle passa son sac à main de l'autre côté de sa taille.

— Mais ne t'interpose pas entre ma boisson alcoolisée et moi, sinon ta fausse copine va se fâcher.

Une fois que le barman nous eut remis deux verres de vin rouge, Bella commença à s'intéresser à la salle.

— Tout ce gaspillage, c'est pour un organisme de santé publique à but non lucratif. Mais il n'y a que des types de Wall Street, parce que ce sont les seuls qui puissent se permettre une assiette à mille dollars.

Je faillis lâcher mon verre.

— Mille *balles* ? Tu viens de me dire que tes parents ont dépensé mille dollars pour permettre à ton faux copain de participer à cette soirée ?

— Pas vraiment, dit Bella en secouant la tête. Ils ont réservé une table parce que ma sœur travaille pour cette association. L'organisme lui remet une récompense ce soir, c'est pour cette raison que ma présence est requise. Mais de toute façon, ce n'est qu'une mascarade. Comme maman et papa font partie des principaux contributeurs, à qui d'autre remettraient-ils le prix ?

Bah. Le fonctionnement de la famille de Bella était différent du fonctionnement de la mienne, mais tout aussi complexe.

— Les voilà, dit-elle soudain en désignant une table ronde au premier rang.

Main dans la main, nous rejoignîmes l'avant de la salle où les parents de Bella étaient installés. Même si elle ne me les avait pas montrés, je n'aurais eu aucun mal à identifier sa mère. Elle était magnifique comme sa fille, bien que ses cheveux soient relevés dans un style plus strict que le tolèrerait Bella. Son père semblait plus vieux, en revanche. Si la mère de Bella n'avait qu'une quarantaine d'années, son père était au moins âgé de soixante-cinq ans.

Sa mère se leva aussitôt pour l'embrasser quand nous arrivâmes.

— Tu es adorable, ma chérie, lui dit-elle.

Je me détendis un peu. Après notre conversation dans le train, je craignais presque de les découvrir avec des cornes et une queue fourchue.

— Voici Rafe, dit Bella en me pressant la main. Rafe, je te présente Lydia et Jack.

Je dus lâcher la main de Bella pour les saluer.

— C'est un plaisir de faire enfin votre connaissance, madame, dis-je. La vôtre aussi, monsieur.

Bella me pinça le doigt, comme pour me reprocher de trop en faire.

— Moi de même, dit la mère de Bella en m'adressant un grand sourire. Vous arrivez par le train, tous les deux ?

La question me déstabilisa. Peut-être essayait-elle de savoir si j'étudiais à Harkness. J'étais sans doute parano, mais les seuls autres Hispaniques dans la salle versaient de l'eau dans les verres. C'était parfois difficile de ne pas être chatouilleux.

— Rafe habite dans le même bâtiment que moi, dit Bella qui semblait faire la même interprétation. Et nous avons un cours en commun. Les Études d'Urbanisme.

— Charmant, dit Lydia en se rasseyant.

— Voilà, *belleza*, dis-je en employant le terme espagnol pour « beauté », un mot de même racine que le prénom de Bella.

Si c'était ma vraie petite amie, c'est ainsi que je l'appellerais. Je tirai la chaise de Bella avec un grand geste.

Elle me jeta un regard en coin en s'asseyant.

— Merci.

La mère de Bella, Lydia, nous posa quelques questions polies sur les cours, tandis que Jack hochait mollement la tête. Un groupe se mit à jouer de l'autre côté de la salle et nous nous tournâmes pour le regarder. C'était un orchestre à neuf instruments et quand ils entamèrent leur morceau, la mère de Bella prit la main de son époux.

— Tu danses avec moi, n'est-ce pas, Jack ?

Il souleva son verre de scotch vide.

— Je vais faire un tour au bar.

Elle se leva et lui sourit.

— Tu pourras le faire après le fox-trot.

En riant d'un air las, il se leva à son tour.

— C'est d'accord.

Ensemble, ils se dirigèrent vers la piste de danse. M. Hall tenait la main de sa femme avec aplomb. C'était un homme comblé. Quand j'aurais moi-même soixante-cinq ans, avec deux enfants adultes, j'espérais que ma femme aurait toujours envie de danser avec moi.

Bella but une grande gorgée de vin.

— Prépare-toi. Voilà ma sœur.

Je me retournai pour voir une autre beauté approcher. La sœur de Bella était un peu trop fine. Elle semblait anguleuse à des endroits où Bella était souple et douce. Son sourire n'était pas aussi sincère que celui de sa sœur. Et il n'était pas évident de lui donner un âge. Elle ne devait pas être beaucoup plus âgée que Bella, mais elle marchait avec raideur comme une sorte de vieille tante guindée.

— Salut, Isabelle, dit-elle en se penchant pour l'embrasser sur la joue.

Elle se tourna vers l'autre joue pour un second baiser, prenant Bella au dépourvu.

— Quoi, nous sommes européens, maintenant ?

Sa sœur pinça les lèvres.

— Ça fait une éternité que je ne t'ai pas vue, voilà tout.

Elle me regarda lorsque je me levai de ma chaise pour lui serrer la main.

— Je m'appelle Julie, annonça-t-elle.

— Rafe. C'est un plaisir.

— Le plaisir est pour moi, insista Julie en s'asseyant avant de déposer son petit sac à main sur la table. Je ne rencontre plus les amis de Bella. Elle n'est jamais là.

À côté de moi, Bella sembla grincer des dents. Son verre de vin était vide et ce n'était pas bon signe. Je me levai.

— Julie, vous n'avez pas encore de verre. Je vous apporte quelque chose ?

Elle inclina la tête sur le côté et me sourit.

— Comme c'est aimable. J'aimerais bien un verre de chardonnay.

— Un chardonnay et...

Je posai une main sur la nuque de Bella.

— Un autre cabernet ?

Je pris le verre vide qu'elle me tendait. Elle leva les yeux vers moi et je lus l'incertitude dans son regard.

— Reviens vite.

Je me penchai pour déposer un baiser sur son front.

— Je reviens tout de suite, murmurai-je de ma meilleure voix de (faux) copain.

C'était un rôle qui m'allait comme un gant, car quand on m'en donnait l'occasion, j'étais un bon petit ami. Du genre que l'on n'avait pas peur de présenter à sa mère.

Cinq minutes plus tard, je revins pour découvrir que Bella et sa sœur étaient toujours les seules à table. La sœur de Bella lui faisait une conférence sur les politiques de santé publique, que Bella écoutait d'une oreille. Je pouvais tenter un sauvetage.

— Et si nous allions danser ? proposai-je.

— Ce n'est pas trop mon truc, dit Bella en prenant son nouveau verre de vin.

— Bella n'aime pas les activités qui se pratiquent à la verticale, dit alors sa sœur.

Je faillis avaler mon vin de travers. Soit Julie venait de lancer une attaque flagrante à Bella, soit elle n'avait aucune notion du sous-entendu.

Mais Bella avait l'air imperturbable.

— Tu sais, Julie, baiser debout c'est aussi très agréable, surtout contre un mur. Et je sais que Tucker aime ça.

Sa sœur étouffa un cri.

— Pour *un soir*, pourrais-tu éviter de te comporter comme une garce ? Quand comptes-tu arrêter ?

— Quand quelqu'un m'écoutera, dit Bella d'une voix neutre.

Waouh. Le revirement brutal de leur conversation me faisait l'effet d'un coup de fouet. Le silence retomba, car Mme Hall revenait toute seule à la table, un nouveau verre de vin à la main. La mère s'assit entre ses deux filles sans paraître remarquer le regard glacial qu'elles se renvoyaient.

Un instant plus tard, un inconnu plus âgé vêtu d'un smoking s'approcha de la table. Je m'attendais à ce qu'il salue la famille, mais il avait une question à poser.

— L'orchestre accepte les demandes, annonça-t-il. Aimeriez-vous une fiche pour formuler une requête ?

Il tenait un stylo-plume.

— Non merci, s'empressa de répondre Bella.

— Moi, je veux bien, intervins-je en tendant la main.

Le vieil homme me répondit avec un sourire radieux.

— Tenez, fit-il en me tendant une épaisse carte. Inscrivez autant de chansons que vous souhaitez.

J'écrivis rapidement le mot « merengue » avant de la lui rendre.

Il prit la fiche dans la main et plissa les yeux pour la lire.

— Ce n'est pas très spécifique, dit-il. Voulez-vous développer ?

— N'importe laquelle fera l'affaire, répondis-je.

Le vieil homme sourit.

— Très bien. Je crois que je vais transmettre votre requête immédiatement. Ce serait intéressant d'avoir un peu de sang neuf sur la piste de danse.

Il me fit un clin d'œil et s'éloigna en direction de l'orchestre.

— Que viens-tu de faire ? demanda Bella avec méfiance.

— J'ai fait une demande. J'espère que tu portes des chaussures confortables.

Elle ouvrit de grands yeux.

— Je t'ai dit que je ne dansais pas.

Je sirotai mon vin pour éviter de rire.

— C'est comme le jogging, Bella. Il suffit d'avoir deux pieds pour le faire. Et je suis à peu près sûr que certaines personnes là-bas s'en sortent avec à peine le minimum requis.

Elle croisa les bras.

— Ce n'est pas mon truc.

— Essaie une fois, d'accord ?

La mère et la sœur de Bella étaient suspendues à chacun de nos mots. Au moins, Bella et Julie ne se disputaient plus.

Deux minutes plus tard, je l'entendis commencer, ce rythme classique de merengue à deux temps. C'était la bande-son de ma vie.

— C'est parti, dis-je en me levant.

Je tendis ma main vers Bella.

Elle secoua la tête. Pire encore, elle recula sa chaise contre le mur. Sur la piste de danse, l'énergie des danseurs redoublait tandis qu'ils s'adaptaient au rythme cadencé.

— Ne me laisse pas en plan, dis-je, la main toujours tendue dans le vide. Allez, viens. On ne laisse pas Bella dans un coin.

De l'autre côté de la table, sa sœur pouffa dans son vin blanc avant de rire franchement.

Bella leva ostensiblement les yeux au ciel.

— Ne me dis *pas* que tu viens de citer *Dirty Dancing*.

Je me penchai pour lui dire à l'oreille :

— Si. Maintenant bouge tes fesses comme la fille dans le film, sinon je serai forcé de te jeter sur mes épaules.

Les lèvres pincées, Bella se leva. Comme je n'avais pas envie de laisser passer une telle occasion, je lui pris la main et l'entraînai sur la piste. En atteignant le milieu de la salle, je posai une main sur la taille de Bella et entrecroisai mes doigts aux siens. Elle était raide comme un piquet.

— Lâche-toi, *chica*. C'est censé être amusant.

— Ce soir, ta mission était de me rendre la vie *moins* gênante. Pas plus.

— C'est ce que je fais. Parce que nous allons être les danseurs les plus beaux de la piste et tout le monde dans ce palace va s'émerveiller de la chance que j'ai d'être ici avec toi. Maintenant, écoute le rythme d'accord ? *Avance* sur la musique. Et laisse tes hanches absorber le mouvement.

Je me mis à bouger sur place, attentif à la mesure. Le merengue est une danse dominicaine et tous les gamins de mon quartier savent la danser avant leur cinquième anniversaire. Ce n'est pas sorcier.

Avec un regard nerveux, Bella commença à onduler.

— Utilise tes hanches, lui conseillai-je en tapant du doigt sur la soie de son vêtement.

Sous mes yeux, elle se détendit légèrement. Je me penchai pour lui chuchoter à l'oreille :

— Tu es magnifique dans cette robe. Maintenant, déhanche-toi et ce sera parfait.

Bella se mordit la lèvre, mais suivit le mouvement.

— Tu vois ? C'est très simple. Maintenant, la touche finale – avance vers moi, puis recule.

Je la guidai tout contre mon corps.

— Tu vois ? Là, tu m'aimes bien…

Je la laissai repartir en arrière.

— Là, tu ne m'aimes pas. Comme dans la vraie vie.

En un rien de temps, nous dansions un merengue très honorable.

— Voilà. Je savais que tu pouvais bouger.

Bella fit la moue.

— Nous nous sommes déjà *vus* bouger, Rafe.

Elle leva les yeux et la chaleur qu'ils exprimaient eut un effet direct sur ma queue. *Jesucristo.* C'était le problème quand je m'approchais trop de Bella. Je serais toujours sensible à sa présence. Chaque fois qu'elle me rappelait cette nuit-là, j'en tombais toujours à la renverse.

— Ah, dit-elle. J'ai enfin trouvé un moyen de te clouer le bec.

Le merengue de Bella redoubla d'ardeur, elle prenait de l'assurance.

— Pour la peine, je vais te faire tourner.

Elle écarquilla aussitôt les yeux.

— Oh, non.

Je secouai la tête.

— Ce n'est pas le tango. Le merengue est une danse chaloupée. Je lève ton bras droit, et tu passes dessous en tournant sans perdre le rythme. Tranquillement. Maintenant, *tourne.* Sur la droite.

Je levai nos mains au-dessus de sa tête.

Bella pivota au bon moment et se retrouva devant moi au bout de quatre temps. Si je ne me trompais pas, elle avait l'air plutôt contente d'elle-même.

— Tu vois ? Tu peux arrêter de faire comme si c'était une torture. Je t'ai éloignée de ta famille pendant au moins trois minutes.

Je posai à nouveau la main sur sa taille fine en essayant de ne pas m'attarder sur la sensation que me procurait ce contact.

— Bien vu, murmura-t-elle.

La piste de danse était plus animée depuis quelques minutes. Et quand Bella se détendit, je m'en rendis compte. Elle me sourit dès que je la fis tourner à nouveau.

Rien que pour ça, cette soirée embarrassante avec sa famille en valait la peine. Parce que je l'avais enfin fait sourire.

Malheureusement, tous les bons merengues ont une fin. Et même si la foule applaudissait la danse que j'avais choisie avec plus d'enthousiasme que les autres, l'orchestre enchaîna sur une chanson lente. J'entendis les premières notes de *A Kiss to Build a Dream On*, de Louis Armstrong.

— Bon, fit Bella en reculant. J'ai dansé. Je peux reprendre du vin, maintenant ?

— Bientôt, dis-je en me rapprochant pour poser la main au bas de son dos. Une autre. Parce que ce ne serait pas logique que ton faux copain laisse passer le slow.

— C'est ton intérêt, pas le mien.

Mais Bella mit tout de même une main sur mon épaule et me laissa les rênes.

J'étais né dans la mauvaise décennie, à n'en pas douter. Parce que danser sur de la musique jouée par un orchestre avec une belle fille dans les bras était précisément l'idée que je me faisais d'un bon moment.

— Tourne, *belleza*, dis-je en levant la main pour la faire gracieusement tourner.

Quand elle me fit à nouveau face, elle avait l'air étonnée.

— Ça veut dire *beauté*, lui expliquai-je. C'est ce que dirait un faux copain digne de ce nom.

— Je comprends, répondit-elle en posant la tête sur mon épaule. C'est simplement que la première fois que tu as utilisé ce mot avec moi, j'étais en train de chevaucher ta queue.

— Quoi ? me récriai-je.

Elle avait la bouche près de mon oreille et murmura :

— Tu m'as très bien entendue. Tout ce que tu m'as chuchoté en espagnol quand nous étions nus. C'était torride.

Et voilà, maintenant j'étais dur comme la pierre. *Ne pense pas à cette soirée-là*, m'ordonnai-je. Mais mon corps s'enflammait quand même.

— Bon sang, c'était génial, fit Bella en soupirant, la main sur mon torse. Dommage que j'aie tiré un trait sur les hommes.

Toute la gêne du moment remonta alors à la surface et j'éclatai de rire.

— Tu aurais peut-être dû amener une fausse *copine* à cette soirée. Ça aurait fait un choc à ta famille.

Bella gloussa et ses cheveux me chatouillèrent le menton.

— Tu es un vrai *génie*. La prochaine fois, c'est ce que je ferai.

Étais-je un idiot d'être attristé par son approbation ? J'aimais vraiment le rôle que je tenais ce soir. Peut-être trop. Je dansais tout contre elle. Le groupe n'avait pas de chanteur, mais j'entendais la voix de Louis Armstrong dans ma tête. *Give me... a kiss to build a dream on (Donne-moi un baiser pour y bâtir un rêve).*

— J'ai toujours adoré cette chanson, avouai-je.

— Attends, c'est vrai ?

Bella se redressa pour me regarder dans les yeux.

— As-tu écouté les paroles ? Ce type obtient un seul baiser et il affirme que ça lui suffit, qu'il va pouvoir fantasmer dessus le reste de sa vie. Non mais... quelle *arnaque*.

Je réprimai un sourire.

— C'est romantique.

— C'est *frustrant*, répliqua-t-elle. Regarde, je vais te montrer.

Avant que je comprenne ce qui se passait, Bella s'était rapprochée. Son pouce soyeux me caressa la pommette. Puis elle se dressa sur la pointe des pieds et m'embrassa.

Le premier effleurement de ses lèvres douces sur les miennes me coupa le souffle. Même si l'on m'avait payé pour cela, je ne lui aurais pas résisté. Instinctivement, je m'abandonnai de tout mon être dans ce baiser.

La bouche de Bella se fondait sur la mienne et un léger grognement monta du fond de sa gorge. *Le paradis.* J'approfondis le baiser et nos langues se touchèrent. Elle avait le goût du vin rouge et du désir. Un courant électrique remonta le long de mon corps. Mes mains l'attirèrent spontanément à moi et je passai les doigts dans ses cheveux...

Le bruit des applaudissements me ramena brusquement sur terre. La chanson était terminée et l'orchestre jouait à présent un air de swing. Bella et moi nous séparâmes en inspirant. Pendant une seconde, nous nous regardâmes dans les yeux.

— Tu vois ? dit-elle enfin.

Mais je ne me rappelais plus du tout ce qu'elle essayait de prouver.

— Quoi ?

Elle avait l'air amusée.

— Laisse tomber. J'entends mon verre de vin qui m'appelle.

Elle m'entraîna par la main.

J'eus le temps de me ressaisir avant de rejoindre la table. Il n'existait pas deux Bella sur la planète. Et tant pis si la situation était tordue, je ne m'ennuyais jamais avec elle. En souriant, je déposai un baiser sur sa tempe tout en marchant.

— Merci pour la danse.

— Waouh, ils y croient vraiment, dit-elle.

— Quoi ?

— Le truc du faux copain. Regarde-les.

Je levai les yeux vers la table et découvris la famille de Bella en train de nous regarder. Pour être plus précis, ils nous observaient avec fascination.

— Tu m'as sous-estimé, dis-je alors que nous approchions.

— Bah, fit Bella en me pinçant le poignet. Ils peuvent être très naïfs. Tu n'as pas idée.

Je ris, mais notre moment d'intimité touchait à sa fin. Je tirai la chaise de Bella pour lui permettre de s'asseoir et elle haussa imperceptiblement les sourcils comme pour dire : *maintenant, tu en fais trop.*

— J'espère que Tucker nous rejoindra avant le dîner, dit Julie en balayant la foule du regard.

— C'est vrai, où *est* le Prince Charmant ? demanda Bella en buvant son vin.

— Il a aperçu l'un de ses associés en chemin, répondit Julie. Tu sais comment il est, obsédé par le travail.

— Oh, je sais comment il est, murmura Bella. Obsédé, c'est le mot.

— Vous étiez adorables tous les deux, dit alors leur mère en changeant de sujet. Où avez-vous appris à danser, Rafe ?

— Dans la cuisine de ma mère, répondis-je. Tous les garçons dominicains savent danser le *merengue.*

J'avais laissé le mot rouler en espagnol comme il devait être prononcé.

— Mais je connais toutes les danses de salon. Je les ai apprises à l'école élémentaire publique de Washington Heights.

— *Vraiment*, s'enthousiasma Lydia. Comme c'est charmant.

— C'est tout Rafe, intervint Bella. C'est lui l'élément charmant de notre couple.

Une assiette de salade atterrit sur la table devant moi et je pris conscience que j'étais affamé.

— Quelqu'un occupe cette place ? demanda le serveur en indiquant le siège vide à côté de Julie.

— Oui, dit-elle.

— Me voilà ! retentit soudain une voix d'homme.

Il tira la chaise voisine de celle de Julie et l'embrassa avant de s'asseoir.

— Désolé! Mais j'ai vu les gars de State Street par là-bas. Vous *savez...*

Il baissa la voix en se tournant vers le père de Bella.

— Ils s'accrochent toujours à ce terrain inoccupé de Red Hook, mais je crois que nous pourrons le leur récupérer après le Nouvel An.

Le père de Bella, qui n'avait pas aligné dix mots de toute la soirée, hocha sagement la tête.

— Tu crois ? C'est prometteur.

Le nouveau venu fit claquer sa serviette de table pour la déplier et la posa sur ses genoux. Sa manière de bouger attirait l'attention, quoi qu'il fasse.

Je le détestai immédiatement.

Julie frotta affectueusement l'épaule de son mari.

— Tu peux peut-être passer du temps avec ta famille maintenant ? Nous ne sommes presque jamais tous ensemble.

À côté de moi, Bella piquait sa laitue avec une force excessive. Elle n'accorda pas un regard à son beau-frère, même s'il était assis en face d'elle.

— Tu n'as pas fait la connaissance de Rafe, reprit Julie. Le petit ami de Bella.

Je décochai à Bella un petit coup de pied sous la table. *Tu vois ? Ça a fonctionné*, signifiait le message.

Elle ne leva même pas les yeux.

— Je m'appelle Tucker Fanning, dit le mari de Julie. Ravi de faire ta connaissance.

Comme la table était immense, il me salua sans me serrer la main.

— Enchanté, répondis-je en me rappelant les manières de Bickley.

Je me demandais comment il se comporterait ce soir.

Par la suite, ce fut Julie qui dirigea la conversation. Elle se répandait en effusions au sujet du conférencier de la soirée, mais je regardais Bella manger sa salade. Je sentais des vagues de tension émaner d'elle et ça ne me plaisait pas.

Tucker Fanning ne devait pas les avoir perçues, car il finit par lui poser une question directe.

— Alors, Bella. Qu'est-ce qu'on fait pour s'amuser à la fac, ces temps-ci ?

Bella posa sa fourchette.

— Eh bien, Tucker. On fait ce qu'on peut pour élargir ses petits horizons. Tout ne tourne plus autour de la bière et des joints.

Si je ne me trompais pas, la sœur de Bella s'était crispée en attendant ce qui allait suivre.

— Pour être honnête, je me suis un peu lassée de mes habitudes.

— Tiens donc ? demanda Tucker, qui parvenait à paraître prétentieux rien qu'en tenant son verre.

— Le sexe conventionnel, ce n'est plus vraiment mon truc. Je m'essaie aux jeux érotiques et au fétichisme. Le genre de choses qui te plairait, d'ailleurs.

Son père laissa tomber avec fracas sa fourchette sur son assiette.

— Seigneur, Isabelle !

Lydia posa alors une main sur le bras de son mari.

— Elle fait exprès pour obtenir une réaction. Faut-il toujours que tu tombes dans le panneau ?

Sans un mot, il se leva de sa chaise. Portant son verre de scotch à ses lèvres, il le vida avant de se diriger vers le bar.

— Je vais...

Tucker se leva et le suivit. J'aurais presque pu croire que c'étaient Tucker et M. Hall qui étaient mariés.

— *Pourquoi ?* s'exclama Julie. Pourquoi fais-tu ça ? Maintenant, papa sera de mauvaise humeur. Le soir où je reçois ma récompense !

Bella posa sur sa sœur un regard assassin.

— Ta récompense a déjà été achetée et payée, Julie. La cérémonie n'a aucune importance, si ?

— C'est un coup bas, répliqua-t-elle en tendant sa fourchette vers Bella comme une lance. Tu ne pourrais pas accorder à Tucker le bénéfice du doute ? Pour quelques heures au moins ?

Bella leva les yeux au ciel.

— Je n'arrête pas de te le *dire*. Je lui ai déjà accordé beaucoup trop de faveurs.

Leur mère enfouit son visage dans ses mains.

— Pourquoi ? Pourquoi faut-il toujours qu'on en arrive là ?

— Parce qu'il est toujours ici, dit Bella.

Elle jeta sa serviette sur la table et se leva.

— Et ça veut dire que moi, je ne peux pas l'être.

Elle récupéra son manteau sur le dossier de sa chaise et glissa son petit sac à main sous son bras.

— Bella ! s'exclama sa mère.

J'étais abasourdi et il me fallut une seconde pour réagir, mais Bella ne se retourna pas.

— Excusez-moi, dis-je.

Je quittai la table à mon tour et dus courir pour rattraper la furie sexy vêtue de rouge qui fonçait tout droit vers la sortie.

Note à moi-même : Bella sait parfaitement courir, qu'elle en soit consciente ou non.

CHAPITRE
VINGT

Bella

Fait chier !

Fait chier, fait chier, fait chier, putain.

Je sortis en trombe du restaurant Cipriani, forçant le pauvre Rafe à me courir après.

Quand nous débouchâmes sur le trottoir de la 42ᵉ rue, j'étais essoufflée et retenais mes larmes.

Rafe me conduisit au bout de la rue, que nous traversâmes pour descendre dans le métro. Il présenta une carte de transport devant le tourniquet et me fit signe de passer. Une fois qu'il m'eut rejointe de l'autre côté, j'eus la présence d'esprit de demander :

— Où allons-nous ?

— En banlieue, me dit-il avant de désigner la direction du quai.

— Je suis désolée, lui dis-je. Je pensais pouvoir survivre à cette soirée sans m'énerver.

— Qu'est-ce qui se passe avec ce type ?

Je n'avais *aucune* envie de lui raconter l'histoire. D'un autre côté, je l'avais traîné à un dîner où il n'avait même pas eu l'occasion de manger, puis j'avais fait une sortie remarquée. Il avait à peine eu le temps de rencontrer ma famille et de nous voir sous notre plus mauvais jour.

— Il travaille pour mon père.

— Je l'avais compris.

— Il y a trois ans, avant ma première année à Harkness, j'ai passé l'été à South Hampton. Nous y avons un pavillon de plage. Mon père aussi y séjournait.

— Je vois.

— Mon père ne sort jamais de son bureau. Et moi, je travaillais dans un camp de vacances, mais en réalité je prenais plutôt du bon temps.

— D'accord, fit-il en ricanant.

— Tucker Fanning, que j'appellerai dorénavant *Fucker* Tanning, prenait le train pendant la semaine pour retrouver mon père. Et il dormait dans la maison des invités.

— Un bon programme.

— Oh, tu peux le dire. Nous avions une aventure tous les deux. Et par aventure, je veux dire que nous baisions en permanence. J'avais dix-huit ans, et lui vingt-six.

Rafe frémit.

— Waouh. Était-il marié à ta sœur à l'époque ?

— Oh, *Seigneur*, non.

Quelle question ! Même à dix-huit ans, je n'aurais jamais couché avec un homme marié. Et je n'aurais jamais fait ça à ma sœur. Parce que je pensais qu'elle était de mon côté.

Je me trompais.

— En fait, expliquai-je à Rafe. Il venait de rompre avec le top-modèle norvégien qu'il fréquentait. J'étais flattée. Et manifestement très bête.

Le train arriva sur ces entrefaites et les portes s'ouvrirent juste devant nous. Nous entrâmes et prîmes place sur la banquette.

— Il n'aurait pas dû profiter de toi, dit Rafe d'un air impassible.

Je lui touchai le coude.

— Ce n'est pas vraiment le problème. Je l'admirais. Je croyais presque que le soleil lui sortait du trou de balle. Vraiment, j'en étais dingue.

Rafe m'adressa un sourire triste, me donnant le courage de continuer.

— Je me suis offerte à lui sur un plateau d'argent, Rafe. Ce n'était pas non plus comme si j'étais une vierge innocente à l'époque.

Rafe tressaillit.

— Mais il a tout de même rompu ?

En gémissant, je secouai la tête.

— Il n'a pas rompu. C'est ça qui est bizarre. Il a fait toutes sortes de promesses folles à l'écervelée de dix-huit ans que j'étais. Nous devions nous retrouver en Europe à l'occasion de mes vacances. Notre histoire devait rester secrète, car elle était trop importante pour la claironner sur tous les toits.

Je levai les yeux au ciel pour plus d'emphase.

— Je me demande bien ce qui m'a pris, honnêtement. Mais le sexe était vraiment bon. Ça n'avait rien à voir avec les câlins hésitants auxquels j'avais droit de la part de mes copains du lycée, tu vois ?

Il haussa les épaules d'un air gêné.

— Nous avons continué ainsi, en volant des moments sur la plage et ailleurs. Au début de ma première année, nous avons échangé beaucoup de textos chauds et d'appels sur Skype. Puis Noël est arrivé et notre maison était remplie d'invités. Je me demandais dans quelle salle de bain nous allions nous cacher pour baiser. Mais là, figure-toi que *Fucker* Tanning s'agenouille devant Dieu et toute la famille pour demander ma sœur en mariage.

Rafe haussa les sourcils avec stupéfaction.

— Répète ?

— C'est la vérité. Il la fréquentait pendant tout ce temps. Ils restaient discrets et il prétendait qu'il ne voulait pas que les gens bavardent dans leur dos parce qu'il sortait avec la fille du patron.

— *Jesucristo*. Qu'est-ce que tu as fait ?

— J'ai fait ce qu'aurait fait n'importe quelle fille qui se respecte. J'ai pleuré tout mon saoul dans ma chambre pendant les vacances de Noël. Puis je suis retournée à la fac. Ils ont fixé une date l'année suivante.

— Tu n'as rien *dit* à ta sœur ? demanda Rafe.

Je croisai les bras, indignée.

— Bien sûr que si. Au bout d'un moment. Il m'a fallu du temps pour me remettre du choc. J'attendais toujours que quelqu'un m'appelle pour me dire que c'était une blague. Enfin, voyons… tout ce qu'il me disait. Tant de promesses, tant de mensonges. Il m'a fallu des mois pour me faire à cette idée. Quand l'été est arrivé, j'ai dû à nouveau affronter ma sœur. Et il était toujours dans le coin. Je ne le supportais plus. Un soir, alors que ma sœur était présente pour le dîner et que nous étions en famille, j'ai raconté l'affreuse vérité.

Rafe me regardait attentivement. Je pouvais voir les rouages de son esprit tourner derrière ses yeux couleur chocolat. Quand il comprit ce qui s'était passé, il parut soudain accablé.

— Ils ne t'ont pas crue.

Lentement, je secouai la tête.

— Sérieusement ? Ils ont cru que tu avais tout *inventé* ?

— Eh bien, dis-je avant de m'éclaircir la voix. D'abord, ils m'ont écoutée. Ma sœur a paniqué. Elle l'a mis au pied du mur. Et pendant toute une journée, j'ai cru que la logique l'emporterait. Mais bien sûr, il ment comme il respire. Ce type est un *baratineur*.

Rafe poussa un grognement furieux.

— C'est... incroyable, Bella. Tes parents devraient avant tout croire leur famille.

Peut-être. Mais Rafe ne me connaissait pas si bien que ça.

— Ma famille me trouvait déjà folle. « Voilà cette pauvre traînée de Bella qui cherche à attirer l'attention. » Je n'étais pas une enfant facile. Ils instauraient des règles et je les enfreignais. Je mentais toujours sur mes sorties et mes fréquentations.

Rafe n'avait pas l'air convaincu et je lui en étais reconnaissante.

— Enfreindre le couvre-feu, ce n'est pas la même chose qu'inventer des histoires sur le fiancé de ta sœur.

Exact.

— Je crois qu'ils n'ont pas pris la peine de faire la distinction. Pour mon père, *Fucker* Tanning faisait déjà partie de la famille depuis quelques années. Ils le considéraient comme le fils qu'ils n'avaient jamais eu. Et il prétendait vouloir prendre soin de leur fille parfaite. Pendant ce temps, leur *autre* fille leur causait constamment des crises cardiaques. Mes parents m'ont surprise un jour avec un garçon du lycée. Nous étions en train de baiser dans leur lit.

Rafe étouffa un rire dans sa main.

— Je sais. C'est comique. J'étais toujours ce genre de gamine. Quand ma sœur avait dix-huit ans et que j'en avais quatorze, ma mère nous a emmenées prendre le petit déjeuner entre filles au Russian Tea Room. Ma sœur a dit : « Maman, je crois que j'ai besoin d'une contraception. » Et je lui ai répondu : « Oh, c'est facile. Il te suffit d'acheter des préservatifs à la pharmacie. Moi, c'est ce que je fais. » Ma mère en a avalé son caviar de travers.

— *Dios*.

— *Dios* se frappe le front chaque fois qu'il me vient une idée.

Au moins, je faisais sourire Rafe. Et j'adorais son sourire.

— Un jour, dit-il. Tu auras peut-être une fille…

— Tout le monde n'arrête pas de me rappeler que le karma est impitoyable.

Il secoua la tête.

— Ce n'est pas *du tout* ce que je voulais dire. Tu auras une fille et elle pourra te dire tout ce qu'elle pense. Et tu ne paniqueras pas. Tu sauras exactement comment réagir, tu sais ? Dans mon quartier, dès que les filles entrent au lycée, les tantes commencent à jouer le refrain de la culpabilité. « Ne porte pas de jupes courtes, parce que les garçons te prendront pour une fille facile. Ne le laisse pas t'embrasser. Ne le laisse pas te toucher. Va te confesser. » C'est de la folie.

— Je ne tiendrais pas une heure.

Il perdit son sourire.

— Je suis désolé que ta famille se trompe sur ton compte. Ce n'est pas juste. Même s'il les baratine, ils devraient t'écouter.

— Depuis, j'ai eu tout le temps d'y réfléchir. Je pense que ma mère me croit. Mais elle ne sait pas quoi faire. Et plus j'étudie la psychologie, plus c'est facile de comprendre que *Fucker* Tanning est dérangé.

— Il faudra bien qu'il le paie un jour, non ? Personne ne peut mentir autant et s'en tirer aussi facilement.

C'était aussi ce que j'avais cru. Mais trois ans plus tard…

— Je dois partir du principe qu'il la trompe encore.

Même si j'étais furieuse contre ma sœur, ça me chagrinait toujours. Je venais de connaître l'humiliation d'entendre un médecin m'annoncer que j'avais attrapé quelque chose. J'espérais que ma sœur ne le découvrirait pas de cette façon. *Seigneur*.

— Jusqu'à présent, il se débrouille bien. Et puis, ma sœur aussi l'admire comme si le soleil sortait de son trou de balle. J'ai essayé de la prévenir. Mais personne ne veut écouter ce que j'ai à dire.

Le métro s'arrêta sous Times Square, et je sortis en compagnie de Rafe. Je le suivis vers les quais numéros deux et trois en direction de la banlieue.

— Où allons-nous exactement ? pensai-je alors à demander.

— Je t'emmène dîner à Washington Heights, répondit aussitôt Rafe. Je meurs de faim.

— Désolée, répétai-je.

Il tendit le bras et me serra la main.

— Ce n'est rien.

Un express s'arrêta et nous montâmes à son bord. Après l'avertissement sonore, les portes se fermèrent en cliquetant. Rafe désigna un siège libre et je m'y laissai tomber. Il resta debout en face de moi et se retint à la barre au-dessus de ma tête.

Je levai les yeux vers lui et dis :

— J'ai bu comme un trou à leur mariage.

— Tu m'étonnes, répondit-il en ricanant.

— Julie me reproche d'avoir gâché sa belle journée en vomissant sur sa sculpture végétale après le gâteau. Mais ce truc était déjà tout abîmé avant que je vomisse.

Rafe pouffa.

— J'ai *presque* de la peine pour elle. Presque.

Quand les portes s'ouvrirent à l'arrêt de la 72ᵉ, la majorité des passagers descendirent. Rafe put s'asseoir sur le siège voisin.

— Dis-moi où tu m'emmènes, dis-je en espérant alléger l'ambiance de la soirée.

Pendant quelques minutes, je m'étais vraiment amusée. Danser avec Rafe avait été le rayon de soleil de ces dernières semaines. Mais je n'avais pas l'intention de le lui dire.

— Au restaurant de ma famille, dit-il. Y a-t-il quelque chose que tu ne manges pas ?

Je portai une main à ma poitrine, feignant d'être outrée.

— Mec, je viens de New York. Tu ne peux pas me faire peur même si tu essaies.

Rafe sourit.

De nombreux arrêts plus tard, nous sortîmes à Washington Heights. Je n'étais encore jamais venue dans ce quartier. Nous avions dépassé l'Université Columbia, où mes amis du lycée et moi allions boire dans les bars qui servaient les étudiants sans contrôler leur identité. Nous nous trouvions au nord de l'hôpital et d'à peu près tout. La seule fois où j'avais posé le pied par ici, c'était lors d'une excursion scolaire au musée des Cloîtres.

Je n'aimais pas me considérer comme une snob de l'Upper East Side. Et pourtant, c'était le cas.

— Tu as froid ? me demanda Rafe.

— Non, ça va.

Pour être honnête, je commençais à me refroidir. Mais après la scène que j'avais imposée à Rafe en début de soirée, je ne voulais plus me plaindre de *rien*.

— Je voulais passer devant le site.

Rafe désignait le bout de la rue.

— Oh ! Pour notre projet ?

Je faisais une piètre coéquipière. Je ne m'étais même pas rendu compte que nous n'étions qu'à quelques rues de notre mission en Études d'Urbanisme. Je le suivis vers la 165ᵉ rue Ouest. Devant nous se dressa bientôt l'affreux bâtiment de la photo.

— Je me demande bien pourquoi il faut le démolir, plaisantai-je.

— N'est-ce pas ? Mais ce n'est pas nécessairement le bâtiment qu'il nous faut regarder, plutôt ce qui l'entoure.

Il posa les mains sur mes épaules et me fit pivoter.

— De l'autre côté du croisement, il y a un immeuble d'habitations. L'endroit a l'air sympa.

En effet. Il comptait cinq étages et avait une façade en briques d'avant-guerre. C'était un bâtiment comme il y en avait mille dans toute la ville.

— Mais ces boutiques sont vraiment miteuses.

Rafe désignait un guichet de retrait automatique et un prêteur sur gages. Il y avait aussi une petite bodega mal famée et une cordonnerie.

— Cet endroit est plutôt passant, observai-je. Il mérite mieux. Une épicerie ou un restaurant.

Je sortis mon téléphone et tournai sur moi-même en prenant des clichés en rafale.

— Le juge est spécialiste de la question, tu te rappelles ? Si nous choisissons quelque chose en lien avec la nourriture, il appréciera peut-être.

Je donnai à Rafe une pichenette dans les côtes.

— Regardez-moi ce stratège ! Ça me plaît.

Il posa une main dans mon dos.

— En parlant de bouffe, allons manger.

Quelques minutes plus tard, il me fit passer sous un auvent rayé et je pénétrai dans une ruche illuminée et grouillante d'activités. Le restaurant n'était pas chic. L'intérieur semblait dater des années soixante-dix, à vue de nez. Il y avait des tables en formica aux bordures métalliques et les murs étaient peints dans une couleur un peu trop criarde pour être élégante.

Mais les lieux étaient *bondés*. Je n'arrivais même pas à tout voir, car une foule nous séparait de la salle.

— *Dios*, dit Rafe à mi-voix.

Un petit missile vint s'écraser contre ses genoux. En baissant les yeux, je découvris un enfant haut comme trois pommes, à la peau mate magnifique et aux cheveux noirs bouclés. Rafe se pencha pour soulever le bambin dans ses bras.

— Wafe, fit le petit.

— Salut, Gaël, dit Rafe. Où est ta *mami* ? Il y a beaucoup de clients qui essaient de payer.

— *No sé*, répondit l'enfant.

Rafe contourna le comptoir en direction de la caisse enregistreuse.

— Désolé pour l'attente, dit-il alors au premier couple de la file. Vous attendiez pour payer ?

Le couple lui tendit son addition ainsi qu'une carte de crédit, et Rafe effectua la transaction sans lâcher le gamin qui lui tapotait la joue.

— Arrête ça, dit Rafe en prenant le petit bras dans sa main pour éloigner l'enfant en le faisant glisser sur sa hanche. Tes mains sont toutes poisseuses, bonhomme. Tu les as plongées dans le *dulce de leche* ?

Rafe encaissa le paiement de trois autres couples avant de parvenir à me regarder en articulant « désolé ».

Une jeune femme entra en toute hâte dans le restaurant, perchée sur des talons hauts.

— Rafael ! s'écria-t-elle. *Lo siento*. J'aidais à résoudre une erreur de livraison et j'ai été retardée.

Elle lui prit l'enfant des bras.

— Il a les mains collantes, l'avertit Rafe.

Il contourna la jeune femme pour me rejoindre.

— Tu es très beau ce soir, *señor*.

Elle souriait. Enfin, elle posa les yeux sur moi.

— Tu ne me présentes pas ?

— Cara, voici Bella, qui n'a pas encore dîné. Bella, je te présente ma tante Cara. Maintenant, nous allons nous asseoir avant qu'on nous pique la place.

Rafe posa une main au creux de mes reins et me guida vers une petite table près de la vitre.

Je m'assis, mais Rafe grommela.

— *Ay*, la table.

Il disparut un instant et réapparut avec un torchon pour l'essuyer. Puis il disposa sur la table les couverts enveloppés d'une serviette en papier et s'effondra enfin en face de moi.

— Rien ne tourne rond, ce soir.

— Tu as bien raison, acquiesçai-je.

Mais au fond, je me sentais parfaitement à l'aise. La musique diffusée en fond sonore avait un rythme latin séduisant. Tipico dégageait une atmosphère détendue et chaleureuse infiniment moins crispante que l'autre établissement où nous avions passé le début de la soirée.

J'avais éprouvé une drôle d'impression en voyant Rafe se glisser derrière le comptoir de son entreprise familiale avec un enfant sur la hanche. Il avait l'air dans son élément. J'étais certaine que Rafe n'avait pas l'intention d'utiliser son diplôme de Harkness pour rendre la monnaie aux clients d'un restaurant, mais il avait déjà une place dans le monde où il savait exactement quoi faire. Où il était parfaitement intégré. Où l'on avait besoin de lui. Ce n'était pas mon cas. Et au fur et à mesure que les mois passaient, le pressentiment de ne jamais y parvenir m'étouffait de plus en plus.

Une adolescente s'approcha de nous et poussa un petit cri de joie.

— Rafael ! Qu'est-ce que *tu* fais assis dans mon coin de salle ?

— *Florecita*, à ton avis, que veulent les gens quand ils s'assoient dans ton coin de salle ? Nous sommes affamés.

Elle posa les mains sur ses hanches et ses yeux brillants alternèrent entre nous deux.

— C'est ta *petite copine* ?

— Subtil, Flori. C'est mon *amie* Bella. Bella, voici Flori, ma cousine trop curieuse.

— Salut, dis-je en réfrénant un sourire.

— Ce doit être ta petite copine, déclara Flori. Vous êtes trop bien habillés.

— Si je te mentais en te disant que c'est le cas, tu nous laisserais commander ?

— Tu n'es pas drôle du tout, tu le sais, ça ?

Mais son expression disait tout le contraire. Elle regardait Rafe avec adoration.

— Flori, apporte-nous deux bières et laisse-moi ton carnet.

Pour bien se faire comprendre, Rafe prit le carnet directement dans la poche de son tablier et la poussa gentiment vers les cuisines.

Elle soupira et déposa sur la table le crayon qu'elle portait sur son oreille.

— D'accord. Mais je vais dire à tout le monde en cuisine que tu es là avec ta petite copine.

Sur ces mots, elle détala.

Rafe me regarda alors d'un air las.

— Je pensais que ce serait un bon moyen de se faire servir rapidement, mais je crois que je me suis trompé.

— Je la trouve comique.

— C'est un point de vue.

Il prit le crayon et commença à griffonner sur le carnet.

— Je vais prendre un peu de tout, d'accord ? Tu pourras choisir ce qui te fait plaisir.

— Tu vas me laisser un pourboire, j'espère ! dit Flori en apparaissant à côté de nous.

Elle gardait les bières en otage tant que Rafe ne lui répondait pas.

Il haussa un sourcil noir.

— Tu crois que je t'oublierais ? Vraiment ?

Elle posa alors les bouteilles sur la table.

— Tu ne t'installes jamais en salle, comment veux-tu que je le sache ? *Papi* dit qu'il t'offre les plats, mais pas la bière.

Rafe haussa les épaules.

— Je tomberais raide, la tête dans le mangu si ton *papi* me payait une bière un jour, Florecita. Je m'attends presque à le voir débarquer pour me rappeler de faire ma propre vaisselle ensuite.

Elle lui tapota l'épaule.

— Puisque tu es accompagné, il ne le fera sans doute pas. Je devrais essayer un jour.

Rafe lui rendit le carnet et le crayon.

— Si tu ramènes un garçon ici, il va lui courir après avec un couteau de boucher.

Elle perdit aussitôt son sourire.

— C'est probablement vrai.

Une fois qu'elle fut repartie avec notre commande, il croisa les bras sur la table et me sourit.

— Tu as faim ? J'ai commandé tout un tas de plats.

— Oui.

C'était la vérité.

— À quoi dois-je m'attendre ?

— La cuisine dominicaine ressemble à la cubaine. Beaucoup de friture. Ce n'est pas très sain.

Je pris ma bouteille de bière et nous trinquâmes.

— Au diable la nourriture saine. Nous avons bien mérité nos bananes frites ce soir.

— Tout juste, dit-il avant de porter la bouteille à sa belle bouche.

— Tu travailles ici l'été ?

— Oui. Et à chaque période de vacances. Et pendant toutes mes années de lycée. Je ne gagne le salaire minimum que depuis l'été dernier. Mes oncles sont de vrais esclavagistes. Ils estiment que les proches devraient travailler pour trois fois rien.

— Mais tu gardes les pourboires ?

Il secoua la tête.

— Je travaille dans cette cuisine depuis que j'ai l'âge de manier un couteau. Le sujet de ma rédaction pour mon dossier d'inscription à Harkness, c'était comment garder son calme dans une cuisine bondée.

— C'est formidable, Rafe. Je ne suis pas comme toi.

Il m'adressa un sourire las. Affalé sur sa chaise en face de moi, sa bière à la main et l'ombre d'une barbe au menton, Rafe était un plaisir pour les yeux.

— Comme *quoi*, au juste ? demanda-t-il.

— Tu es doué pour tout.

Je jure devant Dieu que Rafe en train de danser le merengue avec autant d'aisance que s'il marchait était le spectacle le plus sexy que j'aie jamais vu. Ce gars savait *bouger*. J'avais envie de le dévorer tout cru et d'en redemander.

Il reposa sa bouteille en pouffant.

— C'est ça. J'aimerais bien que ce soit vrai. Les cours ne sont pas faciles pour moi.

— Ah bon ? On dirait pourtant que tu t'en sors bien.

Ses yeux balayèrent la salle.

— Ma famille croit que j'ai la belle vie, entre les cours et mon service au réfectoire. Pour eux, ce sont des vacances de quatre ans, alors qu'en réalité je sue sang et eau pour maintenir une moyenne de B-. Ma mère voulait que je fasse des études en ville pour que je continue à vivre avec elle, juste de l'autre côté de la rue, et que je puisse travailler cinq soirs par semaine.

— C'est qu'elle ne comprend pas. Tu auras le mot « Harkness » inscrit sur ton CV dans deux ans et demi. Ce label peut valoir un beau paquet d'argent si tu mets toutes les chances de ton côté.

Il posa sa belle tête sur une main.

— Et toi, Bella ? Que comptes-tu faire avec ton label de Harkness ?

C'était toute la question, n'est-ce pas ?

— J'aimerais bien le savoir. Et je commence à paniquer. Je veux dire... je ne risque pas de finir à la rue. Mais je n'ai aucune envie de retourner vivre dans ma chambre de la 78ᵉ rue avec un diplôme pour seule preuve de mes efforts.

— Oui, mais un diplôme écrit en *latin*, dit Rafe.

Il entrechoqua nos bouteilles et termina sa bière.

— Où a disparu ma cousine Flori ? lança-t-il lorsqu'elle passa près de nous. Où sont nos plats ?

— Certains sont prêts, je crois, dit-elle par-dessus son épaule. Tu devrais aller vérifier.

— C'est quoi le problème dans ce resto ? demanda-t-il.

J'éclatai de rire et il emporta nos bouteilles vides en cuisine.

Deux minutes plus tard, il franchissait les portes battantes, un plateau dans les mains. J'étais tellement absorbée par le mouvement sexy de ses épaules que je faillis ne pas remarquer la belle femme qui le suivait. Elle avait des pommettes magnifiques, la peau bronzée et des cheveux ondulés attachés par une pince au sommet de sa tête.

— Rafael ! *Adónde vas ? Espera a tu madre.*

Il lui répondit une phrase rapide en espagnol. Déposant le bord du plateau sur la table, il entreprit de servir les plats. Chaque assiette qu'il posait devant moi était plus appétissante que la précédente. Et ce fumet ! J'en salivais d'avance.

Derrière lui, la belle femme planta les mains sur ses hanches. Je ne comprenais pas ce qu'elle disait, mais d'après le ton de sa voix, il était évident a) que c'était sa mère, bien qu'elle paraisse presque trop jeune pour avoir un fils à l'université, et b) qu'elle n'était pas très contente de lui.

— Ma, arrête de crier, s'exclama Rafe. C'est mon amie Bella. Elle n'a jamais goûté la cuisine dominicaine et nous n'avons pas dîné. Alors sois gentille et laisse-nous manger.

La mère de Rafe jeta un œil par-dessus l'épaule de son fils pour contempler nos tenues élégantes. Son visage se radoucit et elle me tendit la main.

— C'est un plaisir de te rencontrer, Bella. Et Rafael ! Pourquoi vous n'avez pas de verres d'eau ? Et des assiettes supplémentaires, si vous comptez partager ?

— C'est une question pour Flori, je suppose.

Mais la mère de Rafe avait déjà tourné les talons, sans doute pour aller nous en chercher.

Rafe se frotta les mains.

— Enfin, à la bouffe ! Bon, le plat qui se trouve devant toi s'appelle La Bandera.

— Ça veut dire « drapeau », n'est-ce pas ?

Je ne pouvais pas résister à l'envie de lui montrer que je connaissais quelques mots en espagnol.

— Exactement. C'est censé reproduire les couleurs du drapeau. Mais tous les Dominicains te diraient : « Euh… » Le riz est blanc, d'accord. Et la sauce sur la viande est vaguement rouge. Mais les haricots ne sont pas *bleus*. Ça n'a aucun sens.

Je pris ma fourchette et goûtai au mijoté de porc.

— C'est très bon. Je ne pense pas que ce serait meilleur si c'était vraiment bleu.

— Ça, c'est du mofongo.

Il désignait le plat le plus étrange de la table.

— De la purée de bananes plantains frites avec une sauce à la viande. Mais elles sont encore meilleures sous cette forme.

Il me montrait à présent de belles tranches croustillantes de bananes plantains sur une autre assiette.

— Et ça, qu'est-ce que c'est ? demandai-je en pointant ma fourchette vers une autre spécialité frite.

Elle était carrée, de la taille d'une carte à jouer. Quand j'enfonçai ma fourchette dans le coin, elle produisit un bruit de ventouse.

— Du fromage frit. Encore un plat très sain. La seule chose plus légère, c'est cette salade au boulgour.

Il souleva un bol pour m'en exposer le contenu. Au-dessus des grains, il y avait de la tomate, de l'avocat et du persil, surmontés de quelques crevettes grillées.

Une assiette propre atterrit devant moi. Dans un flou de mouvement, la mère de Rafe déposa une grande cuillère sur chaque plat. Puis, elle me servit un verre d'eau.

— Bon appétit ! dit-elle avant de s'éloigner avec empressement.

— Ta mère est un vrai tourbillon, dis-je.

Rafe me sourit en remplissant son assiette.

— Les garçons en cuisine la surnomment *la tormenta*. La tempête.

— Tu vas te faire enguirlander parce que tu es venu ici ce soir ?

Rafe eut l'air surpris.

— Certainement pas. Bien sûr, ils adoreraient que je revienne travailler ici, mais ils préfèrent encore me voir de temps en temps que pas du tout. Nous nous chamaillons en permanence. C'est juste notre façon de parler.

Il mordit dans un morceau de banane d'un air pensif.

— Tu sais, maintenant que je reviens après avoir passé un bout de temps à l'extérieur, cet endroit me paraît décati. J'aimerais lui donner un coup de frais. J'ai essayé d'en parler cet été, mais les oncles n'ont rien voulu entendre.

— C'est chaleureux, tu sais, objectai-je. Tous les restaurants ne sont pas obligés d'être huppés.

— Je sais. Mais je pense que nous pourrions le rénover un peu, puis rehausser les prix de la carte de trente pour cent. Mais ils ont peur de changer la moindre petite chose.

— Mon père, c'est tout le contraire. Il n'y a pas un bâtiment dans toute la ville de New York qu'il a peur de raser. Si les gens connaissaient sa tête, il aurait besoin d'un garde du corps dans certains quartiers.

— Sérieusement ?

— Oui. Je ne veux pas dire qu'il démolit des trésors historiques ni rien de tout ça. Mais la plupart des gens résistent au changement. C'est normal.

— Je ne sais pas si « normal » et « *mi familia* » vont bien ensemble.

Il harponna un morceau de mofongo.

— Hmm, dis-je en m'empiffrant.

La cuisine était délicieuse. Les viandes cuites à l'étouffée étaient tendres et savoureuses, le riz moelleux.

— Il faudra me faire rouler sur le sol en sortant.

Un adolescent maigrichon arrivait dans notre direction en s'essuyant les mains sur un tablier de cuisinier.

— *Hola, primo.*

Il posa la main sur l'épaule de Rafe.

— Tu sais que Flori est dans la cuisine en train d'envoyer des textos à toutes ses frangines pour leur dire que tu es venu avec ta petite amie.

Le garçon souriait, plissant le coin de ses yeux.

— Je lui ai dit qu'elle s'appelait Alison, mais elle m'a répondu que tu en avais peut-être plusieurs.

— C'est tout à fait mon genre, dit Rafe en posant sa fourchette. Le Don Juan de l'Université de Harkness.

— Partout où Rafe passe, dis-je pour plaisanter, les filles le suivent en bandes en espérant se faire remarquer. J'ai dû le suivre jusqu'à Manhattan pour réussir à l'approcher.

Le garçon éclata de rire et Rafe leva les yeux au ciel. Blague à part, Rafe pourrait tomber toutes les filles s'il le voulait.

La mère de Rafe apparut derrière le garçon et lui posa une question sans équivoque en espagnol. En soupirant, ce dernier retourna en cuisine.

— Il n'est resté qu'une seconde, protesta Rafe. Histoire de me dire bonjour.

— Nous ne devons pas sortir dans la salle en tenue de cuisine, dit-elle d'un ton sec. Ce n'est pas professionnel.

— Du calme, Ma, dit-il en levant la tête pour la regarder. Depuis quand tu travailles le samedi soir ?

— Nous devions faire le traiteur pour une fête. Personne d'autre n'était disponible. Et comme tu as vu, Cara était ici avec son petit. C'est la pleine saison.

— C'est toujours la pleine saison.

Il se mit à empiler nos assiettes vides. Rafe et moi avions englouti tous les plats avec une rapidité presque embarrassante.

— Flori ! lança-t-il.

Sa jolie petite cousine revint d'une démarche sautillante.

— Tu peux nous préparer l'addition ?

Il en profita pour lui remettre une pile d'assiettes. Sa mère s'empressa de débarrasser le reste et lui dit d'un ton presque cinglant :

— Il n'y a pas d'addition qui tienne, Rafael.

— Nous avons bu deux bières.

— Bah, Pablo s'en remettra. Mais ne vous enfuyez pas tout de suite. Je vais vous apporter du *dulce de leche en table*.

Elle se tourna alors vers moi.

— Aimeriez-vous un café ?

— Oh ! Non merci. Tout était parfait.

Elle sourit et s'éloigna. La mère de Rafe me faisait penser à ces petits oiseaux qui volètent en un clin d'œil d'une fleur à une autre.

Rafe se frotta le ventre.

— J'en avais besoin. Ça valait presque la peine d'affronter ma famille de timbrés.

Je poussai un petit gémissement.

— Désolée, mais timbré chez toi est loin d'être aussi timbré que chez moi.

Rafe me toisa de son regard chocolat.

— Tu ne remportes ce duel qu'à cause de ton beau-frère sans foi ni loi. Sinon, je crois que je t'aurais coiffée au poteau.

En le regardant de l'autre côté de la table minuscule, je me sentis rougir. Non seulement il était magnifique, mais je me remémorais notre dernière compétition pour savoir lequel de nous deux était le plus à plaindre. La folle nuit que nous avions partagée avait compté pour moi, même si je n'avais jamais réussi à comprendre pourquoi Rafe avait réagi de manière si excessive.

Sa mère revint avec une assiette garnie de tranches de carambole, ainsi que de quatre petits carrés semblables à des morceaux de sucre.

— C'était un plaisir de vous rencontrer, dit-elle en me souriant à nouveau. Je vais monter, maintenant. Tu reviens bientôt ? demanda-t-elle ensuite à son fils.

— Je vais raccompagner Bella chez elle, mais je reviens tout de suite, lui dit-il.

— Tu n'es pas obligé de faire ça, protestai-je. Je peux prendre un taxi jusqu'à la gare. Ou un Uber.

Rafe haussa les sourcils.

— Tu rentres à Harkness ? Ce soir ?

Je plantai mon regard dans le sien en me demandant comment il pouvait croire que j'avais l'intention de rentrer chez mes parents après le désastre du dîner.

Nous nous défiâmes du regard, mais il fut le premier à capituler et consulta sa montre.

— À quelle heure passe le dernier train ?

— Vingt-trois heures quinze. Je peux l'avoir.

Il se leva.

— Je t'accompagne.

— La gare centrale est sans danger, dis-je, gênée qu'il s'apprête à faire un aussi long trajet – après tout ce que je lui avais déjà fait subir ce soir.

— Celle de la 125ᵉ est plus proche, souligna sa mère. Et les jolies filles ne s'y aventurent pas seules la nuit.

La voie de la moindre résistance, c'était encore de laisser Rafe m'accompagner à la gare.

— Très bien, murmurai-je.

Je remerciai une nouvelle fois sa mère pour le charmant repas, puis je laissai Rafe me ramener vers la sortie, la main au creux de mon dos. Je surpris le sourire taquin de sa cousine Flori en passant. Son regard exprimait toutes sortes de théories romantiques à notre sujet.

Oh, ma chérie. Si seulement elle connaissait l'étrange vérité, elle ne sourirait pas ainsi.

Dehors, il faisait froid. Je resserrai mon manteau autour de mes épaules. Sans hésiter, Rafe me prit dans ses bras et m'attira dans la chaleur de son corps. Il n'y avait rien de sexuel dans ce geste. Rafe était si... *solide.* Tout comme je l'étais avant, moi aussi.

Je m'abandonnai à son étreinte, sans penser au lendemain.

CHAPITRE
VINGT-ET-UN

Bella

Dimanche soir, Lianne ouvrit sans s'annoncer la porte de la salle de bain qui donnait sur ma chambre.

— Salut ! dit-elle à bout de souffle. J'ai des nouvelles.

— C'est dangereux de faire irruption ici, tu sais, dis-je en posant le livre que j'avais sur les genoux. Il pourrait y avoir une orgie en cours.

— Hmm, dit-elle en agitant la main comme pour éluder le sujet. Ça vaut tout de même la peine d'interrompre une orgie.

Voilà qui attirait mon attention.

— Qu'y a-t-il ?

— Viens voir.

Elle me fit signe de la suivre et tourna les talons pour retourner dans sa chambre par la salle de bain.

Curieuse, je lui emboîtai le pas et entrai dans sa petite chambre, seulement éclairée par la lueur bleue de trois écrans d'ordinateur.

— Seigneur. C'est quoi, tout ça ? Tu pourrais diriger la NASA d'ici.

— Je me suis connectée à leur site, annonça Lianne sans préambule. Mais je dois savoir comment tu veux aborder la chose.

— Quel site ? demandai-je.

Je découvris ma réponse sur les écrans de Lianne. *BêtesDeFac.com* était affiché sur l'un des écrans, à côté d'un autre moniteur couvert de scripts en langage informatique.

— Comment ça, tu t'y es *connectée* ?

— Je l'ai piraté. Ce qui signifie que nous pouvons retirer cette photo si tu le souhaites.

Mon cœur eut un raté.

— *Sérieusement ?* Comme ça ?

— Oui et non, m'avertit Lianne avec sérieux. Si je retire la photo, ils s'en rendront compte. Elle est en haut de la page.

— Encore ? m'exclamai-je.

Je n'avais pas regardé *BêtesDeFac* depuis cet affreux jour. J'imaginais que ma photo avait déjà été enfouie sous les autres bêtises que les Bêta Rhô avaient à dire.

— Oui, fit-elle en soupirant.

— Alors…

J'essayais de comprendre.

— Si tu la retires, ils peuvent la poster à nouveau.

— Ou pire, dit Lianne d'un air taciturne.

Son visage parfait était bleuté à cause de l'écran d'ordinateur.

— S'ils croient que tu as falsifié leur site web, je n'ai aucune idée de ce dont ils sont capables pour se venger.

Je frissonnai.

— Je n'y avais pas pensé. Les hommes peuvent être de vrais connards.

— La majeure partie des hommes sont des connards *confirmés*, approuva-t-elle d'un ton calme.

Je m'assis sur le lit de Lianne.

— Merde. Faut-il que je prenne ma décision tout de suite ?

— Non, il y a *peu* de risques que leur hébergeur remarque mon invasion.

Elle croisa ses bras frêles.

— Mais j'ai pris des précautions.

Waouh. Je pris une seconde pour y réfléchir. J'avais été tellement ébahie par ce revirement de situation que je ne m'étais même pas attardée sur le fait que Lianne soit capable d'un tel exploit. Lianne. Ma voisine star de cinéma était aussi… un pirate informatique ? *Vraiment ?*

— Mais risques-tu d'avoir des ennuis ? demandai-je.

— J'ai commis un délit fédéral en m'y connectant.

Elle m'adressa le même sourire diabolique que son personnage, la princesse sorcière, affichait toujours dans ses films.

— Mais j'enfreins la loi tous les jours, Bella. Et personne ne tenterait un procès pour ça. *Jamais.* Aucun avocat d'État ne voudrait passer les menottes à une étudiante de dix-huit ans parce qu'elle a retiré la photo humiliante d'une amie. Ou *voisine,* s'empressa-t-elle d'ajouter.

— Et les lois de l'université ? m'enquis-je. Tu n'es pas sur le réseau en ce moment ?

— Non.

Lianne souriait.

— J'utilise mon téléphone comme point d'accès, et un VPN.

— Un quoi ?

Elle agita une main.

— C'est comme une cape d'invisibilité.

— Super. J'ignorais que tu étais un génie de l'informatique.

Lianne haussa les épaules.

— Je n'étais pas dans un lycée classique. Je n'ai aucun ami. Ça me laisse beaucoup de temps pour jouer sur mon ordinateur.

Quelle horreur.

— Je vois.

— Mais tu veux bien me rendre un service ? Ne le dis à personne. Les tabloïds en feraient toute une histoire.

— À quel sujet ? fit soudain une voix provenant de la salle de bain.

Nous levâmes les yeux pour découvrir Rafe. Pour la deuxième fois en dix minutes, mon cœur eut un soubresaut. Il était à tomber par terre. Et je ne m'attendais pas vraiment à le voir ce soir. J'étais presque sûre qu'après la scène de famille dont je l'avais régalé la veille, il chercherait à m'éviter.

— C'est une discussion entre filles ? demanda-t-il en souriant. Je dois retourner dans l'autre chambre ?

— Non, c'est bon, dit Lianne. Tu ne le dirais à personne si je te le demandais.

Il ouvrit de grands yeux étonnés.

— Évidemment. De quoi s'agit-il ?

— Rien, dis-je en lui faisant signe. Tu dois voir ça. Lianne nous avait caché des choses.

— Oh, mon Dieu, s'exclama Rafe en riant. Vas-tu m'annoncer que c'est *réellement* une sorcière ?

— Ça expliquerait beaucoup de choses, j'en suis sûre, murmura Lianne.

— C'est encore plus cool que ça.

Je m'écartai pour que Rafe puisse voir l'écran.

— Lianne est un pirate informatique.

— Hmm, fit Rafe en regardant les longues lignes de script qui occupaient l'écran. Je ne pense pas que nous ayons la même définition de cool. Que dois-je en déduire ?

— Elle a piraté *BêtesDeFac*.

— *Oh.*

Je vis son visage s'illuminer au moment où il comprit.

— Tu as raison. C'est cool, en effet. Mais que fait-on ?

C'était tout le problème.

— Je n'en ai aucune idée.

CHAPITRE
VINGT-DEUX

Rafe

Bella remercia Lianne.

— J'ai l'esprit sens dessus dessous. J'ai besoin de réfléchir.

La voisine eut un sourire félin.

— Tu sais où me trouver.

Nous retournâmes dans la chambre de Bella, où elle jeta mon cahier sur le sol pour s'allonger à plat ventre sur son lit. J'étais monté pour travailler sur notre projet d'Études d'Urbanisme, mais voilà que nous avions à débattre d'un sujet plus important.

— Vas-tu lui demander d'effacer la photo ?

— Je n'en sais rien, répondit-elle en serrant un coussin dans ses bras.

Je déplaçai une pile de livres de sa chaise de bureau pour me faire de la place. Bella était bien trop sexy sur ce lit pour que je risque de m'en approcher.

— Je veux retirer cette photo, mais je dois bien réfléchir.

— Parce que tu as peur de leurs représailles ?

Elle secoua la tête.

— Pas vraiment. Je suis à peu près certaine que les garçons de Bêta Rhô ont une capacité de concentration assez réduite. Ils passeront sans doute à la prochaine victime, voilà tout. Mais ça me pose problème.

— Envisages-tu de les dénoncer ?

J'essayai de ne pas paraître trop enthousiaste, mais je voulais que cette ordure *déguste*. Qui que ce soit.

— Non. Mais ça ne veut pas dire pour autant que je veux les laisser continuer. J'ai soif de vengeance.

Je n'aimais pas beaucoup ça.

— De quel genre ? Tu m'as déjà dit que tu étais une adepte de la vengeance. C'était le soir où j'ai découvert qu'Alison…

Je me raclai la gorge au lieu de terminer ma phrase. *Le soir où j'ai découvert qu'Alison me trompait avant qu'on s'arrache les vêtements pour se sauter dessus comme des lapins en chaleur.*

Sympa. Pourquoi fallait-il que j'évoque toujours cette soirée-là ?

— Quel genre de vengeance ? répétai-je pour poursuivre la conversation.

— C'est bien le problème, dit-elle lentement. Je n'ai pas encore trouvé de solution. J'ai envie de *l'humilier*.

J'aurais bien demandé « qui ? » si je l'avais crue capable de tomber dans le panneau.

— Une humiliation, c'est ça ? Tu pourrais demander à Lianne de rediriger le site web de *BêtesDeFac*. Au lieu d'obtenir leur contenu, on atterrirait…

Je m'interrompis pour réfléchir.

— … sur un site porno, où une dominatrice donne la fessée à des étudiants de fraternité.

Bella se mit à rire.

— » *S'il vous plaît, maîtresse. Je peux en recevoir une autre ?* » Je savais que je t'aimais bien, Rafe. Et tu sais pourquoi c'est une excellente idée ? Parce qu'ils seraient incapables de savoir lequel de leurs ennemis leur a fait le coup. Il doit y avoir plein de filles qui détestent les Bêta Rhô.

— Et des fraternités rivales.

Elle tourna la joue sur l'oreiller pour me regarder par en dessous.

— Le truc, c'est que j'ai envie d'une vengeance plus personnelle. Je veux qu'ils soient ridiculisés, et pas uniquement parce que leur site ne renvoie pas sur la bonne page. J'essaie de trouver un moyen de les piéger la main dans le sac.

— Difficile à réaliser.

— Oui et non. Le nombre de choses ridicules qu'ils font en permanence me facilite sans doute la tâche.

Elle s'étira en accentuant sa cambrure et je me surpris à admirer ses fesses. Et ce n'était pas pour cela que j'étais monté.

— J'ai quelques idées. Figure-toi que j'ai bien réfléchi.

— Tu m'expliques ?

Bella sourit.

— Non. Tu essaierais de m'en dissuader.

Fantástico.

— Bon...

Je m'éclaircis la voix.

— Et tu as réfléchi au type de boutique alimentaire que nous allons installer dans notre nouveau développement commercial ?

— Pas du tout ! dit Bella d'un ton jovial. J'ai travaillé sur un devoir pour mon cours d'Études Féministes. Il me donne du fil à retordre.

Études Féministes. Je connaissais quelques types qui se donnaient pour mission d'étudier assidûment les femmes dès le premier jour de leur première année de fac.

— J'avoue que je ne sais pas de quoi traitent ces cours. Mais il me semble que cette matière me plairait.

Oui, c'était le bon moment pour la boucler.

— C'est la politique et la culture du point de vue féministe. Et je croyais vraiment que j'adorerais, tu sais ? Les femmes de pouvoir m'intéressent.

— Je comprends. Mais en fin de compte, ça ne te plaît pas ?

Bella plia les genoux et leva les pieds – un mouvement qui attira aussitôt mon attention sur ses longues jambes. Mon abruti de cerveau décida de revenir sur ce soir-là où je m'étais allongé sur elle, sur ce même lit, avec ces longues jambes enroulées autour de mon corps...

Après une bonne gifle mentale, je m'efforçai de me concentrer sur ce que disait Bella.

— Tu es allée en cours ? fis-je en me demandant si elle me répondrait franchement.

— À celui-ci, oui. Je me dis que, même si j'ai du mal à regarder les autres étudiants du campus dans les yeux, un cours d'Études Féministes ne devrait pas poser problème. Étant donné que le principe de base, c'est que les hommes rendent la vie des femmes impossible depuis l'aube des temps.

— Euh... fis-je en ricanant. Pas *tous*.

Bella agita la main d'un air évasif.

— D'accord. Mais nous discutons de sexisme institutionnalisé et d'inégalité salariale. Ce genre de choses.

— C'est juste.

— Certains passages me conviennent. Mais la grande théorie de la prof, c'est que notre culture définit le corps d'une femme comme un vide qu'il faudrait remplir. Elle pense que cette idée est à la racine de tous les maux : l'écart salarial, la sous-représentation aux postes à responsabilité...

Bella reposa ses jambes sur le lit et enfouit sa joue contre l'oreiller. Cette fille n'avait aucune idée de l'effet que me faisait son corps ainsi étendu – ses courbes voluptueuses formaient comme un paysage sur le lit.

— Mais ça ne te paraît pas exact ? demandai-je en essayant de ne pas perdre le fil.

— Je suis certaine qu'elle a raison sur un tas de points. Mais chaque fois que je m'allonge sur ce lit, à la fin de la journée, j'éprouve beaucoup de compassion pour ce vide qu'il faut remplir.

Elle darda les yeux sur moi.

— Le célibat, ce n'est pas facile. Je suis censée écrire un devoir sur la soumission des femmes. Mais tout ce que je veux, c'est qu'on me baise bien comme il faut.

Jesucristo. J'émis le rire le plus étranglé du monde. L'image qu'elle avait fait naître dans mon esprit n'avait rien de très académique.

— Je suis une féministe ratée, gémit Bella.

— Non. Tu es une féministe à ta manière. Tiens, voilà ton sujet de devoir.

Elle sourit.

— Je suis persuadée que la prof me recalerait si elle pouvait lire dans mes pensées. Aujourd'hui, elles étaient partagées entre les positions sexuelles, à quatre-vingt-dix pour cent, la bouffe à neuf pour cent et seul un pour cent d'entre elles était consacré aux devoirs.

Est-ce qu'il faisait chaud tout d'un coup ? J'allais devoir redescendre pour étudier de mon côté si nous ne changions pas tout de suite de sujet.

— Voyons si nous pouvons faire remonter ce pourcentage. Avec les Études d'Urbanisme, par exemple.

Bella se redressa.

— Très bien. Parlons d'urbanisme. Je dois vraiment me changer les idées.

Et moi, je devais me refroidir. Je posai mon sac à dos sur mes genoux, comme pour me mettre à couvert. Je fis semblant de fouiller à l'intérieur, mais je voulais juste dissimuler le piquet de tente qui tendait mon pantalon.

— Ton cahier est là, dit Bella en le récupérant sur le sol.

— Ah, c'est vrai.

Je m'en emparai comme si c'était absolument ce que je cherchais depuis le début.

— Cite-moi tous les commerces alimentaires qui te viennent à l'esprit, dit-elle. Vas-y.

— Restaurant dominicain.

Bella gloussa.

— Où es-tu allé chercher cette idée ?

— Tout le monde est critique gastronomique. Bon… Épicerie. Magasin de vins et spiritueux. Sushis. Bella, ça ne nous mènera nulle part. Sauf que maintenant, je meurs de faim.

Elle leva les yeux de son cahier.

— Tu n'as pas dîné ?

— Bien sûr que si. Mais c'était il y a des heures.

— Les garçons, dit-elle en secouant la tête. Ils ont toujours faim.

— C'est vrai, fis-je en soupirant.

Mais il y avait différentes sortes de faims. Et en ce moment, je n'en éprouvais pas qu'une seule.

Bella me souriait et je sentis mon cœur fondre. Parce que j'avais envie de la voir sourire. Et je me sentais profondément égoïste de désirer aussi autre chose.

— Y a-t-il un autre magasin de vin dans ce quartier ? demanda-t-elle. J'ai l'impression que c'est un commerce à forte marge.

— Je vais chercher, dis-je alors en tendant la main vers mon ordinateur portable.

Lundi, Alison envoya un e-mail à notre petit groupe d'Études d'Urbanisme de Beaumont pour nous informer qu'il serait temps de faire une réunion. Je laissai Bella et Dani répondre en premier, et toutes deux acceptèrent. Avec réticence, je répondis à mon tour.

Bella avait choisi le lieu – la vieille bibliothèque de Beaumont. Au moins, le trajet ne serait pas long. Bella frappa à ma porte quelques minutes avant la réunion.

— Dans son message, ta copine disait qu'elle voulait dresser la liste des tâches à réaliser et se préparer pour le défi, me dit Bella. Elle a toujours l'air aussi constipée ?

— Ex-copine, rectifiai-je.

Alison avait toujours été un peu formelle. Je ne pouvais pas vraiment donner une opinion très objective en ce moment, car je savais d'avance que tout ce que dirait Alison aujourd'hui me crisperait.

Ma colère envers elle était encore fraîche. Chaque fois que je la voyais traverser le réfectoire ou l'amphi d'Études d'Urbanisme, je songeais toujours à ce moment de triste mémoire où M. Rolex avait fait son apparition. Je passais par toutes les phases de la colère quand je pensais à ce soir-là – et pas uniquement envers Alison. Je m'en voulais aussi. Parce que je *savais* qu'elle n'était pas innocente. J'avais reçu d'innombrables signaux et je les avais tous ignorés.

La prochaine fois, je ferais plus attention avant d'accorder ma confiance.

— Allô Rafe, ici la Terre.

Nous étions arrivés devant la bibliothèque, mais je ne m'en étais même pas rendu compte, trop absorbé dans mes pensées. Bella posa les deux mains sur mes épaules.

— Est-ce que tu vas bien ? Tu veux lui dire que tu étais trop occupé pour venir à sa petite session de planification ?

— Non, grommelai-je. Je te suis.

Bella me prit par le coude pour m'entraîner à l'intérieur, mais elle posa la main un peu trop haut sous mon bras. Et il se trouve que je suis très chatouilleux.

— Oh, non ! m'esclaffai-je en me dégageant de sa poigne.

— Comment ? fit-elle en enfonçant à nouveau les doigts du côté intérieur de mon biceps. Alors comme ça, on est chatouilleux ?

— *Dios.*

Je lui empoignai le bras.

— Tu es une vraie casse-pied.

— Oh, oh, claironna alors Bella. On dirait qu'une certaine personne est jalouse !

Je regardai de l'autre côté de la vitre pour apercevoir Alison qui nous regardait.

— J'en doute.

Quoi qu'il en soit, je lâchai Bella.

Par chance, quand nous arrivâmes à la table qu'Alison avait réservée pour notre réunion, Dani aussi faisait son entrée. J'étais dispensé de conversation. Pendant les quinze minutes qui suivirent, je laissai Bella parler en notre nom.

— Eh bien, vous avez beaucoup avancé, dit Dani. Beau travail.

Bella me donna un petit coup de coude.

— Je t'avais dit que nous avions commencé trop tôt.

— J'aime prendre les choses en main, murmurai-je.

— Il fait toujours ça, dit Alison en croisant les bras. C'est son truc.

Zut. Je n'avais pas envie que la conversation s'oriente vers moi.

— Alors, et la partie design ?

Alison et Dani prirent la parole pendant quelques minutes pour nous exposer leurs idées. Quant à moi, je faisais semblant d'écouter.

— Je ne sais pas trop pour cette idée de toit vert, objecta Bella. Ça me paraît cher.

— C'est excellent pour l'environnement, avança Alison.

— Tant que nous pouvons nous le permettre, reprit Bella. C'est terminé pour aujourd'hui ?

Je pris mon sac à dos en espérant pouvoir m'esquiver en vitesse.

— Attends, me dit alors Alison. Rafe, j'aimerais vraiment te parler une minute.

Oh, oh.

— C'est pour le projet ?

Elle secoua la tête. J'ouvris la bouche pour refuser, mais elle leva une main.

— S'il te plaît, ça ne prendra qu'une seconde. *Je t'en prie.*

Elle me fit signe de la suivre et sortit. Elle m'attendrait dehors.

— *Dios,* marmonnai-je.

Bella récupéra son sac.

— Tu veux que je te sauve la mise ? Je pourrais lui dire que nous sommes en retard quelque part.

— Quelque part ?

— Tu n'auras qu'à suivre mon exemple.

— Bon, d'accord. Viens me chercher pour aller *quelque part*. Dans trois minutes.

Voilà qui nous laissait bien assez de temps, car je ne voyais vraiment pas ce qu'il y avait à dire.

Je me dirigeai vers la sortie, où je m'arrêtai devant Alison.

— Comment vas-tu ? me demanda-t-elle.

— Comme un charme.

Va droit au but, s'il te plaît.

— Écoute, je te dois des excuses.

— Tu crois ?

Alison me fit les gros yeux.

— Tu ne peux pas me laisser finir ? Je n'ai pas été honnête avec toi.

— J'avais *compris*.

Elle croisa les bras sur ses flancs.

— Donne-moi une seconde, d'accord ? Ce n'est pas facile à dire.

Les yeux d'un bleu cristallin que j'avais toujours aimés se remplirent de larmes.

Mon attitude hautaine et détachée en prit un coup, car je ne supportais pas de voir une fille pleurer.

— D'accord, dis-je d'une voix douce. J'écoute.

— Rafe, je...

Elle déglutit.

— Je suis asexuelle.

Je répétai ces mots dans ma tête, mais ne parvenais pas à comprendre.

— Tu es... quoi ?

— Asexuelle. Je ne peux pas... je n'éprouve aucun désir sexuel. Jamais. Pour *personne*.

C'était la chose la plus folle que j'aie jamais entendue. Et j'avais déjà passé deux mois en proie à une colère noire parce que j'avais bien compris qu'elle ne me désirait pas de cette manière. Pourquoi inventer une excuse bidon ?

— Alors pourquoi as-tu couché avec M. Rolex ? Et n'essaie pas de me dire que tu ne l'as pas fait. Il s'est passé *quelque chose* avec ce type.

Elle prit une profonde inspiration par son joli petit nez, sans desserrer les lèvres.

— J'ai couché avec lui parce que je voulais savoir si je pouvais le faire. C'était une *expérience*. Si je supportais ça avec lui, alors je me disais que je pourrais supporter le sexe avec toi.

En cet instant, une plume aurait suffi à me renverser.

— *Dios*. J'avais toujours espéré que tu pourrais *tolérer* le sexe avec moi. Non, mais tu t'entends ?

Son visage vira au rouge.

— Je *sais*, d'accord ? Il m'a fallu plusieurs séances chez un psy ne serait-ce que pour admettre que c'était une idée stupide. Mais je t'aimais et je voulais juste avoir ce que tout le monde avait. Une relation normale.

Une fois de plus, le fait qu'elle soit aussi bouleversée éteignit ma colère.

— Mais je ne comprends pas. Absolument pas. Parce que tout le monde a envie d'être avec *quelqu'un*.

Lentement, elle secoua la tête.

— Pas nécessairement. Pas moi. Je me suis interrogée pendant des années, très honnêtement. Mes copines au pensionnat n'arrêtaient pas de parler d'untel et d'untel aux abdos si alléchants. Je n'ai jamais été *alléchée* par qui que ce soit de toute ma vie.

Je parvins à sourire, même si j'étais conscient qu'elle ne plaisantait pas.

— Tu aimes peut-être les filles ?

Elle secoua la tête.

— Ce serait plus facile, crois-moi. Je n'avais jamais entendu le terme « asexuel » avant l'an dernier. J'ai commencé à faire des recherches sur Google, mais ce que j'ai lu n'a fait que me déprimer. Parce que je craignais que ce soit mon cas. Et puis nous sommes sortis ensemble et j'ai *essayé*. Sincèrement.

— Alors… dis-je en me raclant la gorge. Il n'y a pas que toi ? C'est… quelque chose qui existe.

Une fois de plus, Alison me fit les gros yeux.

— Oui, c'est quelque chose qui existe. Il y a même des groupes de soutien et tout le tralala.

Ce fut à ce moment que Bella décida de mettre en scène son sauvetage. Elle s'approcha de nous avec un sourire amusé.

— J'ai besoin de toi un moment.

Elle posa alors les mains sur mon torse et me frotta les pectoraux.

— Il reste une demi-heure avant les cours et je me sens très *tendue*. J'espérais que tu pourrais m'aider à me relaxer.

Je parvins à rester impassible, mais il s'en fallait de peu.

— Laisse-moi une minute, Bella. J'ai encore besoin d'une minute.

Elle fit la moue d'un air triste qui ne correspondait pas du tout à son caractère.

— Je t'attends, mon étalon.

Puis elle s'éloigna d'une démarche chaloupée. J'admirai un moment la vue, car je tenais à rester fidèle au personnage que j'incarnais dans cette mise en scène.

Quand je me tournai à nouveau vers Alison, elle avait le regard noir.

— Attends. Tu lui as demandé de t'aider à *échapper* à cette conversation ? C'est une telle torture de me parler ?

Je perdis mon sang froid pour m'exclamer :

— *Cristo.* Est-ce vraiment si difficile de croire que quelqu'un pourrait avoir envie de coucher avec moi ?

Malheureusement, j'avais parlé trop fort. Deux jeunes étudiantes qui passaient près de nous jetèrent un bref coup d'œil dans notre direction.

— Bien sûr que non, murmura Alison.

Son visage se radoucit.

— Mon psy avait raison.

— À quel sujet ?

— Le sexe est lié à l'estime de soi chez la majeure partie des gens. Et j'ai très certainement blessé tes sentiments parce que je ne te désirais pas de cette façon-là. Je suis désolée d'avoir été si bête.

— C'est… On ne pourrait pas passer à autre chose ?

— J'espérais que nous serions amis.

— Nous n'avons jamais été plus que ça, de toute façon.

Alison poussa un soupir nerveux.

— Je t'aimais, Rafe, et j'ai fait une bêtise parce que je ne voyais pas comment faire. J'en suis désolée.

— D'accord, murmurai-je.

Devais-je lui dire que je la pardonnais ? Je ne pouvais me résoudre à prononcer ces mots. Et l'idée que ma fierté ait été durement touchée, au moins autant que mes sentiments, ne facilitait pas les choses.

— Merci de me l'avoir dit, ajoutai-je en espérant que ce serait suffisant.

Alison m'adressa un sourire plein de larmes.

— Tu ferais mieux d'y aller. Ton amie t'attend. J'ai l'impression qu'elle a envie de me tuer. Tu m'as sans doute décrite comme un monstre.

Oui, c'est probable.

— À bientôt, Alison.

Dans un élan de générosité, je me penchai en avant et déposai un baiser sur sa joue. Puis je me retournai et rejoignis Bella, qui m'attendait près de la porte. Elle avait l'air plutôt agacée.

— Désolé, lui dis-je. Je ne voulais pas rester aussi longtemps.

— Laisse-moi deviner. Elle regrette et elle veut que vous vous remettiez ensemble.

— Non, dis-je. Mais elle regrette, c'est vrai.

— Tu la reprendrais si elle te le demandait ?

— Non, répondis-je aussitôt. Nous n'allions… pas bien ensemble.

J'essayais toujours de comprendre ce qu'Alison m'avait annoncé. Si elle ne mentait pas en affirmant qu'elle ne voulait coucher avec personne, la majeure partie des relations de couple lui serait impossible. Elle m'avait dit un jour qu'elle voulait des enfants. Ce ne serait pas facile.

En vérité, c'était plutôt déprimant.

— J'ai une idée, dit Bella. Pour les Bêta Rhô.

— Quoi ?

Voilà qui attirait mon attention.

— Quel genre d'idée ?

— J'ai lu dans *The Harkness* qu'ils font une fête pour le centenaire de l'association. « Cent Ans de Bêta Rhô ».

— Pouah. Comme si on avait besoin de ça, un siècle de connards.

— Je sais. Mais je me disais qu'un paquet d'anciens élèves seraient en ville pour l'occasion. Ils organisent une grande fête pour le dernier match de football américain.

— Vraiment ?

J'espérais bien que Bella n'avait pas l'intention d'y aller. Il était hors de question qu'elle s'approche de deux centaines d'étudiants de fraternité saouls comme des cochons.

— D'après l'article, ils ont acheté un tas de billets pour le match.

— Et alors ?

— Alors, je cogite.

J'ouvris la porte de notre bâtiment.

— Bella, tu n'obtiendras rien de bon en te mêlant du centenaire des Bêta Rhô.

— Je ne veux pas être *bonne*, Rafe. Je veux être méchante. Très méchante.

Dios.

— Je ne veux même pas le savoir, dis-je alors que nous montions.

Si, tu veux le savoir, me narguait pourtant une petite voix. *Tu tiens absolument à le savoir.*

CHAPITRE
VINGT-TROIS

Bella

Nous étions samedi et j'avais assisté à tous mes cours cette semaine. Ce n'était peut-être pas grand-chose, mais chaque fois que je franchissais les grilles de Beaumont, je sentais que l'on me regardait. Cette épouvantable photo était toujours sur le site *BêtesDeFac*, même si d'après Lianne, quelques photos de bizuts déguisés en filles m'avaient remplacée en haut de la page.

C'était déjà ça. Il fallait bien rendre cette justice à une association qui cherchait à humilier ses propres membres presque aussi salement que les femmes dont ils souhaitaient se débarrasser : avec ces ordures, tout le monde y passait.

Je ferais tout pour ne pas être recalée dans mes études, mais ma vie sociale était *terminée*. Mes amis du hockey avaient vingt heures d'entraînement par semaine et tous leurs week-ends étaient occupés par des matchs. Pourtant, ils ne m'avaient pas oubliée. Quand j'avais passé une semaine terrée dans ma chambre, mon téléphone n'avait pas cessé de s'éclairer pour afficher des messages de Pépé, Graham, Rikker et Trevi. Ils m'invitaient chez Capri. Ils m'envoyaient des vidéos amusantes.

Ils essayaient.

Mais je ne leur renvoyais que des excuses. Voyant qu'ils ne baissaient pas les bras, je me mis à les ignorer franchement. Ils étaient occupés, de toute façon, et je voulais qu'ils se concentrent sur le hockey comme ils le devaient. L'an passé, l'équipe était tout mon univers. Récemment, mon univers s'était drastiquement réduit au bâtiment B.

Et je souffrais d'un profond sentiment d'enfermement.

M'emparant du livre que j'étais censée lire, je fourrai les pieds dans mes Chuck T et descendis deux volées de marches. Je frappai à la porte de l'appartement de Rafe.

— Oui ! me parvint sa réponse, propageant un frisson joyeux le long de ma colonne vertébrale.

J'ouvris la porte pour le découvrir étendu sur un somptueux canapé en cuir.

— Salut, dis-je, soudain intimidée.

Il se redressa.

— Salut. Tout va bien ?

— Oui.

J'entrai et refermai la porte.

— Mais il y a une petite araignée au plafond au-dessus de mon lit et elle n'arrête pas de me regarder.

Il sourit et je me sentis toute chose. Maudit sourire.

— Tu veux que je la tue ?

— Quoi ? demandai-je, étourdie sous l'effet de sa bouche si séduisante.

— L'araignée ? Je la tue ?

Concentre-toi, Bella.

— Non. Mais est-ce que... euh, je pourrais lire ici pendant un moment ? J'ai juste besoin d'un changement de décor.

Une douce chaleur envahit ses grands yeux marron.

— Bien sûr. Viens ici.

Il plia les genoux pour me faire de la place et je m'assis tout en admirant l'ameublement cossu de l'appartement.

— Sympa, la déco.

— C'est celle de Lord Bickley.

— Ah.

Le sofa était si large que je pouvais étendre les jambes sans gêner celles de Rafe.

Il en fit de même avant de reprendre son livre de français.

Je me plongeai à nouveau dans ma propre lecture, mais au bout d'une dizaine de minutes, je cherchai les ennuis en chatouillant la plante du pied de Rafe, à portée de ma main.

— Ce n'est pas du jeu, dit-il en retirant son pied. J'ai déjà bien assez de mal avec les verbes irréguliers français sans que tu en rajoutes.

— Désolée.

Même si son pied chatouilleux était *juste là*, je ne voulais pas le déranger. Rafe était devenu mon meilleur ami pendant ce qui était pourtant le pire semestre de ma vie. Il était plus important à mes yeux que je ne saurais l'exprimer.

Au bout du sofa, je redoublai d'efforts pour lire un autre essai d'Études Féministes. Tout le cursus universitaire reposait sur des théories, et après quatre ans d'études, je commençais à en avoir assez. D'un autre côté, ma vie réelle cette année revenait à se heurter constamment au même mur. Tout bien considéré, les théories n'étaient peut-être pas le pire.

Le colocataire de Rafe, Mat, émergea au même moment de sa chambre.

— Il y a un match demain, lui dit-il. Je comptais te proposer un point au-dessus de la cote…

— Non merci, répondit Rafe sans réfléchir.

Je tapotai sa cuisse du bout du doigt.

— Tu n'as même pas écouté de quel match il parlait.

— Peu importe, répondit Rafe derrière son livre.

Mat ricana.

— Très bien. À plus tard, dit-il en ramassant son sac à dos par terre. Je vais m'enfermer dans une cabine de bibliothèque pour réviser jusqu'à ce que mon devoir de physique me paraisse plus compréhensible.

Rafe salua son colocataire lorsqu'il quitta l'appartement, puis nous reprîmes tous les deux nos lectures. Ou du moins, Rafe. Mon livre était loin d'être aussi intéressant que le poids chaud de sa jambe contre la mienne. Au lieu de me concentrer sur la prochaine théorie féministe, je me laissai aller à fantasmer un peu. Dans mon esprit brûlant, je remontais lentement le long du corps de Rafe et jetais son livre sur le sol. Puis, je posai la main sur ses abdominaux parfaits pour le caresser délicatement et sentir tous ses muscles sous ma paume.

Quand il commencerait à se trémousser, je glisserais mon incorrigible main plus bas... de plus en plus bas...

Cette charmante scène fut interrompue par le coloc de Rafe, Bickley, qui traversa la pièce d'un pas lourd à la recherche de ses « tennis ».

— Ah, dit-il en les trouvant dans un coin avant de s'asseoir sur la table basse pour les enfiler. Je crois que j'ai besoin de faire quelques pointes de vitesse. Tu veux venir ?

— Négatif, répondit Rafe. Trop de travail.

Bickley pouffa.

— Bella, essaie de nous le décoincer un peu. On dirait qu'il étudie pour devenir un vrai *savant*.

De l'autre côté du canapé, Rafe se contenta de grommeler.

Évidemment, son coloc ne s'en rendit pas compte. Bickley n'était pas du genre à comprendre que les mots qui sortaient de sa bouche pouvaient affecter les autres.

— Il semblerait que vous ayez l'appart pour vous tout seuls. Essayez de ne *pas* être trop sages.

Il m'adressa un clin d'œil salace.

Rafe laissa tomber son livre sur sa poitrine et me regarda.

— Bella, je ne vois vraiment pas pourquoi tu as tiré un trait sur les hommes.

— Tiré un trait sur *nous* ? se récria Bickley en faisant mine d'être atterré. C'est une très mauvaise décision. Elle voulait peut-être dire se *faire tirer* par les hommes.

Rafe foudroya Bickley du regard.

— Oh, *dégage* maintenant.

— Ça va, ça va. À tout à l'heure.

Quand il partit, la porte se referma en claquant.

— Je suis désolé que ce soit un tel abruti, dit Rafe.

Le sourire qu'il m'adressait était si beau que je sentis mon ventre se contracter. Ce type aurait pu faire fondre du granite par un simple sourire.

— Il ne pensait pas à mal, dis-je. C'est la nervosité qui parle.

— Comment ça ?

— Sa diarrhée verbale est due au fait qu'il ne sait pas quoi dire. Écoute ta voisine bientôt diplômée en psychologie.

Rafe grogna avec agacement.

— Existe-t-il un remède ? Je t'en prie, dis-le-moi.

— Un bâillon ? proposai-je.

— Excellente idée.

Nous retournâmes un moment à nos livres, mais j'étais toujours distraite par la chaleur de son corps contre le mien. Blottie sur un canapé avec Rafe, je me sentais bien. Mais ça ne me suffisait pas. Au lieu de lire, j'aurais préféré faire autre chose avec lui sur ce sofa luxueux. Je pris un moment pour admirer son torse, que soulignait un t-shirt Manchester United ajusté, et la peau douce de ses mains tandis qu'il tournait les pages.

— Rafe, murmurai-je.

— Hmm ? fit-il sans lever les yeux de son livre.

— Comment se fait-il que nous ne soyons pas copains de baise ?

Tiens, voilà qu'il m'accordait toute son attention. Ses yeux se rivèrent aux miens et je vis une intense chaleur les embraser avant qu'il se ressaisisse et fronce les sourcils.

— Quoi ?

— Tu sais, dis-je en lui tapant gentiment le genou. Étudier, c'est plus facile après avoir évacué la tension.

Il me dévisagea longuement.

— Je n'arrive pas à savoir si tu es sérieuse ou non. Mais ça n'a pas vraiment d'importance. Être copain de baise, ce n'est pas mon genre. Je n'aime pas les coups d'un soir.

Sérieusement ?

— Bien sûr que si. J'en suis témoin. Je peux te ramener sur la scène de crime si tu veux.

Lentement, il secoua la tête.

— Tu oublies ce qui s'est passé ensuite. Tu m'as dit toi-même que j'étais un enfoiré.

Et merde.

— C'est juste à cause du mauvais timing. Cette fois, nous pourrions mieux faire les choses.

Il expira.

— Non. Je ne pense pas en être capable.

Oh, bon sang. J'étais en train de perdre mon mojo. Je venais de me faire jeter, ce qui m'arrivait rarement. Et le pire, c'était que j'en éprouvais de la peine. Beaucoup de peine. À la limite du chagrin.

— Merde, chuchotai-je alors qu'une chaleur inhabituelle me piquait les yeux.

J'avais l'impression que des larmes se formaient. De *vraies larmes*. Je brandis mon livre pour dresser devant mon visage une pitoyable barrière de la honte. Si j'avais un peu de chance dans cet univers, Rafe ne s'en rendrait peut-être pas compte.

— Bella ? murmura-t-il.

Pas de chance. Pas un brin.

— *Cristo*, Bella. Ce n'est pas toi.

Cette phrase ne serait plus jamais vraie. Dans la bouche de personne. *Merci, Whittaker. Et merci, diagnostic médical.* Je laissai tomber le livre et appuyai les doigts au coin de mes paupières.

Rafe soupira et jeta à son tour son manuel par terre. Une demi-heure plus tôt à peine, je fantasmais qu'il s'en débarrasse. Mais dans mon imagination, c'était pour coucher avec moi qu'il le faisait, et non pas parce que je m'étais changée en *pleurnicheuse*.

— Viens ici, dit-il en tendant les bras, refermant ses grandes mains autour de mes jambes.

Je glissai sur le cuir pour me rapprocher de lui, puis il me prit les mains et m'attira.

— Approche, fit-il d'une voix cajoleuse.

Pliant les genoux, je terminai sur ses cuisses. Il passa les deux bras autour de moi et je calai mon menton sur son épaule pour qu'il ne voie pas mes yeux humides.

Rafe me serrait contre lui et j'avais du mal à ne pas pleurer. Parce que la sensation de ses bras puissants dans mon dos était exquise. Il sentait l'homme propre et la lessive. Je me pelotonnai contre lui comme si je devais ne plus jamais m'en détacher.

Bon. Désolée, Rafe, mais je ne bougerai plus d'ici. J'allais y passer toute ma vie, cachée contre son cou. Il allait devoir me décrocher chirurgicalement. Non seulement je me sentais rassurée, mais j'aimais sentir sa barbe du samedi frotter contre ma joue.

— Je ne voulais pas te vexer, dit-il en me caressant le dos. Ce n'est pas que je n'en ai pas envie, tu sais.

Bah.

— Tu n'es pas obligé de me mentir. Je sais que c'est *dégueu*, d'accord ? Je le *sais* déjà.

Sa main s'arrêta en pleine caresse.

— Qu'est-ce qui est dégueu ?

— Moi, répondis-je dans un souffle. Je comprends. C'est *répugnant*… le fait que j'ai eu…

Je ne parvenais même pas à le dire à haute voix. À Rafe, qui le savait pourtant déjà ! Je ne retrouverais jamais ma légèreté. Jamais.

— C'est ce que tu crois ? murmura-t-il ? Vraiment ?

Je relevai la tête pour regarder en face ses beaux yeux couleur chocolat. L'intensité que j'y découvris fit battre mon cœur encore plus fort.

— Ce n'est pas ça ?

— Non, bébé. Tu ne pourrais jamais être répugnante, dit-il en fronçant les sourcils. Tu ne me crois pas, n'est-ce pas ?

Lentement, je secouai la tête.

Il soupira et ses épaules s'affaissèrent. Enfin, il marmonna :

— *Dios*, pardonnez-moi pour ce que je m'apprête à faire.

Je ne compris pas ce qui se passait avant que Rafe prenne mon menton dans sa main. Du pouce, il effleura ma pommette et j'aurais juré devant Dieu sentir de nouvelles terminaisons nerveuses à cet endroit-là. Il se pencha et sa bouche frôla la mienne avant de remonter le long de ma joue en direction de mon oreille.

— Tu seras *toujours*, murmura-t-il en marquant une pause pour passer sa langue sur mon lobe d'oreille, la fille la plus sexy que j'aie jamais connue.

On ne m'avait encore jamais rien dit d'aussi classe et d'aussi délectable. Et mon pauvre corps longtemps délaissé s'enflamma comme un feu d'artifice du Quatre Juillet. Je frissonnai lorsque Rafe déposa de tendres baisers dans mon cou. Je dus pencher la tête en arrière pour lui laisser la place et je me surpris à serrer les jambes en sentant un courant électrique faire frémir mon point sensible.

Plus tard, je me rendrais compte qu'il n'avait sans doute pas eu l'intention d'aller plus loin. Mais le soupir enfiévré que poussa Rafe avait des airs de capitulation.

— *Belleza*, gronda-t-il. Donne-moi cette bouche.

Je ne perdis pas de temps. Me penchant en avant, je pressai avidement les seins contre son torse et avançai la tête pour m'emparer du baiser torride qui m'attendait. Rafe gémit à ce contact. Deux mains vinrent me saisir les hanches, me ramenant telle une couverture sur son corps magnifique. Il me mordilla alors les lèvres, comme s'il faisait à nouveau connaissance avec les contours de ma bouche.

Chaque fois que nous nous touchions, des vagues de chaleur déferlaient dans tout mon être. J'en avais tellement *besoin*. Il entrouvrit les lèvres. Une langue autoritaire envahit ma bouche. Et... *ça alors*. J'étais presque en proie aux flammes. Nos langues s'étaient à peine rencontrées et emmêlées que je me sentis devenir humide. Ce devait être un record personnel. Soit j'arrachais tout de suite les vêtements de ce garçon, soit nous allions avoir besoin de l'un de ces extincteurs suspendus dans la cage d'escalier.

Ma position au-dessus de lui n'y changeait rien. Chacun de ses baisers était un ordre. Il y avait quelque chose de *sauvage* dans les baisers de Rafe, dans la manière dont il faisait *chaque chose*. Il me faisait penser au lion du zoo du Bronx – souvent calme et placide. Mais quand il rugissait, la terre tremblait.

Et j'avais envie de trembler avec elle.

Je frottais mon nez contre son cou, étirant le col de son t-shirt pour découvrir ce qu'il masquait, embrassant et léchant chaque centimètre carré de sa peau. Il produisait des bruits éperdus et je plaquai ses mains contre mes fesses pour qu'il me serre encore plus fort.

Oui ! Ouiouiouioui. Je sentais sa queue raide contre moi et je me mis à bouger. Plus nous étions proches, plus j'étais heureuse. Mais il y avait encore trop de tissu en travers de mon chemin. Je me redressai pour l'embrasser à nouveau et nos langues fusionnèrent.

— Rafe, gémis-je dans sa bouche.

— Hmm, répondit-il en pressant mes fesses dans un geste aguicheur sans équivoque qui me fit perdre l'esprit.

Je me décalai sur le côté pour mieux le toucher. Glissant une main le long de son corps, je laissai mes doigts s'attarder sur sa taille et le renflement saillant entre ses jambes.

— J'ai envie de jouer avec la plus belle queue du quartier, dis-je alors en défaisant le bouton de son jean.

Ce fut à ce moment que tout s'interrompit.

D'abord, il m'attrapa la main pour l'éloigner de sa braguette. Puis il détourna son visage et prit une bouffée d'air frais.

Oh non, murmura mon cœur. Je sus aussitôt que j'avais tout gâché. Mon esprit était juste trop embrouillé par le désir pour raisonner correctement.

— Bella, murmura-t-il. Je suis désolé. Je ne peux pas... nous ne pouvons pas faire ça.

— Quoi ?

J'étais abasourdie de constater qu'il évitait mon regard. Quel que soit le problème, il était manifestement si grave qu'il était incapable de me regarder en face.

— J'en ai envie, s'empressa-t-il d'ajouter. Mais ça ne peut pas se passer comme ça.

Je me mis à paniquer.

— Mais pourquoi ?

Enfin, il tourna le menton pour me regarder et ce fut presque pire. Parce que je lus dans ses yeux un regret sincère.

— Comme je te l'ai dit, je n'aime pas les coups d'un soir.

— Mais qu'est-ce que ça veut dire ?

Il n'y avait plus assez d'oxygène sur le sofa. Rien n'avait de sens.

— Je veux dire...

Il fit la grimace.

— Je n'aime pas les coups d'un soir, parce que je n'ai pas envie d'être la queue la plus pratique du quartier.

Oh, zut. Encore ma grande gueule. Mais qu'est-ce qui clochait chez moi ? Le fond de ma gorge se nouait. Une fois de plus ! Non, je ne pleurerais pas. C'était déjà bien trop gênant. Après m'être arrachée aux bras de Rafe, je descendis du canapé et tâtonnai sur le sol à la recherche de mon livre.

— Bella, dit-il d'une voix douce. Personne ne me tente autant que toi. Ce serait super. Comme la dernière fois. Je le sais. Mais ensuite, je me sentirais à nouveau pitoyable. Et je t'apprécie trop pour ça.

— Tu m'*apprécies* trop pour coucher avec moi, dis-je en cherchant mon livre sous le canapé.

Soudain, j'étais furieuse contre moi. Ou lui. L'un ou l'autre.

— C'est tellement *logique*.

Il soupira.

— Ne sois pas bête. Je tiens à toi. Beaucoup, tu sais ? Tu es une personne que je pourrais *aimer*.

— C'est ça. On me le dit souvent après m'avoir envoyée bouler.

À présent, j'avais le visage en feu. Mon humiliation était cuisante et j'étais impatiente de sortir de cette pièce. Abandonnant mon livre sous ce foutu sofa, je me levai et me dirigeai vers la porte.

— Bella ! Ne pars pas en courant comme ça, s'écria Rafe. Ça ne te ressemble pas.

— Je croyais que tu essayais de m'apprendre à courir, justement, grommelai-je.

Il avait raison. J'étais du genre à rester et à me battre. Mais j'avais besoin de souffler avant d'approfondir la question. Sans un regard en arrière, j'ouvris sa porte et dévalai les marches.

Courir me faisait du bien. Je continuai mon chemin et traversai la cour à petites foulées, mais je dus m'arrêter devant la grille, car Bickley faisait ses étirements en plein milieu.

— Excuse-moi, lançai-je.

— Bella ! s'écria-t-il. Quand vas-tu te décider à t'envoyer mon coloc, alors ? Cette tension me rend fou.

Charmant. J'avais raison en disant que Bickley parlait sous le coup de la nervosité, mais ce n'en était pas moins insupportable.

— Désolée de briser tes espoirs. Je me le suis déjà envoyé une fois, c'est bon.

Bickley fit volte-face et ses sourcils remontèrent sur son front, jusque dans ses cheveux ébouriffés.

— Quoi ? Tu *sais* ce que signifie ce mot, n'est-ce pas ?

Je pouffai.

— Oh, mon chou. Ce mot et moi, nous nous connaissons très bien. Maintenant *bouge*, tu veux ?

Il restait planté là, à me dévisager.

— Alors, c'était *toi* ? Ce soir-là, au mois de septembre ? Tu as cueilli la fleur de Rafe ?

C'était l'un de ces moments dans la vie qui auraient pu être ponctués par des crissements de pneus aussi soudains qu'assourdissants. Intérieurement, je m'exclamai : « Répète ! »

Bickley et moi nous regardâmes dans les yeux tandis que j'essayais de déterminer s'il était sérieux.

— Je...

Vraiment ?

— Il ne l'a pas dit, répondis-je.

L'Anglais interpréta de travers ma remarque.

— Non, il ne parlerait pas de ça avec moi, dit-il. Rafe est une chambre forte. Mais le suspense m'a rongé. Je me suis demandé pendant des lustres de qui il s'agissait !

Il gloussa.

— Je ne peux pas croire que je ne m'en sois pas rendu compte. Ça me paraît évident maintenant.

Je bousculai Bickley avec impatience et passai mon chemin en dissimulant mon visage. Parce que je ne pouvais pas cacher mon désarroi.

— Je dois y aller, grommelai-je en ouvrant enfin la grille.

— Bien joué, en tout cas ! lança Bickley alors que je m'éloignais.

Il avait de la chance que je ne porte aucun objet pointu.

Dans la rue devant la résidence Beaumont, je me mis à courir en direction du cimetière. De toute façon, j'étais à peine consciente de ce que je faisais. Mon cerveau était trop occupé à passer en revue chacune de mes interactions avec Rafe.

Surtout la première.

Ce soir-là, en septembre, il était assis dans la cage d'escalier et avait l'air esseulé. Il avait surpris sa petite amie en train de le tromper...

Il avait des préservatifs dans son sac.

J'allongeai ma foulée. J'étais de plus en plus désemparée à chaque seconde. Rafe avait prévu de se donner à sa petite amie de longue date, ce jour-là ! Il s'était *réservé* pour elle. Mais elle l'avait trompé, et ridiculisé par la même occasion.

Et moi, quelques heures plus tard, qui le déshabillais et enfourchais sa queue.

Oh, mon Dieu. Pas étonnant qu'il ait réagi bizarrement par la suite.

« Les coups d'un soir, ce n'est pas mon truc », m'avait-il dit.

Et voilà qu'il venait de me le répéter il n'y avait pas plus de dix minutes.

Il ne mentait pas. Il ne l'avait fait qu'*une fois*.

Et puis, le préservatif avait craqué.

Je poussai un gémissement de pure détresse. Je m'étais montrée insensible envers lui. Bien sûr, ce n'était pas mon intention. Il avait dû vivre notre soirée ensemble d'un point de vue radicalement différent du mien.

Quelle lamentable étudiante en psycho je faisais ! Le point de vue, c'était *capital*. Et je n'avais pas envisagé la possibilité que sa perspective puisse être différente.

Oh. Mon. Dieu. Qu'avais-je fait ?

Je continuai ma course. Ce n'était pas facile en jean et Chuck T, mais j'arrivai bientôt dans le cimetière et m'arrêtai devant la stèle préférée de Rafe. Si vous aviez besoin de relativiser dans la vie, les cimetières étaient le bon endroit pour ça. Depuis le mois de septembre, je n'avais rien fait ni rien dit de bien, mais au moins je respirais encore.

Péniblement, à vrai dire. Je n'étais pas une excellente joggeuse. Je passai un moment à écouter les cognements de mon cœur, relisant l'épitaphe de cet adolescent écrasé par un arbre.

Tué par le tronc qu'il coupait.

Je pris le temps de me demander comment lui présenter mes excuses.

Si jusqu'à présent mon année n'avait été qu'une longue suite d'événements navrants, l'heure était venue de se ressaisir.

CHAPITRE
VINGT-QUATRE

Rafe

Ce soir-là, j'étais de service au réfectoire. Heureusement, je travaillais à la préparation et découpais oignons et gousses d'ail dans un coin de la cuisine où je n'étais obligé de parler à personne. Tant mieux, car je n'étais pas d'humeur.

J'avais réussi à faire pleurer Bella alors que c'était bien la dernière chose que je voulais.

Encore plus déplorable, j'avais refusé de coucher avec la seule personne capable de m'enflammer par un simple sourire. J'avais réellement dit *non*.

Ce que j'avais fait me semblait ridicule, mais j'avais une très bonne raison – ce qui aurait été formidable aujourd'hui m'aurait paru méprisable dès le lendemain.

Bella était une *amie*. (Ou du moins, j'espérais qu'elle l'était encore.) Et elle me faisait craquer. Si je décidais que nous étions copains de baise, *sex-friends* ou quel que soit le nom que l'on donne à ces relations épisodiques, ce serait malhonnête. Il était hors de question que je couche avec Bella avant de m'en aller comme si cela n'avait aucune importance.

Non, ce *serait* important. Très important, même.

Mon cerveau tourna et retourna cette situation impossible pendant des heures. Bella n'était pas juste une fille que je désirais. C'était *la* fille que je désirais. Il n'y avait qu'une seule solution, mais mes chances étaient maigres. Elle et moi, nous pourrions nous envoyer en l'air sans retenue si seulement elle était avec moi pour de bon.

Si elle était ma petite amie.

Je me penchai à nouveau sur mon ail en secouant la tête. Une fille comme Bella pouvait avoir *n'importe qui*. Même si elle décidait d'enfreindre sa propre règle et d'entamer une relation de couple, j'avais deux ans de moins qu'elle. Je ne pratiquais pas le bon sport. Apparemment, j'étais trop conservateur.

Et mes mains empestaient l'oignon et l'ail après chaque service.

Et puis, je portais une charlotte en papier.

Dios. La situation ne penchait pas en ma faveur. J'avais plus de chances de plumer Mat en pariant sur le match des Patriots.

Je gémis au-dessus de ma planche à découper. Pour être honnête, une relation avec Bella, c'était exactement ce que je voulais. Si je n'avais pas essayé de m'aventurer sur ce terrain-là jusqu'à présent, c'était parce qu'elle avait tiré un trait sur les hommes.

Ou du moins, c'était ce que je pensais.

Quand elle m'avait fait sa proposition, j'avais été déstabilisé. Terriblement déstabilisé. J'avais même fini par lui faire un sermon sur le sexe et les relations amoureuses. (Comme si j'en savais quelque chose.) Le problème, c'était que je ne lui avais pas avoué avec franchise que je voulais une relation avec *elle*. J'y avais juste fait allusion, en quelque sorte, mais je n'avais pas trouvé le courage de le lui demander.

Je l'avais rejetée à deux reprises en une demi-heure. J'avais rejeté la personne que je voulais dans ma vie. Et dans mon lit.

Je l'avais repoussée, allant à l'encontre de mon désir le plus profond.

Très élégant, Rafe.

Après le travail, je remontai à l'appartement. Pendant une minute bienheureuse, je crus être seul, mais en entrant dans notre chambre, je découvris Bickley allongé sur son lit. Il se hissa sur un coude et m'adressa un sourire goguenard.

— Quoi ?

Il ricana.

— Rien.

Un jour comme celui-ci, il n'en fallait pas plus pour m'énerver.

— Si tu as quelque chose à dire, dis-le.

— Pourquoi ? Ça me gâcherait le plaisir.

J'en avais assez.

— Je ne suis pas d'humeur à subir tes airs supérieurs, *Biquet*.

J'aurais juré l'avoir vu blêmir.

— Comment viens-tu de m'appeler ?

Ce surnom ridicule m'était venu spontanément. Il n'était même pas futé. Un gamin d'école primaire aurait sans doute trouvé mieux.

— J'aimerais juste que tu te mêles de tes affaires pour une fois dans ta vie, d'accord ?

Il leva son nez aristocratique avant de détourner la tête.

Un bref coup d'œil sur mon téléphone m'apprit que j'avais raté cinq appels de Bella. Il y avait un message vocal. J'appuyai sur *lecture*.

« Rafe, disait-elle. Je dois te parler. Et j'aimerais te présenter mes excuses. Je ne... Je ne voyais pas les choses sous le même angle que toi. Alors... »

Je n'avais encore jamais entendu Bella chercher ses mots.

« S'il te plaît, je peux te demander pardon ? Tu veux bien passer ? S'il te plaît ! »

J'en avais envie. Mais je n'avais pas encore décidé ce que j'allais lui dire. Demander à une fille de sortir avec vous, c'était comme un entraînement de foot exigeant. Il fallait s'échauffer avant de vous lancer sur le terrain.

Dans la salle commune, je me laissai tomber sur le canapé et réfléchis à la meilleure manière de présenter les choses.

CHAPITRE
VINGT-CINQ

Bella

Je n'étais pas faite pour mener une vie solitaire. C'était évident.

Et pourtant, je me retrouvais une fois de plus dans ma chambre à tourner en rond. Après mon jogging impulsif, je m'étais acheté un café et j'étais remontée dans ma chambre, où je passais maintenant toutes mes erreurs en revue.

En tout cas, j'essayais. Je n'étais pas du genre à ruminer mes pensées et j'aurais juré voir ma chambre rétrécir à vue d'œil.

Alors que je touchais le fond, on frappa à la porte.

Rafe.

Je me redressai vivement et passai les doigts dans mes cheveux. La vanité n'était pas un réflexe naturel chez moi, mais Rafe était magnifique 24 h/24 et 7 jours/7, et je m'étais déjà humiliée deux fois en sa présence aujourd'hui. Et puis, il fallait bien lui rappeler ce qu'il ratait.

— Une seconde ! lançai-je.

En baissant les yeux, je m'inspectai rapidement. Le jean allait bien, mais je portais un t-shirt ample des Bruins. Je m'empressai de le retirer et de le jeter sur ma chaise de bureau. Dans mon placard, je retrouvai la chemise rose que j'y avais suspendue quelques jours plus tôt. Je m'en emparai, passai les bras dans les manches et la boutonnai *presque* jusqu'en haut.

Parfait.

On frappa à nouveau et, comme à son habitude, mon cœur

manqua un battement. Je me préparai mentalement et me dirigeai vers la porte.

En l'ouvrant, j'eus la surprise de découvrir Graham.

— Oh, fis-je sans parvenir à cacher ma déception. Salut.

Il pencha la tête sur le côté et sourit. Je vis alors son regard marquer un temps d'arrêt au niveau de mon décolleté inhabituellement généreux.

— Tu ne t'attendais peut-être pas à moi ?

— Je n'attendais personne, répondis-je en ouvrant la porte en grand.

C'était la stricte vérité. Je n'avais pas eu de nouvelles de Rafe depuis que je lui avais laissé un message, qu'il semblait avoir ignoré.

— Bien. Parce que je suis venu pour te traîner chez Capri.

Mon ventre se noua à la perspective de retourner dans le bar-pizzéria que j'aimais le plus au monde. Autrefois, je *vivais* pratiquement chez Capri. C'était là que se réunissait l'équipe de hockey quatre soirs par semaine pour évacuer la pression.

Mais je n'y allais plus.

— Je ne peux pas ce soir, mentis-je. Désolée.

Graham perdit son sourire.

— Bella, s'il te plaît ? Ce n'est pas parce que tu ne travailles plus pour l'équipe que tu ne nous manques pas. À moi, tu me manques. Si je suis capable d'y aller, alors toi aussi.

Je m'assis sur le lit pour me soustraire un instant au regard bleu de mon ami. En effet, c'était impressionnant que Graham sorte régulièrement avec l'équipe de hockey. Pendant des mois, Rikker et lui avaient tenu leur relation secrète et il avait eu beaucoup de mal à faire son coming-out. Il avait quitté l'équipe après sa commotion cérébrale, mais il n'avait pas abandonné son cercle d'amis. Certes, au printemps dernier, il s'était attiré quelques regards dubitatifs quand tout le monde avait compris ce qui se passait entre Graham et l'ailier vedette de l'équipe. Mais il avait traversé cette période difficile et conservé la plupart de ses amitiés intactes.

De toute évidence, il était bien plus courageux que moi.

Sans ajouter un mot, il vint s'asseoir sur le lit et passa un bras dans mon dos.

Foutu Graham. J'avais envie de poser ma tête sur son épaule et de vider mon cœur, comme je le faisais autrefois. Graham me manquait toujours. Ce n'était plus du désir. J'avais eu suffisamment de temps pour prendre conscience que le sexe n'était pas le meilleur aspect de notre relation. Mais j'éprouvais toujours un pincement au cœur en sa présence. Sa compagnie me manquait, tout comme l'idée que nous provenions du même moule. Tous les deux, nous étions un peu abîmés, mais pas irrécupérables.

Un an plus tard, Graham passait la plus belle année de sa vie. Et moi ? Un désastre total.

— Viens, Bella, dit-il en me serrant l'épaule. Tu te caches dans ta chambre parce que tu as trop honte de quelque chose qui n'était même pas une erreur.

Je gémis.

— Tu as raison. Ce n'est pas *ce que* j'ai fait qui était une erreur, c'est *celui que* je me suis fait.

Et qui s'était empressé de dire au monde entier à quel point j'étais stupide.

— Je ne suis pas prête.

— Tu me sembles prête, au contraire, déclara-t-il d'un ton malicieux. Viens avec moi.

Pour la centième fois de la journée, ma gorge était à vif. L'hiver dernier, j'avais si souvent rêvé que Graham débarque sur le pas de ma porte pour me dire : « Tu es importante à mes yeux. » À présent, mon rêve était exaucé, mais pas dans les circonstances que j'espérais.

— Tu sais, dis-je en m'éclaircissant la voix, tu te cachais toi aussi. Alors, on ne peut pas dire que tu sois bien placé pour me faire la leçon.

Je m'attendais à ce qu'il se vexe de me voir remuer ainsi le couteau dans la plaie. Mais ce ne fut pas le cas. Au contraire, je reçus une étreinte encore plus chaleureuse.

— Oh, Bella. Je le *sais*. Et c'était terrible. J'ai perdu tant de temps à m'inquiéter de ce que pensaient les autres. Des *années*, tu sais ? Mais tu es plus intelligente que ça.

— Je l'étais, bredouillai-je.

Graham se racla la gorge.

— Moi, j'avais Rikker pour me montrer le chemin. Qui va faire ça pour toi ?

Aïe. Je n'en avais pas la moindre idée.

— J'ai besoin de temps, Graham. Pour le moment, je suis encore le sujet de tous les ragots.

— Pas du tout, objecta-t-il. Et le nouveau manager est une catastrophe. J'ai entendu dire qu'il avait commandé du ruban adhésif pour protège-tibias au lieu de prendre du ruban spécialisé pour les crosses.

— Quoi ? me récriai-je. Mais comment peut-on les confondre ?

Graham ricana.

— Tu vois ? Tu manques à l'équipe. Viens montrer ta frimousse.

— Une prochaine fois, dis-je d'un ton résolu.

Je me levai pour échapper aux câlins de Graham. Ils étaient trop bouleversants.

Conscient qu'il avait perdu, il se leva à son tour.

— Très bien. Si tu changes d'avis, tu sais où me trouver. Tu comptes dîner, au moins ?

— Bien sûr. J'attendais ma voisine, mentis-je en désignant la chambre de Lianne.

— C'est promis ?

Ses yeux de glace m'observaient gravement. Je levai une main comme pour prêter serment à la barre des témoins.

— Promis.

Il s'avança pour m'embrasser sur la joue, puis il se dirigea vers la porte.

— Bonne nuit, Bella.

— Bonne nuit, Graham.

C'était ce que je lui disais, avant, quand nous étions tous les deux nus dans son lit.

Il s'en alla et je me retrouvai – devinez comment – seule dans ma chambre, encore et toujours. Et comme il avait parlé de dîner, maintenant j'avais faim. J'entrai dans la salle de bain et frappai à la porte de Lianne.

— Oui ?

Je l'ouvris pour découvrir Lianne assise devant son impressionnant tableau de bord informatique.

— Tu veux qu'on commande une pizza ?

Elle me regarda un moment en clignant des yeux, sans doute parce qu'elle n'avait pas l'habitude que je fasse des tentatives d'amitié.

— Faut-il que ce soit de la pizza ? demanda-t-elle enfin. Trop de glucides pour moi.

Je m'assis sur son lit.

— Quoi d'autre ? Des salades ?

Elle pivota pour me regarder.

— De la cuisine thaï ? Le Jardin de l'Orchidée propose des plats qui me plaisent.

— D'accord. Je vais chercher mon portefeuille.

Je me levai, mais elle agita la main.

— Tu paieras la prochaine fois. Ma carte de crédit est déjà enregistrée dans leur système.

Je me redressai.

— C'est vrai ?

— Oui, dit-elle en retournant à son clavier pour afficher le site web du restaurant. C'est drôle. Mon agent m'a installée à Beaumont pour m'éviter la Cour des Nouveaux où j'aurais pu rencontrer d'autres étudiants de première année. Il m'a dit que c'était pour des questions de sécurité, mais maintenant tous les livreurs de la région de Harkness savent précisément où j'habite.

J'éclatai de rire, même si sa remarque était plus triste qu'amusante.

— Tu n'aimes pas ce qu'on sert au réfectoire ?

Lianne haussa les épaules et je me demandai si elle y avait déjà mis les pieds. Elle attendait ma commande.

— Je prendrai le pad thaï au poulet, avec un supplément de cacahuètes.

Lianne pianota frénétiquement sur son clavier.

— C'est bon. Ils disent qu'ils seront là dans vingt-cinq minutes, mais ils sont toujours plus lents que ce qu'ils annoncent.

Elle se retourna enfin pour me regarder.

— Alors... dis-je.

Je n'avais pas l'habitude de discuter avec elle.

— J'ai interrompu quelque chose d'important ? Maintenant que je sais que tu es un génie de l'informatique, je me dis que tu pourrais bien être en train de pirater la banque centrale américaine, ou quelque chose du même ordre.

— C'est ça, dit Lianne en pouffant avant de poser ses petits pieds sur le lit à côté de moi. Je ne me connecte aux réseaux du gouvernement que le week-end. Là, j'étais juste en train de commander mon gloss préféré.

Elle prit un objet sur son bureau et me le tendis pour me le montrer.

— Tu l'as déjà essayé ? C'est une jolie nuance chaude et j'adore la boîte.

— Je ne connais pas, désolée.

Au fil des ans, on m'avait souvent reproché de ne pas avoir de copines. Certains m'avaient même accusée de ne pas supporter la compétition. C'était faux. La seule raison pour laquelle je manquais d'amies, c'était que je ne parlais jamais fringues et maquillage.

— Comment vas-tu, au fait ? demanda-t-elle. Tu as l'air un peu… vidée.

— Eh bien…

Avais-je envie de m'ouvrir à Lianne ? Quelle drôle d'idée.

— Je n'ai pas passé une très bonne journée. Disons que je me suis jetée au cou de Rafe et qu'il m'a repoussée.

Ses célèbres yeux expressifs s'arrondirent.

— Vraiment ? Tu en es sûre ?

— *Bien sûr* que j'en suis sûre. Je ne suis pas une fille subtile. Je n'ai pas simplement battu des cils, je lui ai enfoncé ma langue dans la gorge. Il s'en est rendu compte, crois-moi.

Elle joignit les doigts des deux mains d'un air pensif.

— Désolée, mais ça ne colle pas. Je commençais à croire que vous deux, c'était inévitable.

Elle me fit sourire.

— Si quelqu'un peut gâcher quelque chose d'inévitable, c'est bien moi.

— En parlant de gâcher des choses, dit-elle en fronçant les sourcils. J'ai encore regardé *BêtesDeFac* aujourd'hui. Ils n'ont toujours pas changé de mot de passe. Si tu veux que je retire la photo, c'est encore faisable.

— Cool. Mais j'avais une autre idée en tête, à vrai dire.

Tout en faisant les cent pas dans ma chambre ce matin, j'avais pris le temps de réfléchir. Lianne n'était sans doute pas la meilleure personne à qui en parler. Mais encore une fois, qui d'autre aurait envie de connaître mon plan ? Pas Rafe, parce que manifestement nous ne nous adressions plus la parole. Pas Graham, parce qu'il me dirait que c'était de la folie. Et pour de nombreuses raisons, je ne pouvais pas demander leur aide à mes amis du hockey.

Je tapai dans mes mains.

— Bon, je vais t'exposer mon idée. C'est une solution qui n'a rien de technique. Voilà, si dans dix jours j'avais une *nouvelle* photo à poster sur leur site, crois-tu que ce serait possible ?

Lianne se renfrogna.

— Poster une photo sur *BêtesDeFac* est un jeu d'enfants. Mais ils risqueraient de l'effacer. Même si je changeais le mot de passe pour « Les-Féministes-Vous-Emmerdent », il leur suffirait d'appeler leur hébergeur web et de faire fermer le site. En quelques minutes, sans doute.

— J'y ai pensé, avouai-je. Mais si je joue bien, tous les étudiants auront reçu la même photo sur leurs téléphones, même si elle ne reste pas longtemps sur le site.

Elle me regarda en clignant des paupières.

— Et quelle est cette « idée qui n'a rien de technique » au juste ?

— Je vais essayer d'humilier les Bêta Rhô rien qu'avec deux rames de papier coloré. Ce sera soit un échec total, soit les dix dollars les mieux dépensés de ma vie.

Lianne se redressa sur sa chaise.

— Je t'écoute.

J'exposai alors ma grande idée sous les yeux de plus en plus ébahis de Lianne. Une fois que j'eus terminé, elle me dévisagea en silence.

— Alors ? demandai-je enfin. Qu'en penses-tu ?

J'étais prête à ce qu'elle m'annonce que j'étais folle. Et c'était probablement le cas.

— C'est du *génie* ! s'exclama-t-elle pourtant. Par quoi commence-t-on ?

Une fois qu'on nous eut livré nos plats, nous poursuivîmes nos réflexions.

— Tu sais, dit Lianne en s'interrompant pour mâcher un morceau de poulet, tu as plus de chances de réussir si tu te fais aider.

— C'est vrai, répondis-je en lui offrant mon pad thaï. Tu veux des nouilles ?

Elle secoua la tête.

— Les glucides me sont interdits. Si je prends un gramme, mon agent me tue.

Je reposai la boîte sur mes genoux.

— Sérieusement ? Et tu ne peux pas lui dire d'aller se faire voir ?

— C'est compliqué.

Elle se leva pour jeter sa boîte vide dans la poubelle.

— Bon, où allons-nous trouver de l'huile de coude ? Je suis sûre qu'il y a beaucoup d'autres filles qui veulent se venger des Bêta Rhô.

— Évidemment...

J'y avais déjà pensé, moi aussi.

— Mais si elles débarquent toutes au match de football américain, ça risque de paraître suspicieux. Même complètement bourrés, les membres de fraternités sont encore capables de reconnaître les filles avec qui ils ont couché. Quant à faire venir des personnes de l'extérieur, autant agiter un grand drapeau rouge.

Lianne tapotait un crayon sur son genou.

— Qui ces types-là seraient-ils susceptibles d'écouter quand ils ont un coup dans le nez ?

J'éclatai de rire, car il était évident qu'il n'existait aucune réponse à cette question.

— Des pom-pom girls comme les Rockettes ou les Laker Girls. L'équipe de bikinis suédoise ?

En face de moi, Lianne s'écria :

— C'est ça !

Elle fit tourner sa chaise vers ses ordinateurs, attrapa le clavier et se mit à écrire.

— Qu'est-ce que tu fais ?

— Je connais un responsable de casting à New York. Il nous faut des *mannequins*. Pas les top-modèles célèbres des défilés, mais celles qu'on appelle pour les expositions automobiles. Les filles qui touchent trente dollars de l'heure pour se frotter contre la Porsche Carrera de l'année.

— Ça risque d'exploser mon budget de dix dollars, soulignai-je.

— Ma chérie, je viens d'Hollywood, dit-elle en s'emparant de son téléphone. Exploser le budget, c'est ce qu'on fait en permanence.

Euh.

— Tu crois que ça me coûtera combien ?

Lianne parlait au téléphone, laissant un message sur un répondeur.

— Harvey, c'est Lianne. J'ai un petit truc à faire. Disons six ou huit mannequins pendant trois heures samedi prochain. Rappelle-moi.

Elle raccrocha.

— Ça ne me dérange pas de payer.

— Non, je peux le faire, m'empressai-je de répondre.

Je n'avais pas de problèmes d'argent. Lianne me fit comprendre d'un geste évasif que ce détail était le dernier de nos soucis.

— Maintenant, nous devons établir un schéma des gradins. Demain, nous irons au stade pour compter le nombre de rangées. Mais estimer leur taux d'occupation c'est toujours délicat, même avec un tableur.

Bon sang, j'avais sous-estimé cette fille, une fois de plus.

— Je demanderai à mon ami Graham une photo des tribunes pendant un match. Le journal doit bien avoir ça quelque part. Nous pourrons compter les têtes sur la photo.

— C'est une excellente idée.

Notre discussion à bâtons rompus s'arrêta net lorsque j'entendis que l'on frappait à la porte de ma chambre.

Lianne et moi interrompîmes aussitôt nos prévisions.

— À suivre ? murmurai-je.

C'est Rafe ? articula-t-elle.

— Sans doute.

— Je vais te demander de me faire un rapport, chuchota-t-elle.

Je la saluai pour la nuit et retournai dans ma chambre avant de refermer la porte de la salle de bain. On frappa de nouveau.

— Bella ? dit Rafe. J'ai ton livre.

J'ouvris la porte.

— Tu pensais vraiment que je répondrais uniquement pour récupérer *Essais sur la question féministe* ?

Il entra dans ma chambre avec méfiance, me tendant le livre. Pendant quelques secondes, nous nous dévisageâmes, puis nous prîmes la parole en même temps :

— Je suis désolé(e).

Nous avions parlé à l'unisson.

— Oh, s'émut Lianne derrière sa porte.

— Je dois te parler, dit Rafe.

Il passa près de moi et alla s'asseoir sur le lit.

— Viens, dit-il en désignant la place à côté de lui.

Il leva alors vers moi ses grands yeux sombres avant de détourner le regard.

— Je peux commencer ? demandai-je.

Il secoua la tête en souriant.

— Non. Il y a quelque chose que je dois t'avouer.

— Mais ce que j'ai à te dire est arrivé en premier, protestai-je.

— Peu importe, Bella ! J'essaie de…

Je l'interrompis en parlant plus fort que lui :

— Et *moi*, j'essaie de m'excuser de t'avoir volé ta virginité !

On entendit un cri étouffé de l'autre côté de la porte de la salle de bain.

— Lianne ! hurlai-je. Bouge tes petites fesses vers ta stéréo ultra perfectionnée et trouve-toi quelque chose à écouter.

Elle grommela et, bientôt, j'entendis qu'elle s'éloignait de la porte.

Rafe laissa ses épaules retomber.

— Maudit Bickley.

— Je sais, dis-je avec compassion. Mais je n'avais aucune idée que…

Il leva une main pour m'intimer le silence.

— *Arrête*, d'accord ? Je n'ai pas envie d'en parler.

— Mais il le faut, parce que…

— *Non*, répondit-il avec conviction. Absolument pas. C'est ridicule.

— Ce n'est *pas* ridicule, dis-je à voix basse. J'ai été si dure avec toi…

Une fois de plus, il leva la main.

— D'accord, soupirai-je. Mais je me sens comme une idiote. Tu t'es montré tellement gentil avec moi. Toujours. Depuis le premier jour, quand tu m'as aidée à porter un carton dans ma chambre. Je voulais te dire merci. Je n'ai pas été… au mieux de ma forme cette année.

Ses yeux marron se radoucirent.

— Tu avais tes raisons.

J'expirai.

— Oui, j'en avais quelques-unes. Mais tu es la seule *bonne* chose qui me soit arrivée ces derniers temps. Et je veux que tu saches à quel point j'apprécie.

Peut-être l'avais-je déstabilisé. Toujours est-il qu'il avala péniblement sa salive.

— Merci.

— Cette soirée du mois de septembre… commençai-je.

Il m'interrompit avec impatience :

— Ne t'engage pas sur cette voie-là.

— Je ne veux pas te gêner, je te le promets. Mais tu… Je ne pouvais pas le *savoir*, Rafe. Je ne l'aurais jamais deviné.

Il leva les yeux au ciel.

— Euh… merci ?

— Tu as été d'une infinie patience avec moi alors que je passais un sale moment et on ne peut pas en dire autant de ma part. Je le regrette.

— C'est *bon*, Bella. Je ne veux plus parler de ça.

Bah, j'aurais essayé.

— Et toi, que voulais-tu me dire ?

— Te dire, répéta-t-il.

— Oui. Je cède la parole au gentleman de Washington Heights.

J'allai m'asseoir à côté de lui. Rafe posa alors une main au creux de mes reins et la chaleur qui traversa ma chemise me parut divine.

— Bon, dit-il en décrivant de petits cercles dans mon dos. Quand j'ai dit tout à l'heure que les coups d'un soir, ce n'était pas mon truc, je ne plaisantais pas.

— Oui. Maintenant, je te crois.

Il répondit d'un ton bourru :

— C'est ça. Très bien… Ce que je n'ai pas dit, mais que j'aurais aimé te dire, c'est que nous devrions être ensemble. Pour de bon.

Il me regardait droit dans les yeux, avec un regard si passionné que j'en eus la gorge nouée.

— Pour de bon, répétai-je d'un air niais. Tu veux dire… ?

J'étais dans l'incapacité de terminer ma phrase, car j'avais peur de ce que cela pouvait signifier. Rafe voulait être mon… petit ami ? Je n'en avais encore jamais eu.

Il referma son bras dans mon dos pour me serrer contre lui et approcha sa bouche de mon oreille.

— Tu me rends fou, dans le bon sens du terme, Bella. Nous serions formidables ensemble.

C'étaient de très belles paroles, mais je paniquais déjà. Je n'arrivais pas à me faire à l'idée que Rafe me demande d'être sa petite amie. Aucun homme sain d'esprit ne voudrait d'une relation de couple avec moi. Je ne savais pas quoi lui dire et je m'étranglai avec ma réponse.

— *Belleza*, tu n'as pas l'air aussi emballée que moi par cette idée.

— Mais…

J'étais toujours à court de mots.

— Pourquoi faut-il que ce soit un pacte ? Nous sommes déjà amis. Il y a une véritable alchimie entre nous. Je ne suis jamais en couple.

— Pourquoi ? fit-il sur un ton de défi.

— Parce que c'est le début de la fin ! Tout le monde a toujours des attentes phénoménales et l'autre n'est pas à la hauteur. Ensuite, chacun finit par se lasser et rompre.

Il inclina son beau visage vers le plafond.

— C'est atrocement pessimiste, même venant de toi. Certains de tes amis sont très heureux ensemble. C'est toi-même qui me l'as dit.

— Pour l'instant, soulignai-je. Et peut-être que tu n'as pas encore fait le calcul, mais au mois de mai, j'obtiendrai mon diplôme. Qui sait où je serai l'an prochain ? Peut-être en troisième cycle quelque part.

La pile poussiéreuse de brochures des différents établissements de troisième cycle me narguait depuis le coin de bureau où elle était reléguée.

Rafe s'écarta doucement et se pencha en avant, le menton dans les mains.

— Tu as une longue liste d'objections. Je pourrais les contester, mais j'ai l'impression que ce n'est pas ce que tu souhaites.

— Nous ne sommes pas obligés de nous disputer, c'est mon avis. Nous pourrions juste coucher ensemble et nous épargner les réflexions philosophiques. Ma méthode est la plus simple.

— Non, répondit-il à mi-voix. Ce n'est pas simple. Parce que, imagine que nous fassions des folies là, maintenant…

— Appelons un chat un chat, proposai-je. Je pourrais te déshabiller en soixante secondes, puis nous nous sauterions dessus pour une baise torride.

Comment cette idée pouvait-elle ne pas lui plaire ? J'avais chaud rien qu'en la suggérant.

— C'est vrai, dit-il. Une baise explosive et fantastique. J'ai une imagination débordante, Bella. Il nous faudrait une semaine rien que pour réaliser mes idées les plus récentes.

Il leva alors vers moi un regard enfiévré et mon entrejambe palpita.

— Mais la semaine prochaine, si je te croisais dans les escaliers avec l'un de tes amis du hockey, ça me tuerait.

— Tu serais jaloux ?

Il planta son regard sombre dans le mien.

— *Ridiculement* jaloux.

— C'est tellement… possessif.

Il leva les mains au ciel.

— Appelle ça comme tu voudras. Mais je tiens à toi. Beaucoup. Si nous couchons ensemble, ce n'est pas juste… un exercice. Si c'est ce que tu appelles possessif, alors je le suis.

Il se leva.

— Attends, m'exclamai-je.

Comme Rafe avait presque rejoint la porte, je m'empressai de terminer ma pensée.

— Disons que nous ne couchons *pas* ensemble maintenant. Et que dans deux semaines je te croise dans les escaliers et que je sois avec un homme. Tu trouves que ce serait *mieux* ?

Il se retourna avec un drôle d'air, comme si j'avais frappé son chiot.

— Ce ne serait pas agréable, en effet. Mais ce serait tout de même moins difficile.

Sérieusement ?

— Pas de mon point de vue, parce que nous nous serions privés d'une partie torride de jambes en l'air. Tu n'es pas à l'aise avec ma vie sexuelle. Tu me couvres de *honte*.

— *Non !* protesta-t-il aussitôt.

La colère dans ses yeux me sidéra.

— Je te trouve *merveilleuse* et je l'ai dit chaque fois que j'en ai eu l'occasion. Ne parle pas à ma place. Je n'ai jamais jugé ton mode de vie. Mais il ne *me* convient pas.

Sous mes yeux, je le vis capituler. Ses épaules s'affaissèrent et il posa la tête contre la porte.

— Euh… annulons les Études d'Urbanisme pour ce soir, dit-il.

Mon cœur tressaillit. Quand Rafe posa la main sur la poignée, j'éprouvai le besoin irrépressible de l'arrêter.

— Rafe ?

Il se retourna, sur ses gardes.

— Oui ?

— Tu n'en avais peut-être pas l'intention, mais j'ai de la chance d'avoir été ta première fille.

Pendant une fraction de seconde, ses yeux se fermèrent avec chagrin. Mais il retrouva aussitôt son sérieux et les rouvrit.

— On se voit demain.

— D'accord.

Un instant plus tard, je me retrouvai seule. *Encore !* Me jetant sur le lit, je m'efforçai de comprendre ce qui venait de se passer. Rafe avait envie d'une relation de couple ? J'essayais de me le représenter, mais c'était difficile, car je n'avais jamais eu de petit ami. Il y avait eu *Fucker* Tanning, que j'avais considéré comme tel. Mais ce n'était qu'une illusion qu'il avait inventée pour justifier son goût pour les adolescentes. Et puis, il y avait eu Graham, avec qui je ne sortais pas vraiment, même si au fond de mon cœur, j'espérais qu'il y aurait un avenir.

Oui. Une liste lamentable.

Même si je disais oui à Rafe, ce serait un arrangement temporaire. En mai, nous serions tous les deux malheureux. Et pour quoi ?

RAFE ! hurlait mon corps, ce traître. Chaque fois qu'il s'approchait de moi, j'éprouvais comme une attraction gravitationnelle. Même dans mes pires moments, je m'étais appuyée sur lui. Ce jour-là chez le traiteur, quand il s'était déplacé pour cacher ces gars de la fraternité à ma vue, j'avais eu envie de poser la tête sur la barrière solide de son torse. Et quand il m'avait appris à danser le merengue, n'importe quelle fille en aurait mouillé sa culotte.

Il était tout. Sexy. Drôle. Sexy. Gentil. Attentionné. Sexy.

Ai-je déjà mentionné sexy ?

Je poussai tout haut un gémissement. S'il n'était pas si obnubilé par la vie de couple, nous pourrions être en train de faire sauter nos vêtements en ce moment même. Et bien plus encore. La session brève, mais enflammée, que nous avions partagée sur son canapé prouvait que notre alchimie était réelle. J'en voulais plus, c'était une évidence.

Mais Rafe voulait un *engagement*, suivi par une rupture après le diplôme.

Et après, c'était moi qu'il trouvait impulsive ?

Je me retournai pour enfouir mon visage dans l'oreiller. Pour être philosophique, disons que la *vie* était un arrangement temporaire. Alors pourquoi s'embarrasser avec les relations de couple ?

Des coups furieux retentirent sur la porte de la salle de bain.

— Quoi ?

Lianne entra.

— Est-ce que je viens d'entendre Rafe partir ?

— Oui.

— Seigneur, et pourquoi ?

— Il veut que nous soyons en *couple*.

Lianne tapa dans ses mains.

— Vraiment ? Il est *adorable*.

— C'est vrai, acquiesçai-je. Mais je ne pense pas pouvoir sortir avec lui. Je n'aime pas les relations sérieuses. Et je ne suis pas certaine de vouloir enfreindre ma règle.

Son visage se rembrunit.

— Que te dit ton cœur ?

— Mon cœur est un sale traître et un très mauvais juge de la nature humaine.

Lianne ferma les yeux avant de se frapper le front à trois reprises contre la porte de la salle de bain.

— Je jure devant Dieu, Bella…

— Quoi ?

Elle dardait sur moi un regard assassin.

— Voilà ce que nous savons au sujet de Rafe.

Elle se mit à égrener une à une ses qualités sur ses doigts.

— Il est canon, il est poli, il t'a portée sur plusieurs étages, puis il a monté la garde à ton chevet comme un dragon de jeu vidéo jusqu'à ce que tu sois à nouveau sur pied. Il te regarde comme si tu étais un ange et il fait tout cela sans jamais en tirer le *moindre* profit. Si tu n'étais pas attirée par lui, je comprendrais. Mais tu l'es ! Alors ton cœur a intérêt à se faire à l'idée.

Pendant une seconde, je la regardai en clignant des yeux. C'était sans doute le discours le plus long que je l'aie entendue prononcer.

— Tu soulèves des points intéressants, admis-je enfin.

Elle avait un regard étrange. Il était à la fois sauvage et fier.

— Les types bien comme lui sont aussi rares que les vampires par un jour ensoleillé, Bella. Je ne plaisante pas.

— Je sais, répondis-je tranquillement.

C'était vrai. Et *j'étais* attirée par Rafe. Tellement. Mais j'avais du mal à m'engager sur cette voie. Dès l'instant où je décidais que j'aimais quelqu'un, je finissais toujours par être déçue.

Elle entra dans la chambre et vint s'asseoir sur mon lit.

— On dirait que tu as *peur* d'être avec lui. Et ça ne te ressemble pas.

— Ah oui ? Si tu es tellement courageuse, que fais-tu à Célib'ville avec moi ?

Lianne me jeta un coup d'œil en coin.

— Je n'ai pas dit que *j'étais* courageuse. Je suis une vraie poule mouillée. Mais toi, tu es en permanence avec des gars…

Je reniflai. Lianne pensait toujours que j'étais la pire traînée au monde.

Elle leva une main.

— D'accord, je me suis mal fait comprendre. Je veux juste dire que tu n'es pas facilement intimidée. Tu sais quoi dire aux hommes. Et Rafe est le meilleur d'entre eux ! En quoi est-ce si difficile ?

— C'est que…

Lianne ne comprendrait jamais.

— Pour être avec lui, il faudrait que je fasse *amende honorable*. Il faudrait que je sois la fille que l'on m'a toujours demandé d'être.

— Crois-tu que Rafe essaie de te changer ? demanda Lianne.

— Non, répondis-je du tac au tac.

Au fond de moi, je savais que c'était vrai. Il n'avait pas peur de dire ce qu'il voulait.

— Mais c'est ce que cherche à faire le reste du monde.

Son jeune front se plissa.

— Je comprends. Mais ça te pose la question de ce qui compte le plus. Si tu veux être avec Rafe, l'opinion des autres ne devrait avoir aucune importance.

— Lianne, si ta carrière d'actrice tourne court, tu devrais envisager la médiation.

Nous restâmes un moment assises en silence.

— Nous allons toujours court-circuiter le match de football, n'est-ce pas ? demanda enfin Lianne.

— Et comment, plus que jamais !

CHAPITRE
VINGT-SIX

Bella

Pendant plusieurs soirées d'affilée, Lianne et moi complotâmes comme Churchill et Franklin Roosevelt. Me concentrer sur ma petite vengeance, c'était justement ce dont j'avais besoin. Même si notre projet d'Études d'Urbanisme était à rendre pour bientôt, Rafe et moi nous évitions. Et je me dérobais toujours au reste du monde. Mais Lianne aimait échafauder des plans avec moi et c'était réciproque.

Nous venions de terminer notre dîner – des sushis, cette fois – quand le téléphone de Lianne sonna.

— Je dois décrocher avant qu'on discute de la question du transport, dit-elle.

Je fus étonnée de l'entendre répondre :

— Bon sang ! Qu'est-ce que tu veux ?

Elle écouta un moment, ses yeux roulant dans leurs orbites comme des boules de flipper.

— Non, je n'ai pas encore décidé où j'irais passer Thanksgiving. Les Bermudes, ça peut être sympa, mais je pourrais aussi aller à Palm Springs pour être avec maman. Ou accompagner un ami chez lui.

Elle leva les yeux au ciel.

— *Un* ami. Il habite dans le Massachusetts.

Évidemment, je n'en perdais pas une bribe. Lianne ne me parlait jamais de sa vie. Maintenant que j'y pensais, je n'avais jamais entendu son téléphone sonner.

— Bob, je n'ai pas encore pris de décision. Raye-moi de ta liste d'invités, s'il te faut une réponse claire. J'irai ailleurs.

Elle sourit comme si elle avait marqué un point dans un jeu dont elle seule connaissait les règles.

— N'insiste pas, d'accord ? Ce n'est vraiment pas agréable. À plus.

Elle coupa la communication.

Bon sang. Et moi qui croyais en début d'année que Lianne manquait de caractère.

— Quoi ? fit-elle, me faisant prendre conscience que je la dévisageais.

— Qui viens-tu de rembarrer comme ça ? demandai-je.

Elle fronça son nez mondialement célèbre.

— Mon agent est un vrai casse-pied. Et j'ai beau l'envoyer paître, je finis toujours par faire ce qu'il veut.

— Tu n'as rien prévu pour Thanksgiving ?

Elle agita une main d'un air las.

— J'irai sans doute à Palm Springs, où vit ma peste de mère. Mais je ne peux pas le lui dire à l'avance, parce qu'il débarquerait. Et il organiserait des fêtes ou des événements quelconques dont je n'ai aucune envie. Alors je préfère le laisser dans l'incertitude.

Dur.

— J'opterais pour le Massachusetts chez ce gars. Ça me plaît bien.

Lianne reprit son bloc-notes à la main.

— Bella, s'il existait réellement, il serait en haut de la liste.

— Oh.

Oups.

— Tu étais très convaincante.

— C'est pour ça qu'on me paie généreusement, dit-elle en soupirant. Et maintenant, notre plan. Les mannequins peuvent arriver de la ville en train et nous irons les chercher avec le fourgon de location.

Je m'assis à côté d'elle et regardai ses notes par-dessus son épaule.

— N'oublie pas que nous aurons besoin d'un super emplacement de parking, entre la buvette et le stade, avec un accès rapide à la route, précisai-je. Le fourgon doit déjà être en position bien avant l'arrivée du train.

— Bien vu.

Elle griffonna sur son carnet.

— Les filles prendront un taxi pour rejoindre le campus. Il vaut mieux qu'elles n'arrivent pas avant le début du match. Je veux qu'elles attirent l'attention, mais pas avant l'heure prévue.

— Compris.

— Salut, fit soudain une voix derrière moi.

Je tournai vivement la tête et découvris Rafe appuyé contre la porte de la salle de bain.

— D'où viens-tu ?

Il haussa les sourcils.

— Nous devons toujours terminer notre devoir. Tu veux que je m'en aille ?

Un silence gênant s'en suivit, pendant lequel le regard de Lianne alterna entre nous.

— Non, répondis-je lentement. Mais nous étions en train de peaufiner quelque chose et tu m'as fait peur.

— Peaufiner quoi ? demanda-t-il en croisant les bras devant son beau torse.

Pendant une seconde, je m'absorbai dans la contemplation de son t-shirt tendu sur ses abdominaux si alléchants. Je savais que si je me levais pour le rejoindre, il refermerait ses longs bras autour de moi.

Mais je me retins de céder à cette impulsion, car cela m'enverrait tout droit dans les abysses.

— Que mijotez-vous ? demanda-t-il à nouveau.

Lianne répondit avant moi :

— Le meilleur coup *du monde* ! J'ai hâte de voir leurs têtes.

Rafe arqua un sourcil en me regardant.

— Il faudrait peut-être qu'on parle, lui dis-je alors.

Nous entrâmes dans ma chambre pour avoir plus d'intimité. Rafe écouta mon plan, ses yeux marron assombris par un regard grave.

— Et si tu t'attirais des ennuis ? me demanda-t-il d'abord.

J'avais en effet de fortes chances d'atterrir dans le bureau d'un doyen pour m'expliquer.

— J'y ai pensé. Et je crois que je dirais la vérité. Je leur montrerais la photo sur *BêtesDeFac*. Et…

Cela n'allait pas plaire à Rafe, mais j'ajoutai :

— Je leur dirais que j'ai été droguée ce soir-là chez les Bêta Rhô.

Rafe se leva si rapidement qu'il me fit sursauter. Il se dirigea vers la fenêtre. Je le vis prendre une longue inspiration avant d'expirer. Quand il parla, sa voix était blanche.

— J'ai bien entendu ? Ils t'ont *droguée* ?

— Je crois, murmurai-je.

— *Jesucristo*. Comment ai-je pu rater ça ?

— Je crois que tu étais occupé à me porter dans les escaliers. Et j'ai volontairement éludé la question, parce que je ne voulais pas que tu ailles voir la police.

— Mais *pourquoi*, Bella ? Ce connard devrait être en prison.

— J'étais *mortifiée*, Rafe. J'avais *honte*, d'accord ? Maintenant, je comprends pourquoi les filles qui subissent des agressions sexuelles ne portent pas plainte.

Ses poings se crispèrent sur le bord de la fenêtre.

— Tu as été agressée ?

— Non, affirmai-je en secouant la tête. Mais je n'en ai pas moins honte.

Il baissa la tête en expirant longuement.

— S'il te plaît, porte plainte. Je t'en supplie.

— D'abord, je veux mettre mon plan à exécution au match. J'aimerais me faire comprendre.

— Il comprendra très bien quand il se retrouvera derrière les barreaux.

— Mais ils sont *tous* concernés ! me récriai-je. Ils font ce qu'on leur ordonne ! Et je peux le prouver avec deux rames de papier coloré et une dizaine de pin-up. C'est de la *poésie*, Rafe. C'est leur sale coup qui entraîne le mien. Comme cette stèle que tu m'as montrée : « Tué par le tronc qu'il coupait. »

Rafe passa une main sur son visage.

— Ton plan est brillant. Tu es la fille la plus intelligente que je connaisse. Mais c'est aussi *risqué*.

— Tout ce qui vaut le coup comporte des risques, répliquai-je.

Lentement, Rafe leva les yeux vers moi. Nos regards se figèrent. Il haussa alors un sourcil, affichant cette expression qui me rendait folle.

Zut. *Tout ce qui vaut le coup comporte des risques*, avais-je dit. Et pourtant, je n'avais même pas pris de risques pour lui. J'étais lamentable.

— Je ne te demande pas de venir, dis-je plus lentement.

J'avais été la pire des amies.

— Oh, je viendrai. Tu n'as pas le choix.

— Pourquoi ?

Ses yeux sortirent presque de leurs orbites.

— Tu crois que je peux vaquer tranquillement à mes occupations du samedi, aller voir un film ou je ne sais quoi, tout en me demandant si Lianne et toi n'allez pas finir *droguées* dans le placard d'une fraternité ?

Rafe se mettait rarement en colère, mais il donna un coup de pied dans ma chaise de bureau. Puis il se prit la tête à deux mains et leva les yeux vers le plafond.

— Désolé, parvint-il à articuler.

— Je te promets d'être prudente.

Il laissa retomber ses bras, manifestement plus bougon que jamais.

— Ah oui ? Eh bien, j'ouvrirai l'œil pour m'en assurer.

Je me demandais ce qu'en dirait Lianne. Rafe était debout devant moi, beau à se damner. Il avait la mine sombre d'un mâle dominant et l'expression de son visage me faisait fondre. J'avais envie de me jeter sur lui. Je pouvais le dérider à coup de baisers, l'escalader comme un arbre jusqu'à lui faire murmurer des jurons en espagnol à mon oreille, le déshabiller et terminer ce que nous avions commencé l'autre jour. Et quand nous aurions fini, je poserais ma tête sur son torse – le torse de mon *petit ami* – et m'endormirais.

L'envie était forte, mais j'y résistai.

— Aurais-tu du papier millimétré par hasard ? demandai-je à la place.

CHAPITRE
VINGT-SEPT

Rafe

Le jour du match de football américain, j'avais vieilli d'au moins vingt-sept ans.

Bella et Lianne avaient commencé la journée en louant un fourgon, qu'elles avaient garé au bord du parking où devait avoir lieu la fête. D'après ce que j'avais compris, elles ne risquaient aucun danger jusqu'à la mi-temps. Mais j'arrivai tout de même deux heures avant le coup d'envoi, car je voulais être présent au cas où l'un de ces abrutis déboulerait sur les lieux.

Quand je retrouvai les filles, Lianne était en train de signer des autographes aux mannequins qu'elles avaient engagés et Bella leur remettait des sweat-shirts Bêta Rhô à col V.

Je voyais très bien la tournure que prendraient les événements. Ces idiots de Bêta Rhô allaient poser les yeux sur les *tatas* de ces filles et ils feraient tout ce qu'elles leur demanderaient. Puis, quand ils se rendraient compte qu'ils avaient été bernés, ils seraient *furieux*. Contre Bella.

Que desastre.

En approchant du fourgon, je vis Bella lever les yeux avec étonnement.

— Salut, dit-elle. Tu sais que le match ne commence pas avant un bout de temps, n'est-ce pas ?

— Dans ce cas, ça te laisse tout le temps du monde pour m'écouter.

Bella me regarda d'un drôle d'air, mais elle me suivit derrière le fourgon.

— Qu'y a-t-il ? demanda-t-elle en croisant les bras.

Ses joues étaient colorées, dans le style inimitable de Bella, et ses yeux lançaient des éclairs. Il n'y avait rien que je ne serais prêt à faire pour cette fille. Mais apparemment, je ne l'avais pas convaincue. Ou pire, elle s'en fichait.

— Je t'en prie, ne fais pas ça, dis-je à voix basse. Ce n'est pas une bonne idée.

Son regard s'embrasa.

— C'est une idée brillante. Tu l'as dit toi-même.

Je fermai les yeux pendant un moment, en essayant de me calmer.

— C'est *dangereux*. Je sais que tu veux faire passer un message, mais tout peut arriver.

Bella redressa les épaules.

— Je le fais à ma manière. Je dirai ce que je suis venue dire. Mais merci du conseil.

Après un dernier regard agacé, elle disparut de l'autre côté du capot.

Dios. Elle m'avait envoyé paître. Je commençais à en prendre l'habitude.

Bien sûr, je passai les trois heures qui suivirent à l'écart, à l'affut des ennuis et conscient de tout ce qui pouvait dérailler.

Au centre de contrôle de Bella, les mannequins qui entouraient le fourgon étaient encore plus nombreux. Elles étaient toutes plus grandes et plus éblouissantes les unes que les autres, maquillées comme on n'avait pas l'habitude de le voir à un match de football américain de Harkness. Si mon ventre voulait bien cesser de faire des pirouettes, je pourrais éventuellement profiter du spectacle.

Bella était assise dans le fourgon de location, ses jumelles dirigées vers la buvette que les Bêta Rhô avaient installée et où se déroulait la fête du centenaire. Quand le match commença, les étudiants se dirigèrent vers le stade. Je les vis passer devant moi, les joues rouges à cause du froid de novembre et des bières déjà avalées.

Les membres des Bêta Rhô étaient les plus saouls d'entre eux. Je me demandais si cela faciliterait le plan machiavélique de Bella, ou au contraire le rendrait encore plus périlleux.

Faites que ça marche, ne cessais-je de me répéter. Parce que marchander avec Dieu était toujours une stratégie efficace. Et si les choses tournaient mal, le téléphone dans ma poche était la seule arme dont je disposais.

Il n'y avait qu'un seul point positif : les Bêta Rhô étaient une fraternité de joueurs de football. Et comme Bella avait l'intention de sortir le grand jeu pendant la mi-temps, une bonne partie des membres de l'association serait dans les vestiaires au moment de l'apothéose.

C'était déjà ça.

Une fois que la buvette des Bêta Rhô se fut vidée et que l'on put entendre la foule rugir dans le stade, Bella et Lianne s'affairèrent. Elles alignèrent les femmes qu'elles avaient engagées et passèrent un moment à leur expliquer le plan. Lianne consultait constamment son téléphone, sans doute pour surveiller l'avancée du match. Des annonces retentirent à l'intérieur du stade et je compris que le deuxième quart-temps de la rencontre avait déjà commencé.

Bella et Lianne sortirent deux longs rouleaux de tissu de l'arrière du fourgon. Chaque rouleau était rattaché à des baguettes. Manifestement, il s'agissait de banderoles, mais je ne voyais pas ce qui y était inscrit. Quatre mannequins formèrent deux paires, et chacune reçut une banderole. Le plus dur était à venir. Bella remit des classeurs bordeaux aux filles restantes. Avec emphase, elle leur expliqua ce qu'elles devaient faire. Puis, elle répéta les consignes pour faire bonne mesure.

Je me demandais ce qui m'inquiétait le plus, que le plan de Bella échoue ou qu'il réussisse. S'il échouait, elle serait dévastée. Mais s'il fonctionnait, elle serait en danger. J'avais l'estomac noué.

Après le petit discours d'introduction, les filles retirèrent leurs pantalons de survêtement pour révéler les mini-shorts qu'elles portaient en dessous. Puis, Lianne leur distribua des casquettes de baseball à l'effigie des Bêta Rhô, dont elles se coiffèrent. Enfin, toutes les femmes prirent un sac à l'arrière du fourgon et se dirigèrent vers l'entrée du stade. J'attendis qu'elles soient passées pour courir vers Bella.

— Eh, lui lançai-je. Bonne chance.

Quand elle se tourna vers moi, son visage exprimait la douceur.

— Merci.

Incapable de résister, je me penchai pour déposer un baiser sur sa joue.

— S'il te plaît, ne prends pas de risques. Si les choses tournent mal, fiche le camp d'ici.

— D'accord.

Elle baissa les yeux avant de me regarder à nouveau.

— C'est promis.

— Allez, fonce.

Bella leva une main.

— Attends. Je dois passer un appel.

Elle sortit son téléphone de sa poche et composa un numéro.

— Graham ? Tu es dans la tribune de la presse, n'est-ce pas ? J'aimerais que tu te positionnes pour bien voir les sections six et sept. C'est là que sont installés les Bêta Rhô. Et prends une caméra.

Il y eut une pause.

— Je ne peux pas te dire pourquoi. Mais dès que tu verras que des documents circulent sur les gradins, commence tout de suite à filmer. C'est important.

Elle écouta un moment et répondit :

— Je *sais* que je suis une casse-pied, Graham. Mais fais-le, d'accord ? Tu obtiendras un super article. Et si quelque chose tourne mal, je veux que tu le filmes.

Une fois de plus, mon ventre se contracta.

Elle rangea son téléphone et tapa dans ses mains.

— Bon. En avant !

Je suivis quatorze des plus belles femmes de la région sous les arches du stade. Un agent déchira mon billet d'entrée et je pénétrai dans le stade en me demandant où aller.

Je pris place à côté des gradins de la zone de but. De là, je pouvais voir les tribunes tout en restant mobile. La mi-temps venait juste de commencer et l'orchestre de Harkness faisait son entrée sur le terrain.

Quand les mannequins approchèrent de la section réservée aux étudiants, je fus perplexe. Les filles sortirent de leurs sacs des gobelets en plastique vides, du genre que l'on vend comme souvenirs dans les événements sportifs. Comme ils étaient bordeaux, sans doute s'agissait-il de produits dérivés au logo des Bêta Rhô.

Après avoir distribué les gobelets, les filles s'installèrent au premier rang et sur les sièges latéraux dans les tribunes de la fraternité.

Pendant ce temps, Bella avait pris place au bout d'une rangée dans la section des étudiants, tandis que Lianne s'asseyait quelques rangs au-dessus.

Soudain, Lianne porta un sifflet d'entraîneur à ses lèvres et souffla.

Immédiatement, les mannequins se penchèrent vers les premiers types assis au bout des rangées les plus proches d'elles. Avec de grands gestes, elles leur expliquèrent ce qu'elles attendaient et leur remirent des paquets de cartes. Ils ne semblèrent opposer aucune résistance. Elles n'eurent pas à insister longtemps et je vis les cartes circuler dans les rangées. Certaines étaient bordeaux, d'autres blanches.

Mon cœur battait la chamade.

Au premier rang, les mannequins avaient recruté deux personnes qui tenaient à présent les baguettes d'une banderole sur laquelle on pouvait lire : « Depuis 1915 ». Au rang supérieur, une banderole similaire était déployée, indiquant : « Fraternité Bêta Rhô ».

À présent arrivait le moment le plus délicat de l'opération, qui ne fonctionnerait que si Bella et Lianne avaient exécuté sans erreur leur graphique sur papier millimétré, et si la majeure partie des spectateurs assis sur ces vingt rangées de sièges brandissaient leur fiche comme on le leur avait demandé.

Une fois que toutes les cartes eurent été distribuées, j'entendis Lianne donner un coup de sifflet. Au même moment, les mannequins levèrent leurs classeurs au-dessus de leurs têtes, donnant l'exemple aux rangées qu'elles dirigeaient. Elles s'acquittaient de leur tâche avec des sourires engageants. C'était un beau spectacle, que les différentes générations de Bêta Rhô représentées ne manquèrent pas de remarquer.

Je retins mon souffle en voyant plusieurs centaines de feuilles bordeaux et blanches se dresser dans les airs.

Pendant une seconde insoutenable, je fus incapable de déchiffrer ce que je voyais. Mais alors que deux cents membres de la fraternité et leurs compagnes levaient les bras, la mosaïque de cartes se mit à former des lettres. Le message de Bella était parfaitement lisible. Avec les deux banderoles, les types de la fraternité avaient épelé contre leur gré :

Fraternité Bêta Rhô
ON PENSE AVEC
NOS BITES
Depuis 1915
Plusieurs choses se produisirent en même temps.

Des cris de surprise et des rires éclatèrent comme un rugissement de l'autre côté du stade, suivis par des bousculades alors que tout le monde cherchait à sortir son téléphone. Dans la section des étudiants, on faisait circuler les gobelets souvenirs.

Les mannequins de Lianne amorcèrent leur repli, remontant précipitamment les marches. Mais leur progression était ralentie par les spectateurs qui occupaient les escaliers pour aller et venir entre les toilettes, les gradins et les divers stands. Bella et Lianne restèrent sur place à surveiller la sortie de leurs filles comme des capitaines prêts à couler avec le navire.

— Allez, murmurai-je tout bas.

Le plus tôt Bella serait tirée d'affaire, le mieux ce serait. Je la vis se lever pour suivre le dernier mannequin dans les escaliers et je suivis son avancée à travers la foule. Je descendis à mon tour les marches comme pour la retrouver en bas.

C'est alors que je l'aperçus, un type que je reconnaissais de la Soirée Casino chez les Bêta Rhô. Il portait sa veste de football sur les épaules, car il avait un bras en écharpe. Sur le bras de sa veste, on pouvait lire « Whittaker ». Dans sa main valide, il tenait un plateau sur lequel étaient posés trois verres.

Son visage exprima la stupéfaction la plus pure quand il découvrit la déclaration de sa fraternité. Puis ses traits se changèrent en rage non contenue.

— Putain ! l'entendis-je crier. Les mecs ! Baissez ces trucs !

À présent, j'avais accéléré et me frayais un chemin entre les spectateurs pour essayer de rejoindre Bella.

— Eh, attention ! fit quelqu'un sur mon passage.

Je n'avais pas le temps de m'excuser, car Whittaker balayait les gradins du regard, la bouche encore ouverte sous l'effet de la surprise. Il se tourna… vers Bella, qui avait presque atteint le niveau inférieur.

Je courus sur les derniers mètres, déterminé à ne pas ralentir avant d'avoir rejoint ce type. Au lieu de ça ? J'entrai en collision avec son plateau avant de m'écraser contre lui. Le résultat fut un juron instantané, suivi par des éclaboussures de soda sur mon torse.

— Connard ! hurla Whittaker. Mais qu'est-ce que…

— Oups, répondis-je.

J'équilibrai ce qu'il restait du plateau dans sa main.

— Je suis désolé. Je peux t'en payer un autre ?

Tout en m'excusant, je me préparai à recevoir un coup de poing. Après tout, je l'avais trempé, lui aussi.

Mais il ne semblait pas savoir où concentrer son regard et sa colère. Ses yeux hagards ne cessaient d'alterner entre le soda qui ruisselait le long de son bras et la déclaration malheureuse de sa fraternité.

— Eh ! cria-t-il à un gars dans les tribunes. Qui a fait ça ?

Il essaya de me contourner, mais je lui bloquais le passage – tant que je ne saurais pas si Bella avait pu s'enfuir.

— Écoute, dis-je en sortant un billet de dix dollars de ma poche. Prends ça, je suis désolé pour les boissons.

— On s'en fout, ducon. Dégage !

Je glissai le billet de dix dans la poche de sa chemise avant de le dépasser en direction des sorties.

Bella et Lianne n'étaient nulle part. Quand j'arrivai sur le parking, le fourgon avait déjà démarré et ses feux arrière brillaient gaiement dans la lueur du crépuscule.

J'éprouvai une vague de soulagement en le regardant s'éloigner.

CHAPITRE
VINGT-HUIT

Bella

Je conduisais le fourgon dans les rues de Harkness tout en riant comme une folle.

Apparemment, la réaction physiologique du corps à un coup réussi contre une fraternité, c'était une crise de fou rire sans précédent. Je n'avais pas autant ri depuis la classe de troisième, et voilà que les vannes cédaient tandis que, sur le siège côté passager, celles de Lianne volaient en éclat. Sur les banquettes derrière nous, une douzaine de mannequins riaient en bavardant avec animation.

— Oh, Seigneur. Ces photos sont parfaites, dit Lianne entre deux hoquets. Ton ami Graham a envoyé des photos *et* une vidéo. J'ai hâte de les voir en haute résolution. Il y a aussi quelques textos de sa part.

— Que dit-il ?

— Alors… « Oh mon Dieu, oh mon Dieu. Tu es un génie. Meilleure idée depuis l'invention de l'horoscope dans les biscuits chinois. »

Sa remarque me fit éclater de rire.

— Et sur le dernier, il dit : « Épouse-moi. »

Je pouffai.

— À une époque, j'aurais accepté.

— C'est vrai ? Je dois rencontrer ce type.

— Tu le rencontreras. Avec son petit ami.

— Oh.

— Ouais...

Je m'arrêtai au dernier feu de signalisation avant la gare. Mon cœur cognait toujours sous l'effet de l'adrénaline, même si l'étape amusante de notre mission était terminée. Je commençais à peine à comprendre que je m'étais peut-être fourrée dans les ennuis jusqu'au cou. N'importe qui chez les Bêta Rhô aurait pu me repérer dans le fourgon avec les mannequins, ou de l'autre côté de l'allée dans les gradins.

— Dis, Lianne ? Est-ce qu'on nous voit sur les photos que Graham a envoyées ?

Elle manipula mon téléphone, plissant les yeux en regardant l'écran.

— Oui, mais à peine. Nous sommes sur le côté. Et alors ?

— Je ne veux pas que tu subisses des représailles à cause de moi, dis-je en songeant aux conséquences.

Lianne tendit une main par-dessus le levier de vitesses et la posa sur mon bras.

— Tu n'as aucun souci à te faire. Je suis sérieuse. Si ça s'ébruite, mon agent sera furieux, mais mon attachée de presse fera une danse de la joie.

— Pourquoi ?

— Parce que je suis sa cliente la plus ennuyeuse. Enfin, bien sûr elle ne souhaite pas que j'atterrisse en désintox, ni rien de ce genre. Mais c'est difficile d'attirer l'attention des médias sur quelqu'un qui ne sort jamais de sa chambre.

J'engageai le fourgon sur la voie en demi-cercle du dépose-minute et coupai le moteur. Lianne se retourna sur son siège.

— Merci pour votre aide, mesdames. C'était un plaisir. Votre agence vous enverra les chèques.

L'un des mannequins ouvrit la porte coulissante tandis qu'une autre nous posait une question.

— On peut garder les sweatshirts ?

— Bien sûr ! répondis-je. Mais je ne les porterais pas dans le train. C'est peu probable, mais il y aura peut-être des membres des Bêta Rhô à bord et ils risqueraient de vous embêter.

— Et puis, merde, lança une rousse sculpturale appelée Amber. Moi, je garde le mien.

Sa réplique déclencha l'hilarité générale et les mannequins

sortirent du fourgon. Lianne referma la portière derrière elles et je m'éloignai.

Les dernières étapes du plan nous prirent une heure de plus et j'eus presque l'impression d'être une hors-la-loi.

Dans une benne derrière l'agence de location de voitures, nous nous débarrassâmes des derniers sweats des Bêta Rhô et des instructions que nous avions imprimées pour les mannequins. Puis, après avoir fouillé le fourgon à la recherche d'éventuelles traces accablantes, nous le rendîmes. Enfin, nous appelâmes un taxi pour rentrer au campus.

— Je meurs de faim, avoua Lianne pendant notre trajet de retour. Nous commanderons quelque chose dès que nous serons rentrées.

— Mais le réfectoire sert encore pendant un quart d'heure, soulignai-je. Nous pourrions y aller tout de suite.

— Bon, d'accord, acquiesça-t-elle.

En entrant, elle se dirigea tout droit au lieu de monter les escaliers.

— Euh… où vas-tu ?

Elle fit alors volte-face d'un air tout penaud.

— Ouvre la marche.

— Comment se fait-il que tu ne sois encore jamais allée à la cafétéria ? lui demandai-je. Nous sommes au mois de *novembre*.

Son visage se ferma.

— Je préfère commander, c'est plus simple.

— Avance, dis-je en désignant les marches en granite. Il te suffit de ta carte d'étudiante. Ce n'est pas plus compliqué que ça.

Je lui montrai à quel endroit la présenter devant la porte, puis je la conduisis vers la cuisine pour prendre nos plateaux.

— Et n'oublie pas les couverts, dis-je. C'est une erreur de débutant.

Une femme plus âgée derrière le comptoir s'empara d'une assiette.

— Que prendrez-vous ?

— Spaghettis et boulettes de viande.

En voyant l'horreur se dessiner sur les traits de Lianne, je désignai la porte.

— Pas de panique. Il y a un bar à salades dans la salle à manger. Et la soupe est juste là, ajoutai-je en désignant les soupières en libre-service.

— Un instant, dit soudain la dame de la cafétéria, la louche suspendue au-dessus des boulettes. Vous ressemblez à cette fille, dans les films. La princesse magique.

— Hmm, fit Lianne d'un air évasif.

Puis elle baissa la tête et se dirigea vers les soupes.

Quand la femme me remit mon assiette, je la remerciai et me retournai pour découvrir Lianne qui m'attendait. Elle tenait un bol de soupe mexicaine au poulet et fronçait les sourcils d'un air anxieux.

— Viens, lui dis-je.

Dans la salle à manger, je repérai Graham assis à table avec Rikker et Corey Callahan. Il n'y avait qu'une seule place, mais je m'y attardai un moment.

— Salut, tout le monde !

Corey fit glisser son plateau au bord de la table avant de se lever.

— Salut ! J'allais partir, dit-elle. Assieds-toi là…

Sa voix faiblit quand elle remarqua la personne qui se tenait à côté de moi.

— Oh, euh… Salut ! dit-elle en se ressaisissant. Je m'appelle Corey.

— Salut, répondit Lianne à mi-voix.

Je posai mon plateau sur la table.

— Corey, Graham, Rikker, voici Lianne.

— Salut, dirent les garçons.

Mais Corey la fixait toujours.

— Tu as besoin d'aide ? lui demandai-je en désignant son plateau.

Comme elle marchait avec une canne, elle avait parfois besoin d'un coup de main, surtout si son plateau était trop chargé.

Mais elle sembla revenir de ses rêveries et dit :

— Non. Aucun problème. Et félicitations ! ajouta-t-elle avec un grand sourire. Graham était justement en train de nous raconter…

Je secouai énergiquement la tête.

— Je ne vois pas de quoi tu veux parler.

Elle haussa les sourcils.

— Oh. *Bien sûr*, tu ne sais pas. Je suis ridicule.

Le sourire aux lèvres, elle emporta son plateau à une main et se dirigea avec précautions vers la sortie.

— C'était… dit Graham en souriant avant de murmurer : *Specta-culaire*.

Rikker se pencha vers moi.

— Ça t'aurait tué de *prévenir* quelques personnes ? Je ne vais jamais aux matchs de football américain. Et je suis déçu d'avoir tout raté.

Graham lui serra le poignet.

— Mais j'ai d'excellentes photos. Après le dîner, j'irai au journal pour rédiger mon article. En première page, bien sûr.

Mon ventre se noua avec nervosité.

— On est dans la merde.

Je tirai l'autre chaise pour Lianne.

— Assieds-toi. Attends... je t'ai promis de la bouffe pour lapins. Le bar à salades est là-bas.

Lianne déposa son plateau et se dirigea vers le buffet au centre de la salle.

Il se produisit alors quelque chose d'étrange. À la table la plus proche du bar à salades, je vis deux personnes échanger un coup de coude. Le silence se fit autour de la table. Trente secondes plus tard, tous ceux qui s'attardaient en cette dernière demi-heure de service du dimanche dévisageaient Lianne.

— Attends, dit Graham en suivant mon regard. Elle me dit quelque chose. Ce n'est pas elle qui... ?

— Si, dis-je. C'est ma voisine au troisième.

Il se redressa sur sa chaise.

— Elle est dans la résidence *Beaumont* ? Je ne l'avais encore jamais vue.

Je m'avançai par-dessus la table pour lui piquer la main avec ma fourchette.

— Ne la regarde pas.

Lianne revint une minute plus tard et s'assit avec sa salade. Après un instant, les conversations reprirent dans la salle.

— C'était fou, m'exclamai-je.

Elle soupira en prenant sa cuillère à soupe.

— J'ai bêtement cru que je pouvais me fondre dans le décor. Il m'a fallu une heure le jour de mon emménagement pour comprendre que c'était impossible.

— Je ne suis pas de cet avis, insistai-je. Tu dois te *mêler* aux gens si tu veux réellement te fondre dans le décor. Si tu venais ici chaque soir, ce ne serait pas aussi intéressant pour eux.

— J'ignore comment me mêler aux gens, avoua Lianne. Je ne suis jamais allée à l'école.

— *Quoi ?* s'exclama Rikker. C'est impossible.

Lianne secoua la tête.

— J'ai fait la maternelle dans une école normale. Ensuite, ma mère m'a traînée avec elle sur chaque continent, pour son propre plaisir. J'avais des tuteurs privés. Puis j'ai *travaillé* pendant la période du lycée. Les seules personnes que je voyais au quotidien portaient des capes.

— Waouh. Et moi qui croyais que mes années lycée étaient pourries, murmura Rikker.

Lianne agita une main, comme pour changer de sujet de conversation.

— Merci de nous avoir envoyé les photos, Graham, dit-elle.

Il sourit.

— Tu étais dessus, toi aussi ?

— C'était ma partenaire de crime, dis-je. Les mannequins, c'est son idée.

— Et les sweat-shirts, ajouta-t-elle.

— Les *décolletés*, acquiesçai-je.

— Rappelez-moi de ne jamais vous énerver, dit Rikker. Je peux dire à l'équipe que tu es ma nouvelle idole ?

— J'aimerais bien, dis-je. Mais s'il te plaît, ne le fais pas. Je dois être prudente.

Graham retrouva son sérieux.

— Bon sang, tu as raison.

Il me tapa alors la main.

— Tiens, voici ton voisin canon.

Du coin de l'œil, je vis Rafe changer les plateaux du bar à salades. Comment pouvait-il rester aussi beau tout en travaillant en cuisine, c'était un vrai mystère à mes yeux.

— Il a monté la garde aujourd'hui, dit Lianne. Je l'ai vu.

— Vraiment ? demanda Rikker en me souriant.

— Oui, fit Lianne sans tenir compte du coup de pied que je lui décochais sous la table. Il aimerait bien aider Bella dans d'autres domaines aussi, mais elle l'a repoussé.

— Lianne, l'avertis-je. En quoi ça te concerne ?

— Parce que, dit-elle en rejetant ses cheveux brillants en arrière. Le suspense me *tue*. Vous vous regardez toujours comme si vous regrettiez l'invention du tissu. Quand nous sommes tous dans la même pièce, j'ai l'impression d'être de trop.

— Mais pas du tout, insistai-je.

— Hmm, fit Lianne en piquant une olive dans son assiette.

— Nouveau sujet, proposai-je. Que vas-tu dire dans ton article de journal ?

Graham ricana.

— Voyons… Que nous avons perdu le match parce que notre quarterback a fait trois lancers interceptés. Et aussi que deux cents Bêta Rhô ont proclamé leur bêtise. Et que personne n'y trouve rien à redire.

— Je te mets au défi d'écrire ça, bébé, dit Rikker.

— Oh, je vais le faire. Mais il me faut un bon titre. « La Frat Se Prend Une Branlée », ça ne passera pas au comité éditorial.

— Et puis, ce n'est pas tout à fait exact, ajoutai-je. « La Frat Se Met Elle-Même Une Branlée En Bavant Devant Des Décolletés Plongeants. » Personne ne les y a forcés.

— C'est vrai, mais c'est un poil trop long pour un titre, objecta Graham. Je trouverai autre chose.

— Je n'en doute pas, répondis-je en coupant une boulette de viande avec ma fourchette. Eh, Lianne ? J'ai accusé réception d'un colis FedEx pour toi hier. J'ai oublié de te le dire, mais je l'ai laissé dans la salle de bain.

— Cool. C'est un script.

— Ah oui ? Un nouveau film ?

Elle secoua la tête.

— Une pièce. Roméo et Juliette. C'est amusant qu'ils m'envoient un exemplaire par FedEx un samedi. Comme si je ne pouvais pas me procurer le texte à Harkness.

— Tu joues Juliette ? Tu vas devoir te poignarder dans le cœur ?

— Oui ! dit-elle en jouant avec sa salade. C'est la meilleure partie.

— Je pourrai y assister ? C'est quand ?

— À Noël. Et tu pourras y assister, en effet, puisque je joue au Public Theater.

Je laissai tomber ma serviette.

— Tu joues Juliette au Public Theater ? C'est la grande classe.

— C'est une bonne mise en scène, avoua-t-elle. J'y vais parce qu'il y a un rôle que j'aimerais décrocher dans une nouvelle adaptation au cinéma d'une pièce de Shakespeare. Mais ça me fiche en l'air les vacances de Noël. J'aurai dix jours de répétitions et quinze représentations.

— Waouh.

— Oui, ce sera épuisant. Mais bon… Je pourrai profiter des plats à emporter de nouveaux restaurants, pour changer.

— Et de New York, ajouta Rikker. Il n'y a pas mieux.

Elle haussa à nouveau les épaules.

— New York, ce n'est pas mal, mais je n'ai pas très envie de rester enfermée dans une chambre d'hôtel pendant trois semaines.

— Pourquoi pas ? demanda Graham. C'est la belle vie.

Ma voisine avait l'air mal à l'aise.

— Je n'aurai pas assez d'intimité. Mon agent est un véritable Hitler. Et il peut débarquer chaque fois que ça lui chante.

Son agent devait lui donner du fil à retordre. Elle semblait presque en avoir peur.

— Lianne ? Tu as besoin d'un hébergement ? J'ai une chambre d'amis. Il te faudrait partager une salle de bain avec moi, ce serait comme ici.

Elle me lança un regard en coin.

— Pendant trois semaines ? Tes parents deviendraient fous.

— Non, pas du tout, dit Graham en froissant sa serviette. Bella a tout le premier étage de leur magnifique maison de ville depuis que sa pétasse de sœur a déménagé.

Rikker me fit du pied sous la table.

— J'aimerais bien séjourner à l'Hôtel Bella, moi aussi. Où est mon invitation ?

— Tu peux venir. Sérieusement. Si vous me rendez visite à Noël, nous pourrions aller voir un match des Rangers. Toi aussi, Lianne. Si tu n'as pas envie de rester à l'hôtel, viens chez moi. Ton agent peut aller se faire voir.

Elle me dévisagea et ses joues s'empourprèrent.

— Ce plan me plaît bien. Maintenant, finis tes glucides. Nous devons rentrer pour voir combien de photos ont déjà été postées sur Twitter. Et j'aimerais préparer la vidéo de Graham.

— Nous ne pouvons pas la poster sous nos noms, m'empressai-je de préciser.

— Tu crois ? fit-elle en levant les yeux au ciel. Je veux que ça reste à la postérité. La musique ne sera pas facile à choisir. Je ne trouve aucune chanson sur les débiles des fraternités.

— *Who Let the Dogs Out* ? suggéra Graham.

— Hmm, répondit ma voisine d'un air pensif. Je la testerai.

Quand nous nous levâmes pour partir, le réfectoire était presque désert. Ensemble, nous déposâmes nos plateaux sur le chariot avant de nous diriger vers la porte.

— Attends, entendis-je alors.

Je me retournai pour découvrir Rafe qui nous rejoignait. Tout le monde s'arrêta et quatre paires d'yeux le regardèrent. Je n'étais sans doute pas la seule à avoir remarqué à quel point son jean délavé moulait ses hanches à la perfection ni à constater la fermeté de ses muscles sous son t-shirt de Harkness.

— Salut, dis-je, un peu gênée.

— Salut.

Il hésita et ses grands yeux sombres me dévisagèrent. Pendant quelque temps, nos échanges seraient maladroits. Je n'arrivais pas à m'y faire.

— Je... euh, je voulais te conseiller de ne pas te déplacer seule dans les jours qui viennent, dit-il.

Je soutenais le regard de Rafe, mais j'aurais juré sentir mes trois amis se donner des bourrades derrière moi.

— Je ne suis pas seule, soulignai-je.

— Tant mieux, dit-il en s'essuyant les mains sur sa serviette. Sois prudente, d'accord ? Ils sont vraisemblablement hors d'eux. Je suis encore coincé ici pour une demi-heure, mais...

— Nous allons la raccompagner, dit Graham.

— Je n'habite qu'à cent mètres, précisai-je.

J'en avais assez qu'on me surveille. Plus qu'assez.

— Dans ce cas, ce ne sera pas long, dit Rikker en posant une main sur mon épaule. Allez, viens.

— Merci, dit Rafe comme s'il avait passé le relais dans une épreuve sportive.

Mais il me sourit et ajouta :

— Bonsoir, *belleza*. Félicitations.

Seigneur, ce sourire. Et quand il m'appelait *beauté* en espagnol, je me liquéfiais.

— Bonsoir.

Nous sortîmes et mes amis gardèrent le silence pendant une quinzaine de secondes à peine.

— Eh bien, je ne le laisserais pas dormir dans la baignoire, dit Graham.

— Moi non plus, renchérit Lianne.

— *La ferme !* sifflai-je, provoquant leur hilarité.

CHAPITRE
VINGT-NEUF

Rafe

Après mon service au réfectoire, j'emportai tous mes livres à la bibliothèque.

La tête baissée entre les quatre cloisons d'une cabine, je tentai de réviser. Mais c'était impossible de se concentrer. Je ne cessais de penser à la victoire de Bella. Je restai donc assis là, à rafraîchir la page d'accueil du journal de l'établissement en attendant la nouvelle.

Enfin, après avoir cliqué sur la touche pour la millième fois, je la vis apparaître – une grande photo montrant l'aveu de faiblesse de la fraternité, brouillon mais lisible. Et le titre ? « Cafouillage De L'Équipe De Football Et De La Fraternité Bêta Rhô Pendant La Défaite Animée Contre Les Tigers. »

Bon sang, c'était agréable de voir ça.

Je lus l'article rédigé par l'ami de Bella, Michael Graham. C'était un récit sans détour du match et des événements de la mi-temps. Graham écrivait : « Personne n'a encore revendiqué la performance artistique dans la section des Bêta Rhô. »

On y lisait la citation d'un ancien élève furibond. « C'est de la diffamation. Nous enquêterons sur cette mauvaise farce que nous porterons devant les tribunaux. »

À ces mots, je frissonnai. La riposte de Bella ne me semblait pas passible de poursuites judiciaires, mais je n'en savais rien.

Mon regard fut attiré par un article encadré. « Un Message À Faire Passer ».

« Plusieurs centaines de gobelets en plastique au logo des Bêta Rhô ont circulé dans la section des étudiants pendant la mi-temps », pouvait-on lire.

Je croyais qu'il s'agissait juste d'un prétexte à la présence des mannequins, mais je me trompais. La photo d'un gobelet révélait un autre message :

Bêta Rhô : 100 ans de misogynie

Première fraternité à intégrer l'Université de Harkness.

1974 : Première fraternité à protester contre l'admission des femmes à l'université.

1981 : Lieu de la première agression sexuelle d'une étudiante.

Blâmes et/ou condamnations à 7 reprises au cours des 16 dernières années.

Effets Secondaires d'une soirée chez les Bêta Rhô :

Votre photo sur le site web BêtesDeFac

Trophée de la Salope de la Semaine

Risques de se faire droguer

Si un membre de l'association vous sert le « cocktail spécial », NE le buvez PAS

Si vous soupçonnez un ami d'avoir été drogué, appelez le 911

— *Jesucristo*, murmurai-je.

Bella s'était trompée en se qualifiant de féministe ratée. Elle devrait même avoir le droit d'enseigner ce cours.

L'article citait ensuite plusieurs femmes à propos de Bêta Rhô.

« Tout le monde trouve que la Salope de la Semaine est une initiative immonde, disait une joueuse de volleyball qui préférait rester anonyme. Mais personne n'en parle, car personne ne veut reconnaître avoir remporté ce sinistre prix. » L'article donnait également la parole à une conseillère étudiante qui mettait toujours en garde les nouveaux de première année contre les soirées alcoolisées dans les résidences des fraternités. « C'est la surenchère, à qui boira le plus, expliquait-elle. Alors ce n'est pas un endroit sûr. »

Seul dans ma cabine d'études, je souriais en regardant l'écran. Si Bella avait cherché à alerter les femmes au sujet des Bêta Rhô, elle avait fait un excellent travail. En première page. Et son nom n'était mentionné nulle part.

J'avais essayé de la dissuader de mettre son plan à exécution. Elle pensait sans doute que j'étais un abruti. Peut-être avait-elle raison.

Je ne savais toujours pas quoi faire de mes sentiments pour Bella. Aujourd'hui, j'avais passé plusieurs heures seul avec mes pensées. Nous étions toujours dans une impasse. À plusieurs reprises, j'avais envisagé de capituler, d'accepter que nous devenions copains de baise si c'était ce qu'elle voulait vraiment.

Mais... *Dios*, ça ne fonctionnerait jamais. L'intérêt d'un coup d'un soir, c'était justement qu'il restait momentané. Et je savais que je ne pourrais m'empêcher d'avoir toutes sortes d'attentes et d'espoirs. Je pouvais me dépouiller de mes vêtements, mais je ne pouvais pas en faire autant avec mes sentiments. Ils étaient permanents. Comme un tatouage invisible. Ce ne serait juste pour aucun de nous deux.

Il ne me restait que deux choix. Je pouvais m'effacer et cacher ma déception. Ou je pouvais tenter à nouveau ma chance, laisser passer une semaine et plaider ma cause. Et si elle refusait, rien ne m'empêchait de recommencer plus tard...

Il y avait une vieille citation de Wayne Gretzky que mon entraîneur de foot aimait employer, même si elle était censée faire référence au hockey. « Vous ratez cent pour cent des coups que vous ne tentez pas. »

En fait, la décision était facile à prendre.

Je ramenai mon livre de français devant mes yeux avant de le repousser quelques instants plus tard. Je me rendais compte que je n'avais pas été aussi franc avec Alison que j'avais l'intention de l'être avec Bella. Ce qui signifiait que mes problèmes avec Alison ne venaient pas uniquement d'elle...

Jesucristo.

Je rallumai mon ordinateur portable et composai un e-mail rapide :

Chère Alison,

Salut. Je voulais juste te dire que ce qui s'est passé entre nous n'était pas entièrement ta faute.

Il m'en coûtait d'écrire une telle chose, parce que mon homme des cavernes intérieur avait envie de protester, mais je me forçai à poursuivre.

Ça me posait toujours problème quand tu te dérobais, mais au lieu d'essayer de comprendre ce qui n'allait pas, je me contentais de broyer du noir. J'imaginais des dizaines de raisons et elles étaient toutes fausses. Si j'avais été capable de t'en parler plus tôt, nous aurions pu éviter le mélodrame de notre anniversaire. Et j'en suis désolé.

On se voit mardi en Études d'Urbanisme,

Rafe

Satisfait et soudain épuisé, je refermai l'ordinateur et récupérai mon livre de français. Au moins, maintenant, j'avais un plan. Ce n'était peut-être pas grand-chose, mais c'était déjà ça.

CHAPITRE
TRENTE

Bella

Après dîner, Lianne et moi avions réintégré nos terriers de lapins sous les combles.

Ma voisine déjantée avait mis de la musique à plein volume dans sa chambre pour fêter la victoire. Régulièrement, elle passait la tête par la porte de la salle de bain pour m'annoncer combien de personnes avaient chargé des photos de l'humiliation des Bêta Rhô sur divers sites de réseaux sociaux.

— Il y a même un hashtag ! me cria-t-elle depuis sa chambre. Ils l'ont appelé #BitesDeFac ! C'est tellement génial.

C'était amusant de voir Lianne aussi enthousiaste. La robe du soir que portait cette fille aux Oscar avait fait l'objet de dizaines de milliers de Tweets. Elle apparaissait tous les mois dans *People Magazine*. Et voilà qu'elle se mettait dans tous ses états pour les retombées mineures d'un petit match de football américain.

Quant à moi, je me sentais plutôt… déstabilisée. J'avais marqué tous les points que je visais aujourd'hui, et pourtant je faisais les cent pas dans ma chambre, à guetter les messages de menace sur mon téléphone.

Je n'en avais pas reçu. Pas le moindre.

— Il y a un fil de discussion intéressant sur YikYak ! annonça Lianne depuis sa chambre. Les gens réécrivent notre message :

« Queutards depuis 1915 aurait tout aussi bien fonctionné, avec moins de lettres. »

Elle éclata d'un rire joyeux.

— Et sur Twitter, l'équipe de foot féminine aimerait organiser une fête pour féliciter les responsables.

— Sympa.

C'était formidable d'entendre que mes efforts étaient récompensés, mais en fin de compte, qu'avais-je réellement accompli ? J'avais gâché la fête qu'ils organisaient à leur propre gloire, et j'avais prouvé que c'étaient des ordures. Au passage, je m'étais sans doute fait deux cents ennemis.

Oh, quel mélodrame. Dans mon cœur, je n'étais pas faite pour ce genre de drames. Je voulais juste retrouver mes amis et me sentir à l'aise avec moi-même.

Cette année, le précieux réconfort et le peu de bonheur que j'avais reçus, je les devais à un seul homme. Mon cœur se serra péniblement quand je songeai à Rafe. Si j'avais de la chance, il débarquerait dans la prochaine demi-heure pour me demander de terminer notre projet d'Études d'Urbanisme.

Un instant, quoi ? Mon cerveau revint lentement sur cet étrange désir que je venais de formuler. Et pourtant, il persistait. J'avais pris l'habitude de voir son visage diaboliquement séduisant tous les jours. Et à l'exception de ce bref aperçu au réfectoire, je n'avais pas eu ma dose quotidienne.

Sans doute arriverait-il bientôt. Et s'il décidait de travailler sur autre chose ce soir, je le verrais demain. C'était bien assez tôt, n'est-ce pas ?

Bien sûr.

Mais dix minutes plus tard, j'avais de nouveau les yeux rivés sur l'heure pour calculer depuis combien de temps le service de Rafe était terminé. Peut-être était-il sorti avec ses coéquipiers ?

Il discutait peut-être avec un charmant sosie d'Alison et lui demandait son numéro de téléphone.

— Merde ! m'écriai-je.

Pourquoi cette idée me dérangeait-elle à ce point ?

— Qu'y a-t-il ? s'exclama Lianne en faisant irruption dans ma chambre. Quelqu'un a appelé ?

Ses yeux bleus étaient arrondis par l'inquiétude.

— Non, m'empressai-je de répondre. Je me suis juste… euh, cogné l'orteil.

Ses épaules se détendirent.

— Ne me fais pas une peur pareille. Au fait, j'ai compté vingt-sept vidéos ajoutées sur YouTube.

— Formidable, répondis-je.

— C'est le meilleur jour de ma vie, dit Lianne par-dessus mon épaule. Qui d'autre faut-il punir ? demanda-t-elle. Je suis prête à tout recommencer.

C'était officiel. J'avais créé un monstre. Un monstre très petit, avec une peau parfaite.

À minuit, j'étais un cas désespéré et un paquet de nerfs. Tandis que le web continuait de célébrer ma victoire, mon propre téléphone demeurait silencieux.

Et Rafe n'était pas venu.

L'envie de le voir avait atteint des proportions douloureuses. Pourquoi n'avais-je pas pris conscience qu'en le repoussant, je risquais de le perdre ?

Ce soir, je me sentais seule. Bien sûr, j'aurais pu appeler mes amis du hockey. Pépé ou Trevi auraient été surpris d'avoir de mes nouvelles, mais ils auraient sans doute été heureux de me voir.

Mais ce n'était pas Pépé et Trevi que je voulais.

Rafe était sans doute endormi à l'heure qu'il était. Pendant qu'une révélation me frappait et que je prenais conscience de l'importance qu'il avait à mes yeux. Et il n'était que deux étages plus bas.

— Et puis, merde, murmurai-je en glissant les pieds dans mes Converse montantes. J'y vais.

Ce ne fut qu'une fois dans les escaliers que je me rendis compte de mon allure et des regards curieux que je risquais de m'attirer de la part des colocataires de Rafe en me présentant en petit débardeur et pyjama de flanelle. Mais il était trop tard pour m'en soucier maintenant.

Sous la porte de leur salle commune, un rayon de lumière m'encourageait. Je frappai.

Rien.

Je frappai à nouveau. Les règles de bienséance n'étant pas mon fort, j'essayai la porte qui s'ouvrit sous ma main.

La salle commune était vide et les deux chambres fermées. Je crus entendre des voix d'hommes, mais en m'approchant de la porte de Rafe sur la pointe des pieds, je ne perçus que le silence. Sans doute les bruits provenaient-ils de la chambre de Mat.

Le mieux que je puisse faire, c'était de remonter dans ma chambre et d'attendre de parler à Rafe le lendemain matin. Mais... j'étais descendue, autant aller jusqu'au bout. Je frappai à la porte.

— Rafe ? C'est Bella. Je peux entrer ?

Le silence me répondit et j'ouvris la porte. Les deux lits étaient vides.

— Zut !

Au même moment, la porte de Mat s'ouvrit et il sortit la tête.

— Je peux t'aider ?

— Où est Rafe ?

J'aurais sans doute dû m'excuser d'être entrée sans y avoir été invitée. Mais quand vous essayiez de rejouer la fin romantique d'une comédie sentimentale, vous ne perdiez pas de temps.

— Euh.

Son coloc passa une main dans ses cheveux en bataille.

— La bibliothèque ? avança-t-il.

— Laquelle ? demandai-je.

Mat me lança un regard exaspéré.

— Comment veux-tu que je le sache ? Il aime bien la bibliothèque centrale du campus.

— Merci ! lançai-je par-dessus mon épaule.

Je sortis de la salle en courant et dévalai les marches. J'avais oublié mon manteau et il faisait froid dehors. Très froid. Mais les héroïnes des comédies romantiques ne se souciaient pas de ce genre de choses, et moi non plus. Je partis à petites foulées jusqu'à la bibliothèque centrale, soutenant mes seins en croisant les bras, car je n'avais pas pris la peine de mettre un soutien-gorge.

C'était gênant, mais je fus bientôt arrivée.

La bibliothèque centrale du campus n'était pas petite. Je commençai par le rez-de-chaussée, inspectant chaque cabine, chaque chaise et table. Il n'y avait pas beaucoup d'étudiants, étant donné l'heure. Mais je ne repérai Rafe nulle part.

Bon, je m'étais officiellement écartée du script des comédies romantiques. Et on commençait à me regarder.

Au sous-sol, ce fut la même histoire. Je ne le trouvais pas. La bibliothèque allait bientôt fermer ses portes. Le seul endroit où je n'avais pas cherché, c'était dans « les petits coins », et je commençai à regarder par la vitre des différentes cabines. J'étais découragée. Après tout, peut-être Rafe était vraiment sorti faire la fête.

À mi-chemin dans la rangée, je dus me hisser sur la pointe des pieds pour mieux voir l'occupant de l'une des cabines, qui s'était effondré sur le bureau. Je découvris des épaules larges et un beau visage masculin assoupi sur un livre. J'entrouvris la porte de quelques centimètres.

— Rafe ?

— Hmm ? fit-il.

Je me faufilai dans la cabine exiguë et refermai la porte coulissante derrière moi.

— Rafe ? murmurai-je en posant une main sur son épaule.

Il me parut chaud et ferme sous mes doigts. Il leva la tête de son cahier et eut tôt fait de retrouver ses esprits.

— Bella ? Tu vas bien ?

Il se tourna sur son siège et son regard m'enveloppa, comme s'il cherchait à déceler quelque chose.

— Qu'est-ce qui ne va pas ?

Qu'est-ce qui ne va pas ? Ce garçon avait fait tant de choses pour moi, tout ça pour essuyer un refus de ma part. Et maintenant que je le tirais d'un profond sommeil, la première chose qu'il faisait, c'était d'essayer de savoir si j'avais besoin d'aide.

Bon sang, j'étais une belle idiote.

— Tout va bien, répondis-je. J'avais juste envie de te voir.

Il plissa un instant les yeux comme s'il essayait de résoudre un problème de mathématiques. Il posa la tête sur sa main.

— Il est tard, dit-il en refermant les paupières.

— Je sais, j'avais remarqué. Il est tard. Mais j'espère qu'il n'est pas *trop* tard.

Je posai les deux mains sur ses épaules. Mes pouces caressaient la peau de son cou. Il pencha alors la tête tout contre mon ventre.

— Je ne sais pas ce que tu racontes, murmura-t-il, mais j'apprécie ta visite.

— Je dis que… commençai-je.

Mais je ne savais même pas par où commencer. Je n'avais encore jamais annoncé à quelqu'un que j'avais envie d'être avec lui. À part *Fucker* Tanning. Et j'avais depuis bien longtemps chassé de mon esprit toutes les gentillesses que j'avais pu lui dire autrefois. Quand j'étais amoureuse de Graham, je ne le lui avais jamais avoué. Je n'avais jamais fait la moindre allusion. Pas une seule fois. C'était trop risqué.

Rafe attendait. Il patientait en faisant remonter lentement son pouce le long de mon avant-bras. J'étais délicieusement déconcertée.

Ne t'éparpille pas, Bella !

— Je dis que tu as sans doute raison. Nous sommes… euh, compatibles.

Rafe sourit sans ouvrir les yeux.

— Tu crois ?

— Oui, répondis-je à mi-voix.

— Très bien, murmura-t-il. Que comptes-tu faire maintenant ?

— Euh !

N'était-ce pas évident ?

— Nous pouvons être ensemble.

— Hmm, fit-il en ouvrant enfin les paupières. Je ne sais pas, Bella. Nous devons être certains qu'il n'y a aucun malentendu entre nous. Je ne suis pas sûr que « être ensemble » soit assez clair. Dis-le franchement. Tu serais ma… ?

— Eh bien, répondis-je en me raclant la gorge. Je serais ta…

Rafe sourit et je lui pinçai l'épaule.

— Ça t'amuse.

— Un peu.

— Faut-il vraiment qu'on se colle une étiquette ? J'essaie de te dire que nous devrions être exclusifs. C'est ce que je veux. Mais une *petite amie*, c'est quelqu'un qui passe son temps au téléphone avec son copain ou qui attend qu'il l'appelle. Ou qui parle constamment de lui et fait en sorte que leurs plans s'accordent en permanence. Elle ne dit jamais oui à quoi que ce soit avant d'en avoir d'abord discuté avec lui…

Effectivement, pas étonnant que je ne me sois jamais embarquée là-dedans.

Rafe redressa son beau menton pour mieux me regarder.

— Je ne te demande qu'une chose, c'est de tenir à moi.

C'était tout ?

— Je tiens à toi.

Il sourit à nouveau et j'eus l'impression de voir le soleil se lever.

— Je sais, bébé. Maintenant, viens ici.

Rafe m'attira sur ses genoux et referma ses deux bras autour de moi.

Pendant un moment, j'hésitai. Mon *one-woman show* durait depuis si longtemps que je n'étais pas sûre d'être prête à me blottir dans les bras d'un homme. Mais ils étaient chauds et rassurants, et je posai ma tête sur son épaule en soupirant. Soudain, je me rendis compte que la sensation était très familière. Pendant des mois je m'étais appuyée sur lui sans me poser plus de questions.

Et c'était *très* agréable.

Sa grande main se posa derrière ma tête et me caressa les cheveux. Ses lèvres effleurèrent mon front et le baiser qu'il me fit était si tendre que je sentis ma gorge se nouer.

Pourquoi avais-je résisté à ça, déjà ?

— J'aime que tu sois là, chuchota Rafe.

Sa main se promenait le long de mon dos, laissant un frisson dans son sillage.

— Tu me manquais ce soir, avouai-je. J'avais envie que tu viennes me demander de travailler sur notre présentation.

— C'est très sexy, dit Rafe.

Je ris dans son cou avant de lever les yeux vers lui.

— C'est vrai ce qu'on raconte sur moi. J'aime les bonnes grosses *colonnes* de calculs. J'ai envie de faire monter en flèche ton taux d'intérêt.

En ricanant, il déposa un nouveau baiser sur mon front.

— Tu as toute mon attention, maintenant. Mais je n'aurais pas abandonné, *belleza*. Je pensais prendre une soirée pour rassembler mes esprits, mais j'allais revenir. Pour essayer de te conquérir.

— Je suis désolée d'avoir été si bête.

Il secoua la tête.

— Rien n'est bête chez toi. Tu as donné une *bonne leçon* à ces gars aujourd'hui. On va en parler pendant des semaines.

C'était peut-être vrai, mais je n'avais plus envie d'y penser. Au lieu de ça, je posai mes lèvres sur sa mâchoire et savourai le goût de sa peau, le picotement de son début de barbe sous ma langue.

Son souffle s'accéléra.

— *Belleza*, murmura-t-il d'une voix rauque qui me donna le frisson.

Puis il posa sa bouche si délicieuse sur la mienne et m'embrassa avec langueur. Ses lèvres étaient tièdes et fermes, tellement *Rafe*.

— Hmm, fis-je en soupirant contre ses lèvres.

Je me demandais quel serait notre comportement maintenant que nous connaissions les secrets l'un de l'autre. Peut-être serait-il plus timide. J'espérais que non.

Il approfondit le baiser. Je m'ouvris à lui et sa langue autoritaire se mêla à la mienne. Sa grande main glissa autour de ma taille pour se poser sur mon ventre frémissant, et la douce pression qu'il exerça envoya des vagues d'électricité dans tout mon corps, réveillant ma zone érogène.

Il n'était pas timide ! Non !

Rafe enflamma notre baiser. Ses lèvres pétrissaient les miennes et ses mains ne cessaient de me frôler et de m'attiser...

Un gémissement résonna entre les cloisons de la cabine. Il provenait de moi. La seule nuit que nous avions partagée en septembre m'avait marquée, si torride et enfiévrée que j'en venais à me demander si mon esprit ne l'avait pas trop sublimée. Mais à présent, je savais que c'était bien réel. Je savais désormais que sous la surface réfléchie et placide de Rafe était tapie la bête sensuelle dont je me souvenais. Tandis qu'il m'embrassait, ses bras puissants menaient leur train, me serrant les hanches et me plaquant contre son torse ferme.

Je me tournai d'un bloc pour un meilleur contact avec son corps. Passant un genou par-dessus ses cuisses, je parvins à le chevaucher. Ses bras se refermèrent autour de moi et ses mains se posèrent sur mes fesses. Lorsqu'il les pressa, nous poussâmes un gémissement simultané.

Nos baisers étaient aussi profonds que l'océan. Je n'avais pas baissé ainsi ma garde – me laissant vraiment aller – depuis si longtemps. J'étais tendue et crispée depuis de nombreuses semaines, à tel point que c'était devenu une habitude. Mais là, c'était magique. Je m'épanouissais dans les bras de Rafe et prenais soin de lui faire savoir qu'il me rendait heureuse.

— *Votre attention, s'il vous plaît. La bibliothèque fermera ses portes dans dix minutes.*

L'avertissement suffit à peine à nous séparer. Après quelques baisers enivrants, nous finîmes par nous détacher l'un de l'autre, à bout de souffle.

— On devrait partir, dit Rafe.

— Oui, acquiesçai-je.

Mais je l'embrassai à nouveau, ma bouche outrepassant les injonctions de mon cerveau. Rafe eut un petit rire contre mes lèvres.

— Viens, dit-il en me donnant une tape dans le dos. Allons-nous-en.

Je n'avais jamais entendu une meilleure idée de toute ma vie.

Rafe fourra ses livres et son ordinateur dans son sac à dos avant de me suivre hors du réduit. Il passa un bras autour de ma taille et, ensemble, nous gravîmes les escaliers et sortîmes dans la nuit.

— Où est ton manteau ? demanda-t-il alors en me regardant. Attends. Mais où sont tes *vêtements* ?

— Euh, dis-je alors qu'il s'arrêtait pour retirer sa veste et la poser sur mes épaules. J'étais impatient de te retrouver.

— Tu as couru jusqu'ici toute seule, en pyjama ?

— Rafe, c'est à *deux rues*.

Il passa à nouveau son bras autour de moi.

— Dois-je te rappeler qu'il est important d'éviter les radars d'une certaine fraternité en ce moment ?

— Non, répondis-je en l'entraînant dans la rue. Réfléchis. As-tu vraiment envie que ton premier exploit en tant que petit ami soit une dispute ? Ça risquerait de mettre un frein à ton périple vers Baiseville.

Il éclata de rire.

— Je vois, *belleza*. D'un autre côté, si nous ne te protégeons pas, ce sera tout de suite plus difficile de baiser.

— Tout va bien, Rafe.

— Tout va même très bien, répondit-il avec empressement.

Les deux minutes qui suivirent furent une pantomime comique intitulée : « Deux personnes qui veulent s'envoyer en l'air ont encore une grille et deux portes à franchir. » Grâce à l'électronique, les deux premiers verrous sautèrent facilement. Nous montâmes au pas de course, passant devant la porte de Rafe pour arriver chez moi. La clé se trouvait autour de mon poignet, mais mon besoin de satisfaction immédiate était trop fort. Je m'arrêtai sur le palier et empoignai Rafe.

Avec un gémissement de désir, il me plaqua contre la porte.

— *Bésame*, ordonna-t-il.

J'en oubliai tout, à l'exception de ses lèvres parfaites et de la sensation de son corps dur contre le mien. Quand sa langue entreprenante envahit ma bouche, la honte s'envola. Il n'y avait plus de fraternité, plus de scandale et plus de match de football. Il n'y avait plus que ses grandes mains qui prenaient possession de mon corps et le grondement avide qui montait de sa gorge.

Jusqu'à ce que Lianne ouvre sa porte.

— Les amis ? Oh… !

Je l'entendis pouffer, mais j'étais trop occupée pour m'en soucier.

— Bon, je suppose que je tombe mal ?

Après un dernier gloussement, sa porte se referma.

Rafe avait enfin remarqué que nous étions toujours devant ma chambre. Il retira le porte-clés de mon poignet et ouvrit la porte. M'entraînant à l'intérieur, il la referma d'un coup de pied. Je jetai sa veste sur la chaise du bureau et, une seconde plus tard, nous étions sur le lit. *Enfin !* Rafe se coucha immédiatement sur moi, son grand corps musclé exerçant une pression sur mes zones érogènes. Tout n'était plus que baisers, gémissements et mains baladeuses. Et je n'en avais jamais assez. Si ce n'est…

— Rafe ? murmurai-je.

— *Belleza ?*

— Comment se fait-il que tu sois resté vierge jusqu'en septembre ? C'est à cause de la religion ?

— Non, bébé.

Il me donna toute une série de baisers lents et entêtants, si bons que j'en oubliai presque ma question. Je parvins néanmoins à poser une main sur son torse ferme et à le repousser doucement.

— Je n'essaie pas d'être intrusive. J'aimerais juste le savoir. Parce que si c'est pour que tu te sentes encore mal après tout ça…

Il me sourit.

— Ce n'est pas intrusif. C'est juste *attentionné*. Tu vois, tu es déjà douée pour cette relation de couple.

Il se pencha, frottant le bout de son nez sous mon menton jusqu'à ce que je me trémousse sous ses chatouilles.

— Vas-tu répondre à ma question ?

— Bien sûr, dit-il en écartant une mèche de cheveux devant mon visage. Deux raisons. Occasion et respect.

— Tu n'en as jamais eu l'occasion ? Un canon comme toi ?

Il sourit.

— Merci, *belleza*. J'avais des copines au lycée et je voulais le faire avec elles, mais elles n'étaient pas prêtes. J'*appréciais* ces filles et je ne voulais pas me montrer insistant. Ce n'est pas facile d'être une immigrante catholique. On leur serine « les filles bien ne font pas ces choses-là » depuis le berceau. Je n'allais pas rompre avec elles juste parce qu'elles ne voulaient pas...

— ... se lancer, proposai-je.

— Oui.

Il me sourit à nouveau et mes genoux flageolèrent.

— On se tripotait dès qu'on en avait l'occasion, mais sans jamais aller jusqu'au bout.

— Ah.

Voilà qui expliquait ses aptitudes impressionnantes en matière de baisers. En fait, voilà qui expliquait beaucoup de choses. Rafe était passionné, mais de manière contrôlée. Comme des braises ardentes capables de produire des flammes à tout moment.

Il déposa un baiser sur mon nez.

— Et puis, Alison, c'était une autre histoire. Elle n'aimait pas le sexe.

En disant cela, il fit courir un doigt le long de mon débardeur, effleurant l'un de mes tétons, avant de descendre sur mon ventre. Je frissonnai.

— Elle n'aimait pas ça ? me récriai-je. J'ai entendu dire que c'était possible. Mais j'ai du mal à le concevoir.

— N'est-ce pas ?

Il m'embrassa encore dans le cou et je frémis de désir.

— De quoi parlions-nous déjà ? murmurai-je.

— *No recuerdo.*

Les baisers de Rafe tracèrent une ligne le long de mon décolleté. Puis il prit l'un de mes seins dans sa main et enfouit son nez contre ma poitrine. Il m'embrassa jusqu'au téton et j'eus envie de me débarrasser de mon petit haut. Je voulais quitter *tous* mes vêtements. Sur-le-champ.

— Déshabille-moi, suppliai-je en prenant l'ourlet de mon débardeur. Vite.

Il ricana et ses lèvres descendirent jusqu'à mon nombril, que je venais d'exposer.

— Qui voudrait précipiter un moment pareil ?

Beaucoup de gens, figure-toi. Y compris moi. S'il ne me déshabillait pas au plus vite, j'allais exploser d'impatience. Sa bouche délicate déposa une ligne de baisers au-dessus de la ceinture de mon pyjama. Des baisers humides et taquins. J'ondulai les hanches en espérant qu'il continuerait vers le sud.

Ce n'était pas tous les jours que je décidais de vivre une relation de couple avec quelqu'un. J'avais envie de fêter ça. Tout de suite.

Pour bien me faire comprendre, je passai mon minuscule débardeur par-dessus ma tête. Un grognement d'appréciation accueillit mon initiative, car je ne portais pas de soutien-gorge.

— Waouh, *belleza. Tu me vuelves loco.*

Posant la main derrière son cou, je l'attirai à moi, vers l'endroit où je le désirais. Il prit mon téton dans sa bouche et la sensation me traversa tout entière. Je ne fis rien pour cacher mon plaisir.

— Tu aimes ? demanda-t-il.

— Ahh, gémis-je lorsqu'il passa à l'autre sein. Où que tu poses ta langue, ça me plaît.

Rafe eut un petit rire. Puis ses baisers descendirent jusqu'à ma hanche. Il baissa l'élastique de mon pyjama de quelques centimètres. En m'embrassant et me mordillant, sa bouche franchit mon bas-ventre et s'attarda avec adoration juste au-dessus de la zone cruciale.

Il y resta un moment et je me trémoussai sous ses baisers excitants, curieuse de ce qui se passerait ensuite. Je voulais sentir sa bouche sur mon corps, mais pour la première fois de ma vie, j'étais *nerveuse* et je craignais de lui demander ce dont j'avais envie. À cause de ma longue période de célibat, je ne m'étais pas rasée depuis un bout de temps. J'avais sans doute un vrai buisson digne de Chewbacca. Peut-être Rafe ne me trouverait pas très attirante…

Je n'eus pas le temps de terminer cette pensée inquiétante, car il tira brutalement sur mon pantalon de pyjama. J'entendis un grognement satisfait quand il découvrit que je ne portais pas non plus de culotte. Et avant même de comprendre ce qui se passait, je sentis un doux baiser m'écarter les cuisses.

— Oh, *belleza,* soupira-t-il en glissant un pouce dans ma moiteur. *Tan hermosa.*

Sa langue suivit le même chemin et je défaillis presque de

bonheur.

— *Tan sabrosa.*

Ce n'était certes pas la première fois que je recevais une bouche enthousiaste entre mes jambes, mais ces paroles aguichantes, ces tendres baisers et *ohhhh...*

Je ne m'étais jamais sentie aussi belle. Rafe avait connu tous les détails sordides de ma vie cette année, et certains des années précédentes. Et pourtant, il me vénérait comme si rien de tout cela n'avait d'importance.

Je me cramponnai au couvre-lit et me hissai sur les coudes pour le regarder. La vue me coupa le souffle. Des bras souples et musclés encadraient ma peau pâle. Le visage de Rafe était rouge et je remarquai une lueur espiègle dans ses yeux mi-clos.

J'inclinai les hanches vers sa bouche et Rafe gémit. Sa langue et ses dents me frôlaient tour à tour. Il était en train de me rendre folle.

— Oh, mon Dieu, murmurai-je.

Chaque frottement de sa bouche humide me rapprochait du but. J'en avais une telle envie – de ça, de lui. Je voulais tout. Tout de suite.

— Rafe ? fis-je en haletant.

— Je ne t'entends pas, dit-il entre deux coups de langue.

— J'ai envie de toi.

— Je *suis* à toi.

Ses bras puissants maintenaient mes cuisses en place et il colla à nouveau sa bouche entre mes jambes.

Toute ma zone de plaisir en frémit d'extase.

— Ohh, soufflai-je.

— Hmm, fit-il pour m'encourager. *Dámelo.*

Donne-le-moi, avait-il dit. Je retombai alors sur le lit et me laissai envahir par les sensations que me procurait un Rafe en adoration. Cela faisait longtemps que je ne m'étais pas vraiment laissé aller avec quelqu'un, mais ce soir c'était d'une simplicité déconcertante. Je passai les doigts dans les cheveux de Rafe et il poussa un gémissement sourd. Il n'en fallut pas plus. Je décollai les hanches du lit et étouffai un cri tandis que des vagues de plaisir déferlaient à travers moi.

J'entendis vaguement des jurons en espagnol particulièrement émoustillants, suivis par la musique que Lianne venait d'allumer à plein volume dans sa chambre. Je redescendis lentement sur Terre en flottant, tandis que Rafe déposait une pluie de baisers entre mes cuisses.

— Waouh, dis-je en tendant un bras au-dessus de ma tête. Pourquoi es-tu encore habillé ?

Il me regarda et sourit. Puis il se leva d'un bond et retira son t-shirt.

Ses abdos bien dessinés me mirent l'eau à la bouche.

— Continue, demandai-je une fois qu'il eut jeté le t-shirt de côté.

Il déboutonna son jean et le laissa tomber sur le sol, avant d'enlever ses chaussettes. Je pouvais voir la forme d'une érection très impressionnante sous son boxer noir, menaçant de le déchirer. Mais à mon grand désarroi, il ne le quitta pas.

Quand il s'avança au bord du lit, je m'assis pour le retrouver.

— Rafe ?

— Hmm ? demanda-t-il en se penchant pour m'embrasser.

Je sentais mon propre goût sur ses lèvres et ce souvenir provoqua en moi comme une décharge de désir.

— Quand je t'ai attaqué sur ton canapé, je me suis attiré des ennuis pour avoir complimenté ta queue.

Il éclata de rire contre mes lèvres.

— Oublions cette journée-là.

— D'accord, mais... dis-je en l'embrassant. Je peux quand même avouer que j'ai *très* envie de jouer avec ?

Rafe posa une grande main derrière mon cou et m'attira à lui.

— Maintenant, tout est différent.

Sa voix grondait à mon oreille.

— Prends ce qui t'appartient, *belleza*.

Oh, avec plaisir. Je posai ma main sur sa cuisse et entrepris de caresser son sexe rigide à travers le coton.

Ses abdominaux se contractèrent et il émit un sifflement.

Je me mis à genoux sur le sol pour le prendre dans ma paume. Après avoir embrassé ses somptueux abdos, je me rapprochai de l'élastique de son boxer. Au-dessus de ma tête, Rafe crispait les muscles de ses bras. Son souffle se fit plus court au fur et à mesure que j'approchais du but.

— *Jesucristo*, murmura-t-il.

Quand j'inclinai la tête pour effleurer toute sa longueur du bout des lèvres, il gémit mon nom.

La vengeance était si douce.

Je tirai enfin sur son boxer pour révéler l'objet de mon affection. *Seigneur.* Il était tout aussi magnifique que dans mes souvenirs – épais et long, avec une goutte impatiente perlant déjà tout au bout. Je m'avançai pour la lécher et il frémit à mon contact. Ma main faisait à peine le tour de sa queue remarquablement dure.

Apparemment, nous attendions tous les deux ce moment.

Je déposai un baiser à son extrémité pour faire grandir l'excitation. Enfin, quand ma langue l'enveloppa, tous les muscles de son corps devinrent rigides. Je refermai la main autour de sa base et pris conscience que la fellation ne serait pas facile. *Ça tombe bien, je suis la femme de la situation.*

Ouvrant grand la bouche, je me mis à sucer.

Le gémissement que poussa alors Rafe retentit sans doute jusqu'à la gare centrale de New York.

Je le libérai pour poser une main sur son ventre et le repousser doucement sur le lit.

— Allonge-toi et laisse-moi enlever ça, dis-je en tirant sur son boxer.

— Tu n'es pas obligée de…

Je plongeai le regard dans ses yeux pleins de désir.

— As-tu sincèrement envie que j'arrête ?

— Non, fit-il en posant une main sur mes cheveux. Mais je ne tiendrai pas longtemps.

Je me baissai sous sa main et lui rendis son sourire.

— Tu ne tiendras peut-être pas *maintenant*, mais quand on baisera plus tard dans la soirée, tu pourras durer plus longtemps.

Son souffle était chaud quand il expira.

— Toi, tu as des idées derrière la tête.

— Hmm, répondis-je. Et *derrière* fait justement partie de ces idées. Mais assez parlé.

Je poussai à nouveau son torse et il se redressa sur les coudes. Trois secondes plus tard, j'avais retiré son boxer et j'avais sa queue épaisse dans la bouche.

Le paradis.

Rafe était presque en état de lévitation sous les prouesses de ma langue. Il jurait et se trémoussait sous mes doigts, pour mon plus grand plaisir.

Je détendis ma gorge pour le prendre tout entier. Ses boules lourdes dans une main, je me mis à gémir autour de sa queue.

— Oh putain, *belleza*, fit-il en haletant. *Tan bueno. Demasiado...*

Il ondulait des hanches dans un rythme cadencé et je sentais à nouveau le feu monter en moi. Au comble de l'excitation, Rafe était plus sexy que jamais. Il ne me cachait rien et me montrait à quel point il en avait envie. Son souffle se fit saccadé et ses coups devinrent plus vifs et irréguliers. Je connaissais les signes, il y était presque. Je redoublai d'ardeur.

En gémissant, Rafe prit ma joue dans sa main – un avertissement implicite. Mon nouveau copain était prévenant. Mais cela ne fit que me donner envie de mieux terminer le travail. Je fis tourner ma langue autour de son extrémité. Il était pantelant. Enfin, je le pris jusqu'au fond de la gorge et poussai un gémissement.

Il jouit dans un cri et son ventre se contracta. Je déglutis à plusieurs reprises jusqu'à ce qu'il s'effondre, les jambes écartées, un bras devant les yeux.

— *Dios*, murmura-t-il.

Pendant un moment, je posai ma joue sur sa cuisse. La main de Rafe me caressait les cheveux.

— Ça va ? lui demandai-je.

Il me répondit dans un grognement.

— On ne peut mieux. Mais ne me demande pas de me lever.

Je remontai sur le lit et lui donnai une tape sur le côté.

— Pousse ton corps de rêve.

— J'en suis encore capable.

Il recula avant de m'attirer dans ses bras.

— Il n'y a pas de mots pour décrire comme je me sens bien.

Je ne m'attendais pas à éprouver une telle joie.

— On ne t'avait encore jamais taillé de pipe ?

Ça ne me regardait pas, et c'était sans doute une question hypocrite de ma part.

— Pas aussi *bien* que ça.

J'éclatai de rire.

— Alors, tu fréquentais les mauvaises filles, Rafe.

— C'est vrai, dit-il en me ramenant tout contre lui pour poser ses lèvres sur mon front. Qu'est-ce que Lianne écoute ?

Je tendis l'oreille avant de pouffer.

— C'est *Let's Get it On* de Marvin Gaye.

Il avait les yeux fermés, mais il étouffa un petit rire.

— Dis donc, elle s'éclate.

— Oui, murmurai-je en passant un pouce sur sa pommette – sur la pommette de mon *petit ami*.

J'allais devoir me répéter ce mot une centaine de fois avant de réussir à m'y faire.

— Tu es fatigué ? demandai-je.

— Hmm, malheureusement.

Il ouvrit les yeux et s'étira.

— Donne-moi juste quelques minutes. Ça va passer.

Je m'éclipsai dans la salle de bain pour me brosser les dents tout en admirant le corps nu de Rafe à travers la porte ouverte. Il avait l'air épuisé. Et il était presque deux heures du matin. Quand je revins au lit, je tirai sur ma couverture.

— Chéri, soulève-toi un peu.

Une minute plus tard, nous étions blottis sous les draps et je tendis le bras pour éteindre la lampe.

— Si c'est trop confortable, je vais vite m'endormir, me dit Rafe.

— Je sais, fis-je en me pelotonnant contre lui. Mais je viens de me rendre compte que nous pourrions recommencer demain. Et après-demain. Et encore le jour d'après.

— Ça me plaît, dit-il.

— À moi aussi. Alors repose-toi. Tu vas avoir besoin de tes forces.

Le rire de mon petit ami ébranla son corps sous ma tête. Je posai la main sur son cœur tandis que les doigts de Rafe caressaient amoureusement mon dos. C'était magique.

— Je suis heureuse que tu sois là, murmurai-je.

— Je ne voudrais être nulle part ailleurs, *belleza*.

Sa voix était chargée d'émotions et ses paroles m'enveloppèrent comme une couverture. Elles se posèrent sur mon âme, où elles allaient entreprendre de guérir tous les maux et toutes les égratignures que j'avais subis ces dernières semaines.

On dit que la vengeance est douce, et on a bien raison. Mais s'allonger nue à côté de l'homme qui veille sur votre cœur l'est encore plus.

Je plantai un dernier baiser sur les pectoraux de Rafe avant de le laisser s'endormir.

CHAPITRE
TRENTE-ET-UN

Rafe

Contrairement à la première fois où j'avais passé la nuit dans le lit de Bella, je sombrai aussitôt et dormis du sommeil du juste.

Le réveil fut une agréable surprise. Je m'étais endormi avec la fille la plus vive, la plus sexy et la plus spirituelle du monde dans les bras, et je me réveillais avec la fille la plus vive, la plus sexy et la plus spirituelle du monde blottie contre mon corps. *Et toujours nue.*

Pincez-moi.

Les boucles souples de Bella étaient étalées sur mon torse. Sans parler de la douceur de sa peau sur la mienne, et du gonflement de ses seins contre mon bras.

Pendant un moment, je restai simplement à l'admirer. Mais comme il était difficile de la regarder sans la toucher, je passai mon doigt sur la peau soyeuse de son bras.

— Hmm, dit-elle comme pour protéger son sommeil.

Puis elle roula sur le côté, me tournant le dos. J'ajustai ma position pour m'emboîter à elle comme une cuillère et je fermai les yeux, en vain. Mon corps était bien conscient d'être au lit avec ma femme nue préférée. Ma trique matinale était plaquée contre ses fesses. Ce simple contact suffisait à enflammer ma queue tout comme mon imagination. Il était hors de question de me rendormir et j'essayai de me détendre en pensant à autre chose. Aux Études d'Urbanisme, par exemple. Notre projet était à rendre dans quelques jours.

Bien sûr. Comme si notre devoir avait une chance de me détourner de la texture veloutée de la peau de Bella contre la mienne et du doux bruit de sa respiration. Je savais que je devrais sortir du lit pour la laisser dormir, mais je ne voulais pas l'abandonner comme la dernière fois.

Elle bougea, produisant une infime friction sur ma queue, et je dus me mordre la lèvre. *Dios*. Elle recommença, se pressant contre mes cuisses. J'expirai lentement, avec patience, pour reprendre le contrôle de la situation.

— Hmm, fit-elle à nouveau.

Puis elle agita ses fesses et ce fut une torture.

Cette fois, je n'y tins plus et je gémis.

Bella ne dit rien et garda les yeux fermés. Elle prit la main que j'avais posée sur sa hanche et la ramena contre sa poitrine.

Un autre gémissement monta du fond de ma gorge quand je sentis les rondeurs de son sein dans ma paume. Je posai les lèvres sur la peau laiteuse de sa nuque. Bella se plaqua contre mon corps, épousant sa forme. L'invitation était évidente.

Je passai mon autre bras sous son oreiller pour m'emparer de ses deux *tatas* à la fois. Avec un soupir, elle se cambra pour mieux s'appuyer entre mes jambes. J'embrassais son cou, encore et encore.

— *Belleza*, murmurai-je.

Quand je déposai un baiser sur la peau douce sous son oreille, elle frissonna dans mes bras.

— Tu veux bien te réveiller pour moi ?

Au lieu de répondre, elle souleva son genou pour m'ouvrir ses cuisses, puis elle ramena sa jambe sur mon sexe. J'étais pris au piège entre ses jambes.

Quand j'avançai les hanches pour accentuer notre fusion, je sentis l'humidité glissante de sa *concha* contre mon érection.

— Oh, gémis-je.

Mon corps entier était en feu. Le cœur battant à tout rompre, je m'enfonçai dans l'espace entre ses jambes. J'avais ses deux seins dans les mains, ma bouche sur son cou. Les courbes de Bella étaient *partout* et c'était exquis.

Avec un petit gémissement excitant, Bella se pressa contre ma queue.

— Bon, dit-elle dans un souffle en posant une main sur mon gland sensible. Qui faut-il sucer ici pour avoir droit à ça ?

Le baiser que je déposai sur sa nuque se changea en éclat de rire.

— J'adore cette idée, *belleza*. Mais je n'ai pas de préservatifs.

Elle lâcha alors ma queue et se redressa sur un coude.

— Dans ce cas, tu as frappé à la bonne porte, si je puis dire.

Tandis que Bella ouvrait le tiroir de sa table de chevet pour fouiller à l'intérieur, j'essayai de calmer ma respiration.

— Je pensais avoir... voilà. Essaie ça.

Bella revint sur son flanc et me tendit le paquet par-dessus son épaule. J'y lus « XL » en grosses lettres. Après l'avoir déchiré, je l'ouvris et ajustai soigneusement le préservatif. Quand je le déroulai, il était bien plus confortable que celui qui avait craqué lors de notre première soirée.

— Merci, *belleza*, dis-je d'une voix douce.

Elle tendit la main au-dessus de sa tête pour passer les doigts dans mes cheveux.

— Si ça te convient, nous allons en acheter toute une caisse.

En ricanant, je refermai les bras autour d'elle.

— Il me va. Et la sensation de ton corps est tellement agréable.

— Elle pourrait l'être encore plus.

Au lieu de se retourner, elle souleva le genou et glissa la main entre ses jambes. Quand elle me prit entre ses doigts, je retins mon souffle. Elle me plaça en position et j'avançai les hanches en expirant.

Aussi simplement que ça, j'étais à l'intérieur de ma copine et je gémissais en sentant son corps autour de ma queue.

— Ouiii.

Elle recula contre moi pour mieux me prendre en elle. Je me saisis alors de ses hanches et m'enfonçai. Ensuite, nous ne fûmes plus que mouvements et gémissements.

Jamais un dimanche n'avait si bien commencé.

Après quelques minutes merveilleuses, mon moteur s'emballa et je passai dans la zone rouge. Mais je n'étais pas prêt à terminer, surtout pas. Je passai mon bras autour de sa poitrine et roulai sur le dos sans me détacher d'elle.

Elle posa la tête sur mon épaule.

— Pourquoi t'arrêtes-tu ? souffla-t-elle.

— Je n'ai pas envie de finir, avouai-je.

Elle inclina les hanches, produisant une délicieuse friction. Mais je ne voulais pas démarrer au quart de tour. Je glissai une main entre ses jambes et mes doigts s'aventurèrent dans son triangle de poils jusqu'à notre point de connexion. *Jesucristo.* Je n'avais encore jamais rien touché d'aussi sexy – la douceur de Bella autour de ma rigidité.

— Oh, waouh, murmura-t-elle en frissonnant dans mes bras.

Elle planta ses talons sur le lit et se cambra sur ma main.

— Tu aimes ça ?

Je me mis à la caresser.

— Trop.

Elle remuait sur mon torse, réagissant par un soupir ou un frisson chaque fois que mes doigts l'effleuraient. Je ne m'étais jamais senti aussi puissant.

— Ohhhh, souffla-t-elle. N'arrête pas.

Mais je craignais qu'elle m'emporte avec elle si elle jouissait sur ma queue. Et je n'étais pas prêt. Je ne voulais pas que ça se passe ainsi.

Je retirai alors ma main et elle poussa un grognement de frustration.

— Je te croyais gentil.

— Je le suis, dis-je en soulevant son corps pour pouvoir me détacher. Le plus gentil du monde.

Reposant Bella sur le drap, je roulai sur son corps. Avec ses boucles déployées sur l'oreiller et ses yeux dont la lumière du matin faisait ressortir le vert saisissant, elle avait l'air d'un ange.

— Bonjour.

— Bonjour, murmura-t-elle en bombant sa poitrine. Y a-t-il un problème ?

Je secouai la tête avant de poser mon front contre le sien.

— Je veux juste regarder ton joli visage pendant qu'on baise, *belleza.*

J'embrassai le bout de son nez.

— *Eres mi novia. Mi hermosa novia.*

À ces mots, ses yeux devinrent vitreux et sa bouche forma un « O ». Elle décolla les hanches et je la pénétrai de nouveau.

Pendant un moment, je restai immobile. Je voulais m'imprégner de sa chaleur, du bonheur que me procurait la proximité de cette fille.

— Merci, *belleza*.

Je donnai un léger coup de reins et elle soupira sous mon corps. C'était si bon que je recommençai. Et encore. *Dios*. Je n'allais plus tenir longtemps. Son regard enfiévré par le désir me rendait fou.

— Rafe... murmura-t-elle.

— *Belleza*, répondis-je en redoublant d'ardeur.

— Embrasse-moi, bébé.

Sí señorita. Posant ma bouche sur la sienne, j'y glissai ma langue et elle répondit par un gémissement de toute beauté. Tendant les mains dans mon dos, elle fit courir ses ongles le long de ma peau. C'était si bon que je faillis terminer. Mon rythme flancha pendant une seconde et je m'emparai de ses mains aventureuses pour les plaquer de part et d'autre du matelas. Entrecroisant mes doigts aux siens, je la maintins fermement sous mon corps.

— *Oui*, cria-t-elle en accueillant chacun de mes coups par un mouvement des hanches.

Je sentis alors son corps qui se mouvait autour de ma queue. C'en fut fini de moi. Mes boules se crispèrent aussitôt et, bientôt, je gémis en me libérant avec une joie délirante.

M'effondrant sur le corps de Bella, je sentis ses bras se refermer dans mon dos. J'essayai de soulever les hanches pour ne pas l'écraser, mais elle refusa.

— Ne bouge surtout pas. Seigneur, c'est si bon.

Je souris dans son oreiller. Nous restâmes ainsi allongés, simplement heureux. Quelques minutes s'écoulèrent avant que je prenne conscience de la chanson rythmée qui nous parvenait à travers la porte de la salle de bain.

— Elle recommence, chuchotai-je.

— Hmm ?

— Cette fois, c'est *Love Shack*.

Bella pouffa.

— Il y a quelque chose que j'aimerais te demander. Parce que je suis novice en relations amoureuses.

— Qu'y a-t-il, *chica* ?

— Que font les couples ensemble le dimanche matin ?

— Tu veux que je t'apprenne la poignée de main secrète du club ?

Bella gloussa.

— Voilà le plan, dis-je en enfouissant mon nez contre sa joue.

D'abord, nous recommençons. Ensuite, nous traînons ta voisine solitaire jusqu'au petit déjeuner. Puis nous avalons des tonnes de café.

Ses mains douces me caressaient le torse.

— Ça me plaît.

CHAPITRE
TRENTE-DEUX

Bella

La vie me paraissait un peu plus belle le lundi suivant qu'elle ne l'avait été depuis des semaines. Peut-être était-ce la vengeance. Peut-être était-ce le sexe.

Oui, c'était sans doute le sexe.

Quelle qu'en soit la raison, je me sentais plus moi-même que ces derniers temps. Je me rendis jusqu'à mon séminaire de psycho en rêvassant à Rafe au lieu de raser les murs sur le passage des étudiants.

Vingt-quatre heures s'étaient écoulées depuis mon coup d'éclat. Puis quarante-huit. Il y avait toujours de nombreuses photos et vidéos sur les réseaux sociaux, mais mon nom n'avait pas été mentionné une seule fois. Et je n'avais plus entendu de menaces inquiétantes de la part des anciens Bêta Rhô concernant une quelconque action en justice.

La vie était belle.

Mardi, j'allai courir avec Rafe avant les Études d'Urbanisme. Après les cours, il était de service au réfectoire et je pris un moment pour appeler l'infirmière en rentrant à Beaumont.

Mme Ogden décrocha à la première sonnerie.

— Comment vas-tu, Bella ?

— Je vais bien. Très bien. Mais j'ai une question.

— Je t'écoute.

— Eh bien, j'ai un nouveau petit ami…

— Félicitations !

— Merci. Et je voulais être à nouveau testée, par excès de précaution.

— D'accord. Tu n'as même pas à prendre rendez-vous. Il te suffit de venir pendant les heures d'ouverture.

— C'est facile, dis-je. Alors j'ai une autre question – on m'a fait des prélèvements dans ma zone sensible quand j'étais malade. Mais cette fois je suppose qu'il me suffira de pisser dans un gobelet ?

— C'est exact. Même chose pour lui s'il souhaite se faire tester. Si vous entamez une nouvelle relation après une période non mono-game, cela peut-être utile de passer un test.

— D'accord.

La monogamie m'allait plutôt bien ces jours-ci. Je m'étais encore réveillée ce matin avec un Rafe excité dans mon lit. Et après avoir réglé la question, il était sorti nous chercher *du café*. Si je n'avais toujours pas compris l'intérêt d'avoir un petit ami, j'en aurais pris conscience en buvant ce *latte* dans mon lit.

— Dis-moi, Bella, disait Mme Ogden dans mon oreille. Quelle matière étudies-tu, déjà ?

— La psychologie.

— Hmm. As-tu déjà pensé à l'école d'infirmières ? Je trouve que tu ferais une infirmière exceptionnelle. Ou une sage-femme. En tout cas, la psychologie te servirait. Tu as une excellente attitude et tu pourrais gagner ta vie en parlant « zones sensibles ».

— Waouh.

Quelle idée folle.

— Je n'avais jamais rien envisagé de médical. Parce que ceux qui essaient d'entrer en école de médecine sont souvent les étudiants les plus stressés de Harkness.

— Je veux bien le croire. Et infirmière n'est peut-être pas aussi glamour que médecin, mais les études de troisième cycle sont beau-coup moins ardues. Si tes projets pour l'an prochain ne sont pas encore définitifs, tu pourrais jeter un œil au programme proposé à Harkness. Juste pour voir si ça t'intéresse.

— Harkness a une école d'infirmières ?

Elle éclata de rire.

— On l'ignore souvent, car elle se trouve au sein même de l'école de médecine. D'ailleurs, j'y suis enseignante.

— Waouh, répétai-je.

Moi, une infirmière ? Ce n'était peut-être pas aussi fou que ça en avait l'air.

— Je vais me renseigner. Aujourd'hui même

— Très bien, et appelle-moi si tu as envie d'en discuter.

Je rentrai chez moi dans une sorte de brouillard, en me demandant si j'avais le bon cursus universitaire pour intégrer une école d'infirmières. Pour la première fois de l'année, j'éprouvai un certain intérêt pour mon avenir après Harkness.

Cette vague de bonheur dura pendant toute la semaine.

Puis, inévitablement, un message vocal me ramena sur Terre. Si je pensais n'avoir à subir aucune répercussion après ma vengeance contre les Bêta Rhô au match de football américain, j'avais été bien naïve. Mon estomac dégringola quand j'entendis la voix à l'autre bout de la ligne.

— Ici le bureau de Wilma Waite, doyenne des étudiants. Merci de nous rappeler immédiatement pour des questions confidentielles.

Oh, merde. Il était temps de payer les pots cassés. Wilma Waite n'était pas une simple doyenne. C'était la doyenne en chef.

Et d'après ce que j'avais entendu dire, ce n'était pas une femme avenante. Elle avait pour surnom « Vilaina » Waite. J'avais les mains moites en composant le numéro. Je portai le téléphone à mon oreille et écoutai la sonnerie. J'essayais de me rassurer tant bien que mal. À l'exception d'une exclusion, je méritais n'importe quelle punition, n'est-ce pas ? Remettre les compteurs à zéro contre les Bêta Rhô m'avait fait un bien fou. Je devais juste m'en souvenir quand ils me tortureraient dans l'antre de Vilaina.

— Bureau de la doyenne Waite.

— Ici Bella Hall, je vous rappelle comme convenu…

— Mademoiselle Hall, dit la réceptionniste d'un ton froid. Merci pour votre rapidité. Auriez-vous la possibilité de venir le plus tôt possible dans le bureau de la doyenne Waite ?

Horreur. Si la doyenne avait *aménagé son emploi du temps* pour me recevoir, c'était mauvais signe.

— Bien sûr, dis-je pour en finir au plus vite.

— Je dois vous demander de ne parler à personne avant d'arriver.

— Euh, d'accord.

Zut, alors. Avais-je besoin d'un avocat ? J'avais vu de nombreuses séries télévisées. Si je n'aimais pas les questions que l'on me poserait, je pourrais toujours interrompre l'entrevue pour appeler mon père. Il en serait *ravi*, mais je savais qu'il volerait tout de suite à mon secours.

La réceptionniste m'indiqua où se trouvait le bureau de la doyenne, mais je connaissais déjà le chemin et il ne me fallut que deux minutes pour rejoindre Tappanworth Hall. Cet endroit était bâti pour intimider les visiteurs. En tirant la gigantesque porte en chêne, je me retrouvai dans une antichambre tout en marbre où mes pas résonnaient. D'autres portes imposantes ouvraient sur un bureau à hauts plafonds avec d'épais tapis persans sur le sol. Deux assistantes étaient assises derrière leurs bureaux volumineux. L'une d'elles se leva d'un bond en me voyant.

— Isabelle ?

— Oui.

— Laissez-moi prendre votre manteau. La doyenne vous est reconnaissante d'avoir pu vous libérer.

Reconnaissante ? Alors les rumeurs étaient fondées. Vilaina Waite devait prendre *plaisir* à torturer les étudiants.

— Voulez-vous un café ? Un thé ? De l'eau ?

— Euh… De l'eau, ce serait parfait.

Quelques minutes plus tard, on me fit franchir une autre double porte en bois sculpté et je fis mon entrée dans le bureau privé de la doyenne. Madame Waite ne ressemblait pas à la dominatrice que j'avais imaginée. C'était une femme ordinaire aux cheveux gris, coiffée comme une bibliothécaire.

— Installez-vous, Isabelle. Merci d'être venue.

— C'est Bella, précisai-je pour me donner l'impression d'être courageuse.

— Bella, prenez place.

Je m'assis. En silence, la réceptionniste quitta la pièce et referma derrière elle.

Vilaina Wilma croisa alors les mains sur le bureau.

— Bella, nous avons reçu une plainte contre les membres de la fraternité Bêta Rhô.

Mon cœur eut un soubresaut et je répétai mentalement sa phrase. Elle venait de dire que la plainte était *contre* la fraternité, non pas *de* la fraternité. Oh.

Ohhhhh. *Oh non.* Je craignais de comprendre où elle voulait en venir.

— Étant donné ce que nous a dit la plaignante, l'établissement enquête auprès de plusieurs membres d'une fraternité. Nous avons l'obligation conformément au Titre Neuf de maintenir une atmosphère sûre et garantie sans harcèlement pour tous les étudiants.

— D'accord, fis-je d'une voix aiguë en essayant de comprendre ce qui avait pu se passer et comment Vilaina Wilma avait obtenu mon nom.

— Un membre de la fraternité coopère avec nous sur cette enquête. C'est lui qui a porté votre nom à notre attention.

Oh. Mais… qui ?

— C'est inhabituel d'avoir le témoignage d'un membre d'association contre sa propre fraternité. Nous avons donc besoin de corroborer ce qu'il nous a rapporté.

Elle me regardait comme si elle attendait quelque chose.

— Je vois, dis-je.

En réalité, je ne voyais pas vraiment.

— Bella, y a-t-il quelque chose que vous aimeriez signaler ?

Son regard était comme un rayon laser. Je ne voulais rien signaler. Mais maintenant, je me demandais d'où provenait cette autre plainte. Si une autre femme avait été malmenée par Whittaker et ses sbires, voilà qui changeait la donne. C'était évident. Si je disais à la doyenne Waite que je n'avais aucun témoignage à lui donner, ce porc risquait de s'en tirer.

Et s'ils avaient infligé des sévices à quelqu'un d'autre ?

Je déglutis.

— Si vous craignez d'être passible d'une quelconque faute, vous pouvez parler en premier lieu à un avocat.

— Je n'ai rien fait de mal, m'empressai-je de répondre. (À l'exception du mauvais tour joué à l'occasion du match de football.) Mais je ne tiens pas à attirer l'attention.

— Bella, ce bureau ne communiquera pas votre nom. L'enquête est privée.

Oh, comme c'est *naïf*. Vraiment ?

— Doyenne Waite, les enquêtes privées, ça n'existe pas. Si je vous raconte mon histoire et que vous interrogez la fraternité, ils sauront *précisément* qui a parlé. Il y a ce site web méprisable sur lequel ils partagent leurs avis.

— Voulez-vous parler de… commença la doyenne en feuilletant les documents sur son bureau. *BêtesDeFac.com* ?

— Exactement.

La doyenne prit quelques notes sur son carnet. *Merde !* J'avais déjà contribué à l'enquête.

Elle soupira et posa son stylo.

— Un ancien membre de la fraternité a fait une sérieuse déposition concernant leur traitement à votre égard et j'espérais que vous pourriez corroborer cette histoire. C'est tout ce que je peux dire. Si cela s'est réellement produit et si vous refusez de nous aider, il pourrait arriver la même chose à quelqu'un d'autre.

Misère. Elle avait raison, bien sûr. L'université ne voulait pas d'ennuis. Et moi, je ne voulais pas avoir ce poids sur la conscience. Mais je n'avais pas non plus envie d'être prise pour cible parce que j'aurais dit la vérité.

Lâche, moi ?

— Bon, très bien. Je vais le faire. Je vais tout vous dire.

Elle leva les yeux.

— Pouvons-nous le faire tout de suite ? J'aimerais enregistrer notre entretien.

Oh, juste ciel. Dans quoi m'étais-je embarquée ?

L'assistante fut rappelée pour mettre en place une caméra vidéo. Je restai assise sur ma chaise, suant à grosses gouttes. L'assistante s'assit à son tour, un carnet sur les genoux.

Elles me dévisagèrent.

— Bon, Bella. Veuillez nous parler de vos interactions récentes avec les membres de la fraternité Bêta Rhô.

Après une grande gorgée d'eau, je me demandai par où commencer.

— Eh bien, en septembre je suis allée à leur Soirée Casino…

Seigneur, j'allais devoir raconter à une doyenne, son assistante et une *caméra vidéo* que j'avais couché avec Whittaker.

Je m'acquittai bravement de la tâche.

— Était-ce consenti ? me demanda la doyenne Waite.

— Tout à fait, sans le moindre doute, avouai-je.

Qu'on m'achève. Les étudiants de Harkness ne s'enverraient plus jamais en l'air s'ils savaient qu'ils risquaient de devoir en parler un jour à Vilaina Wilma.

— Que s'est-il passé ensuite ? insista la doyenne.

Je poursuivis le récit de mes malheurs, en évoquant ma visite médicale jusqu'à la fameuse nuit.

J'expliquai à mon public que Whittaker m'avait invitée à prendre place à la table de la cuisine.

Que nous avions bu de la téquila.

Et, le visage écarlate, je leur dis que Whittaker avait *nié* m'avoir transmis une MST. Dans la foulée, il avait demandé à Dash de préparer « le spécial ».

Ce satané *spécial*. Il m'avait fait l'effet d'une fléchette tranquillisante. J'avais passé six semaines à essayer de ne plus penser à ce soir-là, mais les demandes de précisions de la doyenne ne cessaient de me ramener à ce triste moment.

— Comment était la boisson ?

Floue.

— Que contenait-elle ?

Du jus d'orange et une ombrelle, mais *uniquement dans la mienne.*

Seigneur, j'étais une telle idiote. Comment avais-je pu faire abstraction de cet immense drapeau rouge ? Pourquoi avais-je cru que des types qui se vantaient de boire de la bière dans leurs coquilles de protection auraient brusquement l'idée de décorer le verre d'une fille juste pour lui faire plaisir ?

Cette situation était humiliante. Et elle me fichait *une trouille bleue.* J'avais réussi à tout refouler jusqu'à ce jour, mais à présent, alors que je décrivais à la doyenne la fatigue soudaine que j'avais ressentie après avoir bu le cocktail, ce moment me revenait en force.

Malgré toute l'eau que j'avais bue, j'avais la gorge sèche.

— La seule chose dont je me souviens ensuite, c'est de m'être réveillée sur leur parquet.

Les sensations me secouaient à nouveau. *Le froid. La raideur. La confusion.* J'avais perdu mon pull. Et des mots injurieux étaient écrits *partout sur ma peau.*

Étrangement, j'avais les joues ruisselantes de larmes et je m'en rendais à peine compte. C'était encore trop vivace. Je cramponnais les accoudoirs de mon fauteuil ancien, terrifiée en songeant à quel point j'avais été sans défense, seule dans leur grande maison.

Ils m'avaient étendue *par terre* et avaient couvert mon corps d'insultes, profitant que j'avais perdu connaissance.

Puis ils m'avaient abandonnée comme un vulgaire déchet.

— Bella ?

Je levai les yeux pour voir l'assistante me tendre une boîte de mouchoirs.

— M... merci, bredouillai-je en m'en emparant.

— Je suis désolée pour ce qui vous est arrivé, dit-elle d'une voix douce.

— Oui. Je, euh...

Je ne parvenais presque plus à parler. Je me sentais aussi vidée que ce matin-là, quand mes membres avaient refusé de me porter.

— Vous avez presque terminé, me dit la doyenne d'une voix sereine. Dites-nous ce qui est arrivé quand vous êtes partie. Comment vous sentiez-vous ? Physiquement, je veux dire.

Maintenant qu'on me permettait de laisser la maison de la fraternité derrière moi, je commençais à me sentir mieux.

— Je... Bizarre, je dois dire. Lourde. Maladroite. Je suis tombée sur le trottoir.

Elle prenait des notes frénétiques sur son carnet.

— Y a-t-il des témoins ?

Oh, mon Dieu.

— Oui. Quelqu'un m'a raccompagnée chez moi.

Elle haussa les sourcils.

— Qui donc ?

Quelques minutes plus tard, je buvais un autre verre d'eau glacée pendant que l'assistante de la doyenne contactait un certain Rafael Santiago. Et dix minutes après, j'entendis la voix de mon petit ami retentir dans le hall.

— De quoi s'agit-il ?

— Pouvons-nous arrêter là ? demandai-je à la doyenne.

— Oui, pour le moment. Mais j'aurai peut-être besoin de vous pour des questions de procédure.

— Quand vous voudrez, proposai-je.

Je lui aurais promis mon premier né pourvu que je fiche le camp au plus vite.

Dans le bureau d'accueil, Rafe était debout devant une fenêtre, un crayon tambourinant contre sa jambe. Je n'avais jamais été aussi heureuse de voir quelqu'un de toute ma vie.

Quand il me vit, il lui fallut trois enjambées pour traverser la salle.

— Que se passe-t-il ?

Il m'attira contre son torse sans me laisser le temps de répondre.

— Il est arrivé quelque chose ?

— Bella, dit alors la doyenne derrière moi. S'il vous plaît, ne répondez pas. Son témoignage doit être impartial.

— Mon *témoignage* ? fit-il d'une voix dangereusement forte. Oubliez ça. Dites-moi qui l'a fait pleurer. Bella ne pleure jamais.

Autrefois, c'était vrai.

— Ça va aller, dis-je dans le réconfort de son pull. Ils me posaient juste…

— Bella ! interrompit la doyenne.

Je m'écartai pour lever les yeux vers Rafe.

— Il ne m'est rien arrivé *aujourd'hui*, précisai-je. C'est de l'histoire ancienne.

Ses épaules se détendirent.

— Oh.

— M. Santiago, si vous voulez *bien* me suivre dans mon bureau.

— J'arrive dès que ma petite amie se sera calmée.

Il me conduisit vers une chaise.

— Je vais bien, lui assurai-je en clignant des paupières pour chasser mes dernières larmes. Je te le promets. Plus vite tu lui auras parlé, plus vite nous pourrons rentrer.

Il avait toujours les sourcils froncés et j'aimais le voir ainsi. Je ne pensais pas être le genre de fille à avoir besoin d'un chevalier en armure étincelante. Mais apparemment, quelques élans chevaleresques de temps à autre me faisaient craquer. Qui l'eût cru ?

— Ne bouge *pas* d'ici, m'ordonna-t-il avec autorité.

J'exécutai un salut et il m'embrassa sur la tête avant d'entrer dans le bureau de la doyenne.

CHAPITRE
TRENTE-TROIS

Bella

Après ma pénible entrevue avec Vilaina Wilma, les choses s'apaisèrent un peu.

Pour la deuxième fois en dix jours, les Bêta Rhô firent les gros titres du journal de Harkness. D'après le dernier article en date, un joueur de football américain anonyme avait accusé sa propre fraternité et l'université avait lancé une enquête. Aucun autre détail n'était divulgué, car l'enquête suivait toujours son cours.

Mon nom n'était cité nulle part dans l'article. Je le relus à trois reprises pour en avoir le cœur net.

De toute façon, j'avais d'autres sujets de préoccupation. Notre projet en Études d'Urbanisme était à rendre le jour suivant.

Ainsi, en ce mercredi soir de la première semaine de décembre, Rafe et moi mettions la touche finale à notre moitié de la présentation. Il était assis sur ma chaise de bureau et j'étais allongée sur le lit.

J'avais la nette impression qu'il gardait délibérément ses distances et j'eus envie de mettre sa volonté à l'épreuve. Je testai la température par une tentative subtile.

— Tu sais, bébé, si tu tournais cette chaise de quelques degrés, je pourrais te sucer pendant que tu vérifies ce tableau.

Il laissa tomber son visage dans sa main.

— *Bella*. Nous devrions peut-être aller à la bibliothèque. Parce que c'est à rendre pour *demain*.

— Nous pouvons aller à la bibliothèque si tu veux. Je peux aussi te sucer là-bas. Je n'aurai qu'à me faufiler dans l'une de ces cabines d'études…

— Noooon, gémit-il. La bibliothèque, c'est là où j'allais pour rester concentré sur les livres. Maintenant, c'est foutu.

— Ce n'est pas mon problème.

Je me levai et posai les mains sur les muscles puissants de ses épaules, les agrippant avec fermeté.

— Combien de temps faudra-t-il, d'après toi ? Je peux te laisser tranquille si tu me donnes quelques infos.

Il appuya sa tête contre mon ventre et leva les yeux.

— Tu sais que je n'ai pas vraiment *envie* que tu me laisses tranquille.

Je l'embrassai sur le front.

— Je comprends. Mais une fois que nous aurons gagné ce concours, nous pourrons faire la fête. Nous sabrerons le champagne et nous le ferons sur tous les meubles de cette chambre.

Il plissa le front.

— Il n'y a que deux meubles. Ou trois, si tu comptes le bureau.

Je me baissai pour placer ma bouche à côté de son oreille.

— Je veux que tu me plies en deux sur ce bureau.

Rafe poussa un grognement d'envie.

— Et n'oublie pas de compter le sol, *tous* les murs et peut-être même le plafond.

Je sentis son rire le secouer.

Soudain, on frappa à la porte.

— Bella ?

C'était la voix de Graham.

Quelle surprise. Je me dirigeai vers la porte et l'ouvris.

— Salut ! Qu'y a-t-il ?

Il entra dans la chambre et salua Rafe de la main.

— Bonsoir, mec, dit-il avant de se pencher pour déposer un baiser sur ma joue. Bella, je suis venu pour t'emmener chez Capri et je n'accepterai aucun refus.

Rafe leva les yeux de ses chiffres et je compris que je ne pouvais pas mettre de côté notre projet. Pour une fois, la déception me causa un sincère pincement au cœur. La perspective d'échanger quelques bières avec l'équipe de hockey me paraissait soudain très attirante. Ce qui signifiait que je me sentais enfin mieux, ou que j'en avais vraiment par-dessus la tête d'étudier. Ou les deux.

— Je suis vraiment désolée, dis-je. Nous avons une présentation à rendre demain.

— Je vais terminer, proposa Rafe. Toi, vas-y.

Ce ne serait pas correct.

— Ce n'est pas juste, fis-je en soupirant. Je n'ai pas été une compagne de travail très, euh… facile, cette semaine.

Je le vis se mordre la lèvre, les yeux rivés à son écran. Il était d'une discrétion charmante.

Graham se racla la gorge.

— Écoute, Bella. Même si ce n'est que pour une demi-heure. Il est temps d'arrêter de nous esquiver.

Oh, c'est chou. Je me jetai contre le torse de Graham et l'étreignis avec enthousiasme.

— Je t'adore, et j'adore ce que tu essaies de faire. Je te promets que je sortirai à nouveau très bientôt. Mais ce n'est pas le bon moment.

— Reste juste trente minutes, insista-t-il.

— Non.

Je le poussai vers la porte.

— À bientôt.

Graham me répondit avec un curieux sourire :

— À bientôt.

Sur ce, il sortit.

— Tu pouvais y aller, tu sais, dit Rafe.

— Terminons, répondis-je. Je ne te taquinerai plus. Parole de scout.

— Tu as fréquenté les scouts ?

— Non !

Il éclata de rire. D'autres coups retentirent contre la porte.

— Oh, pour l'amour du ciel, m'exclamai-je. Graham…

J'ouvris brusquement, mais ce n'était pas Graham. C'était son petit ami, Rikker.

— Tiens, lui dis-je. Toi ici !

Rikker souriait.

— Bella, s'il te plaît. Viens chez Capri.

— Vous êtes adorables tous les deux. Et si vous voulez, je peux prendre mon agenda et nous choisirons une date de sortie. Mais ce soir, c'est impossible.

— Si, c'est possible, insista Rikker en souriant comme un dingue.

— Euh, c'est gentil, mais *non*. Bientôt, d'accord ?

— D'accord !

En ricanant, il s'en alla. Une fois qu'il eut refermé derrière lui, Rafe et moi échangeâmes un regard.

— Ce n'était pas un peu bizarre ?

La porte de la salle de bain s'ouvrit sur ces entrefaites.

— Qui frappe comme ça ? s'enquit Lianne.

— Tu sais, dit Rafe en fermant son ordinateur portable. Je crois que *Dios* essaie de nous dire que nous terminerons ça demain matin.

Quelqu'un frappa à la porte. *Encore.*

— Ne... commençai-je.

Mais Lianne avait ouvert, révélant un Trevi souriant de l'autre côté.

— Bonsoir, Bella. Et ses amis. Je suis venu vous inviter chez Capri.

Rafe éclata de rire.

— Bella, je crois qu'ils essaient de te faire passer un message.

— Bella ! lança une autre voix dans la cage d'escalier.

Puis plusieurs voix se mirent à *scander* mon prénom.

— Bella ! Bella ! Bella !

— Oh mon Dieu, dit Lianne.

Elle rejoignit la porte pour jeter un œil derrière Trevi. Je n'eus pas besoin de la suivre pour comprendre ce qu'elle voyait. Parce que je reconnaissais ces voix.

L'équipe de hockey dans son intégralité était dans les escaliers et m'appelait.

— Oh, zut, dis-je.

Je dus appuyer du bout des doigts contre mes conduits lacrymaux, car ils menaçaient soudain de couler.

— Allez, s'obstina Trevi. Où est ta veste ? Nous n'acceptons pas les refus.

— Elle est juste là, dit Rafe en se levant pour sortir ma veste de hockey du placard.

Il la posa sur mes épaules.

— Vas-y. Il n'est que vingt heures.

Je finis par me calmer et pris Rafe par le coude.

— Tu viens avec nous.

— Ah bon ?

— Oui. Et Lianne aussi.

— Ça m'étonnerait, objecta ma voisine, battant en retraite vers la salle de bain.

Je la retins par sa taille fine.

— Tu sors pendant une heure, d'accord ? Si je peux le faire, toi aussi.

— Bella ! Bella ! Bella ! entendait-on toujours dans les escaliers.

Je sortis sur le palier où je découvris plus d'une dizaine d'amis, tous vêtus des mêmes couleurs, qui me souriaient. Les larmes me montèrent à nouveau aux yeux.

— J'arrive, bon sang ! Une minute !

Je déglutis avec peine et retournai dans ma chambre pour éteindre la lampe.

— Allons-y, les amis. En avant.

Lianne secoua la tête, même quand je passai devant elle pour aller récupérer son manteau dans sa chambre. En revenant, je le fourrai dans ses bras.

— Je n'essaie pas de t'entraîner dans une fête de fraternité, tu sais ? C'est une pizzéria. Pendant une heure. Tu survivras.

— Je peux au moins prendre mon chapeau ?

— Tu as quinze secondes, dis-je.

Moins de dix minutes plus tard, j'étais chez Capri. L'odeur de bière éventée et de graisse de pizza me parut plus accueillante que jamais. C'était lundi soir et l'établissement n'était pas bondé. L'équipe de hockey occupait la salle du milieu et j'atterris au bout de la grande table centrale, avec Lianne et Rafe à ma droite, et sur ma gauche Graham, Rikker et Pépé.

— On se connaît ? demanda Pépé à Rafe en lui tendant la main.

— Peut-être pas, dis-je. Rafe est mon voisin et…

Ma gorge se noua quand je me rendis compte de ce que j'allais dire. L'équipe n'allait pas en revenir.

— … mon *petit ami*, annonçai-je en tremblant.

J'avais prononcé ce mot d'une voix faible. Le visage de Rafe s'illumina. Il avait l'air amusé. À mon avis, je n'avais pas fini d'en entendre parler.

Et visiblement, ça commençait tout de suite, car Lianne vida son verre de bière et le reposa vivement.

— *Coupez !* s'écria-t-elle alors. Bella, tu as foiré ta réplique ! Répète-la. Tu peux mieux faire. Recommence, mets-y du sentiment.

Oh, misère. À présent, Rafe riait, tandis que Graham et Pépé échangeaient un regard perplexe.

— Très bien, dis-je en grinçant des dents. Rafe est mon *petit ami*, articulai-je. Tout le monde a entendu ? Dois-je répéter pour les rangs du fond ?

— Waouh, fit Trevi à la table d'à côté.

— Ça alors ! renchérit Pépé.

— Vraiment ? demanda Rikker en souriant.

Quelqu'un servit à Lianne un autre verre de bière et elle but une gorgée.

— C'est mieux, dit-elle en reniflant.

— Pour la peine, je vais te faire manger une part de pizza, la menaçai-je.

Je n'avais encore jamais vu Lianne boire quoi que ce soit. Elle allait avoir besoin de se remplir l'estomac si elle comptait découvrir la bière ce soir. Parfois, j'oubliais qu'elle n'était qu'en première année.

— Je vais commander, dit Rikker en se levant.

Avant de s'éloigner, il se pencha et murmura à mon oreille :

— Ton petit ami est *canon*.

Je lui pinçai les fesses.

— N'essaie pas de me le voler, celui-là, enfoiré.

En éclatant de rire, il déposa un baiser sur ma joue et s'en alla.

Après la pizza, nous commençâmes les jeux à boire. Lianne ne se joignit pas à nous. Adossée contre le vieux jukebox, elle discutait avec le frère cadet de Trevi. Nous avions pris l'habitude d'appeler Trevi-le-jeune « DJ », car c'était son métier – il choisissait la musique qui était diffusée pendant les engagements lors de nos matchs. Je ne m'étais jamais demandé quel était le genre d'hommes de Lianne, mais je constatais que DJ lui plaisait. Je ne percevais que des bribes de conversation, mais ils avaient l'air de faire un concours du plus fin connaisseur en matière de chansons confidentielles.

Malheureusement, Lianne semblait boire beaucoup trop de bières.

Même si celles de Chez Capri n'étaient pas fortes, elles faisaient leur effet. Lianne avait les joues rouges et les yeux vitreux.

— Excusez-moi, les gars, dis-je. Ma petite voisine de première année ne tient plus très droit. Je vais devoir la renvoyer dans sa chambre.

— Bella, tu ne nous avais pas dit que tu avais la princesse Vindi comme voisine de palier, lança Trevi. Tu n'as pas peur qu'elle te fasse disparaître dans ton sommeil ?

Je le gratifiai d'une tape dans le dos.

— Je parie qu'on ne la lui a encore jamais faite, celle-là.

— Tu imagines ? fit Rikker en alignant les pièces sur la table pour poursuivre le jeu. Les enfants doivent tout le temps lui demander de voir sa baguette magique.

— Et alors ? Les filles me demandent tout le temps de voir ma baguette, se vanta Trevi.

Plusieurs grognements lui répondirent. Je me dirigeai vers Lianne pour essayer d'évaluer les dégâts.

— Comment ça se passe, par ici ?

— Super ! s'exclama-t-elle. Nous dressons la *m*iste des *l*eilleures *l*usiques, ânonna-t-elle. Je veux dire, la liste des meilleures musiques.

Je décochai à DJ un regard en coin. Il se contentait de sourire.

— Tu devrais peut-être rentrer ? proposai-je à Lianne.

— Peut-être, concéda-t-elle en se retenant au jukebox pour ne pas perdre l'équilibre.

— DJ, tu veux bien la raccompagner ?

Je l'aurais bien fait moi-même, mais comme toute l'équipe était venue me traîner hors de chez moi, j'avais l'intention de rester encore un peu. Et puis, DJ était un type bien et Lianne méritait de se faire un nouvel ami, ou même dix.

Mais son visage se ferma quand je lui demandai ce service et il secoua la tête.

— Je ne peux pas. Désolé. Tu veux que je demande à Graham ?

— Je m'en charge, lança Rafe en surgissant derrière mon épaule. Je vais ramener Lianne. Reste plus longtemps.

— Tu en es sûr ?

Il m'embrassa dans le cou.

— Absolument. Je vais relire ta feuille de calcul une dernière fois et t'attendre dans ta chambre. D'ailleurs, ça ne m'étonnerait pas que

Lianne passe un bon moment dans la salle de bain ce soir. Si je suis à l'étage, je pourrai m'assurer qu'elle va bien.

Je me jetai à son cou.

— Tu es vraiment le meilleur, tu sais ?

— Je me tue à te le dire, *belleza*, répondit-il en souriant. Je suis content que tu m'écoutes enfin.

Il m'embrassa, provoquant des cris enthousiastes et des sifflets du côté de l'équipe de hockey.

Je n'avais jamais été du genre à rougir, mais je crois bien que mon visage vira aussitôt au rouge écarlate.

Rafe me libéra avant de prendre Lianne par la main.

— Rentrons, d'accord ? dit-il avec tact. Je crois que l'air frais te fera du bien.

— D'accord, fit-elle en titubant.

Rafe passa un bras sur ses épaules et la dirigea vers la porte. Je les regardai partir. Peut-être certaines filles craindraient-elles de laisser leurs copains ramener chez elle une belle star de cinéma, mais ça ne me dérangeait pas. Rafe était à toute épreuve, à l'extérieur comme à l'intérieur.

Pourquoi avais-je mis si longtemps pour m'en rendre compte ?

— Bella ! lança alors Pépé. Une autre manche ?

— Avec plaisir, répondis-je. Je passe d'abord aux toilettes.

Je m'engageai dans le couloir sombre qui conduisait à l'arrière de l'établissement. Le moins que l'on puisse dire, c'était que ces toilettes n'étaient pas les mieux entretenues. La porte des hommes s'ouvrit juste devant moi et je me retrouvai soudain face à face avec l'un des types que j'avais passé des semaines à éviter.

Dash McGibb.

Merde ! Mon estomac se noua et je reculai d'un pas, me heurtant contre un siège.

— Du calme, dit-il en tendant la main pour rattraper la chaise.

J'en étais bien incapable. Je fis volte-face pour m'éloigner de lui.

— Bella.

Quelque chose dans sa voix me fit ralentir et je me tournai pour le regarder.

— Attends, dit-il d'une voix douce. Je dois te dire quelque chose.

J'attendis, seulement consciente du sang qui cognait dans mes oreilles et de mon envie irrépressible de prendre mes jambes à mon cou. Sans ma crainte de trahir la terreur qui m'habitait, j'aurais sans doute titubé d'un meuble à l'autre dans le couloir, dans ma hâte de fuir.

— Je suis vraiment désolé. Désolé pour ce qui t'est arrivé.

Dash se racla la gorge.

— Attends, ça ne suffit pas. Je suis désolé de les avoir *laissé* faire.

— C'est toi qui as préparé la boisson, me récriai-je.

Lentement, il hocha la tête.

— J'ai tout raconté à la doyenne. Whittaker m'a ordonné de préparer « le spécial ». Alors, je l'ai fait. Mais je l'ai tout de suite regretté. Et quand il a décidé de faire appel aux autres pour son... *œuvre d'art*, ajouta-t-il après une grande inspiration, j'ai dit que c'était hors de question.

— Vraiment ?

Il passa une main dans ses cheveux courts.

— Oui. Mais je suis resté, parce que tout ça m'inquiétait beaucoup. Et comme j'avais été assez stupide pour préparer ce verre, je savais que j'étais responsable de ce qui se passerait ensuite. Alors je les ai surveillés pour m'assurer qu'ils ne fassent rien de dangereux.

Mon besoin de fuir s'était changé en une colère noire. Maintenant, j'avais envie de prendre l'une de ces chaises pour la lui fracasser sur le crâne.

— Ils ne m'ont pas *violée*, n'est-ce pas ? Alors tu n'as pas éprouvé le besoin de les arrêter. Continuez, les gars. Ce n'est que du feutre.

Dash se prit la tête entre les mains.

— Je sais que tu me détestes, Bella. Mais je ne pensais pas être capable de les arrêter, sauf si j'appelais la police. Et comme je venais de commettre un *délit*, je ne l'ai pas fait. C'est comme ça que procède Whittaker, il fait toujours en sorte que quelqu'un d'autre soit plus coupable que lui. Je ne l'avais toujours pas compris. Ensuite, je n'y suis jamais retourné.

— Comment ça ?

— J'ai dormi sur le sofa ce soir-là, dans la pièce où ils t'avaient laissée seule. Et quand tu es partie, le lendemain matin, je me suis enfui. Et je n'y ai jamais remis les pieds.

— C'est vrai ?

Il secoua sa lourde tête.

— Mais je me sentais toujours coupable d'avoir préparé ton verre, alors je n'ai rien dit. Jusqu'à la semaine dernière. Ils ont commencé à me harceler, alors après une petite discussion avec mon père, je suis allé voir la doyenne.

— Pourquoi t'ont-ils harcelé ? demandai-je en sentant les cheveux se dresser sur ma tête.

Il eut un rire sans joie.

— Il y a eu une mauvaise farce au match de football américain. Ils ont cru qu'elle venait de moi.

— *Quoi ?*

Les Bêta Rhô pensaient qu'un idiot comme *Dash McGibb* avait organisé ma brillante mise en scène ?

Il m'adressa un sourire désabusé.

— Ne prends pas cet air vexé, Bella. Tu vas te trahir.

Merde ! Concentre-toi !

— Tu dois avoir un tas d'ennuis maintenant que tu as avoué à la doyenne ce que tu avais aidé Whittaker à faire.

— On peut le dire, fit-il en hochant la tête. J'ai été exclu pour un an. Et viré de l'équipe de football.

La militante impitoyable que j'étais se sentit profondément frustrée. C'était quoi, cette punition ?

— Et les flics ?

Il leva les yeux en grimaçant.

— Quand la doyenne aura terminé son enquête, elle te demandera sans doute si tu veux porter plainte contre moi. J'en ai parlé à l'avocat de mon père et il m'a dit que c'était pratiquement inévitable.

— Oh.

Oh. Bon sang, son sort était entre mes mains. C'était franchement délicat. Et très bizarre.

Le moment sembla durer une éternité. Nous nous dévisagions en silence et Dash finit par détourner les yeux pour les braquer à nouveau sur ses chaussures.

— L'avocat de mon père ne voudrait sûrement pas que j'en discute, mais je voulais juste te dire que j'étais désolé. Bonsoir.

Il croisa une dernière fois mon regard avant de s'éloigner.

Je ne lui répondis même pas, car mon cerveau trop occupé à essayer de comprendre ce qui venait de se passer. C'était proprement hallucinant.

. . .

Après avoir passé quelques minutes dans les toilettes (répugnantes) de Chez Capri, je retournai à la table. Le jeu à boire était terminé et tous mes amis finissaient leurs consommations. Quelqu'un avait pris ma place et je m'assis sur les genoux de Graham, comme au bon vieux temps. Je me sentais… plutôt bien, à vrai dire. Mon angoisse commençait à se dissiper. Je regardais chacun des visages présents, baignant dans la lueur faible des néons de la pizzéria et des vieilles lampes poussiéreuses suspendues au plafond.

Je ne pourrais jamais dire que cette année à Harkness avait été facile, mais tout n'avait pas non plus été catastrophique et certaines choses s'étaient même très bien passées.

— Quelle heure est-il ? demandai-je enfin.

Graham leva la main pour regarder sa montre.

— Presque onze heures.

— Zut, j'ai une présentation à rendre demain. Tu me raccompagnes ?

— Si tu veux.

Graham me poussa gentiment pour me chasser de ses genoux.

— Tu viens ? demanda-t-il à Rikker.

Ça aussi, c'était hallucinant. Avant, Graham évitait toujours Rikker en public. C'est pourquoi il m'avait fallu si longtemps pour comprendre qu'ils étaient en couple.

— Je vous suis, dit Rikker en se levant à son tour.

— Bonsoir, les amis ! lançai-je aux autres joueurs de hockey qui s'attardaient encore.

— Bella ! Bella ! Bella ! scanda Trevi.

Deux autres gars reprirent son refrain et je dus lever les mains pour les faire taire.

— Arrêtez, c'est bon. Mais s'il vous plaît, vous voulez bien battre Harvard ce week-end ? Parce que je vais assister au match.

Et pas à la télévision, d'ailleurs. J'éprouvais une envie soudaine de retrouver les matchs de hockey.

— Tu peux y compter, ma belle, me répondit Trevi avec un clin d'œil, de l'autre côté de la salle. Tu sortiras faire la fête avec nous, ensuite ?

— Bien sûr.

Après tout, me montrer en public n'était pas aussi difficile que je l'aurais cru. Nous sortîmes et marchâmes ensemble jusqu'à la grille de Beaumont. Rikker n'y habitait pas, mais Graham occupait une chambre simple qui était sans doute leur lieu de rendez-vous préféré.

— Bonne nuit, les garçons !

Je les embrassai sur les deux joues. Je n'avais pas à feindre la bonne humeur, car je savais que quelqu'un m'attendait là-haut. Quelqu'un que j'étais très heureuse de retrouver, surtout s'il s'était dévêtu depuis la dernière fois que je l'avais vu.

— Bonne nuit, ma belle, dit Rikker en m'enlaçant. C'est sympa que tu sois de retour.

Comme je ne faisais pas dans le sentimental, je lui donnai une tape sur les fesses et les saluai une dernière fois avant de partir. Puis j'entrai dans le hall et remontai les marches aussi vite que possible. En haut, j'ouvris la porte pour découvrir un Rafe torse nu endormi à plat ventre sur mon lit, le visage enfoui contre son bras musclé. La porte de la salle de bain était ouverte et je m'avançai sur la pointe des pieds pour jeter un œil vers Lianne, endormie sur son lit dans la même position.

Je remarquai tout de même une bassine en plastique vide à son chevet. Sans doute Lianne et Rafe avaient-ils eu un retour mouvementé.

Dommage.

Je revins dans la salle de bain et fermai doucement la porte. Pendant un moment, je restai là à admirer Rafe. Son visage était serein et les muscles de son dos bougeaient légèrement au rythme de sa respiration. Il fallait que je le touche. Me glissant sur le lit à côté de lui, je déposai un baiser sur sa nuque.

Rien ne se produisit.

— Chéri, je suis rentrée, murmurai-je. J'ai toujours eu envie de dire ça.

— Vraiment ? fit-il d'une voix enrouée.

— Enfin, pas toujours. Juste maintenant.

Il me sourit sans ouvrir les yeux.

— Il faut lire entre les lignes, tu sais, dis-je en retirant ma veste. « Chéri, je suis rentrée », ça veut dire « déshabille-toi et baise-moi. »

— Je ne le savais pas.

Rafe se tourna et étira ses bras au-dessus de sa tête. Cette position me donnait libre accès à sa braguette, dont je baissai aussitôt la fermeture.

— Notre projet est prêt, dit-il en se frottant les paupières.

— Quel projet ?

Je m'étais penchée sur lui et commençais à embrasser sa peau, juste au-dessus de l'élastique de son caleçon.

Rafe se hissa sur les coudes et baissa les yeux sur moi.

— Tu t'es bien amusée ce soir ?

— C'est ce que j'essaie de faire, plaisantai-je en tirant sur son pantalon.

Rafe posa une main chaude sur mes cheveux en riant.

— J'aime ce que tu fais, *belleza*. Laisse-moi une minute pour me réveiller.

Il décolla les hanches pour me permettre de retirer ses vêtements.

— Lianne a vomi ? demandai-je en ôtant ses chaussettes.

— Juste deux fois.

— Je suis désolée.

Il haussa les épaules en s'étirant sur le lit, entièrement nu.

— Ce n'est rien. Je n'avais rien d'autre à faire que lui tenir les cheveux.

— Oh, c'est chou. Tu as fait ça pour elle ? Je crois que tu mérites une bonne pipe.

— De *ta part*, n'est-ce pas ? dit-il avec un clin d'œil.

Je lui donnai une tape sur la cuisse.

— De qui d'autre ? Et tu n'es même pas obligé de garder le silence, parce qu'elle est complètement assommée.

Rafe devait apprécier cette idée, car sa queue se mit aussitôt à gonfler. Je glissai ma main autour de lui et il gémit.

— Déshabille-toi, m'ordonna-t-il.

— Je vois qu'on est autoritaire, dis-je en attrapant l'ourlet de mon t-shirt pour m'en débarrasser.

— Je suis autoritaire pour une bonne raison.

Il m'aida à quitter mon haut.

— Pourquoi ?

Prenant mon visage à deux mains, il plongea son regard couleur expresso dans le mien et dit :

— Parce que chaque fois que je te demande de te déshabiller, ton visage s'illumine.

— Vraiment ?

La proximité du corps nu de mon petit ami ne facilitait pas ma concentration.

— Oui, chuchota-t-il en baissant les yeux d'un air admiratif sur mon décolleté. Ton visage dit : « Baise-moi, Rafe, sans attendre. »

Je fermai les paupières et poussai un gémissement.

— C'est bien quelque chose que pourrait dire mon visage, en effet.

— Ah oui ?

Il m'allongea sur le lit et défit le bouton de mon jean.

— Oui.

Je l'aidai à m'en délester. Puis, avec plus rien sur la peau que mon soutien-gorge noir favori, je m'étendis sur le dos.

— Tu es bien réveillé ?

— Oh, oui.

— Tant mieux. Parce que j'ai envie que tu me baises, sans attendre.

Avec un petit rire, il s'allongea sur moi et se mit à m'embrasser.

TRENTE-QUATRE

Rafe

— N'oublie pas de préciser que la composante capitaux propres dépend des ventes, me recommanda Bella tandis que nous nous dirigions vers le cours d'Études d'Urbanisme.

— Oui, madame.

— Ensuite, reviens sur le diagramme qui montre comment les fonds seront alimentés par la première vague de ventes.

Elle m'entraînait vers l'amphi. L'heure de notre présentation était arrivée.

Devant la porte, je repérai Alison et Dani qui nous attendaient. Je pris la main de Bella et m'arrêtai pour nous accorder une seconde tout seuls.

— Tu sais, ça ne me dérange pas de faire notre part de la présentation. Et je te promets de ne pas oublier tous les détails techniques.

Elle me sourit.

— Mais je pense que tu devrais envisager de la faire à ma place, ajoutai-je.

Son sourire disparut aussitôt. Je posai les mains sur ses épaules.

— Personne ne connaît ce domaine mieux que toi. *Personne.*

Bella fixait ses chaussures.

— Traite-moi de lâche si tu veux, mais je ne suis pas prête à prendre la parole devant cette salle.

— Attends, dis-je en lui redressant délicatement le menton. *Rien* de ce que tu peux faire ne me laisserait croire que tu es lâche. Excepté face à une araignée, mais je vais laisser passer ça.

Ses lèvres frémirent.

— Tu as travaillé sur ce devoir et tu es impressionnante quand tu en parles. On dirait un vrai ninja de l'immobilier, incollable et impitoyable. Et tu es tellement sexy avec ce pull. Si tu devais choisir un moment pour regarder le monde entier dans les yeux, aujourd'hui serait parfait.

— Je ne sais pas, Rafe. Tu devrais peut-être me motiver.

Elle arqua un sourcil.

— Qu'est-ce que je gagne si je fais la présentation ?

J'éclatai de rire.

— Je sais !

Je me penchai pour lui murmurer tout bas à l'oreille :

— Un A dans cette matière !

Elle me répondit avec un sourire goguenard.

— Et moi, je te donnerais un Q…

Une fois de plus, je me penchai pour effleurer la peau sensible sous son oreille.

— Tu me donneras ton Q quoi qu'il arrive.

— Je sais.

Elle passa les bras autour de moi.

— Je vais le faire. J'aimerais vraiment gagner ce concours pour toi.

Je la ramenai contre mon corps.

— Détends-toi, bébé. Tout va bien se passer.

— Comment le sais-tu ?

Je déposai un baiser sur sa pommette et murmurai :

— J'ai *déjà* gagné. Tu es mille fois plus importante pour moi que ce concours.

La surprise qu'elle exprima manqua de me faire fondre.

— Personne ne m'avait encore jamais dit ça.

Je refermai la main sur sa nuque.

— Tu sais, tu ne l'avais peut-être pas prévu ainsi, mais je suis content d'être le premier.

Elle gloussa avant de se hisser sur la pointe des pieds pour m'embrasser.

. . .

Après avoir rassemblé ses esprits, Bella fit une excellente présentation. Pour être honnête, Alison s'en sortit très bien de son côté, avec sa partie. Mais *douze* résidences participaient à la compétition. Même si j'étais convaincu que nous étions meilleurs que sept ou huit d'entre elles grâce à notre excellente préparation, rien n'était encore gagné.

Une fois que la dernière équipe fut passée, il y eut une accalmie de cinq minutes au cours de laquelle le professeur Giulios et son invité – Jimmy Chan, l'homme des camions-restaurants – débattirent des résultats.

Enfin, Giulios monta sur l'estrade et Bella me prit la main.

— Mesdames et messieurs, merci pour ces travaux brillants. Voyez-vous, ça me brise le cœur de savoir que ce pâté de maisons de la 165ᵉ rue Ouest n'est pas réellement destiné à la démolition.

Il brandit son porte-documents à pince.

— Nous avons d'abord une équipe à annoncer, celle qui arrive en seconde position. La résidence Beaumont, vous avez fait un excellent travail, d'autant plus que vous n'étiez que quatre.

— *Merde*, pesta Bella.

— Vous avez porté une attention minutieuse aux détails de votre projet. Et je crois que vous êtes la seule équipe à vous être rendue sur place pour prendre des photos. Mais votre design et vos stratégies de financement étaient contradictoires, c'est pourquoi la résidence Coleman remportera la compétition de ce soir.

Des cris de joie se firent entendre du côté de Coleman et Bella poussa un profond soupir.

— Je suis désolée, dit Alison, assise juste après Bella. C'est ma faute. Ce foutu toit vert.

— Ce n'est pas ta faute, la rassurai-je en croisant son regard. Nous n'avons pas perdu la Coupe du Monde. Nous obtiendrons quand même un A dans cette matière. Et ton toit vert était super.

Ce compliment fit monter le rouge aux joues de mon ex et elle m'adressa un léger sourire.

— Il a bien raison, intervint Dani en rangeant son cahier dans son sac à dos. C'est une victoire.

Devant nous, Giulios termina de vanter les mérites de la stratégie de Coleman et le cours s'acheva.

— Je reviens tout de suite, lançai-je en me levant d'un bond.

J'allai trouver M. Chan à l'avant de la salle. Il discutait avec un étudiant. Je me campai à deux mètres d'eux et fus enfin accueilli par un regard et un sourire quand l'interlocuteur précédent s'éloigna.

— Bonsoir, dis-je en lui tendant la main. Je m'appelle Rafe Santiago et je faisais partie de l'équipe Beaumont.

— Ah ! répondit l'homme en me serrant la main. Vous avez frôlé la victoire.

— Oui, c'est formidable. Mais je m'interroge sur les camions-restaurants. Ma famille tient un restaurant dominicain à Washington Heights. Nous aimerions envisager la possibilité d'acquérir un *food-truck*, mais nous ignorons la marche à suivre.

Il hocha la tête.

— Avez-vous un rapport correct au département d'hygiène et de santé ?

— Excellent, car ma mère est un vrai bourreau de travail.

L'homme se mit à rire tout en passant la main dans sa poche.

— Voici ma carte. Quand vous serez prêt à vous pencher sérieusement sur la question, appelez ma secrétaire et dites-lui que vous êtes ce jeune de Harkness qui cherche à obtenir un camion pour son restaurant dominicain. Nous prendrons rendez-vous.

Mes doigts se refermèrent autour de la carte.

— Merci, monsieur. Je n'y manquerai pas.

— C'est un plaisir de faire votre connaissance, Rafe. Et n'hésitez pas à apporter du *majarete* à notre rendez-vous.

Il se tapota le ventre.

— J'adore ça.

— Marché conclu.

Je m'éloignai en rangeant soigneusement la carte dans ma poche. Finalement, j'avais vraiment tout gagné. J'avais une bonne note et un contact à la mairie de New York.

Et je remportais aussi la fille.

Pincez-moi, je rêve.

CHAPITRE
TRENTE-CINQ

Décembre

Rafe

Le premier jour des vacances de Noël, j'avais attrapé un vilain rhume.

Dans ma famille, le milieu du mois de décembre était surnommé la « saison traiteur » à cause de toutes les commandes pour les fêtes et les réceptions. Naturellement, j'aidais à la cuisine du restaurant. Car c'est ce que font les Santiago.

Mais après avoir dû sortir à deux reprises par la porte de service pour éternuer et me moucher, je fus renvoyé par ma mère.

— Monte à la maison, dit-elle. Je ne veux pas de germes dans ma cuisine. Je t'apporterai de la soupe.

En sortant, je pris le téléphone dans ma poche pour découvrir un appel en absence de Bella. J'écoutai son message, qui se résumait à :

— J'ai un rhume dégoûtant. À cause de Lianne ! Tu me manques.

Clic.

J'éclatai de rire. Lianne avait été malade pendant les examens et elle avait paniqué à l'idée de devoir déclamer « Roméo, ô Roméo » avec une voix de crapaud. Même si elle avait déjà guéri, ce n'était pas étonnant que Bella et moi soyons tombés malades à notre tour.

Je l'appelai.

— Moi aussi, dis-je quand elle décrocha. J'ai un rhume et tu me manques. Je peux t'apporter du jus d'orange fraîchement pressé ?

— Vraiment ? Je croyais que tu travaillais aujourd'hui.

— Moi aussi, je suis pestiféré. Et Ma refuse qu'on travaille en cuisine si on est malade.

— Je savais que ta mère me plaisait. Ramène tes jolies fesses par ici et apporte du jus d'orange. Nous allons nous faire un marathon de films à la télé.

— Tu as besoin d'autre chose ? lui demandai-je. Des mouchoirs ? Des médicaments ?

— J'ai déjà tout ça. Allez, hop, dans le métro, beau gosse. Lianne est partie à sa répétition. Je m'ennuie et je suis toute seule.

Elle raccrocha sans me laisser le temps de répondre.

Je me retournai et passai la tête dans la cuisine du restaurant.

— Ma ? Ne m'apporte pas de soupe. Je vais chez Bella. Elle aussi est malade.

Ma mère fronça les sourcils.

— Apporte-lui un peu de jus de fruits.

Elle se dirigea vers le réfrigérateur et en sortit une bouteille.

— Qu'est-ce que tu fais ? se plaignit mon cousin Pablito. Il m'a fallu une demi-heure pour presser ça.

Il n'avait pas tort. C'était de l'or liquide.

— Je te revaudrai ça, je te remplacerai au prochain service.

Sur ce, je m'en allai.

L'imposante demeure de Bella, sur la 78e rue Est, était tout aussi grandiose que je m'y attendais. Elle avait une façade en calcaire et des vitraux sous les arches des fenêtres. Je gravis les quelques marches qui menaient jusqu'à la porte en bois de chêne brillant. Il y avait un petit bouton à côté de la porte, avec un écriteau noir indiquant : « Veuillez sonner. »

C'est ce que je fis.

Quelques secondes plus tard, la porte fut ouverte par une femme hispanique replète d'âge moyen.

— Vous devez être Rafe.

— Bonjour, madame.

Elle sourit et recula d'un pas.

— Mademoiselle Grincheuse est là-haut, dans sa chambre. Je vais vous y conduire.

— Merci, dis-je avant de lui montrer la bouteille. J'ai apporté du jus d'orange. Je peux lui servir un verre ?

Elle rayonnait.

— Suivez-moi.

Nous traversâmes un hall d'entrée rutilant, puis un salon aux murs blancs. Au fond de la maison se trouvait la plus belle cuisine que j'aie jamais vue dans une maison new-yorkaise.

— *Aquí están los vasos,* me dit la gouvernante.

Elle ouvrit un placard et en sortit deux verres.

— *Gracias.*

J'ouvris la bouteille sur le plan de travail en marbre immaculé.

— Prenez-en un, c'est un jus excellent. Vous devriez en boire. Ma famille le presse elle-même pour notre restaurant de Washington Heights.

Pendant une seconde, elle se contenta de me regarder fixement, puis elle afficha un sourire éclatant.

— Appelez-moi Maria. Je veux bien essayer votre jus.

Elle se tourna pour prendre un autre verre et je l'entendis murmurer quelque chose en espagnol. Quelque chose comme : *Au moins l'une de mes filles a de bons goûts en matière d'hommes.*

Je remplis trois verres, puis j'en levai un vers Maria, la gouvernante.

— *Salud.*

Elle trinqua et but une gorgée.

— *Perfecto.*

En souriant, je pris le verre de Bella.

— Je l'emporte là-haut si ça ne vous dérange pas.

Elle désigna une porte étroite dans un coin de la cuisine.

— Le plus près, c'est l'escalier de service. En haut, à droite. Mais je vous préviens, elle est de mauvais poil. Ma Bella est toujours souriante, sauf quand elle est malade. Quand elle était petite, il suffisait de voir sa mine bougonne pour savoir qu'elle avait besoin d'aspirine. C'est typique de Bella. Mais pas de sa sœur. Cette enfant était constamment mécontente. Il en faut beaucoup pour rendre Bella malheureuse.

— Je m'en souviendrai.

Ces derniers temps, j'avais vu Bella *très* malheureuse, mais je ne comptais pas le lui dire. Et puis, j'étais presque certain que le vent avait tourné.

— Vous avez l'air malade, vous aussi, dit-elle en me tapotant le bras.

— Les examens, dis-je d'un ton dépité. Nous avons sans doute trop travaillé.

Ou peut-être passé trop de temps à nous envoyer en l'air au lieu de dormir.

— Je vous apporterai de la soupe à tous les deux. Maintenant, montez rejoindre Mademoiselle Grincheuse.

Elle me poussa gentiment en direction des marches. J'emportai deux verres de jus dans l'étroite cage d'escalier. En haut, je tournai à droite pour découvrir une vaste chambre, où se trouvait Bella. Elle était assise sur un grand lit capitonné, entourée de coussins. Elle avait le nez rouge et portait un t-shirt ample sur lequel on pouvait lire : *À Bas Harvard*. C'était toujours la plus belle fille que j'aie jamais vue.

— Salut ! dit-elle en éteignant la télévision. Tu m'as vraiment apporté du jus d'orange !

— Bien sûr, *belleza*.

Je posai les verres sur la table de chevet et me débarrassai de mes chaussures.

— Sympa, ta piaule.

Il y avait de somptueuses fenêtres anciennes qui donnaient sur une cour en briques, et un épais tapis oriental sur le sol. Tous les tissus de la chambre étaient roses. Confortable, mais plus féminin que je m'y attendais de la part de Bella.

Elle me prit la main et m'attira sur le lit.

— Tu m'as manqué.

Elle posa les mains de part et d'autre de mon visage, mais je n'eus droit qu'à un chaste baiser sur les lèvres.

— Je dois être repoussante.

— Jamais, fis-je en l'embrassant avec plus de fougue. Tu es magnifique. Nous nous *sentons* repoussants, mais ce n'est pas le cas.

— Toi aussi, alors ?

— Oui, mais je survivrai.

Je m'adossai près d'elle, contre la tête de lit.

— C'est bon ? Je peux m'asseoir sur ton lit sans enfreindre les règles ?

Bella pouffa.

— Oh, mon chéri. Ils ont abandonné depuis bien longtemps l'idée de m'imposer des règles. Mes parents sont absents, de toute façon. Ils sont à West Palm pour un tournoi de golf. Ma mère voulait me persuader de les accompagner, parce qu'elle va s'ennuyer ferme avec ces gens de l'immobilier. J'ai joué la carte du rhume, mais je ne pense pas qu'elle m'en veuille.

Je lui tendis un verre de jus d'orange.

— Bois, *belleza*. Qu'est-ce que tu regardes ?

— Voyons…

Elle naviguait sur le menu de Netflix. Enfin, elle se tourna vers moi en souriant.

— C'est agréable, dit-elle en posant l'un de ses pieds nus contre les miens. Merci d'être venu.

En effet, c'était agréable.

— Avec plaisir. J'ai l'impression d'avoir gagné au change. Toute la famille s'affaire en cuisine, alors que toi et moi, nous passons la journée devant la télévision.

— Et Maria va nous apporter du thé et de quoi grignoter, fit-elle en se pelotonnant contre moi. Tôt ou tard, il faudra bien que je rassemble mon courage pour consulter ma messagerie.

— Pourquoi ?

— Mme Ogden devait me contacter aujourd'hui pour me parler de ma candidature à l'école d'infirmières. J'ai tout rempli comme elle me le demandait et j'y ai ajouté des lettres de recommandation. Mais je dois encore obtenir de bonnes notes dans trois cours de biologie le semestre prochain si je veux avoir une chance. Elle a promis de plaider en ma faveur, comme si ces cours supplémentaires étaient une garantie. Elle m'a dit qu'elle m'annoncerait aujourd'hui si c'était accepté.

Je lui massai la plante du pied avec le mien.

— Et si ça ne marche pas ?

— Alors je suivrai des cours de troisième cycle à l'université de New York l'an prochain et je postulerai à nouveau. Ce ne serait pas la fin du monde, mais ça me décevrait.

— Ah.

Je vidai mon verre et le reposai.

— Regardons d'abord un film. Ensuite, tu vérifieras.

— Bon, d'accord.

Elle prit la télécommande.

— Je crois qu'une comédie romantique sera la bienvenue.

Dans une parfaite imitation de Joan Cusack, je lui dis :

— Café ? Thé ? Moi ?

Bella ouvrit de grands yeux.

— J'adore *Working Girl*. Et tu maîtrises bien l'accent de Staten Island. Tu es vraiment sûr de ne pas venir de là-bas ?

— Dire que je te prenais pour une fille sympa.

Bella éclata de rire et je l'attirai contre moi pour fourrer mon nez dans ses cheveux parfumés.

Maria passa la tête par l'entrebâillement alors que notre film se terminait.

— J'ai fait du *pozole*. Mais vous allez devoir descendre pour le manger.

Je gémis.

— J'adore le *pozole*, surtout quand je n'ai pas à le faire.

— Vous cuisinez ? demanda Maria.

— Bien sûr, comme tout le monde.

La gouvernante s'exclama :

— Bella, il faut garder ce garçon.

— Je le sais, dit-elle en descendant du lit. Il m'en a déjà convaincue.

— Prends ton téléphone, lui rappelai-je. Tu dois vérifier tes e-mails.

Elle expira et le récupéra sur la table de chevet.

— J'arrive.

En bas, Maria nous servit d'énormes bols de soupe épaisse, avec du porc braisé et du maïs.

— J'ai des condiments, dit-elle avant de nous apporter un plateau chargé d'oignons émincés, d'avocats en morceaux et de bouteilles de sauce épicée.

— Waouh, dis-je en trouvant les pieds de Bella sous la table. C'est décidé. Je ne partirai plus jamais.

Mais Bella n'écoutait pas. Elle regardait son téléphone en écarquillant les yeux.

— Je ne peux pas y croire.

— Quoi ?

— Ça va marcher ! Mme Ogden pense qu'ils vont m'accepter sous conditions. Et si je m'en sors en cours de biologie, je pourrai commencer l'école d'infirmière en automne.

Elle abattit son téléphone sur la table.

— Tu sais ce que ça veut dire, n'est-ce pas ?

— Que tu vas passer tout le semestre prochain enfermée dans une cabine d'études à la bibliothèque ?

Elle agita la main comme si ce problème n'en était pas un.

— On s'en fiche. J'en sortirai pour les matchs de hockey et le sexe. Mais l'année prochaine ? Je serai encore à Harkness.

Elle se leva de sa chaise pour venir s'asseoir sur mes genoux.

— Qu'en penses-tu ? murmura-t-elle.

Je glissai une main entre ses jambes pour lui serrer la cuisse.

— Ça me plaît beaucoup.

Elle referma les cuisses autour de ma main.

— J'espérais que tu dirais ça.

Ma bouche trouva aussitôt le chemin de la sienne. Notre premier baiser fut doux et langoureux. Mais ce ne fut pas suffisant. J'insistai, lui écartant les lèvres avec ma langue. Elle avait le goût du jus d'orange et du bonheur.

Bella passa les deux bras autour de moi et le baiser bascula de « félicitations, ma chérie » à « déshabille-moi » en un rien de temps.

— Je *sais* que vous ne cherchez pas à laisser ma soupe refroidir, dit soudain Maria sur le ton de la remontrance.

Je m'écartai d'un air coupable.

Mais Bella n'avait pas l'air gênée le moins du monde. Elle me souriait.

— Nous continuerons plus tard, me promit-elle.

Je lui pinçai une dernière fois les fesses avant qu'elle retrouve son siège.

Bien installés sur les coussins de son grand lit rose, Bella et moi usions un grand nombre de mouchoirs, tout en jouant aux cartes et en regardant la télévision. Nous commencions à piquer du nez quand j'entendis un bruit devant la porte. J'ouvris les yeux et vis la gouvernante qui nous épiait depuis le couloir.

Elle posa un doigt sur ses lèvres.

— Je ne voulais pas vous déranger. J'allais juste rentrer chez moi.

— Merci pour le déjeuner, murmurai-je.

— C'était un plaisir, *chiquito*. Assurez-vous que ma Bella mange quelque chose pour le dîner. Il reste de la soupe. Ou de la pizza maison dans le congélateur.

— D'accord.

Elle me fit un clin d'œil et s'en alla.

Il faisait noir à l'extérieur et la seule lumière provenait de la télévision de Bella, en mode muet. Je restai un moment allongé, profitant de la chaleur de son corps contre le mien, mais elle finit par se réveiller en toussant.

Je me redressai et lui tendis un verre d'eau.

— Quelle heure est-il ? demanda-t-elle.

— Dix-neuf heures.

— Quels paresseux.

— Bah, nous sommes malades. C'est permis.

Je me penchai vers sa lampe de chevet pour l'allumer. Au même moment, la voix de Lianne retentit dans les escaliers.

— Salut ma belle, je suis de retour !

Elle apparut un instant plus tard.

— Salut ! Rafe est là aussi. Parfait timing ! J'ai trouvé ce que tu m'as demandé.

Elle brandissait un sac de courses.

— Je vais le ranger.

Lianne détala, sans doute en direction de la chambre d'amis.

— Que t'a-t-elle acheté ? demanda Bella.

— Je ne peux pas te le dire.

— Pourquoi ?

— Euh, Bella ? Il reste une semaine avant Noël, voyons !

Elle me donna un petit coup dans le ventre.

— Qu'est-ce que c'est ?

— Je viens de te le dire, tu ne le sauras pas.

— Je peux te forcer à parler, insista Bella.

— Non, *belleza*. Personne ne peut me faire parler.

— D'accord. Plus de sexe jusqu'à ce que tu me dises ce qu'il y a dans ce sac.

J'éclatai de rire.

— Si tu veux jouer à ce jeu-là.

Elle se tourna pour me dévisager, puis elle fit courir une main de mon torse jusqu'à mon entrejambe.

— Bon sang. Qu'est-ce que je viens de faire ? maugréa-t-elle.

— Arrêtez, dit Lianne en faisant irruption dans la chambre. Vous avez eu toute la journée pour vous tripoter pendant que je trimais dans les mines de sel.

— Pauvre malheureuse. Nous avons partagé notre temps entre télé et siestes, répondit Bella. Merci pour ton rhume.

— Désolée.

— Tu peux toujours te rattraper si tu me dis ce qu'il y a dans le sac.

Lianne leva les yeux au ciel.

— Je ne dirai rien.

Bella insista, auprès de moi cette fois.

— S'il te plaît, je peux l'ouvrir ? C'est bientôt Noël.

— Il n'est pas empaqueté, précisai-je.

— Il se trouve que si, dit Lianne. Le magasin le proposait, alors j'ai accepté.

— Quel magasin ? demanda Bella.

— Bien essayé, fit Lianne en grimpant sur le lit. J'ai acheté du cacao en venant. On se fait du chocolat chaud ?

— Avec plaisir, dit Bella en poussant la hanche de Lianne du bout des orteils. Tu sais que c'est calorique, n'est-ce pas ?

— Oui, mais j'ai décidé d'opérer quelques changements. À compter de maintenant, je mangerai ce qui me fait envie.

— *Vraiment*, s'exclama Bella en prenant ses genoux dans ses bras. Quoi d'autre ?

Lianne inspectait ses ongles impeccables.

— Je ne passerai du temps qu'avec les gens que j'aime. Et j'arrêterai d'écouter ceux qui essaient de me contrôler.

Bella et moi échangeâmes un regard.

— Ça me paraît raisonnable, dis-je à mi-voix.

— Je dois arrêter de me laisser marcher sur les pieds, dit-elle.

Puis elle leva les yeux vers Bella et ajouta :

— Tu ne supporterais pas un quart de ce que je subis. La prochaine fois qu'un connard d'Hollywood essaiera de me mener par le bout du nez, je me demanderai : « Que ferait Bella à ma place ? »

Bella pouffa.

— Je ne veux pas qu'on te dise quoi faire, Lianne. Mais tu devrais peut-être trouver un modèle à la réputation moins encombrante.

— Non, fit Lianne en secouant la tête. Je ne prends jamais le moindre risque, contrairement à toi. Et je sais que tout n'a pas toujours fonctionné comme tu l'avais souhaité...

— C'est le moins qu'on puisse dire, fit Bella.

— Mais tu es *intrépide*, termina Lianne. Et je t'admire.

La bouche de Bella s'ouvrit et se referma. Ses deux joues rosirent.

— Merci, dit-elle en déglutissant. Et maintenant, allons préparer ce chocolat chaud. Tu pourras commencer tes aventures intrépides dans ma cuisine.

CHAPITRE
TRENTE-SIX

Bella

Au rez-de-chaussée, j'ouvrais et refermais les portes des placards.

— Qu'est-ce que tu cherches ? demanda Rafe.

— Une casserole.

— Tu ne sais pas où elles *sont* ? s'écria-t-il.

— Ne me juge pas. Trouvé !

Je sortis un poêlon d'un tiroir. Rafe traversa la cuisine et me le prit des mains.

— *Belleza*, ce n'est pas la bonne taille. Quand tu vas remuer le lait, tout va déborder.

Il se pencha pour échanger le poêlon contre une casserole en fonte avant de refermer le tiroir. Posant une main sur ma hanche, il me serra tendrement contre lui.

J'adorais ça.

J'aurais dû me morfondre, malade pendant les fêtes de Noël. Mais me retrouver dans ma cuisine avec les deux personnes qui m'avaient aidée à traverser le pire semestre de ma vie, c'était formidable.

Sur un tabouret devant le plan de travail, de l'autre côté de la pièce, Lianne examinait l'étiquette du cacao hollandais qu'elle venait d'acheter.

— Il devrait y avoir des instructions quelque part.

Rafe posa ses bras musclés sur le plan de travail et secoua la tête.

— Bella, tu sais que je t'aime, mais je dois vous dire une chose, les filles. Vous êtes déplorables aux fourneaux. Donne-moi ça, dit-il. Bella, va chercher du lait dans le réfrigérateur.

Tu sais que je t'aime, avait-il dit. Même s'il ne faisait que plaisanter, j'aimais entendre ces mots dans sa bouche.

Rafe choisit un fouet parmi les ustensiles de Maria et alluma l'un des brûleurs. Ouvrant la boîte de cacao de Lianne, il en versa une certaine quantité dans la casserole.

— Tu n'as pas mesuré, soulignai-je.

— Les mesures, c'est bon pour les mauviettes.

Il me prit le lait des mains et en versa légèrement sur le chocolat.

— Il ne t'en faut pas plus ? demandai-je.

— Tu crois ? répondit-il en éclatant de rire. En fait, si tu commences comme ça en faisant une pâte, ce sera plus facile ensuite d'éviter les grumeaux.

— Waouh, fit Lianne. Et il cuisine aussi ? Quand j'essayais de te convaincre de sortir avec lui, je ne le savais même pas.

Rafe sourit au-dessus de sa casserole.

— Merci pour ton soutien, *pequeña*. Maintenant, tu veux bien me trouver du sucre ? Regarde dans ces pots, ajouta-t-il en désignant les récipients en céramique sur le plan de travail.

Après avoir ajouté du lait et du sucre, Rafe remua avec régularité et obtint une délicieuse casserole de chocolat chaud à l'odeur alléchante. Je m'apprêtais à sortir les tasses quand le téléphone de la maison se mit à sonner. Je regardai le numéro et, comme c'était ma mère, je décrochai.

— Allô ?

— Bonsoir, ma chérie. Tu vas mieux ?

— Ça va. Lianne, Rafe et moi, nous préparons du chocolat chaud.

— C'est réconfortant.

En effet.

— Ton père et moi, nous prendrons le premier vol pour rentrer demain matin. J'ai de mauvaises nouvelles.

Instinctivement, mon estomac se noua.

— Quoi ?

Je trouvai un tabouret de bar pour m'asseoir.

— Ta sœur quitte Tucker.

Je m'autorisai à souffler. Je croyais qu'elle allait m'annoncer que quelqu'un était malade ou mourant.

— Oh, d'accord.

N'exprime pas ta joie, m'intimai-je. Même si la joie était justifiée, ma mère n'aurait pas voulu l'entendre.

— Pourquoi ?

Elle soupira dans mon oreille.

— Ça ne te surprendra peut-être pas d'apprendre qu'il la trompait avec la stagiaire du bureau.

— Eh bien, fis-je en m'éclaircissant la voix. Tu as raison, je ne suis pas surprise.

Ma mère hésita.

— Avant que cette histoire se termine, je pense que nous te devons de plates excuses.

Une plume aurait suffi à me faire tomber de mon tabouret.

— Euh... oui ?

— En ce moment, ta sœur est trop secouée pour réfléchir. Et ton père est furieux à un point où il n'est même plus capable de formuler des phrases.

— D'accord.

Les excuses pouvaient attendre. J'étais assez digne pour ça.

— Mais en attendant, je dois te donner quelques détails. Tucker est absent, il assiste à une conférence à Chicago. Alors il ignore que Julie lit tous ses messages. Au lieu de faire une scène, elle a engagé un détective privé pour assembler des preuves.

— C'est très malin.

— Ton père va enquêter sur ses affaires, au cas où Tucker ne mente pas uniquement dans le domaine de sa vie sexuelle.

— Aïe.

— Tout va bien se passer. Mais en attendant, n'accepte aucun appel de Tucker.

— Il ne m'appelle pas, maman. Plus depuis ses fiançailles avec Julie.

— Bien, tant mieux. Sache simplement qu'il est dans une situation précaire. S'il devait soudain te contacter, ne lui fais pas confiance.

— De toute façon, je n'approcherais jamais de ce type, maman. Ne t'inquiète pas.

— Très bien, ma chérie. Prends soin de toi. On se voit demain. Ce n'est finalement pas une mauvaise idée d'avoir installé Lianne dans la chambre d'amis, car il semblerait que Julie ait besoin de retrouver son ancienne chambre.

J'éprouvai un élan de compassion pour ma pauvre sœur – réinté-grer la chambre de son enfance après avoir découvert que son mari la trompait.

— Je suis contente qu'ils n'aient pas eu d'enfants, dis-je brus-quement.

— Moi aussi, ma chérie. Julie pourra tout recommencer un jour. Et nous te demanderons de passer au crible tous les candidats.

Oh, quelle délicate attention.

— N'oublie pas, maman, moi aussi il m'a menée en bateau pendant longtemps.

— C'est très noble de l'avouer. Maintenant, va boire ton chocolat avec tes amis. Je te vois demain.

Je raccrochai, toujours stupéfaite par ce revirement de situation.

— Quoi ? demanda Rafe. Ta sœur a des ennuis ?

— Tout le contraire, dis-je. Elle vient justement d'en réchapper.

Je pris la tasse qu'il me tendait et bus une gorgée du chocolat chaud le plus délicieux que j'aie jamais goûté.

Rafe

— Je dois y aller, annonçai-je après le dîner.

— Reste, insista Bella en rinçant une assiette avant de la poser dans le lave-vaisselle. Il fait froid dehors. Tu es encore malade. Et mes parents ne sont même pas là.

— Bon, moi je vais me coucher, dit Lianne. Je suis épuisée. Avec un peu de chance, je m'endormirai avant que les bruits de sexe commencent. Vous êtes aussi bruyants que des singes hurleurs, tous les deux.

— En voilà une image sexy, grommela Bella.

— Bonne nuit, lui dis-je.

— Bonne nuit, répondit-elle. Et je laisserai ton secret dans le couloir devant ma chambre.

— S'il te plaît, je peux ouvrir mon cadeau ? demanda Bella.

Je l'ignorai pour sortir mon téléphone et appeler chez moi.

— Rafael, fit ma mère. *Dónde estás?*

Je sentis mon cou rougir en lui répondant.

— Je suis chez Bella. On se voit demain, d'accord ?

Il y eut un silence gêné.

— Ce n'est pas correct, dit-elle. Tu devrais rentrer.

Même si je n'avais aucune envie d'aborder ce sujet-là, je persévé-rai, en espagnol cette fois.

— Tu dois me faire confiance, Ma, je sais comment me comporter. Je connais ça, tu sais, autant que n'importe qui. Je ne pouvais pas grandir sous ton toit sans apprendre qu'il est important de prendre ses précautions.

— Je sais que tu es un garçon intelligent, Rafe. Sois sage aussi.

— Je le suis, Ma.

C'était la vérité. Je ne faisais peut-être pas les choses comme elle les entendait, mais je n'avais aucune raison d'avoir honte de quoi que ce soit.

— À demain, dit-elle enfin. Si tu te sens mieux, tu pourras prendre le service de midi.

— D'accord, répondis-je en riant. À demain.

Vingt minutes plus tard, j'étais à genoux sur le lit de Bella où je la prenais en levrette. Ma petite amie avait les deux mains crispées sur sa tête de lit capitonnée. Elle avait tourné la tête par-dessus son épaule pour que je puisse l'embrasser pendant que nous baisions.

La position la plus sexy au monde. Je passai mon bras autour de sa cage thoracique pour la maintenir contre moi et entendre son cœur cogner sous ma main. J'étais certain qu'il n'existait rien de meilleur. Rien. Si ce n'est…

Cinq minutes après, nous étions blottis dans cette langueur moite qui succède à l'amour, sur son lit. Les yeux fermés, je déposai des baisers dans son cou, sur son menton, sa mâchoire… partout.

— Nous avons peut-être fait trop de bruit, murmura-t-elle. Mais pour information, je n'ai *rien* d'un singe hurleur.

— Hmm, fis-je, incapable d'en dire plus.

— Je ne me suis pas sentie aussi bien de toute la journée, dit Bella tandis que sa main douce me caressait la poitrine. Je crois que je suis guérie. C'est un miracle.

Brusquement, elle tourna la tête et éternua.

— J'ai parlé trop vite.

— Hmm, fis-je à nouveau en la serrant encore plus fort.

Elle ramena un genou soyeux entre les miens et soupira.

— Je ne peux pas avoir mon cadeau de Noël maintenant ?

— Non, répondis-je par réflexe.

Mais en fin de compte, ce n'était peut-être pas une si mauvaise idée de le lui offrir en avance. Je voulais qu'elle puisse s'en servir avant que les cours reprennent.

— J'adorerais te le donner, *belleza*. Mais ensuite, je n'aurais rien pour le jour de Noël.

— On s'en fiche ! Tant que tu ne demandes pas ma sœur en mariage, tu seras toujours le meilleur copain de vacances que j'aie jamais eu.

Je levai la tête et éclatai de rire.

— Ce n'est pas mon genre. Mon genre, c'est *toi*. C'est la sœur insolente et fière qui m'intéresse, celle qui se reconstruit. Tu es dix fois plus amusante que n'importe quelle fille, et encore plus chaude que la sauce piquante de mes tantes.

Elle me regarda en clignant des paupières.

— J'ai changé d'avis. Je n'ai même pas besoin de cadeau. Tatoue-moi ça sur les fesses et nous serons quittes.

Je déposai un baiser sur son nez irrité.

— Attends ici une seconde.

Je parvins à m'extirper du lit moelleux. Dans sa salle de bain, je me débarrassai prestement du préservatif avant de sortir dans le couloir, sur la pointe des pieds et nu comme un ver, pour aller chercher le sac que Lianne y avait laissé.

Bella applaudit en me voyant revenir avec le sac, mais elle s'arrêta net en découvrant le logo qui l'ornait.

— Paragon Sports ? fit-elle en haussant les sourcils. Tu m'as acheté des baskets ! Et Lianne les a essayées, parce que nous faisons la même pointure.

— Bien tenté, mais tu te trompes.

Je sortis la boîte du sac. Elle était enveloppée dans du papier vert et rouge et pesait plus lourd qu'une paire de chaussures. Finalement, je ne voyais aucun inconvénient à lui offrir son cadeau tout de suite. Je pouvais toujours lui écrire une carte très romantique pour Noël. Et je lui demanderais de l'ouvrir devant moi. Ainsi, je pourrais voir les efforts qu'elle déploierait pour feindre de ne pas être émue.

Bella appréciait ce qui était romantique. Elle n'aimait tout simplement pas l'admettre.

Avec de grands yeux curieux, elle secoua la boîte. Puis elle déchira le papier. Rejetant alors la tête en arrière, elle éclata de rire.

— Des patins de hockey ? Seigneur, je vais me casser une jambe. Ou les deux.

— Mais non, voyons.

— Je ne sais pas patiner.

— Bien sûr que si. C'est comme la marche, si ce n'est qu'il faut glisser. Tu n'auras qu'à t'accrocher à moi.

Elle leva les yeux au ciel.

— D'accord, j'essaierai. Tu dois me promettre que tu ne te moqueras pas *trop*.

— Loin de moi une idée pareille.

— Et c'est formidable, car ça me donne l'autorisation de te trouver un cadeau en dehors de *ta* zone de confort.

— Quoi ?

Manifestement, je n'avais pas réfléchi à tout. Bella partit d'un rire diabolique.

— Des menottes. Non. Des lanières en cuir.

— Je crois que j'aimerais pouvoir négocier.

— Trop tard !

En gloussant, Bella me prit les mains et les plaqua sur la tête de lit.

— Oui, ce sera parfait. Et un bandeau pour les yeux. Mais j'irai tout doucement avec toi. Nous pouvons garder les pinces à tétons pour les prochaines vacances.

— *Jesucristo*.

— Je vais te faire hurler ce mot.

Sur ce, elle se mit à me chatouiller.

— Je suis dans de beaux draps, m'écriai-je en esquivant ses doigts fureteurs.

— Oh, oui !

— Alors, toi aussi.

À la vitesse de l'éclair, je lui attrapai les poignets et la fis rouler pour la prendre au piège sous mon corps.

Le cri qu'elle poussa alors n'était pas sans rappeler celui du singe hurleur.

~ Fin ~

DU MÊME AUTEUR

Série Ivy Years
Notre Année Trouble, Série Ivy Years, t. 1
Notre Année Cachée, Série Ivy Years, t. 2
L'Homme de l'année, Série Ivy Years, t. 3
L'Heure de vérité, Série Ivy Years, t. 4
L'Heure de gloire, Série Ivy Years, t. 5

L'Équipe de Brooklyn
Le Brooklynaire
Superstar

Série Étoiles du Nord
Renouveau
Incartade
Étincelles

Série Grand Nord
Amertume
Ancrage
Secrets

Et...
Accidentelle

Avec Elle Kennedy
Attirance
Confidence

REMERCIEMENTS

Je suis profondément reconnaissante envers les auteurs qui ont lu ce livre avant sa publication. Vous êtes intervenues quand j'en avais besoin et j'ai beaucoup de chance de vous connaître. Merci à Tammara Webber, Amy Jo Cousins, Natalie Blitt, Elle Kennedy, Kristen Callihan, Megan Erickson et Karen Stivali. Vous m'avez aidée à faire de ce livre ce que j'en attendais.

Et merci à Mari Cárdenas et Silvana Reyes pour votre aide avec l'espagnol de Rafe ! Ces e-mails que nous avons échangés étaient très amusants – et #NSFW (« inappropriés dans un cadre professionnel ») !

Enfin, merci à Edie Danford pour sa relecture de grande qualité et son amitié. #Vermont#Girl#Power !

À PROPOS DE L'AUTEUR

Sarina Bowen écrit des romances contemporaines et New Adult depuis les Green Mountains, dans le Vermont. *L'Heure de vérité* est son septième roman.

www.facebook.com/sarinabowenenfrancais

Sarinabowenenfrancais.com
admin@sarinabowen.com

www.ingramcontent.com/pod-product-compliance
Lightning Source LLC
Chambersburg PA
CBHW051946240626
47153CB00005B/1643